京伝と馬琴

〈稗史もの〉読本様式の形成

大高洋司＝著

翰林書房

『優曇華物語』巻之三表紙

『月氷奇縁』巻之二表紙

京伝と馬琴

〈稗史もの〉読本様式の形成◎目次

序章　〈稗史もの〉読本様式の解明……5

Ⅰ　〈稗史もの〉読本様式の形成……13

1　『忠臣水滸伝』まで……15

2　初期江戸読本とその背景……37

i　初期江戸読本と寛政の改革―『奇伝新話』その他―……37

ii　怪談情話論―『壷菫』と『怪談奇縁』―……53

3　『忠臣水滸伝』の成立・補遺……70

4　〈稗史もの〉読本の文体と『安積沼』……81

5　『優曇華物語』と『月氷奇縁』……114

6　享和三、四年の馬琴読本……149

i　〈読本的枠組〉と『月氷奇縁』……149

ii　『小説比翼文』の〈枠組〉……166

7　『優曇華物語』―典型の創始―……181

II 京伝と馬琴……197

1 十九世紀的作者の誕生……199
2 『優曇華物語』と『曙草紙』の間……214
3 『四天王剿盗異録』と『善知安方忠義伝』……241
4 『昔話稲妻表紙』と『新累解脱物語』……264
5 京伝、馬琴と〈勧善懲悪〉……282
6 文化三、四年の京伝、馬琴と『桜姫全伝曙草紙』……306
7 『苅萱後伝玉櫛笥』における馬琴流〈勧善懲悪〉の言表―付 馬琴と「誤読」―……323

＊

引用文献……341 掲載図版……349 初出一覧……350
あとがき……352
索引……354

題字　水田紀久

序章　〈稗史もの〉読本様式の解明

一　本書の問題意識

日本文学史の用語としての〈読本《よみほん》〉は、江戸時代中・後期（十八世紀中葉〜十九世紀中葉）の一〇〇年余りの間に制作・刊行され、半紙本五巻五冊を標準形とする、総タイトル数で八〇〇点ほどの娯楽読み物群を指しており、通常これを山東京伝の『忠臣水滸伝』（前編寛政十一年〈一七九九〉十一月、後編享和元〈一八〇一〉年十一月刊）を境目として、大きく初期（前期）読本・後期読本に二分している。初期は短編集、後期は長編の形態を典型とする。

その読本を総体として理解・把握しようとする際、最も基本的なのは、大著『読本の研究　江戸と上方と』（昭和四九年〈一九七四〉）を初めとする横山邦治氏の研究業績である。現在私は、（もちろん私なりの検証作業を経た上でのことであるが）、横山氏の案出された読本の分類語彙を、ほとんどそのまま継承・使用するようにしている。本書に用いた「〈稗史もの〉読本」というタームも、後期読本の中核部分をなす「京伝・馬琴の読本を頂点とする怪奇で複雑な伝奇的構想を有し、そのうえ勧善懲悪・因果応報の理念に支えられた純然たる仮作物語」（『読本の研究』、一〇九頁）に、横山氏が命名されたものである。〈稗史もの〉読本の展開については、寛政期後半から文化期前半にかけて、江戸の地において、先行する〈中本もの〉読本を水先案内として形成され、上方〈絵本もの〉読本（〈図会もの〉を含む）との競合を経て、上方においても優位に立ち、ついには全国津々浦々に流通するようになって行った、との見通しのもとに全体を把握すべきもののように思われる（本書Ⅱ-1）。

しかるに従来、〈稗史もの〉読本の形成過程の理解に際しては、その前提に、常に京伝・馬琴の対立と馬琴の勝利という通説があった。横山氏もまた、〈稗史もの〉読本の展開を、馬琴読本のそれとパラレルに論述され、そのことが、〈読本〉全体の理解にも如実に反映している。横山氏の〈読本〉理解は、ご自身明示しておられるように、中村幸彦氏のそれに依拠したものである。昭和二〇〜三〇年代を中心に発表された中村氏の関連論考は、〈読本〉全体の把握が、原本の実見に基づく具体性を伴ってきわめて明快になされ、初出から半世紀を過ぎた今でも、読む者に、新たな研究への指針と励ましを与えて、基盤的業績としての価値を生き生きと保ち続けている。しかしその中村氏においても、記述の公平は心がけておられるけれども、最終的に到達された『近世小説史』第十章「後期読本の推移」（著述集四、昭和六二年〈一九八七〉）に至るまで、「通説」についての認識は、大きく揺らぐことはなかったように見受けられる。「通説」は、中村・横山両氏を含め、現在もなお、大前提として読本研究者の前にあると言って良いのである。

私自身もまた、中村・横山両先達の見解を目安に〈稗史もの〉読本の根幹をなす長編構成の形成過程の解明を課題として、研究に取りかかった者の一人であるが、拙論「『優曇華物語』と『月氷奇縁』—江戸読本形成期における京伝、馬琴—」（「読本研究」初輯、昭和六二年〈一九八七〉四月、本書Ⅰ-5）以来、「通説」とは異なる次のような考えを持つに至っている。

「通説」では、寛政改革を挟んだ揺籃期を経て（Ⅰ-1・2）、〈稗史もの〉読本の第一作は山東京伝の『忠臣水滸伝』であるが、本作の長編構成は、浄瑠璃『仮名手本忠臣蔵』全十一段に丸ごと寄りかかることによって支えられており、これに通俗本・和刻本として〈翻訳〉された『水滸伝』の場面が附会されている（Ⅰ-1・3）。これに対して、第二作『復讐奇談安積沼』（享和三年〈一八〇三〉十一月刊）では、既成作の〈翻案〉のかたちを取らず、物語の展開が超越者の予言とその実現によって挟まれる、独自の長編構成が模索され始めるが、主要な筋立てが二分され、予言はその片方にしか適用されないために、いまだ全体的な構成の統一には至っていない（Ⅰ-5）。ただ、本作において用いられた文体は、『忠臣水滸伝』で用いた佶屈な〈通俗もの〉調から、なだらかな「和漢混合」体（中村氏）へと切り替えられ、これが後続作における読本文体の規範となった（Ⅰ-4）。

〈稗史もの〉読本が独自の長編構成を獲得したのは、京伝の第三作『優曇華物語』（文化元年〈一八〇四〉十二月刊）においてである。本作では、『忠臣水滸伝』・『安積沼』での試行錯誤を踏まえ、全編を超越者の予言で覆うことで、その内側に置かれた個々の挿話が、互いに突出せず安定した状態を保っている（Ⅰ-5・7）。この方法は、以後、〈稗史もの〉読本における長編構成の核となったものであり、私はこれを〈読本的枠組〉と名づけている（Ⅰ-6等）。

ところが、『安積沼』よりも早い序文年記をもつ曲亭馬琴の〈稗史もの〉処女作『月氷奇縁』が、『優曇華物語』と同時期（文化二年〈一八〇五〉正月）に刊行されている。本作には、『優曇華物語』と同様の〈読本的枠組〉が備わり、趣向・文章表現の上でも、『優曇華物語』との類似箇所がきわめて多い。けれども馬琴に関しては、『高尾船字文』（寛政八年〈一七九六〉正月序刊）等、前後の時期の〈中本もの〉と比較してみても、京伝において辿れるような形成過程を見出し得ず、逆に『月氷奇縁』には、『優曇華物語』を稿本の段階で模倣した痕跡を、わずかながら明確に指摘し得る（Ⅰ-5・6）。これは、京伝・馬琴が対立関係にあるとすれば起こり得ないことであり、「通説」に対する懐疑の出発点となったが、この問題については、後に改めて申し述べることにしたい。

二　私見の提示——〈稗史もの〉読本様式とは何か

〈稗史もの〉読本の〈読本的枠組〉は、人間・動物・モノ・言葉等、様々なかたちで作中に置かれている。これらは通常、物語の発端近くで存在を提示され、以後それと明示されなくても、場面ごとの展開の背後に強く存在が看取され、結末は、例外なく、言葉の謎が解かれるなり怨霊が解説するなりして、作品世界の中からそれらの存在が消えた時に訪れる。つまり〈稗史もの〉の小説的展開は、これらによって領導されているのである。

京伝・馬琴を中心に、個々の作品の〈読本的枠組〉に注目しながら、〈稗史もの〉の読本の長編構成について理解を積み上げて行く作業は、新たな認識の広がりをもたらしてくれた。それは、横山氏の施された〈稗史もの〉の下位分類のうち四種（〈仇討もの〉・〈伝説もの〉・〈巷談もの〉・〈史伝もの〉）については、従来行われてきた素材のみに基づく分類とは異なり、〈読本的枠組〉の施し方と抜きがたく関連した、構成の〈型〉の問題として説明できるということである（なお私案では、横山分類のうち〈お家騒動もの〉は例外と見なし（II-4）、より一般的な項目として〈一代記もの〉を加えている）。以下項目ごとに略述してみる。

〈仇討もの〉は、前述の京伝『優曇華物語』・馬琴『月氷奇縁』が代表作。構成は他に比べて最も単純であるが、これを殺人によって始まり、その復讐の完遂によって閉ざされる物語とのみ規定したのでは説明不足で、被害者の側には、そうなるだけの因縁が、常に、時には加害者と直接には無関係なかたちで付加されており、仇討ちは、主人公の艱難辛苦の結果、その因縁が消滅したとされる時点で、はじめて成功する仕組みになっている。したがって、話の面白さを左右するのは、その因縁（〈読本的枠組〉）の施し方の巧拙ということになる（I-5・6・7）。これはまた、〈一代記もの〉を除く後続の〈稗史もの〉についても言えることである。
〈伝説もの〉は、馬琴の『石言遺響』（文化二年〈一八〇五〉正月刊）を初作とし、文化三、四年頃に多く見られる。〈読本的枠組〉の時間的尺度を三、四世代にわたって広く取り、一般に良く知られた説話・伝説に素材を求めて、素材となった伝説における男女主人公の子孫、または別の人物への転生といったように、異なる話柄に結びつけたり、あるいはその逆とすることで、素材に読本的潤色が施される。なおこの型は馬琴主導によるもので、京伝読本には見られない（II-6）。
〈一代記もの〉は、〈伝説もの〉と同時期に行われはじめ、代表作は京伝『桜姫全伝曙草紙』（文化二年〈一八〇五〉十二月刊）。長編勧化本に学んで、成仏（または破滅）に至る登場人物の伝、または高僧一代記を〈読本的枠組〉とするのが原形である。京伝読本にその展開を辿ることができるが、馬琴読本にも作例がある（II-3〜6）。
〈巷談もの〉は、京伝『梅花氷裂』（文化四年〈一八〇七〉二月刊）の試みを、馬琴が発展させたもの。演劇作品（浄瑠璃が主体）の良く知られた場面を後半のクライマックスとし、そこに至る〈読本的枠組〉を設けて、新たな展開・結末を示して見せる。馬琴『三七全伝南柯夢』（文化五〈一八〇八〉正月刊）が代表作。[1]
〈史伝もの〉は、馬琴の『椿説弓張月』（文化四年〈一八〇七〉正月〜八年〈一八一一〉三月刊）によって確立した。歴史文献を用いた〈史実〉に隣接するかたちで〈読本的枠組〉を設けて小説世界を展開させ、その完結が〈史実〉の範囲を越えない、いわゆる〈演義〉の体を志向する。〈稗史もの〉読本の代表的な型と考えられているが、『弓張月』を含め、〈巷談もの〉の発生と重なる時期の〈史伝もの〉においては、演劇的色彩の強い場面をクライマックスに置いている。[2]
なおこれら五つの型は、萌芽も含め文化四年以前には出揃っていることを申し添えたい。

こうして〈稗史もの〉読本は、〈読本的枠組〉に基づく〈型〉の工夫を積み重ねながら展開して行くのであるが、その先導者である京伝・馬琴は、必ずしも〈読本的枠組〉の施し方そのものにおいて対立しているわけではない。そこに、無理に対立を想定するよりも、少なくとも文化四年に至る〈稗史もの〉読本様式の形成期において、京伝・馬琴は「兄弟作者」(II-3・4・6)であることを前提にしたほうが、先に触れた『優曇華物語』と『月氷奇縁』をはじめ、両者の作品に多く指摘できる類似の理由を、素直に了解し易いのである。もちろん、京伝が兄、八歳(数え年で六歳)年下の馬琴が弟であって、この時期、京伝を主体として両者の目指した方向が文芸的に最も高いレヴェルで結実したのが、京伝『桜姫全伝曙草紙』であったと考えられる(II-6)。

しかし、この時期の作であっても、京伝・馬琴の〈稗史もの〉読本の内実には、一読して異なる印象が感じられる。これは、両者における〈勧善懲悪〉観の差異から来るものである。馬琴における善悪が、前世あるいはさらに以前からの、逃れられない因果応報として示されるのに対して、京伝では、善悪はあくまでも個々の作中人物の心の持ち方の問題であり、いわば馬琴の〈善人/悪人〉型に対して〈善悪一如〉型と規定できる。『曙草紙』以後の京伝読本は、すべてこの〈善悪一如〉型が適用されている(II-5)。馬琴は、京伝のこうした姿勢を、〈演義〉の体を理想とする小説にはあるまじき、演劇(浄瑠璃・歌舞伎)まがいと理解したフシがあり(II-7)、文化五年以降、小説における〈勧善懲悪〉の「正しい」あり方を主張するようになる(II-1・7)。

馬琴は、他の事例に徴しても、立場の異なる相手に対して対立的・排他的に自己主張する癖のある人であり、「通説」は、第一人者に上り詰めた馬琴が、来し方を振り返って繰り返し発言した内容が、近代に入り、読本を史的に展望する際の資料として重用された結果定着したものであろう。「通説」は全否定される必要はないが、少なくとも、〈稗史もの〉読本の形成期における京伝・馬琴の関係を考慮して、相対化されるべきものと愚考する(II-7)。

その上で、馬琴贔屓・京伝贔屓をも相対化して、〈稗史もの〉読本様式とは何かに虚心に向かい合いたい。その答えは、恐らくすでに中村幸彦氏によって提示された四点、①長編小説であること、②勧善懲悪の思想的裏付けを持つこと、③和漢混合の文体を備えること、④装丁・口絵・挿絵などに留意すること（「読本展回史の一齣」、著述集五、初出昭和三三年〈一九五八〉一〇月）に加え、⑤脚色を共有すること（濱田啓介「読本における恋愛譚《ロマンス》の構造」、「文学」六―四～六、平成一七年〈二〇〇五〉七・九・一一月）に尽くされているように思う。このうちのどれかが強調され、どれかが貶められて良いものではなく、あくまでもこれらの複合体として総合的に理解されるべきものなのである。ただ、中村氏は①～④を京伝『忠臣水滸伝』に即して述べておられるけれども、本作における新様式の反映は、そのいずれにおいても中途半端である。私は、〈稗史もの〉読本様式がいちおうの整備を見たのは、濱田氏が、「近世小説の形態的完成について」（「近世文芸」75、平成一四年〈二〇〇二〉一月）で言われる文化三、四年頃が、形態（④）以外の側面についても該当するものと考えている。

三　課題と展望

〈稗史もの〉読本様式の形成過程について、現在の認識をまとめてみた。文章にしてしまえばこれだけのことに汲々としている間に、〈後期読本〉の研究はずいぶん先に進んで、ことに近年、私見を含む〈稗史もの〉読本についての従来の考え方そのものに修正を迫るような報告がなされるようになった[3]。その要諦は、京伝・馬琴を中心とする江戸〈稗史もの〉の強い影響のもと、〈絵本もの〉から転じたと見られてきた上方〈稗史もの〉に、軍記・実録・巷談街説等を直接踏まえた〈絵本もの〉の流儀が根強く残り、超越者の予言等が、付加されないか、あるいはされていても、実際には〈読本的枠組〉として機能していないといった事例が数多く見られるということである。また、同様の事例は江戸にもあることが分かってきた。(4) すなわち、京伝・馬琴を〈稗史もの〉様式の中心作者として位置づけることに異論はないとしても、私どもが典型と認識している〈稗史もの〉様式が、十分な理解と咀嚼のもとに浸透した範囲については、再検討の必要が生じてきているのである。(5)

こうした認識の広がりに対応するためにも、私見の中心となる論述については、一書として公表したほうが良いと考えるようになった。もう少し広い展望を提示する余裕のないことに忸怩たる思いもあるが、今はできるところまでに止めて、大方のご批正を仰ぎたいと思う。

注

（1）拙稿「文化五、六年の馬琴読本」（「読本研究」五上、平成三年〈一九九一〉九月）、同「『梅花氷裂』の意義」（「読本研究」七上、平成五年〈一九九三〉九月）。

（2）拙稿「『椿説弓張月』論―構想と考証―」（「読本研究」六上、平成四年〈一九九二〉九月）、同「『椿説弓張月』の構想と謡曲「海人」」（「近世文芸」79、平成一六年〈二〇〇四〉一月）、本書Ⅱ-3、前掲「文化五、六年の馬琴読本」。

（3）田中則雄「読本における上方風とは何か」（「鯉城往来」10、平成一九年〈二〇〇七〉一二月）など。

（4）例えば『独揺新語』（熟睡亭主人著・栄松斎長喜画、文化五年〈一八〇八〉江戸・丁子屋平兵衛ほか江戸・大坂三書肆刊）がそれにあたる（『読本事典　江戸の伝奇小説』、平成二〇年〈二〇〇八〉）。

（5）この新しい視点は、国文学研究資料館プロジェクト研究「近世後期小説の様式的把握のための基礎研究」（平成一六～二一〈二〇〇四～〇九〉年度）などを通じて、専門研究者に共有化されつつある。

I

〈稗史もの〉読本様式の形成

1 『忠臣水滸伝』まで

一 〈稗史もの〉読本の先駆け――『凩草紙』を中心に――

寛政・享和期〈一七八九～一八〇三〉は、江戸の地において、〈稗史もの〉読本が自らの様式を確立するに至るまでの揺籃期と言えよう。それまでの〈読本〉の主流は、上方の都賀庭鐘・上田秋成を代表とする短編小説形式の〈初期（前期）読本〉（〈奇談もの〉）であり、その優位は、寛政末年頃まで続くのであるが、寛政四年〈一七九二〉正月に江戸書肆南総館上総屋利兵衛の許から刊行された森羅子《しんらし》の『拍掌奇談 凩《こがらし》草紙』（北尾政美画）は、江戸出来の〈奇談もの〉のうち、独自の魅力をもつ一作である。

森羅子（万象亭・森羅万象とも）は、本名森島中良。高名な蘭医桂川甫周の弟で、蘭学と戯作の師は平賀源内。天明戯作壇の中心的人物の一人で洒落本・黄表紙の作があるが、天明八年〈一七八八〉から寛政二年〈一七九〇〉までは学問的な著述に専念している。この間、松平定信らによる政治刷新、いわゆる〈寛政の改革〉が断行されていたことは、言うまでもない。この時期を境としてほとんどの知識人作者は第一線を退き、彼らの余技としての〈前期戯作〉は変質してしまうのだが、森羅子はその才能の捌け口を、〈奇談もの〉の分野に求めたようである。『凩草紙』の「自序」には、本書述作の動機を、

剪燈新話《せんとうしんわ》同じく続話《ぞくわ》の二部を、国字《かんな》に訳《やはらげ》て御伽婢子《おとぎばふこ》とし、古今小説《こゝんしようせつ》、今古奇観《こんこきくわん》、警世通言《けいせいつうげん》、拍案驚奇《はくあんけうき》の四部より抜萃《ぬきがき》して、英 繁《はなぶさしげ〳〵》の二書とは為《なし》ぬ。此三篇の書は御伽冊子《おとぎさうし》の父母《ちゝはゝ》にして、作為《さくゐ》の奇《き》、作文《さくぶん》の妙、見る毎《ごと》に

> 新《あらた》なる如く、読人《よむひと》手にして飽事《あくこと》を知《しら》ず。予近頃《ちかころ》彼書に效《なら》ひ、荒唐寓言《とりじめなきそらごと》を実《まこと》しやかに書綴《かきつゞ》り、拍掌奇談《はくしやうきだん》と表《ひやう》題《だい》し

た、と説明する。文中『御伽婢子』は浅井了意作、寛文六年〈一六六六〉刊。「牡丹灯籠」など、中国の短編小説集『剪燈新話』・『余話』（『続話』は誤り）からの翻案作を多く含む。また「英繁」は、都賀庭鐘の手に成る初期読本の代表作『英草紙』（寛延二年〈一七四九〉刊）と『繁野話《しげくやわ》』（明和三年〈一七六六〉刊）で、その典拠が四部の短編白話小説集であることが指摘されている。森羅子は、近世における代表的な翻案小説を踏まえた上で、これらに則《のつと》って「荒唐寓言《とりじめなきそらごと》を実《まこと》しやかに」書き綴ったというのである。しかし、それは単に先蹤作に追随することを意味するのではない。先の引用部分に続く箇所に、題名の由来を述べて

> 凩《こがらし》はしたなく吹荒《ふきすさ》む、秋の夜頃《よごろ》の御伽草紙《おとぎさうし》ともなれかしと、表題《ひやうだい》を改めて凩草帋《こがらしさうし》と名づけしは、暗《あん》に詞花言葉《しくはけんえふ》の拙《つた》なうして、見るに風情《ふぜい》なからんとの隠言《かくしことば》、（傍線筆者、以下同様）

とあるのは、一見謙辞と見えるが、実は暗に『英草紙』序文中の「賜覧《しらん》の君子《くんし》、詞《ことば》の花《はな》なきを以《もつ》て、英《はなぶさ》の意《い》を害《がい》する事なくして、両生《りやうせい》の幸《さいはひ》ならんのみ」の一節を踏まえているのであって、『凩草紙』とは、密かに『英草紙』に対置した命名なのである。もって森羅子の自信のほどを窺うことができよう。

さて『凩草紙』には、九話の〈奇談〉が収められており、それぞれに森羅子の力量を示す佳編である。ここでは第二話「横河小聖悪霊《よかはのこひじりあくりやう》を降伏《がうぶく》する話《こと》」を採り上げてみることにしよう。

この話の前半の主人公は、「奥州信夫の郡に、鞍貫《くらぬき》小弥太といへる郷士」である。鞍貫の家は後三年の役に功あって以来十三代続いた武門の名家だが、当主の小弥太は眉目秀麗、「京家の武士にも劣らざる、閑雅《みやびやか》なる壮士《をのこ》」で、うち続く太平に弓馬の道を外にして信夫の山に別荘を構え、家事を妻の綾瀬に委ねてひとり詠歌に専心していた。

ある秋の夕暮れに歌《うた》と名告る美女が現われ、悲惨な境遇を語る。やがて二人はわりなき仲となり、歌は密かに別荘に暮らすようになる。歌を妾としようかとまで思った小弥太だったが、所用あって本宅に向かう際すれ違った老修験者から、邪気にまとわれ命が危ういと告げられる。それでもさして気にも留めずに別荘に戻った時、小弥太の見た歌の正体は、次のようなものだった。

　こはいかに、女は有《あら》で、絵に書たる夜叉《やしや》の如きもの、赤身《あかはだか》にて座し居たり。眼《まなこ》を留《とゞ》めて能見れば、頭は鉄《くろがね》の針金《はりかね》をわぐためたることく、日月《じつげつ》を双《なら》べ掛たる両眼《りやうがん》に朱《あけ》を灌《そゝ》ぎ、牙《きば》は雁木《がんき》に生違《おいちかひ》、全体《みうち》に生《おい》たる毛は、恰《あたかも》蝟《はりねづみ》の皮を着《ちやく》したるかと疑《うたが》はる。

そして化物が「皮袋《かはぶくろ》の如き物を引広《ひきひろ》げ、燕脂白粉《べにおしろい》にて彩《いろど》り、頓《やが》て手に取て頭《かふべ》に打置、惣身を一震振《ひとふるひふり》けれは」、それはそのまま歌の姿となったのである。主人公の心の柔弱に乗じて妖異が取りつくというこの発端部は、和歌的情趣をあしらった文体と相俟って、上田秋成『雨月物語』（安永五年〈一七七六〉刊）「蛇性の婬」を想起させる。

恐怖に怯える小弥太は、先の修験者（横河の小聖）を尋ね出して悪鬼退散の法を乞う。小聖は、事は急に及んでほとんど助かる手だてはないとしながらも、一枚の神符を渡してくれた。小弥太はこれを門に貼り、妻の綾瀬に訳を話して家内に閉じ篭もっていた。その夜の丑三つ時現われた歌は、門に神符の貼られているのに怒り、築地を破って侵入して来て小弥太を殺すのである。この部分は、発端からは一転して、『雨月物語』「吉備津の釜」の終結部を彷彿とさせる。ただ秋成が男主人公正太郎の髻《もとどり》が軒の端にかかっている様のみを描いてその死を暗示したのに対し、森羅子の筆はより直接的で凄惨である。

　（歌は小弥太を）仰《のけ》さまに取て押附《おしつけ》、鵰《くまたか》の如き爪を立、胸先《むなさき》より丹田《ほそのした》まで、めり〳〵と掻裂《かきさき》、手を差込て心《しん》の臓《ざう》を引出し、「旧年の仇《あた》を報《むく》ゆる而已ならず、此佳肴美酒《よきさかなうまきさけ》を得たる事よ」と、只一口に心蔵《しんのぞう》を食ひ、迸《ほどばし》る生血《せいけつ》を、続《つゞけ》さまに飲尽《のみつく》し、舌鼓《したつゞみ》を鳴《なら》して飛去ぬ。

翌朝横河の小聖が現われ、小弥太を殺したのは後三年の役の軍《いくさ》に死んだ女たちの怨霊であることを明かす。怨霊は、小弥太が武道に懈った心の隙に乗じて禍をなしたのであり、その横死は自ら招くところである、と。そして小聖は邪鬼を退治するのだが、しかし話はここでは終わらず、主人公は妻の綾瀬に移るのである。綾瀬は、小聖に夫の再生を願う。小聖は沈吟の末に「梢《こずえ》を渡《わた》る凩《こがらし》に耳を聳《そばだ》て、横手を磕《はた》と拍《うち》て」、帰り道に出会う「怪しげなる道人」に、恥を忍び怒りを押さえて乞うてみよと教えた。果して一人の乞食に会うが、彼は散々に綾瀬を嬲り、瘡の膿血を吸わせ、「粘《ねば》き痰《たん》ぬらめきたる」握り飯を食わせて去った。断腸の思いで帰宅した綾瀬は、

気も魂も消入ばかりなれど、涙を払ふて遺骸《なきがら》を抱《いだ》き起し、乱れたる臓腑《さうふ》を納《おさむ》るに、癩児《かたゐ》が膿血《のうけつ》を吸《すい》、穢《けが》れたる飯《いゐ》を食《しよく》したるが、猶胸隔《むねのあたり》に有りて、只さへ嘔吐気《むかひけ》を催《もよ》ほしたるに、血鯹《ちなまぐさ》き匂ひ鼻を穿《うが》てば、忽ち胸先《むなさき》へ込上る。手を掩《おほ》ひて留《とゞめ》んとするに、口を洩《もれ》て疵口《きずぐち》へ吐下すを見れば、鮮々《せんく》たる生血《せいけつ》なり。中に一塊《ひとかたまり》の握飯《にぎりいゐ》を吐出せしが、胸のあたりへ落入《おちいり》て突々《とつく》と躍《おど》るを見れば、紛《まが》ふべくも有ぬ心の臓なり。

小弥太は、こうして蘇生するのである。

この話の典拠が実は蒲松齢の手に成る中国清初の怪異小説集『聊斎志異』中の「画皮」であることを、徳田武氏が指摘しておられる（「『凩草紙』と『聊斎志異』」、『日本近世小説と中国小説』第二部第十章、昭和六二年〈一九八七〉、初出昭和五五年〈一九八〇〉六月〉）。先に荒筋を辿った際に長い引用を行った箇所は、我が国の伝統的古典文学と異なる奇妙な生々しさをもっていたが、いずれも原典の臭いの露わな部分を抜いたのである。徳田氏によれば『凩草紙』九編中七編が『聊斎志異』を利用しており、最初の翻案の功は都賀庭鐘に譲るが（「庭鐘と『聊斎志異』――『莠句冊』第三篇覚書――」、同右第二部第四章、初出昭和五七〈一九八二〉六月）、きわめて早い時期の翻案であるとのことである。森羅子は、

恐らく『雨月物語』などの先行作を十分咀嚼した上で、ほとんど手垢のついていない典拠に基づいて、新しい〈奇談〉を作り上げたのであった。

加えて、「横河小聖」において重要なのは、寛政の改革が意識されていることである。改革に取材した黄表紙、たとえば朋誠堂喜三二の『文武二道万石通』（天明八年〈一七八八〉刊）においては、幕府の、幕臣に対する「文武二道」の奨励は、穿ち・茶化しの対象としてしか取らえられていなかった。しかし森羅子は、主人公の鞍貫小弥太を、喜三二同様に本来武人でありながら太平の世にかまけて文弱に流れる、いわば「文でもなく武でもなきぬらくら武士」（『万石通』）として造形しながら、彼を悪霊に惨殺させ、その「横死《わうし》は、自ら招《まね》く所」と批判したあげく、蘇生した小弥太をして「我愚にして弓馬の道に懈《おこた》り、悪霊の為に死したるを、祖上《そじやう》の霊魂《れいこん》正統《しやうとう》の絶《たえ》なん事を憂《うれ》へさせ給ひ、再生せしめ給へるならん」と述懐せしめ、「是より以往《のち》は行《おこなひ》を改め、文を左にし武を右にし弥《いよく》家名を耀《かゝや》かせしとなり」と結ぶのである。つまりここでは寛政の改革における幕府の基本方針が正面から受けとめられていると言って良い。こうした反応は改革後における知識人作者の態度の一例として注目すべきであり、また教訓性の肯定は、大衆読者獲得のための書肆側の商策とも相俟って、後期の江戸戯作、とりわけ読本における勧善懲悪の理念に結びついて行くと考えられるのである。

この態度は、御伽草子『唐糸さうし』に基づいて、孝道を讃え幕府の安泰をことほぐ第一話「満珠が至孝《しいかう》母の禁獄を遁《のが》れしむる話《こと》」以下、全編の基調となっているようである。その上で、各話の内容は、「横河小聖」のように怪奇的側面が濃厚なものばかりでなく、バランスが取れている。水谷不倒氏は第三話「水鳥《すいちやう》山人狸を酒の友とする話《こと》」をあげ、「山人が狸に芸を所望したるに対し、狸は却つて狐の多芸多能を推賞して、己が無能を卑下する所などのをかし味は、滑稽の才、老練の筆といはなければならぬ」（『選択古書解題』、昭和二年〈一九二七〉、『水谷不倒著作集』七、昭和四九年〈一九七四〉と言われた。

森羅子の読本第二作は、寛政十年〈一七九八〉正月、上総屋利兵衛など江戸四書肆合版で刊行された『月下清談』である。『困草紙』同様体裁は半紙本五巻五冊で、中国の短編小説からの翻案作なのだが、五巻全部をひとつの話に充てている点が、〈奇談〉形式の前作と異なる。岡白駒《おかはっく》による訓訳が『小説奇言』（宝暦三年〈一七五三〉刊）に収まり、わが国の一部の知識人には早くから読まれていた「銭秀才錯占鳳凰儔」（もと『醒世恒言』・『今古奇観』所収）が、その典拠である。「銭秀才」は、資産家ながら類い稀な醜男である青年が、美人の娘と財産ほしさに、食客となっていた美男で文才ある従弟を贋婿に仕立てて送り込んだことからてんやわんやとなるという内容で、森羅子は、「筋は大体原作のまゝを我邦俗に合ふやうに移し」（『通俗古今奇観　附月下清談』、青木正児解題、岩波文庫、昭和七年〈一九三二〉）たのである。

しかしこのように典拠を丸ごと、ほとんど改編もせず利用したのは、『月下清談』が初めてではない。前年の寛政九年〈一七九七〉正月に、これも上総屋など江戸三書肆から出た雲府観天歩《うんぷかんてんぷ》の『邂逅物語《わくらば》』が、その先蹤作と考えられるのである。雲府観天歩については、曲亭馬琴の『近世物之本江戸作者部類』「読本作者之部」に一項が立てられていて、参考になる。伝未詳。戯号は「俚語に事の天運に憑《よ》るを運風天賦《ウンフテンフ》とかいへ」るのに拠る。馬琴はさらに『邂逅物語』に触れて、

こも五冊全部の続き物にて、趣向は唐山の稗説今古奇観なとの中なる一回を翻案したりとおほしく、妒婦と賢妾ありて、これにより種々の物かたりあり。妾のうめる子は賢にして名を成したる結局に、妒妻本然の善に帰して遂に席を譲り、妻妾位を易《カフ》るか団円也。

と記している。少しこれを補えば、原拠は『今古奇観』ではなく、『聊斎志異』中の「大男」であることが判明し

ている（向井信夫「聊斎志異と江戸読本」、『江戸文学叢話』所収、平成七年〈一九九五〉、初出昭和四一年〈一九六六〉五月、同「寛政年代に於ける馬琴著作の二、三」、同所収、初出昭和五〇年〈一九七五〉一〇月）。また勧善懲悪を説いて「愚《をろか》なるを懲《こ》らし勧《すゝむ》る露《つゆ》はかりの補《おぎな》ひなかるべきかは」などと述べる自序をもち、本文中に神仏の霊現や因果応報を言う部分もあって、江戸〈稗史もの〉読本への接続を思わせるが、眼目はやはり「妻妾位を易」えて一家が再会するという世話物的な筋の運びの面白さであり、それに惹かれての翻案であろう。

天歩の「続き物」には、さらに『桟道《かけはし》物語』（寛政十年、上総屋など江戸三書肆刊、五巻五冊）がある。典拠はもと『醒世恒言』所収で、『小説精言』（寛保三年〈一七四三〉刊）に岡白駒の訓訳の収まる「張淑児巧智脱二楊生一」。またやや後の享和二年〈一八〇二〉刊ながら、森羅子の『燈下戯墨玉之枝』（奥村喜兵衛（江戸）など京・大坂・名古屋・江戸六書肆刊）も同工の作で、清《せい》田《た》儋叟《たんそう》訓訳の和刻本『照世盃』（明和二年〈一七六五〉刊）巻一「七松園弄レ仮成レ真」が原拠である。この二作については、石崎又造氏に典拠との詳細な比較検討が備わる（『近世日本に於ける支那俗語文学史』第五章第二節、昭和一五年〈一九四〇〉）。

さて以上の四作は、従来典拠に寄りかかって工夫の乏しい「翻訳的な単純な翻案物」（同右書中、『桟道物語』評）と見做されることが多かった。しかし四作に共通した典拠の丸ごとの利用という特徴は、むしろ短編奇談集というそれまでの読本の型を脱して全編をひとつの話柄で統一しようとする、言わば長編化への試行錯誤の現われと見るべきなのではなかろうか。『玉之枝』はしばらく措き、寛政九・十年の三作の刊記には、いずれも上総屋利兵衛の名のあったことに注意したい。横山邦治氏の指摘されるように（『読本の研究』第一章第一節）、上総屋は寛政期の江戸における読本出版の中心的存在であった。これらの作には、読者の好尚の変化を受けとめた版元の意向が、少なからず働いていたと考えたいのである。そして『玉之枝』のみは、遅ればせながら他書肆が同じ方法を踏襲したものであった。けれども典拠が短編小説である以上、これらはあくまでも「擬似」長編に止まる。前掲『近世物之本江戸作者部類』の「雲府観天歩」の項には、次のようにある。

当時のよみ本は、一巻の楮数十五六頁或は二十頁にとゝまる。その筆畊九行か十行にて細密ならす。さし画も略画にて巻毎に二頁に過きす。全本五巻の價銀五匁はかりなりき。

また馬琴は『邂逅物語』について、趣向は拙くはなかったけれども、「当時は滑稽物のなほ流行したれは、時好に称はすやありけん、させる世評を聞くこともなかりき」と記しているが、これは恐らく他の作にも当て嵌まるものと思われる。ただ天歩や森羅子がことさらに和刻本のある作を典拠に選び、『邂逅物語』のばあいには和臭を強めて内容に親しみやすくしていることに注意したい。彼ら（及び版元）の対象とする読者層は従来同様「雅」の層（知識人読者）と考えられるが、第一級の人々のみではなく、もう少し広い範囲をも狙ったものになっているのである。

読本の長編化と、より広い読者層への普及。この二点に向けての努力の跡が天歩・森羅子の読本の中に見出せることは、述べてきたとおりだが、その十分な実現は、寛政十一〈一七九九〉・享和元年〈一八〇一〉刊の山東京伝作『忠臣水滸伝』前・後編を俟たねばならない。以下再び年代を溯り、初期読本の内、今度は代表的白話小説『水滸伝』を翻案した長編作の系譜を辿った上で、『忠臣水滸伝』の成立について改めて考えてみることにしたい。

二　『水滸伝』翻案の系譜──壺游・綾足・椿園──

中国明代の長編白話小説『水滸伝』がわが国の読書界に広まったのは、享保期唐話学の第一人者であった岡島冠山（享保十三年〈一七二八〉没）の手に成るとされる、和刻訓訳本『忠義水滸伝』と『通俗忠義水滸伝』の存在によるところが大きい。『忠義水滸伝』は、百回本『水滸伝』の第一〜十回に訓点を施した初集が、享保十三年に出た。ただし本書には、左訓は附されていない。また施訓者の名がどこにも記されていないのだが、冠山その人として良いようである（白木直也「通俗忠義水滸伝の編訳者は誰か」、『広島大学文学部紀要』13、昭和三三年〈一九五八〉三月）。一方の『通俗忠義水滸伝』は、二十九年後の宝暦七年〈一七五七〉刊。漢字カタカナ交りの翻訳、いわゆる「通俗本」で、訓訳本よりはずっと読み易い。ただ巻一の表紙見返しに「冠山岡島璞玉成先生編訳」とあるなど、冠山の訳業であることをあちこちに匂わせているにもかかわらず、そうでない可能性のほうが強いようである（白木氏論文）。しかし本書の出現が、より多くの人々を改めて『水滸伝』に惹きつける端緒となったことには疑いがない。翌々宝暦九年〈一七五九〉には、恐らく初集が多くを売ることができなかったために放置されていた訓訳本『水滸伝』の二集（第十一〜二十回）が刊行される。通俗本自体も中編（安永元年〈一七七二〉）・下編（天明四年〈一七八四〉）と続刊を続け、寛政二年〈一七九〇〉の拾遺二十冊をもって完結するのである。

さて、このようにして知識人間に普及して行った『水滸伝』は、先に見た短編小説同様に読本の格好の趣向源となった。初期読本の中には、〈奇談もの〉に比べればやや傍系ながら、〈水滸伝もの〉（横山『読本の研究』序章第三節）と呼ばれる長編の系列が存在する。『忠臣水滸伝』に至るもうひとつの前提として、これらの作をひとわたり見渡してみることにする。

〈水滸伝もの〉の嚆矢は、明和五年〈一七六八〉刊の『湘中八雄伝』である。半紙本五巻五冊。書肆は江戸の崇文堂前川六左衛門で、富川吟雪が挿絵を担当。作者の聚水庵《しゅうすいあん》壺游《こゆう》（北壺游）は、徂徠学派の校勘学者根本武夷《ねもとぶい》と考証されている（中村幸彦「初期読本と水滸伝」、著述集七所収、昭和五九年〈一九八四〉、初出昭和二一年〈一九四六〉一〇月）（補注1）。続編を予定していたようだが、これは未刊に終わった。全編の骨子は、木曽義仲とその愛妾巴との間に生まれ、和田義盛の三男として育てられた豪力無双の英雄朝比奈三郎義秀が、次々と六人の勇士を得（「八雄」のいま一人は、続編に登場の予定だった義秀の師宗鑑の息か）、力を合わせて佞臣梶原景時・景高父子を討つというもの。その過程に『水滸伝』の様ざまな場面がやや朧化して嵌め込まれていることについては、中村幸彦氏に詳しい指摘があり（前掲論文）、徳田武氏によって追認されている（「『湘中八雄伝』の文学史的意義―水滸ものの流れにおける―」、『近世文芸　研究と評論』二、昭和四七年〈一九七二〉五月）。

ところでいま注目しておきたいのは、本作に登場する勇士たちの閲歴である。朝比奈義秀については先に記したので、他の六名のそれを列挙してみる。

○　泣井石丸　秩父の百姓の子。その出生は異常で、力あくまで強し。

○　鴛鴦沼野三巨就《おしぬまやぞうひろなり》　父は源頼政の臣で、平等院で討死。家名を興そうとしている。

○　高麗《こまの》雷太　木曽中三権守（巴の父）の下部《しもべ》で、後室の遺言を巴に伝えるために鎌倉に来たが、渡世のないままに盗賊を業とする。

○　俠客白露の新平、実は鹿瀬《かせ》新平玄連《はるつら》　藤原秀衡の臣で、義経に付け置かれた。義経を滅亡に追い込んだ梶原景時を敵と狙う。

○　薦野《こもの》次郎貞廉《さだかど》　父は平家一門で、もと筑紫の一郡の領主。敵海野左近（梶原の臣、醒井兵藤太）を狙う。

○　東岳坊存乗（不撰）　加賀白山の衆徒。軍学に心を砕き、義秀の師でもある古佐入道宗鑑に学ぶ。

彼らが源頼朝を中心とする時の権力の外側におり、あるいはこれと敵対する立場の者も含まれていることは、一見して明らかであろう。これに対し梶原父子は、体制内にあって専横の振舞い多く、その秩序を乱す者として描かれるのである。では勇士たちは皆全き正義漢かというに、大むねそのようにはなっているのだが、一箇所だけ、やや首をかしげざるを得ない場面が含まれている。巻之四の前半がそれにあたる。

勇士のひとり薦野次郎は、参詣した長谷の観音で、北条政子の供をしていた敵海野を発見するが、雑兵らに打擲されたのを、深編笠の侍（実は義秀）に救われる。翌日今度は盗賊に逢い、半死半生のところを猟師体の男に介抱され、山中の岩屋に運ばれて養生する。ところが岩屋の主は、自分たちの主人の入手した剣の試し斬りに命をくれと乞う。薦野は覚悟を極めるが、現われた主人とは義秀で、冗談に言ったのを、部下の巨就と雷太が真に受けたのである。

この一件は、結果的には義秀と薦野を結びつけるのだが、いかに冗談とは言え、二人の部下はこのことばを忠実に実行しようとしたのである。壺游はなぜ、このような殺伐とした挿話をあえて主人公側のものとしたのだろうか。続いて『本朝水滸伝』に即しつつ、その理由を忖度してみることにしたい。

『本朝水滸伝』は、建部綾足による奈良朝を舞台とした大作である。前篇十巻（第一〜二十条）のみが安永二年〈一七七三〉に刊行され、後篇十五巻（第廿一〜五十条）は写本で伝わる（静嘉堂文庫所蔵など）。さらに「百条に分ちて書終らむ」（奥野たねよし後篇跋）計画だったらしく、続篇七十条までの目録が残る。『西山物語』（明和五年〈一七六八〉刊）同様、国学者としての立場から「初学びの者の為に」書き残したと、同じく後篇跋文に言うように、綾足は本作を雅文体で記した。高田衛氏による要約を引用すれば、大筋は次のとおりである。

高野天皇と道鏡の愛欲的な結合から話が始まり、挙兵して敗れた恵美押勝、皇太子道祖王、橘諸兄と奈良麻呂の親子、塩焼王と不破内親王らは、それぞれ辺境の山地海辺に亡命する。伊吹山地で「猟《さつ》の王」と提携した押勝を中心に、彼らは辺境の異族や山岳民、あるいは地方豪族らと連帯をはかる。こうして辺境の各地に拠点を作り、古代天皇中央政権を周辺からじわじわと包囲し、蜂起を準備してゆく過程で、和気清麻呂、大伴家持、藤原清河といった義人たちも突拍子もなくこれに加わってゆく。しかし、太宰阿曽麻呂を中心にした、古代天皇政権の側も強大な権力をもってこれに対抗してゆく」（「亡命、そして蜂起へ向ぅ物語―『本朝水滸伝』を読む（I）」、『新編江戸幻想文学誌』所収、ちくま学芸文庫、平成一二年〈二〇〇〇〉、初出昭和五九年〈一九八四〉四月）。

相模一国を主な舞台としていた『湘中八雄伝』に対し、結構の大きいことは比較にならないが、体制の埒外にある者が権力悪に立ち向かうという最も基本的な構図は、両者等しいことに注意したい。さらには、本作中にも主人公の側の登場人物が必ずしも正義を体現しないという事例が見出せるのである。以下曲亭馬琴の言を借りつつ、このことを問題にしてみる。

馬琴は天保三、四年にかけて『本朝水滸伝』前・後篇を熟読し、前篇については文体・趣向・思想（勧懲が徹底しているか否か）の各方面から、逐条的な、また全体にも亘る批評（「本朝水滸伝を読む并に批評」）を綴った。後篇については、木村黙老の批評に頭書して、自己の見解を述べている。

清丸の妻子を将てきのくにゝゆく折、山賊のわざはひありて、巨勢猟野は殺され、金石もうちたふされて、清丸の妻娘をとらるゝ段は、三庄太夫の義太夫本、扇の橋のおもむけ也。扨この山賊は、跡見武雄・武荒といふ兄弟にて、悪方《カタキヤク》にあらざりしよし後に知られ、忌部宿弥海道にあふ段は、よろしけれども、猟野の枉死あはれむべし。この山賊、極悪の悪人ならば、殺すといふとも論なし。後に実事師になるものなれば、猟野は手を負ひしのみにて、金石と共に甦生せしよしに作るべきを、後に二人の山賊が実事師なるよしを、看官に見透されじとて、かくねづよくものせしなるべけれど、かくては勧懲の為に宜しからず。猟野をころさでも、後を見すかされぬ書ざま、いくらもあるべし。（傍線筆者）

この条で綾足が反乱軍に属する者どうしの間に起こった殺人を描いたのを、馬琴は勧懲の立場から咎めているのである。

こうした評価は十六・十七条でもなされ、十九条に至って馬琴は次のように言う。

おもふにこの作者は、水滸伝なる宋江等百八人、草賊になりたれども、なほ忠義の名目あれば、かゝること（反乱軍側による美人局の計略）をすら作り設けたるなるべし。彼宋江等百八人は、招安の後、宋の忠臣になりぬ。その火を放ち人を殺し財を奪ふの時、これを忠義といふべきや。されば宋江等百八人、招安の後、大功あれども、その賞を得ず。或は王事に身を殺し、さらぬは奸臣に中られて、枉死して遺るは稀也。則是彼作者の凡ならざる所、一部の勧懲こゝにあり。さるを綾足は、水滸伝を何と見たるにや。

ここで馬琴は自らの『水滸伝』観を吐露しているのだが、さらに重要なのは、初期読本と後期読本における『水滸伝』受容の相違が、はっきりと示されていることである。馬琴の記すとおり、綾足は（そして壺游も）「水滸伝なる宋江等百八人、草賊になりたれども、なほ忠義の名目あ」ることを、明らかに踏まえている。彼らにとっては勧懲の徹底はさしたる問題ではなく、時には盗賊を働くことをも辞さない好漢たちが、体制内に巣喰う悪と戦うという『水滸伝』の基本的構想を借り、その雰囲気を物語中に漂わせることのほうを優先していたと考えられるのである。そして〈水滸伝もの〉のもつこうした性格は、次に述べる伊丹椿園の『女水滸伝』において、最も良く発揮されることとなる。

椿園は、本姓坂上（また山本・浦辺とも）、通称善五郎。俳諧に名のある蜂房の子で、「剣菱」の醸造元津国屋の養子である（濱田啓介「伊丹椿園は津国屋善五郎なり」、『近世文学―作家と作品』所収、昭和四八年〈一九七三〉）。『女水滸伝』は、作者が若く没した後、天明三年〈一七八三〉に世に出た。四巻四冊、京都の菊屋安兵衛刊。題名からも明らかなように、八人の女性が登場する。その多くは芦乗八郎を首領とする盗賊一味の妻・愛人・娘たちである。男たちは波《は》羅遮《らしや》国に密貿易に赴いて捕えられ、三年後ようやく帰国するものの、今度は将軍足利義勝の命で再び捕えられて刑せられそうになる。その間女たちは彼らに尽し、ついには南朝再興を目論む白井秀蘭を「謀師」として刑場から八郎らを救出し、将軍家に敵して勢い盛んとなるのである。濱田啓介氏は、海外渡航と私貿易とを英雄的に扱うこと、幕府・将軍を直接に敵とすること、幕府直属の役人を奸曲非道に描くことの三点をもって、本作を「かなり大胆な小説」と規定された（前掲論文）。その具体例を、もう少しあげよう。

芦乗八郎の助太刀で兄の仇を討ち、その妻となった玉園は、夫が海賊や密貿易を業とすることを知るが「已《すで》に恩《おん》を蒙《かうむ》り又夫妻《ふさい》となれる事は前生《ぜんしやう》よりの宿縁《しゆくえん》なればと深《ふか》くも悔《くひ》ず近《しゆにちかづく》ㇾ硃者赤《あかく》近《すみにちかづく》ㇾ墨者黒と次第に同じ心とな」る（第二回）。八郎の部下天平太と馴染む遊女夕虹は、その業に気づいていたが「譬《たと》へ不義非道《ふぎひだう》なる輩《ともがら》の貲《し》財《ざい》を奪《うばい》 掠《かすむ》る共必ず善《ぜん》を修《しゆ》し道《みち》を守《まも》る人に心を付て必《かなら》ず害《がい》をなす事勿《なか》れと戒《いま》しめ」るのみである（第四回）。神崎辻の長の娘春雨は、同じく八郎の部下鬼藤内と私通して妻となり、後には我が家を娼家とし、一党の根城とする（第五・七回）等々。

さて本作に流れる雰囲気を、一言以て覆うことばを求めるとすれば、『英草紙』序文の「此《こ》の書義気《しよぎき》の重《おも》き所を述《の》ぶれば」の一節がそれにあたるのではなかろうか。もうひとつの長編小説『両剣奇遇』（安永八年〈一七七九〉刊）の第九回で、天下を狙う悪人である主人公秦織部をあたかも正義の人のように描いてしまっている（徳田武「初期読本における寓意性と文芸性」下の二、『国文学研究』53、昭和四九年〈一九七四〉六月）のも、椿園において「義気」が「勧懲」に先行することを思えば納得が行く。『英草紙』における都賀庭鐘の精神は、壺游・綾足を経てこのようなかたちで椿園に継承されたのである。

なお他に、以上のような性格をもたない〈水滸伝もの〉として『坂東忠義伝』（三木成為カ、元文五年〈一七四〇〉序、安永四年〈一七七五〉刊カ、江戸版）と『日本水滸伝』（佐々木天元、安永六年〈一七七七〉序、享和元年〈一八〇一〉刊、京都版）があるが、両作については、ここでは立ち入らないことにする。

三　『忠臣水滸伝』の成立

〈水滸伝もの〉の流れを受け、『忠臣水滸伝』に直接連なるとされる作に、振鷺亭の『いろは酔故伝』（寛政六年〈一七九四〉、上総屋利兵衛刊）と、曲亭馬琴の読本処女作『高尾船字文』（寛政八年〈一七九六〉、蔦屋重三郎刊）とがある。ともに書型は〈中本〉ながら、『いろは酔故伝』のほうは京伝の『通気粋語伝』（寛政元年〈一七八九〉刊）から想を得、遊里の外における人情の描写を狙った新傾向の洒落本と見るべきもののようである（棚橋正博「振鷺亭論」、『近世文芸　研究と評論』11、昭和五一年〈一九七六〉一〇月）。以下しばらく、『高尾船字文』を問題にして行きたい。まず、その「凡例」を引く。

此書《このしよ》や、戯房《がくや》は唐土《から》の稗説《ものがたり》に倣《なら》ひ、戯廂《ぶたい》は日本の演史《ぎだゆう》を引く。故《かるがゆへ》に文中通俗《ぶんちうつうぞく》めいたる有、院本《しばゐ》めいたるあり、どうめいたるあり、孔明《こうめい》たる謀《はかりこと》有て、くるり〳〵と廻《まは》ること、機関《からくり》の糸《いと》の如《ごと》く、花子《まめぞう》が唇《くちびる》に似《に》たり。主意《しゆゐ》は楽天《らくてん》が詩文章《しぶんせう》のごとく、媼婆《おんば》さまにも解易《げしやす》きをもて也。聊《いささか》珍紛韓退《ちんぷんかんたい》之《し》が、人威《ひとおどし》のむつかしきを求《もと》めず。（下略）

文中「唐土《から》の稗語《ものがたり》」が『水滸伝』を指すことは、言うまでもない。加えて遼の雑史『焚椒録』が一、二冊中に（播本眞一「『高尾船字文』と『焚椒録』覚書」、『近世文芸　研究と評論』17、昭和五四年〈一九七九〉一一月）、『今古奇観』巻三

「滕大尹鬼断家私」が第五冊の「都鳥の軸」の謎解きに用いられている（麻生磯次『江戸文学と中国文学』、改題再版、昭和三〇年〈一九五五〉）。対する「日本の演史《ぎだゆう》」だが、第一冊の目録中に「是《これ》は戲文《しばゐ》の先代萩《せんだいはぎ》」とはあるものの、必ずしも浄瑠璃の『伽羅先代萩』のみを指しているのではなさそうである。『高尾船字文』の登場人物の名は、同じく伊達騒動に取材した浄瑠璃『伊達競阿国戲場』のほうから取られており、しかも二作の浄瑠璃から筋書きを借りた形跡は、ほとんど見えない。馬琴はむしろ、実録などから取材することが多かったのではなかろうか（本書I-3、七三頁参照）。

さて『水滸伝』を「戲房《がくや》」とし、伊達騒動を「戲廂《ぶたい》」とするというのは、演劇における主要な構成法「訳文《はめもの》」（「綯交《ないまぜ》」とも。中村幸彦『近世的表現』第八章、著述集二、昭和五七年〈一九八二〉）の借用である。この方法は狂歌・黄表紙などにも多く用いられているが、本文中にも「此所筆のぶんまはしにてぶたいかわると見るべし」（第二冊）などとあるところからして、馬琴が演劇そのものを意識していることは明らかである。『高尾船字文』の新しさは、そうすることで、「人威《ひとおどし》のむつかしき」白話小説を「媼婆《おんば》さまにも解易《げしやす》」く、つまりこの時期に増加した大衆読者（俗の読者）にも親しめる世界に移し替えようとした点にある。

しかし馬琴の試みは、やや時期尚早であった。『近世物之本江戸作者部類』には、

なれとも当時は滑稽物の旨と行はれたれは、させる評判なし。江戸にては三百部はかり売ることを得たれとも、大坂の書賈へ遺したる百五十部は過半返されたりといふ。

とある。

けれども『水滸伝』をわが国の演劇と綯交ぜるという新機軸は、この失敗によって潰えることなく、今度は先輩山東京伝に継承されることとなった。（補注2） 翌寛政九年〈一七九七〉、書肆も同じ蔦屋から刊行された馬琴の黄表紙『武者

合天狗俳諧』（清田啓子氏「翻刻　曲亭馬琴の黄表紙（三）」、『駒沢短期大学研究紀要』五、昭和五二年〈一九七七〉三月）には、次のような出版広告が見える。

和国小説忠義《ちうぎ》大星水滸伝《おほぼしすいこでん》　山東菴主人著五冊

此書《このしよ》は、傀儡《くわいらい》の謡曲《やうきよく》仮名手本忠臣蔵《かなてほんちうしんくら》を拠《よりところ》として、太平記《たいへいき》に本《もと》づき、水滸伝《すいこでん》に倣《なら》ひ、忠臣孝子《ちうしんかうし》・義男貞女《ぎだんていじよ》の趣《おもむき》を切《せつ》にしたり。童子《どうじ》にも読安《よみやす》き仮名書《かなかき》の本なり。

さらに寛政十一年〈一七九九〉正月、同作・同書肆刊の黄表紙『世諺口紺屋雛形《よのたとへくちからこうやのひながた》』などにも、外題が『忠臣水滸伝』と変わり内容が具体的になって、同様の広告が見られる。

山東窟主人京伝子著

忠臣水滸伝前編　全部五巻

出来発行

此本は太平記《たいへいき》を主意《しゆい》とし、水滸伝《すいこでん》の趣《おもむき》をうつし、唐土《もろこし》の小説《せうせつ》にならひて仮名手本忠臣蔵《かなてほんちうしんくら》の十一段《だん》を十一回《くわい》にかきとり、忠臣孝子《かうし》義男貞女《きたんていふ》の作業《しわざ》を記《しる》したる稗史《つくりものかたり》なり。されともちつとも戯言《けけん》をいはず、もつはら勧《くわん》懲《ちやう》にたよりす。至極《しごく》おもしろきよみ物なり。往〻《ところぐ》画《ゑ》をくはへ国字《ひらかな》を以《もつ》て記したれば、児女《しちよ》にもよみやすかるべし。

『忠臣水滸伝』前編が実際に世に出たのは、この年の冬十一月であった。唐本を模した薄茶色表紙の、さっぱりとした仕立の半紙本（五冊）である。書肆は、耕書堂蔦屋重三郎、仙鶴堂鶴屋喜右衛門の合刻。続いて二年後の享和元年〈一八〇一〉十一月、後編五冊が出た。当代江戸戯作の第一人者山東京伝が、前編刊行までに延べ四年の準備期間を費したこの意欲作の評判を、『近世物之本江戸作者部類』は「綾足か本朝水滸伝有りてより以来、かゝる新奇の物を見すといふ世評特に高かりしかは、多く売れたり。この比よりしてよみ本漸々流行して、遂に甚しくなる随に、京伝か稿本を乞て板せんと欲する書賈尠からす」と伝える。『忠臣水滸伝』は京伝の読本の初作であるとともに、以後隆盛を極める後期読本（〈稗史もの〉読本）の嚆矢ともなったのである。中村幸彦氏は本作の備える特色を、四項にまとめて示された（前掲「読本展回史の一齣」）。

一、長編小説であること。
二、勧善懲悪の思想的裏付けを持つこと。
三、和漢混合の一種の文体を備えること。
四、装訂・繡像・挿画などに留意すること。

以下内容に即しつつ、これらの点を再検討してみる。

先にあげた広告からも明らかなように、『忠臣水滸伝』は『太平記』を時代背景（世界）として、『水滸伝』と『仮名手本忠臣蔵』を綯交ぜた作である。『高尾船字文』が『水滸伝』を主筋に置いていたのに対し、本作では、筋は『仮名手本忠臣蔵』全十一段の展開に沿って進行する。ただ京伝は第四段（「判官切腹の場」）を全く省いており、これに該当する第四回から次の第五回前半にかけて、後年『優曇華物語』（文化元年〈一八〇四〉十二月刊）に再び用いる松尾山の盗賊の話（『大岡忠相録』、西沢一鳳『伝奇作書』初編上の巻参照）を嵌め込むなどの工夫がなされている。この、典拠の丸ごとの利用という方法は、行き方としては雲府観天歩や森羅子と同一なのであるが、京伝は、短編白話小説に代えてわが国の演劇（浄瑠璃）を典拠に据えることで、長編としての枠組みとともに、大衆性をも獲得し得たのである。しかも高師直を高俅に、大星由良をはじめとする四十七士を『水滸伝』の百八人の好漢たちに擬したことで、本作は初期読本における〈水滸伝もの〉の正統に連なることにもなった。

しかし『忠臣水滸伝』は、従来しばしばその構成の不備を指摘されている。笹野堅氏は「何等効果を持たない挿話や附会の脚色に不自然さを増し、又物語の理想精神を不明にした」（新潮社『日本文学大辞典』五、昭和二六年〈一九五一〉）と評されたが、本作は内容的には失敗作と見做して良いのだろうか。このことを考えるにあたって、まず京伝の用いた『水滸伝』のテキストを問題にしてみたい。

翻案にあたって京伝の繙いたのは、必ずしも唐本そのものではなかった。徳田武氏の指摘されるように、寛政二年〈一七九〇〉完結の『通俗忠義水滸伝』の訳文が、大いに利用されたのである（『日本古典文学大辞典』四、昭和五九年〈一九八四〉）。一例として、『忠臣水滸伝』前編巻之三（第四回）に登場する、大星由良の形容を掲げる。

（1）眼《まなこ》は丹鳳《たんほう》の如《ごと》く眉《まゆ》は臥蚕《ぐわさん》に似《に》たり。滴溜《てきりう》々として両耳《りやうじ》に珠《たま》を垂《たれ》、明皎《めいけう》々として雙《さう》睛《せい》《ふたつのめ》に漆《うるし》を点《てん》じ、脣《くちびる》方《けた》にして口正《くちたゞし》く、（2）志《し》気《き》堂《とう》々として威風凛《いふうりん》々たり。（3）其為人《そのひとゝなり》忠義《ちゆうぎ》を貴《たふと》み名利《みやうり》をいやしめ、——

ところが（1）〜（3）は、それぞれ『通俗忠義水滸伝』巻之九の宋江の形容、

（1'）眼《マナコ》ハ龍鳳《レウホウ》ノ如ク眉《マユ》ハ臥蚕《クハサン》ニ似《ニ》タリ。滴溜《テキリウ》々トシテ、両耳《リヤウジ》ニ珠《タマ》ヲ垂《タ》レ、明皎《メイカウ》々トシテ雙睛《ソウセイ》ニ漆《ウルシ》ヲ点《テン》シ、脣方《クチヒルケタ》ニシテ口正《クチタヽ》シ。

（2'）志気堂《シキトウ》々トシテ威風凛《イフウリン》々タリ。

（3'）其為人《ヒトヽナリ》忠義《チウギ》ヲ貴《タツト》ビ、利欲《リヨク》ヲ賤《イヤシン》ズル。

を写したものに他ならない。通俗本を用いた京伝の翻案ぶりは、口絵の画賛にまで及んでおり、細部にわたって入念なものである（なお口絵そのものが通俗本の影響下に成っていることについては、鈴木重三「読本の挿絵」参照。『図説日本の古典19　曲亭馬琴』所収、昭和五五年〈一九八〇〉）。

京伝の利用した『水滸伝』のテキストは、もうひとつある。中村幸彦氏は、幸田露伴の「京伝は歪みなりにも支

那小説を自力で読みこなすほどのことは無かったかも知らぬ」との言を受けて、「京伝が本文について中国小説を利用したものは、殆ど通俗書即ち翻訳のあるもので、しからざるものも訓訳書以上に出るものはまだ一つも見たことはない」と説かれる（「椿説弓張月の史的位置」、著述集五、昭和五七年〈一九八二〉）。京伝はその「訓訳書」のほう、つまり岡島冠山施訓の『忠義水滸伝』をも用いているのである。ただし『忠臣水滸伝』の本文と照合するに、初集（第一～十回）の使用のみに止まるようである。

『忠臣水滸伝』の、ことに前編には、通俗本と訓訳本を組み合わせて用いた部分が、しばしば見られる。次にあげるのは、『水滸伝』第九回の柴進の形容を、『忠臣水滸伝』第三回に登場する桃井安近に移したもので、文中の傍線は通俗本から、波線は訓訳本から、それぞれ直接引かれていることを示している。

一簇《ひとむれ》の人馬《じんは》あらはれ来る。一隊《いったい》の人衆《にんじゆ》のうち主人《しゆじん》とみえて、一位《ゐ》《ひとり》の官人《くわんじん》《れき〳〵》一匹《ひき》の雪白捲毛馬《しろまきげこま》に嵌花鞍《ぞうがんのくら》をおき、五色《ごしき》をまじへたる轡《たづな》をかけ、さも従容《ゆたか》に打騎《うちのり》て、慢々《しづ〳〵》とあゆませ来る。郷右衛門ひそかに此官人《くわんじん》を見るに、相貌《さうばう》《かほばせ》もつともたゞしく、年紀《としのころほひ》は二十七八歳《さい》とみえて、頭《かうべ》には緑《みとり》の編藺笠《あやゐがさ》《きしやがさ》を載《いたゝき》て荷葉風《はちすはのかぜ》に翻《ひるがへ》るに似《に》たり。身《み》には紅《くれなゐ》の狩襖《かりあう》を穿《ちやくし》て蓮花《はすのはな》日を弄《もてあそぶ》がごとくなり。

主体は通俗本だが、それに訓訳本中の語句を絡ませることで、訓読臭が一層強まっていることがわかる。しかしこうした箇所が周囲の文章から浮き上がっているようには見えない。そういう印象を与えないために、京伝は

郷右衛門これを見て切歯咬牙怒《はをくひきはをかみいかる》といへども只索無奈《たゞなにともせんかたなし》。かくて伴内小衛内《わかきみ》を奪《うばひ》とり、ともに轎子《のりもの》に推入《おしいれ》てこれを前《さき》に扛《かゝげ》いだし、

のように、中国俗語（傍線部）の語彙を多用して、他の部分をもいかにもそれらしく見せているのである。中村幸

彦氏が『忠臣水滸伝』の特色としてあげられた「和漢混合の文体」とは、右のようにして造り出されたものであった。そして元来全く文体の異なる『仮名手本忠臣蔵』を、できるだけ異和感なくこれと融合させることにこそ、京伝の趣旨はあったと考えられるのである。本作鑑賞の勘所も、恐らくこの点にある。京伝は、訓訳本・通俗本を介してではあるが、『水滸伝』の文体による『忠臣蔵』を目論んだのである。

　しかし京伝の意図を十分に汲み取りつつ本作に親しむことは、必ずしも容易ではない。京伝が前提としたのは、訓訳本や通俗本による『水滸伝』の読者、つまり天歩や森羅子の作を味わえるのと同程度以上の、「雅」の層の人々と見るべきであろう。前編序文に「固是寓言傅会、然示㆓勧㆑善懲㆑悪於児女㆒」と謳ってはいるものの、『忠臣水滸伝』は翻案の技巧そのものを楽しむ前期戯作臭を強く残しているのである。

　けれどもさすがの京伝も、「俗」の読者（大衆読者）の増加には抗し切れなかったようである。『忠臣水滸伝』後編では、内容そのものには変化はないが、前編に比べて漢字の量が減り、明らかに読み易くなっているのである。このことは、前編の文章が「俗」の読者にとって決して馴染み易いものでなく、しかもそうした人々を無視し切れずに取られた措置と見るべきなのではなかろうか。後編が前編より二年遅れて刊行されたのは、文章の改変に手間取ったためとも考えられるのである。

　読者層の変化は、後編巻末の出版広告からも窺うことができる。山東先生著とされる近刊書の説明書きに、「好《かう》事《ず》の君子《くんし》よろこび玉ふべき奇談《きだん》」、「唐宋元明の諸稗説より抄出たる奇談」などとあるのは、それまでの読本とさほど変わらない作の計画されていたことを推測させるし、

近松《きんせう》伝奇《でんき》国姓爺西湖柳《こくせいやせいこのやなぎ》　全部五巻　近刻

李《り》笠翁《りつをう》の伝奇《でんき》にならひ近松《きんせう》翁の著作せる国姓爺が伝を国字《こくじ》の小説《せつ》に編《へん》したる書なり。唐山《とうざん》の俗語に和語をま

じへてつゞれるは山東先生一家の体文《ていぶん》なり。

とあるのは、『忠臣水滸伝』の行き方と全く等しい。しかし実際に刊行を見た京伝の第二作『復讐奇談安積沼』（享和三年〈一八〇三〉十一月刊）では、筋の興味が前面に押し出され、文章はわかりやすく、俗語の語彙の使用もごくわずかである。京伝は、自らの読本の読者を、『忠臣水滸伝』で定めた層よりやや低く定め直したのである。そしてこの層が、爾来〈稗史もの〉読本の読者層の主流となって行く。

こうして『忠臣水滸伝』は、後期読本としてはやや高度な読者を想定して、知識的な性格の非常に強い、最初で最後の作となった。京伝の才は、寛政・享和の過渡期に最も相応しい読本を産み出したのである。

注

（補注1）　中村幸彦氏は、『近世小説史』（著述集四、昭和六二年〈一九八七〉）では、本作の成立について「『水滸伝』を読本に利用して長編小説を構想した、恐らくは最初の書なのである。ただし武夷は、明和元年十一月二日に歿している。よって作は、それ以前であり、刊行にあたっては、なにがしか後人の手も加わっているかも知れない」（二一八頁）と、より慎重に記述しておられる。また、本作の成立年次と『坂東忠義伝』（後述）の序（高泰、元文五年〈一七四〇〉）の先後関係に触れて、「どうやら武夷の方が以前ではなかろうか」とも記される（二二〇頁）。

（補注2）　現在では、『高尾船字文』は、元来は京伝のものであった『水滸伝』と浄瑠璃作品とを綯い交ぜるというアイデアを、両者合意の上で馬琴が借用し、『忠臣水滸伝』に先立って作品化したものと考えている（本書II-3・4・6）。

2　初期江戸読本とその背景

2 i　初期江戸読本と寛政の改革――『奇伝新話』その他――

一

文化・文政期を中心に行われた、いわゆる後期読本のうち、〈稗史もの〉読本の様式がどのようにして形成されたのかを考えていて、初期読本とのつながりが気にかかることがある。筆者にとって、それは必ずしも都賀庭鐘の『英草紙』（寛延二年〈一七四九〉刊）や上田秋成の『雨月物語』（安永五年〈一七七六〉刊）のような超一流作からの投影、といったことばかりではなく、主として寛政・享和期にかなり多量に刊行されている江戸出来の初期読本（以下便宜〈初期江戸読本〉と称する）が、山東京伝の『忠臣水滸伝』（前編・寛政十一年〈一七九九〉、後編・享和元年〈一八〇一〉刊）に続く〈稗史もの〉の流れと、一体どのようなかたちでつながっている（あるいは、いない）のだろうかという、むしろ素朴な疑問である。

そういう問題意識を抱くようになったのは、『読本の世界』（横山邦治編、世界思想社、昭和六〇年〈一九八五〉の第一章第一節「寛政・享和年間」（本書I-1）を担当した時からのことである。『忠臣水滸伝』の成立論を軸としたこの稿で、筆者は当初、いわば慣例に従って初期読本における『水滸伝』翻案作を列挙し、その先に『忠臣水滸伝』を置こうとしたのだが、正直両者の間の親近性よりも隔たりのほうが強く感じられて、すっかり考えあぐねてしまっていた。それが、寛政四年〈一七九二〉刊、森羅子作の初期江戸読本『凩《こがらし》草紙』を間に挟んでみたときに、ギャップが実に素直に解消され、当初五里霧中だった全体の見通しが、にわかに明るくなった印象があった。この時は『凩草紙』（補記）一作の、しかも一部について考究するのがやっとだったけれども、このたび初期江戸読本を粗々通観する機会を得て、周辺作についてもやや理解が深まったように思うので、その一端を報告してみたい。

以下専ら初期江戸読本の最初に位置する『奇伝新話』（蜉蝣子《ふゆうし》作、天明七年〈一七八七〉刊）を取り上げて論じるが、これに『圃老巷説菟道園《うぢのその》』（桑楊庵《そうようあん》光作、寛政四年〈一七九二〉刊）と『凩草紙』を加えた寛政四年までの主要三作品には、共通した特徴を看取できるように思う。それが天明末から寛政前半期にかけての社会風潮の何がしかの反映ではないかというのが、本章における筆者の目算である。なお『奇伝新話』については、横山邦治氏『読本の研究』第一章序説「江戸における読本への胎動——「古今奇談英草紙」と「奇伝新話」と」にすでに言及が備わり、本章もここから大きな恩恵を受けているのだが、主として書誌的事項にかかわる確認・訂正のため、論述に重なる点のあることをお断りしておく。

二

さて『奇伝新話』（外題は「新板絵入奇伝新話」）は、半紙本六巻六冊に八話（ただし巻二の二話はひと続きの話なので、実際は七話）の短編を収める。序文に、本作の成立事情と内容について、次のようなことを述べている。蜉蝣子という駿河台の隠士の撰したもので、元来は一巻三章ずつの五巻本であったが、昨天明元年火災にあって焼失、間もなく蜉蝣子も亡くなった。親友木俊亭《もくしゆんてい》がこのうち「勇士節婦類一巻」を書写していたのを、手に入れて読んでみると、「当時流行の雑書といへども、古人の名を借りて今の事蹟を写し、勧懲の意を専らとす。全篇の闕《かけ》たるをいかんともすべからず」。ところが、この夏釣り堀で出会った一老士が、こちらにない五回（章）分を所持していることが分かったので、合わせて八回分を六巻とし、清書して秘蔵している。「江左《こうさ》の釣翁愛筌軒《てうをうあいせんけん》にしるす／天明二年壬寅冬十月」。(1)

筆者は、実はこの序文の内容とともに、末尾の年次についても疑いを持っているのだが、それについては後述したい。文中に登場する作者蜉蝣子、筆写者木俊亭、序者江左の釣翁は、全体の口吻から退隠した武家の姿が想像されるが、共に未詳。なお挿絵を描いているのは、巻之六・二十丁裏の画中に「北尾紅翠斎画」とあって、北尾重政と知られる。

開版の出願年次は、『割印帳』によれば、序文から四年後の天明六年〈一七八六〉九月二十四日であり、出願者は山崎金兵衛。初印本の刊記には、「天明七未歳孟春／東都書林／本石町十軒店／山崎金兵衛」とある。後印本としては、

ア　「寛政四年子正月発兌」の刊記をもつ書肆不明版。
イ　上総屋利兵衛（東都江戸橋四日市）の出版広告をもつ無刊記本。ただし、広告の内容から寛政期後半の版。
ウ　イと同じ上総屋利兵衛の広告を残し、「文化十四丁丑仲秋発」とある川村儀右衛門（江戸横山町二丁目）版。
エ　外題角書が「勇士／烈婦」と変わった無刊記本。
オ　「復讐奇談五人振袖」と改題された文政八年版。(2)

が管見に入っている。馬琴の『近世物之本江戸作者部類』「蜉蝣子」の項に、殿村篠斎からの情報として「奇伝新話は巻尾にも序にも年号なければ、印行の歳月詳ならざれども、序中に「去春辛丑の云云」といふ事あり。辛丑は

天明元年也。これにより天明二年に上木せし歟と猜《スイ》するのみ」とあるのは、篠斎の見たのが、たまたまそういう後印本だったということなのであろう(3)。

さて作品の内容についてであるが、これも右の『江戸作者部類』に、

この冊子の趣向は、唐山の稗史より出たるもあり、又当時の街談をとり直して綴りたりと見ゆるもありて、一回づゝの連続せざる説話也。すべて勧懲の意ありて、浮たる物にあらず。和文は拙けれども漢字は多少ありし人なるべし。

とある。「唐山の稗史」というのは、巻之五の二話のうち「牛窓貫太」の主人公の形象に、『水滸伝』の魯智深や武松らしい豪傑の投影が見られたり、巻之六に唐の陳玄祐「離魂記」が引かれていたりすることを言っているのだと思われる。また「当時の街談」云々の箇所は、例えば巻之四の話の中に、鳥山（文中では「鳥峯」）検校の悪事が取り込まれている、といったようなことを指すのであろう。「和文は…、漢字は…」の部分は、いかにも馬琴らしい嫌味のある言い方であるが、本稿では、趣向や文章表現の巧拙には必ずしも拘泥しない。筆者としては、むしろ先に述べた序文の印象に呼応して、六巻八（七）話の全てが武士階級をめぐる話柄となっていることに注目したい（「全体に勧懲の意を体し、軽々しからざる風にまとまっている」という馬琴の評価も、この点と無関係ではないであろう）。『選択古書解題』（昭和二年〈一九二七〉）で、水谷不倒は本作について「離魂病（筆者注、巻之六）の外六篇は、すべて武勇伝に属」す、と述べているが、最終巻に置かれたこの話も、若い郷士の主人公が、武功によって先祖の勅勘を許され、旧領に復することでめでたく終わっているのだから、例外ではないと言って良い。

『奇伝新話』をめぐるこうした特徴は、漫然と武家にかかわる短編集を編んだ結果そうなったというよりも、作者・編者の側に明確な意図があったためと考えるべきもののように思われる。このことについて、作品内容に即し

て私見を述べてみたいのだが、主に取り上げたいのは、巻之一・巻之三の二話である。これらは共に、前掲横山氏著書に指摘が備わるように、庭鐘の『英草紙』を一読明瞭なかたちで踏まえており、両者を比較することで、『奇伝新話』の企図するところが自ずと浮かび上がってくるように思うからである。

まず、巻之一「辛苦貞節死《しんくのていせつしして》 再《ふたた》び嫁《かす》二細川頼連《ほそかわよりつらに》一」から。横山氏稿にもとづき、私にやや改変したかたちであらすじを述べる。

足利将軍義満の時、その管領にして四国の守護職細川頼之《よりゆき》の氏族細川兵庫介の次男で、勇武抜群の六郎頼連は、十七歳の時合戦で殊勲をたてるが、頼之は匹夫の勇と戒める。その意を覚った頼連は修行の旅に出、長門国で義盗兵部太郎に会して兵道機密の伝授を乞い、兵部太郎の山塞に暮らす。その間に召使信夫《しのぶ》と相愛となる。太郎の甥海道次郎は頼連が厚遇されるのを嫉み、頼連にすげなくされた召使宮路と通じ、不義を言いたてて頼連を除こうとするが、兵部太郎とその妻は、これにかこつけて、かえって不肖の海道次郎を害し、頼連を山塞から逃がして、信夫に後を追わせる。信夫は、四国に頼連を尋ねる途中水難にあう。

頼連は主家へ帰参し、謀略によって、人民を悩ます土佐の強賊将軍左衛門を捕らえる。頼之はその武略を賞して妻を迎えよと勧めるが、頼連は信夫のことを明かして辞する。頼之から信夫の水死を告げられた頼連は、一旦望みを失うが、実は信夫は頼之に救われており、頼之は信夫を自らの姪分として頼連にめあわせた。

婚儀の後、頼連夫婦は密かに兵部太郎夫婦のもとへ謝恩に赴く。兵部は大いに喜んで歓待するが、官人と盗賊の別を説いて以後の交わりを拒む。頼連夫婦は、仕方なく兵部夫婦の像を画いて、これに仕えた。

一言でまとめれば、明主の愛のムチによって修行の旅に出た幹部候補生の若武者が、一層のレヴェルアップを経て、見事復帰を遂げる話、ということになるが、右のあらすじの二、三段落目にあたる箇所に、『英草紙』の第二篇「馬場求馬《もとめ》妻《め》を沈めて樋口が婿と成る話《こと》」が踏まえられている。『英草紙』のほうの内容紹介は省略するが、登場人物のみ対比させてみれば、

『英草紙』	『奇伝新話』
馬場求馬	細川頼連
元丐頭《がいとう》浄応	兵部太郎夫婦
浄応娘幸《さい》	兵部召使信夫
現丐頭小二郎（大六）	海道次郎・宮路
樋口三郎左衛門	細川頼之

となろうか。「馬場求馬」の話のテーマについては、中村幸彦氏が日本古典文学全集（昭和四八年〈一九七三〉）版の解説として書かれた、

おそらくこの原話（『古今小説』および『今古奇観』所収の「金玉奴棒打薄情郎」）が、彼（庭鐘）の注意を引いたのは、彼の直面する当代社会で、すでに一つの問題になっていた、当代封建社会の基本制度の一つである身分の問題が、はなはだ進歩的な方法で解決されていることであったろう。保守的な考えを一度は持った馬場求馬に対する、作者の諷刺的な姿勢は、彼がそれを問題にしたことと、彼の身分についての見識を示している。

との一節をあげておきたい。もう少し内容に即して言うと、家伝の軍学によって成り上がりたい求馬の側は、家運の衰えによる経済力の不足を補うために、一方の浄応は乞食という身分からの脱出をはかって、幸を媒介に、婚姻というかたちで結びつくのだが、求馬の身分が上昇し、仕官の望みが叶った時に葛藤が起こって（妻の身分を恥じて、船から水中に投げ落とす）、仕官先の大身樋口の取りなし（「ただ貴賤の字を論ぜず、英雄の志《こころ》を以て交るべし」）により丸く収

まるのである。

これに対し、『奇伝新話』の頼連の話には、本質的葛藤は何ひとつ含まれない。頼連は、主君細川頼之と、最初から深い信頼関係で結ばれている。頼連の軍学の師となる兵部太郎には、一貫して賊主の身分を離れたいという野望はなく、無条件に知識を伝授してしまうし、信夫との一件は、頼連が山賊の群れから抜け出して武家社会へ復帰するための、格好の口実となっている。その時に当たって、邪魔者の海道次郎と宮路も、まことに都合良く滅んでしまう（頼連が簀《す》巻きによって水死したとカムフラージュされるのは、信夫の水難を導くための前提である）。信夫の水難は、「馬場求馬」とは異なり何らかの葛藤の結果ではなく、章題によれば、一旦死んだ上で改めて頼連に嫁すために設けられた、なくもがなの災いである。そして最後に、一枚の肖像画を除いて頼連と兵部太郎の世界は完全に切り離される。—普遍的なドラマ性、あるいは文芸的達成度という観点からすれば、少なくとも『奇伝新話』のこの話は、庭鐘に劣ること数等と断言して誤らないであろう。

しかし、作者蜉蝣子は、単に庭鐘に追随してこの話を書いているばかりではないのではなかろうか。庭鐘が身分制社会の現実を意識し、悪意さえも込めて人物設定を行っているのに対して、蜉蝣子は、それなりに庭鐘の意図を理解しながら、「馬場求馬」の登場人物を、一層理想的に描き換えようと努めているように、筆者には思えるのである。

三

続いては、巻之三「遊女《うかれめ》確言《のくわくげん》秋山八郎《あきやまはちろう》立㆓忠孝《ちうこうにたつ》㆒」について。巻之一同様、まず横山稿に従ってあらすじを紹介するが、この話の女主人公の形象には、「当時の街談をとり直して綴りたりと見ゆる」（前掲『江戸作者部類』）点が、色濃く反映しているので、あわせて言及しておきたい。

ア 北条貞時執権の頃、大磯の駅に遊女の多い中にも、扇屋という家に玉扇という遊女がいた。「東江先生とやらんいへる儒者」を師として書と詩を学び、また好んで和歌を詠じた。

○右の注釈としては、中野三敏氏「沢田東江」（『近世新畸人伝』、岩波現代文庫、平成一六年〈二〇〇四〉）に若年からの遊興のせいもあって、吉原の遊女屋の主人や遊女たちにも東江流を学ぶものは多く、（中略）扇屋抱えの遊女三代目花扇らはむしろ師の東江を凌駕するほどの墨名を得て、向島三囲神社に扁額を奉納したりしている。

とあるのをあげておけば十分であろう。玉扇のモデルは、はっきりと吉原扇屋の三代目花扇である。

イ 難波の富商の息子が玉扇に馴染み、帰郷にあたって身請けを誓うが、玉扇はかえってこれを諭す。果たして息子の両親からも許しは出ない。息子はその後病死、玉扇は大いに嘆き悲しみ、追善を営む。

ウ 将軍家より京都禁庭への賀使秋田城之助が、玉扇に見せて誇るため、家士ともども旅装に驕慢を尽くすが、貞時朝臣の顰蹙を買い、玉扇も「かくのごとき狂態…無慚の至極」と批判する。

エ 北条宗宣《むねのぶ》の臣秋山兵衛の息八郎信勝は、闘諍（北条宗方《むねかた》の下卒八人を斬る）により父に勘当され、大磯に徘徊し、任侠の徒と交わる。玉扇と信勝は、詩を介して馴染む。

○二人を結びつけた「詩」とは、唐の王昌齢の作。その特徴は、高木正一氏によれば論理の追跡に堪えうる構成の緊密さをもつとともに、むせ返るような香気と、清らかさに満ちている。とりわけ、それは、彼が得意とする七言絶句のうち、宮女の怨みや、閨怨すなわち女人の物思いを女人にかわって詠じた綺豔の作に、こよなく発揮されている（朝日中国古典選26『唐詩選』（二）、昭和五三年〈一九七八〉）ということであるが、信勝は即座にこの体を模して七絶の閨怨詩を賦し、これを玉扇が王右軍（王羲之）の体で扇面に書写する。モデル花扇の師東江が他ならぬ王羲之を敬愛し目標としたことは、これも前掲の中野論文に指摘がある。つまりこの箇所では、主人公男女が、当代の最先端を行く古文辞学的教養を身につけた才子佳人でもあることが、一旦強調されるわけである。

オ　信勝は、主家に起こった変の鎮圧に参加せよとの父の書面を受けながら、玉扇に情を蕩かし、これを喜ばない。玉扇は、士類は忠孝をもって美目となす、遊女風情にうつつをぬかすものではないと諫言する。覚醒した信勝は勇躍変に赴き、第一の殊勲をあげる。

○主家の変とは、北条一族の内紛であり、実際には嘉元元年〈一三〇三〉に起こった（『国史大辞典』一二（平成三年〈一九九一〉）、「北条貞時」の項）のを、ここでは同三年のこととする。変の首謀者北条宗方の首級を信勝が得ることで、エの闘諍にも、同時に結末がつけられている。

カ　勘当を許された信勝は、両親に玉扇の諫言のことを告げる。これに感じた両親は、金銀を用意し、人を介して玉扇に身の納まりをつけさせようとするが、玉扇は自ら夫と定めたのは難波の商家の息子のみと語り、遊女としての勤めを全うする。現在その行方を知らず。

この「秋山八郎」の話に踏まえられているのは、『英草紙』第六篇「三人の妓女趣を異にして各《おのおの》名を成す話《こと》」である。備後尾道の三姉妹の遊女を主人公とするが、これについても、日本古典文学全集版の中村幸彦氏の解説に、本稿の主旨にとって欠かせない指摘が見られるので、引用しておきたい。

一芸一能あり、「義気」ある三人の妓女の生き方は、きびしい体制を持つ封建社会において、一芸一能を持った体制外にある者の生き方を示しているともみえる。第一話は体制外にあるが、どこまでも体制内の人となることを努力する即世的姿勢、第二話は体制外にあって、必要上体制内と交接を持つけれども、世をもてあそんで、体制外の自分を大事にする、離世的姿勢。この時代の文人など、最もこれに類する。第三話は、体制外にある以上に、体制内と絶縁してしまう遁世《とんせい》的姿勢、当時の知識人の選び得た三つの生き方を、この編に託したのではあるまいか。

本話については、筋書きを略記して右を補っておく。—長女の都産《みやづと》は遊女に似ず、普通の家に縁づき主婦となることを望み、願いどおり慕った男の家の墓に葬られた（第一話）。次女の檜垣《ひがき》は遊女としての手練手管に長じてこれを恥じず、従容として死んだ（第二話）。三女鄙路《ひなじ》は武芸を身につけ侠気があり、闇討ちされた愛人の敵を斬って、日頃の望みどおり跡を隠した（第三話）。

それぞれに即世・離世・遁世の姿勢が貫かれていて、読後感はまことに爽やかなのであるが、反面ここに登場する何人かの男性は、たとえ彼女たちの情人として描かれる人物であっても、所詮は添え物であることを免れない。一方「秋山八郎」では、第二話を全く切り捨てている点が特徴的である。そのことは、第一・三話の文辞が「秋山八郎」のあちこちにはめ込まれているのに対して、第二話については、それが見られない（第二話からは「此時父母も打続き世を去り」との一節が引かれているけれども、檜垣の話と直接にかかわらない）ことによって分かる。『奇伝新話』の作者蜉蝣子にとっては、「秋山八郎」の典拠として必要なのは、貞操と侠気を描く第一・三話のみであって、遊女としていわばプロに徹した檜垣の話は、離世よりもむしろ玩世と映るのであろう。

さらに、蜉蝣子の姿勢の良く示されているのは、「三人の妓女」第三話において、情人平四郎からの身請けの申し出を断る鄙路の議論を、難波の商家の息子に対して（あらすじイ）と秋山八郎信勝に対して（同オ）の、二度にわたって利用した点であると思う。「三人の妓女」のその箇所を引いておく。

平四郎一味《いちづ》に鄙路を娶《めと》りて夫妻たらんと思ひつめて、常に心の底を鄙路に語る。鄙路笑て「年月旧《ふるき》を送り新《あたらしき》を迎へ、片刻《へんこく》《かたとき》の偶《ぐう》《ふうふ》をなすもの幾人《いくひと》ぞや。此国に名ある人、我が一歓《いっかん》をなさざるはなし。我此身商人の婦となるも、なを醜聞《しうぶん》《よからぬきこへ》に堪えず。況《いはんや》武家の室とならば、生立《をひさき》ある你《きみ》を恥《はづか》《はだふれる》しむるなり。再び此事をいふことなかれ。左《さ》あればとて、此後你《きみ》に対して疎きことなし」といひて、従良《じうりやう》《みのかたづき》のことはとりあはず。

不特定多数の男の相手をしてきた自分であるから、たとえ階級の低い商人のところに片づいたとしても、嫉妬含みの良からぬ噂が、たちまち広まるだろう。ましてお侍の奥様ともなれば、それはますますひどく低級になるだろうから、あなたの出世の邪魔になる。―ここには、封建的身分制度を前提とする社会の現実に対する、庭鐘の冷徹な認識が示されており、そうした社会に対応する戦略が、この話では、中村氏の言われる「遁世的姿勢」に繋がっているのであろう。

ところが「秋山八郎」では、身請けを拒むことはそのままに生かしながら、玉扇は、商家の息子に対しては放蕩に陥ることを戒め、八郎信勝に対しては一歩を進めて、才にあげたように、忠孝を説いて惰弱を諌め（前段エの蘐園才子風の批判である。エの終わり近くには、玉扇が「しばらく情をかたらんとならば」この人と思って信勝に対した旨の予防線も張ってある）、武家としての自覚を促した上で、本務に赴かしめている。作中玉扇の「俠気」が最も賞賛されているのはこの点においてであるが、加えて玉扇は、謝礼の身請け金を得ても遊女としての勤めを止めようとしない。しかしこれは、「三人の妓女」第二話に倣った離世的姿勢の反映なのではなくて、冒頭近く「みづから娼流にある事を恥て、只主家（扇屋）の大恩を報ずるを以て心とし其《その》つとめに怠ることなし」とある、むしろ即世的な姿勢の延長である。ウの挿話からも、文芸的虚構としては噴飯ものながら、作者が為政者と同じ視点で世の中を見ようとしていることが良く分かる。

四

『奇伝新話』の内容を、巻之一・三を通じて眺めてみたが、ともに士分のあるべき姿が、前者は正面から、後者は遊女さえもがそれを支えるというかたちで描かれていた。作者蜉蝣子の姿勢は、残る五話でも全く変わらない。巻之五の二話は、片方では主人公が出家し、もう片方では主人公に仇討ちを成就させた副主人公が行方をくらましてしまうが、ともに暗君批判に繋がっており、社会そのものに対して悲観的なわけではない。中村幸彦氏に倣って、都賀庭鐘を離世ないし遁世的な文人と呼ぶならば、蜉蝣子はどこまでも即世的であって、これを文人とすることはできない。

内容の把握が一段落したところで、改めて成立・刊行時期との関係に目を転じてみたい。前述のとおり、本作の出版が許可されたのは天明六年〈一七八六〉九月、刊行年次は翌七年正月なのだが、この頃徳川幕府の内部に大きな変動の起こりつつあったことは、人の知るところである。天明六年八月二十七日に、老中田沼意次が罷免され、翌年六月十九日、松平定信が新たに老中の座について、寛政の改革政治が始まった。この刷新と、黄表紙・洒落本をはじめとする戯作類との関連については、旧来の弾圧説に対して、中野三敏氏に、これを時代に即して再考すべしとの説がある（『十八世紀の江戸文芸』、平成一一年〈一九九九〉。以下、中野説に賛同する立場で論じている）が、政治の動向が具体的に文芸に反映し始めるのは、もちろん定信の老中就任以降のことであって、『奇伝新話』の刊行時には、それ以前に比べて、さほど大きな外的変動は起こっていないと言って良い。しかも天明二年十月という序文の年次と、同元年春に焼亡したとの記述をそのままに信ずれば、本作は、安永末年頃には稿本として存在していたことになる。安永末から天明初年にかけては、中野氏の言われる十八世紀江戸文化の全盛期、その中にあって、蜉蝣子は、「秋山八郎」風に言えば、士分ともあろうものが風流才子を気取る「浮薄」な世の有様に悲憤慷慨して、密かに『奇伝新話』をものし、一部友人にのみ見せて、わずかに鬱を散じていたということになる。けれども、序文の年次と記述のみに基づいてこのように結論づけてしまうことに対しては、躊躇を感じざるを得ない。それにしては、士分の覚醒と社会参加を高らかにうたう蜉蝣子の筆致は、寛政の改革政治の理念を先取りしすぎているように思われる。本作の内容は、改革の反映の見られる『Ⓐ草紙』等に、むしろ近接しているのである。筆者としては、『奇伝新話』の実際の成立を、序文に言うよりも五年ほど遅らせて、天明五年頃と考えたい。そう考えても割印年次と刊年が改革に先立つことは如何ともしがたいのであるが、作そのものの成立はたとえ序文どおりであったとしても、天明六年頃には、改革政治に繋がるような「保守的」な考え方を積極的に肯定する雰囲気が、少なからず江戸市中にあったのだと思う。もしそうでなければ、この時点で『奇伝新話』が版刻されることはなかったであろう。

五

最後に、冒頭に提示したような事柄についての筆者なりの展望を述べて、結びとしたい。

『Ⓐ草紙』は、石上敏氏によって『森島中良集』（叢書江戸文庫32、平成六年〈一九九四〉）に収められ、「都賀庭鐘の『英草紙』『繁野話』や上田秋成の『雨月物語』などが形作る前期読本の稜線の最後尾を飾る傑作」（同「解題」）との評価を得たが、時局迎合の背後に体制批判を含んでいる（同）とされることには、必ずしも賛同できない。本作は、万象亭という戯作の手だれによってものされた分、翻案小説としての新しい試み（徳田武「『凩草紙』と『聊斎志異』」、『日本近世小説と中国小説』所収、昭和六二年〈一九八七〉）を含み、内容はバラエティーに富んで、イデオロギー色は『奇伝新話』ほど露わではないが、巻之一「満珠が至孝《しいこう》」では孝行の徳を賞し、武門の安泰をことほぎ、巻之二「横河小聖《よかわのこひじり》」では文弱の罪を戒め、巻之五の最終話「蒲生式部」では、ここは文民らしく、文を以て栄えるかたちで全編を閉ざしているのだと、素直に受け取りたい思う。

『凩草紙』のばあいには、石上氏のように、中良の「文人性」と絡め、庭鐘・秋成との連続性を重視して考えることも可能かもしれないが、必ずしも中良ほどの知識人ではない桑楊庵光（狂歌作者 頭光《つむりのひかる》。本名岸識之。江戸日本橋亀井町の町代で、寛政八年没。『日本古典文学大辞典』四、粕谷宏紀氏、昭和五九年〈一九八四〉）の手になる『莵道園』にも、同様に改革政治を意識した文武の議論が織り込まれ、これを肯定する風が見られる。もっとも頭光は町人であるから、士分に向かって道を説くようなことはさすがにしていないが、当時において『莵道園』が『奇伝新話』（他二作と同じく寛政四年版の後印も存在する。本章第二節参照）や『凩草紙』と同傾向の作と受け取られていたことは、天保の改革の際に、本作が大本三冊に改装され、『桑楊庵一夕話』と改題して売り出された事実が、何より雄弁に物語っている。この改題本の翻刻の収まる、日本随筆大成（第二期13）版の解題（丸山季夫氏）を引く。

> 本書は随筆と云うより、自序（筆者注、末尾に「桑楊庵主人誌」とあるが、『莵道園』の自序とは内容が異なり、別人の書いたものと思われる）に云うように古老が伝える一夕話で、その志の健気なる、その怪異の尤《けやけき》なる、義胆忠勇なると云う内容の説話集であって、専ら童蒙稚女の伽とし、勧善の一助たらしめんとする意図で作られたもので、三巻十話（実際には八話）がある。天保壬寅四月の寺門静軒の序がある。この天保十三年八月には静軒江戸繁昌

記の件で罪を受け武家奉公構となった年である。（中略）当時人情本が盛んになり、この時、為永春水、柳亭種彦なども罰せられた世相であった。（下略）

静軒の序は「自序」の前にあり、その後半部に前年人情本の禁令が出たとあって、次の一節が続く。

於レ焉《テヤ》乎、稗官豹変《シ》書肆革《ム》レ面《ヲ》。徳政所レ被《ル》可《ン》レ不《ル》レ仰《カ》也哉。今如ニ此《キ》著《ノ》一、蓋《シ》史伝中逸事、筆実《ニシテ》而辞雅、述新《タニシテ》而意古《リタリ》。可ニ以《テ》勧《ム》レ善《ヲ》、可ニ以《シテ》懲《ス》レ悪《ヲ》。乃不《ルトキハ》レ無ニ世教之助《ケ》一、則貫《ク》レ道之器。亦或《ハ》可《シ》レ称《ス》焉。其《レ》可《ンヤ》レ不《ル》レ序《セ》乎。

この本は、もとの画を削って渓斎英泉の挿画を大急ぎで綴じ込むなど、粗雑な出来映えのものであるが、『莵道園』がこの時期にこのようなかたちで復刊された（版元は不明）理由は、恐らくは、かつて洒落本の取締まりのあった翌年の寛政四年〈一七九二〉に出刊された、お上の最も喜びそうな内容のものだから、であろう。この復刊にそれ以上の意義を見出すことはできない。

私見では、『奇伝新話』・『凩草紙』・『莵道園』に共通しているのは、庭鐘・秋成に代表される先行〈奇談もの〉中の議論（露わに示されるばあいも、ストーリー展開に隠して示されるばあいもある）の主旨を鋭意了解して、これをそれぞれの作者の抱懐する理想に合わせて再構成しようとする態度である。その結果が庭鐘・秋成ほど個性的にならなかったのは、天賦の才によるばかりではなく、天明末から寛政前半にかけての時勢の影響を考慮すべきなのであろう。『奇伝新話』は、寛政の改革に先立って士分の理想はかくあるべしと述べ、『凩草紙』と『莵道園』は、作者の身分に応じて、改革の目指す方向を、〈奇談〉というワクの中でそれぞれ具体的に描き出そうとする。人生や社会に対する、まことに真面目な議論が行われていたわけである[4]。

しかるにこのような傾向をもつ初期江戸読本の新作は、翌五年には全く刊行されない。このことが、同年七月二十三日の松平定信の老中罷免と何かしら関係していると言い切るためには、幾重にも慎重さが必要かと思うが、本屋の間に、この上の改革賛美は商売に結びつかないという、『奇伝新話』の時とは逆の雰囲気が、やはりあったものと想像する。

初期江戸読本のその後の展開については、続く2ⅱにも触れているが、庭鐘・秋成が、唾棄、または妥協のための努力の対象としてしか描かなかった、当代社会の保守性ないし穏健性を、むしろ嘉《よみ》する態度が、改革の風潮を受けて出刊された何作かの中で復活してきたことは確かであり、こうした性格の基本線は、議論よりも筋書きそのものの楽しみがずっと強く表に出てきてはいるものの、後期読本にも受け継がれていったように思う。読本における初期から後期への転換は、いわば文芸的社会復帰とでも称すべきかたちで行われたのである。

注

（1）序文に続いて、後編『奇伝余話』の近刊予告が載るが、長く存在の知られなかったこの後編（写本）を、近藤瑞木氏が発見、紹介された（『初期江戸読本怪談集』所収）。

（2）横山氏『読本の研究』第三章序説・その二「『奇伝新話』と「復讐奇談五人振袖」と」に詳しい記述がある。

（3）序文年次も刊年もない『奇伝新話』の後印本は、故中村幸彦氏ご所持の一本（現、関西大学図書館中村幸彦文庫蔵）がそれにあたる。

（4）寛政二年刊の『怪異前席夜話』（反古斎作）にも改革の投影が見られる旨、井上啓治氏に指摘がある（「『怪異前席夜話』論・附翻刻」、「就実論叢」19、平成一年〈一九八九〉一二月）が、議論の姿勢・内容において他に劣ると思う。

（補記）

本章は、近藤瑞木氏と共編の『初期江戸読本怪談集』（平成一二年〈二〇〇〇〉の拙稿「総説」と補いあうものである。

2 ii　怪談情話論―『壷菫』と『怪談奇縁』―

一

近世後期小説のうち、〈読本〉のジャンルが初期読本から後期読本へと移り変わる際の分岐点にあたる寛政年間の半ばに、江戸の地で刊行された『壷菫』（半紙本五巻五冊、寛政六年〈一七九四〉十二月刊）という作がある。従来の研究を参照すると、早く水谷不倒の『選択古書解題』（昭和二年〈一九二七〉）に項目を設けて、「題材は巷談種であるが、（中略）怪談の構想は、簡単ながら、無理もなくよく纏つてゐる。文章は怪談に特有の通俗体でなく、やや雅文的に、物語風に綴つてある」と解説し、横山邦治氏の『読本の研究』（昭和四九年〈一九七四〉）にも梗概を述べて「和文脈の勝った文章で綴られた長編の怪奇的小説」とされる（第一章第一節、一六三〜五頁）。また、改題後印本『怪談頃《このごろ》草紙』（寛政九年正月刊）による活字翻刻（倉島節尚氏『近世怪奇談』、古典文庫第五五一冊、平成四年〈一九九二〉）も備わっているが、その文芸性については、これまでとりたてて注目された事例を聞かない。

筆者は近年、江戸における後期読本（〈稗史もの〉読本）成立の前夜ともいえる、寛政・享和期における江戸版の初期読本類（〈初期江戸読本〉と総称）を通覧、選書翻刻して、一書にまとめる機会を得た（『初期江戸読本怪談集』、近藤瑞木氏と共編、国書刊行会、平成一二年〈二〇〇〇〉）のだが、その過程で、「怪談」という先入主とはやや趣を異にする、『壷菫』のもつ一種清楚高雅な印象に、認識を新たにすることになった。その後、本作に関連して、もう少し色々なことが考えられるようになったので、それらを含めて論じてみたい。

まずは、以下の論述の前提として、『初期江戸読本怪談集』の解題に、『壷菫』について記した事柄を、略記することを許されたい。解題では、従来の小説年表類には寛政七年十二月とされてきた『壷菫』初版の刊年を、西尾市岩瀬文庫所蔵本に基づいて、一年早い「寛政六年十二月、若林清兵衛（江戸）刊の単独版」と訂正したことを強調してある。詳しくは後述するが、この一年の違いは、初期江戸読本の流れの中に本作を位置づけるにあたって、見逃すことのできないものである。さらに、『壷菫』と、先行作『怪談奇縁』の関係について、次のように記した。

横山邦治によれば、『壷菫』は京都出来の『怪談奇縁』と同一傾向を持つ作品である（『読本の研究』第一章第一節）が、両者の内容を比較するに、前者は明らかに後者の逆設定となっている。〈勧化もの〉とも近似した一種の長編構成を備える上方製の初期読本が、新しい長編娯楽読み物を模索する江戸の書肆・作者によって、仏教色を抑えた巷説的怪談として再生された点、後期読本への試行錯誤の表れとして、注目に価する。

『怪談奇縁』は、天明五年〈一七八五〉、菊屋安兵衛（京都）刊の初期読本、五巻五冊。横山氏著書の当該部分は、実は「その二　奇談ものの展回相について（二）―「怪談奇縁」を中心として―」という題で括られており、『怪談奇縁』の方が、『壷菫』よりずっと詳しく扱われているのであるが、本稿では、『怪談奇縁』という作品の内実の再検討から始めて、両者に対する評価軸をやや異にする私見を提示してみたい。なお『怪談奇縁』の伝本は、横山氏が注目、紹介された段階から現在に到るまで、広島大学附属図書館に所蔵される一本が知られるのみの孤本なのだが、このたび、別に挿絵を含む全体の翻刻をもお許しいただいたので（「翻刻『怪談奇縁』」、「鯉城往来」五、平成一五年〈二〇〇三〉三月）、併せてご参照下されば幸いである。

二

さて、『怪談奇縁』前半の梗概を、横山氏著書から、私にやや改めて紹介させていただく。

ア　大和の国の某君に仕える本田歌之介は、今業平といわれる風流才子。同藩の安村文平の娘流《りゅう》も才色兼備の佳人。両人はふとした縁で相思相愛の間柄となり結婚する。

イ　藩の所用で京の都に上った歌之介は、流をのみ慕っていたが、やがて友に誘われるまま嶋原の太夫濃紫《こむらさき》に馴染み我を忘れる。

ウ　使いの者の報告で夫の所業を知った流は、嫉妬の念に身を焦がし（以上第一回）、自分の指を食い切り、人に嚙みつきなどして悪鬼の形相で憤死する。

エ　一方放蕩で不首尾となり金に詰まった歌之介は、一度は切腹しようとするが、濃紫に口説かれて果たさず、やがて廓内で夫婦気取りで暮らす（以上第二回）。

アの傍線部で、流は、「才色兼備」の余りに親の持ち込む結婚話に従わずにいたが、父親の設けた俳諧の席で、歌之介の美貌と才芸をまのあたりにして、男の句に自句を添えて恋に落ちる。つまり、イ以降の歌之介のたわけぶりに加えて、暗に男を選り好みする流自身の「才色」にも問題がある、とされているわけで、そうして手に入れた夫が嶋原の遊女に心を移したことが、激しい嫉妬と憤死、そして後半の怨念の発動に繋がる、という設定になっている。この、「夫が遊女に馴染むこと、それに対して妻の嫉妬あって悶死すること、その妻の怨念が夫を苦しめることといった因果関係のからんだ構想」が、上田秋成の『雨月物語』（安永五年〈一七七六〉刊）巻之三「吉備津の釜」と同一であることは、横山氏の指摘されるとおりである。横山氏は、慎重に「文章・語句のうえで剽窃・模倣の跡が見いだせないので」、「吉備津の釜」を『怪談奇縁』の典拠作と断定することを保留しておられるが、筆者は、後者は前者を読み替えたものと考えて、差し支えないと思う。大百姓のどら息子正太郎が歌之介に、その出来過ぎた妻磯良が流に、鞆の浦のしがない遊女袖が、濃紫に置き換えられているのである。また、物語の重要な転換点となる、いったん身請けされて東に下った濃紫に酷似した、第三の女の登場から、怨霊の復讐へと進む後半（第三〜五回）の挿話に、『御伽婢子』巻之三「牡丹灯籠」が踏まえられているとの同氏の指摘についても、『怪談奇縁』の作者堀弁之介が、「吉備津の釜」の読解を通じて、思い至ったとして良いのではないかと考える（「吉備津の釜」には、実際には「牡丹灯籠」の原拠である『剪燈新話』「牡丹燈記」の方が用いられている）。

ちなみに、堀弁之介という作者の正体については未詳であるが、序文を書いた「眼聴」という人物は、『怪談奇縁』と同じ天明五年に、書肆も同じ京都の菊屋安兵衛から出版された滑稽本『三味線問答』（影印が近世文芸叢刊四「上方滑稽本集」、昭和四五年〈一九七〇〉に収まる）の序者「耳見斎眼聴」と、恐らく同一人物である。二作の内容を読み比べてみても、作者の特定につながるはかばかしい手掛かりは得られなかったのであるが、挿絵の画風が似通っており、画者は同じと推定する。さらに、書肆菊屋安兵衛については山本卓氏による詳しい調査があって（「菊屋安兵衛の出版動向」、「近世文芸」71、平成一三年〈二〇〇一〉一月）、安永七年以来奇談（初期読本）作者伊丹椿園と関係を持ち、しばらくは「椿園を軸として出版活動を続け」たことが指摘されている。ところが、その椿園が若くして没してしまうと（安永十（天明元）年、三十歳ほど）、菊安にとっては、同じ路線の代替作者が必要となり、その一人が堀弁之介（山本氏は眼聴その人と考えておられる）だったのだと思われる。山本論文に付載される天明七年の菊安の蔵板目録に、椿園を中心とする奇談作品に混じって『怪談奇縁』が見えていることから、このように推定する。しかし、山本氏によれば、菊安は天明年間からはむしろ俳諧書肆として方向転換していったようで、その後『怪談奇縁』のような作品が出版されることはなかった。

　作者と書肆に多少こだわったのは、『怪談奇縁』が、伊丹椿園の跡を受けて、あくまでも本格的〈奇談〉として構想・刊行されたことを確認したかったからである。本作に「仏教的臭気が強い」（横山氏）ことから、これを直接仏教唱導のための〈勧化本〉の流れに位置付けて考えることには、筆者は違和感を覚える。中でも読本に近いと目される、平仮名絵入りの『女人愛執怪異録』（元文五年〈一七三六〉刊）、『善悪業報因縁集』（天明八年〈一七八八〉刊）を閲してみても[1]、勧化本の妬婦復讐譚の基本にあるのはやはり「弘法の方便」（注（1）堤氏著書、五七頁）という意図であって、文体も『怪談奇縁』の平淡な俗文体とは異なっている。にもかかわらず『怪談奇縁』にやはり少なからぬ仏教臭が感じられるのは、作者堀弁之介が、構成上の典拠とした『雨月物語』「吉備津の釜」の背後に、勧化本的妬婦譚の匂いを読み取り、その方向で全体を脚色した結果と考える。そのことは、『怪談奇縁』における妻の嫉妬の発動と、怨霊の復讐の描写に、顕著に表れている。例えば後者で、「吉備津の釜」ではたかだか一丁余りで済ませている、陰陽師から呪文を受けて怨霊の夜毎の襲来に耐える男の描写を、『怪談奇縁』では、ほとんど第五回の全体にわたって、執拗に、生々しく強調する。これによって、序文と呼応した仏教的勧善懲悪思想は、十分すぎるほど読者に伝わるのであるが、反面原拠作の文章の香気と、その背後にこめられた男女の愛情についての苦い省察は、どこかに消し飛んでしまった体となっている。『怪談奇縁』は、秋成がせっかく新しい角度から文芸化することに成功した妬婦譚を、勧化本の方向に押し戻してしまった後ろ向きの作品である。

ただし、『怪談奇縁』には、一つだけ、きわめてユニークな視点の転換を見出すことができる。それは、男の浮気の相手を、「吉備津の釜」の、田舎の港町の下級遊女から、京は嶋原の太夫という最高級の遊女へと変更したことである。恐らくはそのために、ストーリーの内部においては、妻の嫉妬と復讐は最後まで男にのみ及んで、しかも取り殺されずに出家遁世するという結末が可能になり、太夫濃紫の方は、身請けされた東の大臣の許から逃れて京に戻って来るまで、歌之介の受難を存知することさえないのである。共に出家することで、慰霊鎮魂には一役買うものの、妻の嫉妬を夫にのみ集中させざるを得ないような立場の女性を登場させたことは、妬婦譚文芸化の線上における一つの手柄として、認めて良いのではなかろうか。「吉備津の釜」という短編を擬似長編へと再生させる原動力となったのも、一方の当事者を嶋原の遊女に置くということの目新しさにあったのに相違ないのである。

三

右の点を確認し了えたところで、話題を『怪談奇縁』から改めて『壷菫』へと転じようと思う。本作については、横山氏著書に「題材や原拠はいま明らかにし得ない」が「実話らしく思われるし、その他の点では全く「怪談奇縁」と同一傾向を持つ作品」とされる。『壷菫』の改題再版の際の題名は『怪談頓草紙』であり、確かに実話らしさを強調してはいるのだが、先に引用した『初期江戸読本怪談集』解題中にも申し述べたように、筆者は、『壷菫』を、『怪談奇縁』を直接利用して、舞台設定を上方から江戸へと移行させた作として良いと思う。「吉備津の釜」を背負った『怪談奇縁』の基本的構成は、こちらも実話らしさを装ってはいるが、案外に類例がなく、文芸的虚構と見なし得るからである。しかし、その『怪談奇縁』を踏まえた実話的怪談情話と概括することはできても、『壷菫』は、『怪談奇縁』とは、やはり異質な部分の方が多い作である。今度はその点について、やや具体的に検証を進めてみたい。ここでも、横山氏による梗概紹介を、私にやや改めたかたちで利用させていただくことを許されたい。

1　江戸下谷に住む下村平次郎は三十前、両親はすでになく、暮し向きはやや不如意な武士であるが、尊円親王の流れを汲む書道に堪能である。彼は新吉原の遊女勝浦（二十代半ばカ）と会い、忘れられないまま馴染みを重ねる。一方平次郎は、主筋にあたる家（何がし殿）の姫君（お舟、十六歳）の手習いの手本を書くことを命じられる（巻之一・かさやどり）。

2　勝浦に監《けん》太夫という田舎人が客につき、身請け話が起こる。結局勝浦の客は去るが、勝浦は廓の主人に平次郎との仲を割かれるのを恐れて、あまり多く登楼しないよう頼む（巻之二・よはのふゝき）。

3　平次郎を見初めて恋わずらいになったお舟を心配した両親は、平次郎を婿にしようとする。（巻之三・梅の下風）。

4　勝浦のことが気にかかる平次郎も友人に説得されて、ついに婿になることを承知する。数ヶ月の音信不通の後、このことを勝浦に告げに行くと、勝浦は鬼女のようになって死に、青白い人魂が飛び去る（巻之四・天かけるたま）。

5　それでもお舟の輿入れは挙行される。勝浦の怨霊による怪異があって、新妻お舟は取り殺される。平次郎は出家する（巻之五・法のえにし）。

梗概中、下村平次郎が『怪談奇縁』の本田歌之介にあたる。1の傍線部は、恐らくは書の達人ということで、横山氏が「風流武士」とされている箇所であるが、「祐筆の如く、書翰などの代筆」（『選択古書解題』）をして生活の補助としているのが、思いがけず縁の仲立ちとなり、悲劇に繋がってしまうのであって、平次郎の性格設定は、「風流才子」歌之介とは異なり、一貫して温厚誠実である（巻之四に「日頃正しき心から」との一節もある）。また、嶋原の遊女濃紫が、吉原の遊女である勝浦に、高級武士の娘らしい流が、同ランク以上の武家の息女と想像されるお舟に移されている。しかし本作では、嫉妬は、『怪談奇縁』とは逆に、遊女勝浦の側から、平次郎ではなくお舟に向かって発動され、しかも死に至らしめているのである。典拠からさらにもう一歩進んだ改変であるが、もし実話であれば江戸市中を騒がせたに相違ない、歴とした吉原の遊女から高級武士の息女への嫉妬と自殺、怨霊による殺害という展開が、『壷菫』では、あからさまなおどろおどろしさとは、全く異なる印象で語られている。そのあたりを、もう少し具体的に見ていくことにしたい。

『壷菫』の文芸的な「良さ」は、第一に、物語の起承転結が巻ごとにきちんと整理されていて、それぞれの場の雰囲気が、無理なく、リアルに伝わって来ることにある。かといって、必ずしも単純素朴なのではない。梗概に即して言えば、例えば1で、物語の開始早々、平次郎が、それと知らずに勝浦の父親を路上で救う場面が挿入されている。ここは、

頃しも弥生の十日あまり、（平次郎が）友がきにさそはれて、浅草観世音へまうでしに、広小路といへる所に人のおほくあつまりて、「かれはいかに」、「はや死にけん」、「不便《ふびん》なりや」などいふ。何事にやと立よりてみれば、としのほど六十斗《むそじばかり》の老人、うつぶし居たり。

のように描かれているのであるが、春もたけなわの浅草広小路の大通りで、突然発作か何かを起こして倒れた老人を見て驚き騒ぐ周囲の人々を活写して秀逸である。さらに作者（著者の源温故、序者の蟻登美・としまのさと人、画者の松樹斎常蔭、共に未詳）は、老人に気付け薬を与えて蘇生させた平次郎が、名をも告げずにその場を立ち去ることで、

その人柄までも鮮やかに浮かび上がらせて見せている。平次郎は、その足で吉原の山本屋（架空の名であろう）に登楼し、勝浦と会い初めて、馴染みを重ねるのであるが、続いて、ある夜床を抜け出して何者かと密会する勝浦の許に、間夫かと怪しんだ平次郎が踏み込むと、それは過日助けた勝浦の父で、このことをきっかけにかえって夫婦の杯を交わすという挿話が置かれている。まことに行き届いた構成である。

次に、梗概2の、田舎大臣監太夫の挿話に即して指摘したい事柄がある。1〜5を通読すれば自ずと明らかなのであるが、滑稽味を帯び、しかも監太夫自身の事情で勝手に結末のついてしまうこの話は、主要なストーリー展開からすれば蛇足であって、実際、『選択古書解題』の梗概紹介からは、全く省かれている。恐らくは、『怪談奇縁』の濃紫の身請けから発想されたこの挿話は、しかし、後半の悲劇に向けて、平次郎・勝浦の結びつきをより強固にする役割を果しているのと同時に、作品全体に、『怪談奇縁』とは異なるトーンを付与する上でも、きわめて効果的に働いている。それは、例えば次のような所に表れている。冬の夜、「鍼医」と偽って平次郎の許に逃れてしまった勝浦を、監太夫が、妹女郎の勝浜と共に待つ場面。

かつうらはをきて、側《そば》に有ける小袖を打《うち》きて出てゆく。ほどなく勝はま来りていふやう、「『例の鍼医来りて、療治いたし候へは、しばしこれにおり候と申せ』との御事也」といひて、（監太夫に）たばこをつけて出し、燈《ともし》火のもとにうづくまりて、何やら草紙を見いたり。さきに来たりしわかき遊女、又きたりて、かつはまが側に居《ゐ》て、何やらひとりわらふ。かつはまふりむきて、「いとけしからず。いかなるうれしき事の有《ある》にか」と問《とふ》。かの遊女はずかしげに、「しかりたまふな。このほどの客人あす来らんといひこしぬる」といふ。「いかやうなる男ぞ」ととへば、「平次郎様の」と言さしておどろき、口に袖をあつる、いとわかし。かつはま打たゝくまねして、すこしわらふさま、ことなれたり。監は少しねんと思へど寝られず、——

ここに表れた情調は、文体こそ口語体でなく和文体になっているけれども、明らかに、山東京伝の『錦の裏』（寛政三年〈一七九一〉刊）等、寛政の改革に近接した頃の、洒落本のそれに通うものである。そう思ってみると、田舎大臣の登場そのものも、また先に見た、夜更けの遊郭における間夫と老父の取り違えの話にしても、いかにも洒落本にありそうな挿話なのである。

一方武家方に関わる話については、廓内の場面とはまた別個の配慮がなされていること、勿論である。梗概3で、家老衛守《えもり》のつてで「何がし殿」の屋敷の奥書院で書写にいそしんでいた平次郎は、盛りの梅の花に誘われて庭に出たお舟を、偶然に垣間見ることとなり、さらには弟二郎殿の悪戯によって障子を倒され、直接目を合わせてしまうことになるのだが（ここは、『源氏物語』若菜上において、唐猫の仲介する、女三宮と柏木の一件を意識して書かれているようである）、そのことでお舟に同情はしても、平次郎の思いは常に勝浦にあり、お舟に恋慕を覚えたという意味のことは、全く書かれていない。これに対し、その瞬間に手跡の師匠でもある平次郎に一目惚れしてしまったお舟は、その夜歌ガルタに興じた際のお付きの女たちの言葉に、思慕の情を一層増幅され、その思いが「恋わずらい」へと転化する、という書き方がなされている。本文には、

お舟殿、こよひはなにとやらねられ給はず、ひるまおもはずもふとみそめぬる平次郎がおもかげわすれぬを、今よひとりぐ\いひあへるに、いとゞやるかたなふ思ひわびて、かゝることとならはぬ御身には、いとゞわりなく、いねがへりなどし給ひて、「こやそなるらん」と、いとはづかしうおぼす。ひとりねの床のさむけきに、軒端にをとする夜は春雨に、袖ぞぬれそめ給ひける。あしたも、「心あしき」とてをき出給はず。

とある。文中「こやそなるらん」は、『拾遺和歌集』恋五「いさやまだ恋てふことも知らなくにこやそなるらむいこそ寝られね」（読み人知らず）の、きわめて効果的な引用。シンプルな構成の妙、洒落本的情調に加えて、和文体

と、さりげなく置かれた古典的修辞も、『壷菫』の、表現を抑制した趣味の良さに貢献している、と言えようか。(2)

その『壷菫』らしさが最も発揮されているのが、梗概4の部分である。ややこれを補えば、愛嬢お舟の命を案ずる何がし殿夫妻の決断によって、平次郎の与り知らぬ内に身分違いの恋は叶えられてしまい、家老衛守を経て組頭に婚儀の上意が伝えられ、以前吉原にも同道した友人二名が、平次郎の説得にあたることになる。平次郎の性格設定については先に述べたが、勝浦親子は勿論、何がし殿の関係者に到るまで、誰一人として悪人の登場しないのも、右に挙げた『壷菫』の特徴に沿った内容と考えて良いであろう。それぞれのささやかな打算を含んで進められる善意の行為が、無残な結果を招くことになる。

苦悩しつつ説得を受け入れざるを得ない男主人公の心理と、遊女の誠などさほどのことはないと間を隔てる周囲の動きとを描き分けながら、辿り着いた破局の場面。友人たちが吉原を訪ねると、予想に反して、勝浦の気持ちは全く変わっていなかった。そこで仕方なく事実を告げると、勝浦の様子が一変する。―横山氏の梗概に「鬼女のようになって」と形容された勝浦の変貌は、本文では次のようである。

猶いらへもせねば、ふたりはもてあまして、此まゝにもかへられず。甚平そばへよりて、「かやうなる事聞給ひて、もし心あしきや。(火鉢の上にうつむいて)皃《かほ》に火のあたりては、猶あしかるべし。さゆにても参らせんか」ととへば、ものをもいはずさとふりあふぎたる皃、今までとはやうかはりて、そともを見出《いだ》したる目の内血ばしり、歯のをときり〱となりて、またうしろのかたをふりむき、平次郎が紋のつきたるたんすの金物へ、手に持ち居たる火箸《ひばし》をはたとつきたつれば、壱尺あまり有けるか、なかばを過てつらぬきたり。ふたりは、「こはいかに」とおどろくに、勝浦は、其まゝ側《そば》に有つるてうし盃其外、手にあたるものを打ちらし、らうかの方へくるひ出て、わかき遊女・かむろをなげのけ、つきたをし、さゝゆるものに歯がたをつけなどするさま、

図版1 『壷菫』巻之四挿絵（4ウ・5オ）

おそろしさいはんかたなう、―

しかし、鬼女の形相が描かれるのはこの一箇所のみであって、しかも挿絵（図版1）では、勝浦は後ろ向きになっており、その表情の視覚化は、恐らくは意識的に避けられている。述べてきたような『壷菫』の性格の、象徴的に表れた一葉と思う。

実は、右の一節には典拠と見られるものがある。田にし金魚作の洒落本『妓者呼子鳥』の（安永六年〈一七七七〉刊）「第二おとよが嫉妬」で、二世を契った男が他の女に心を移したと周囲から聞かされ、狂乱する場面。

きくよりおとよはかみさか立、「身におぼへないむりいひかけて、おとみにみかへてきれ文か、だまされしかざんねんな」と、年ふれば石となるくすのきのとこばしらへ、ひばちの火ばしさか手ににぎり、「エ、くちおしい」とはぎりなせば、くだんの火ばしはくすの木の、石のはしらへ八寸ばかり、さしとをしける、そのありさま、みる人おもわずぞつとせしが、おとよはたちまち気はきやうらん、ぎやうそうかはつてすづ《ママ》くと立、―

本作の他の箇所に、特に『壷菫』との類似を見出すことができるわけではないのだが、一人の男性をめぐる玄人女性の嫉妬（ただし、女性は二人共遊女でなく芸者である）を扱った情話であることが、気にかかっている。というのは、先に保留しておいた『壷菫』の刊年の問題と、絡む点がありそうだからである。『初期江戸読本怪談集』解題「総説」に、すでに指摘したことなのだが、初期江戸読本は、寛政四年〈一七九二〉までの作とそれ以降とで、内容的にはっきり二分されている。寛政四年以前刊行の四作（『奇伝新話』・『怪異前席夜話』・『凩草紙』・『莵道園』　本書Ⅰ-2 i）には、それぞれに松平定信の改革政治の反映が指摘でき、全く新作のない寛政五年（この年七月定信退陣）を挟んで、同六年以降に再び刊行が開始された時に、文芸というワク内でのことながら、かまびすしかった社会参加の議論はすっかり影を潜めてしまい、新版の傾向は、『忠臣水滸伝』（前編・寛政十一年〈一七九九〉十一月、後編・享和元年〈一八〇一〉十一月刊）を契機に、享和〜文化初年〈一八〇一〜〇五頃〉に京伝・馬琴に乗り越えられるまで、巷説・情話が主流と言って良かったのである。

寛政六年〈一七九四〉正月に、この傾向を先取りして刊行されたのが、振鷺亭の中本『いろは酔故伝』であったが、続いて六年十二月の刊記を持つ『壷菫』が、より本格的な半紙本のサイズで、正面から情話的世界を扱った、最初の作なのであった。恐らくは商業的な要請から、政治向きを離れて新しい娯楽小説を志向した時に、書肆・作者に最も親しかったのは、天明末から寛政初年にかけて徐々に情話的色彩を強めてきた、洒落本のイメージであったと思う。しかし、本格的な小本仕立ての洒落本が、寛政三年〈一七九一〉の京伝処罰によって、そのままでは商業ベースに乗りにくくなっていたところから、情話を盛り込む器として、それまではややマイナーであった中本型が浮上し、半紙本にも及んだのであろう。『壷菫』は、怪談情話の先蹤作として上方の『怪談奇縁』を利用し、そこから勧化本的生々しさを排除して、代わりに洒落本的情調を配することに成功した作である。筆者は、その際に、天明七年〈一七八七〉に改題改刻本『妓者虎の巻』も再版された（『洒落本大成』七解題、昭和五五年〈一九八〇〉）という

『妓者呼子鳥』も、類似作として参照され、印象的な右の箇所が取り込まれた可能性があると思う。

しかし、仮にその想像が正しかったとして、ここには同時に、中本にはそのまま継承されて、半紙本からは、少なくともある時期までは排除された文体的特徴もあることを、指摘しておきたい。それは、引用箇所を含めて、地の文・会話にかかわらず、『妓者呼子鳥』、また同じ作者の『傾城買虎の巻』（安永七年〈一七七八〉刊）においても、作中感情の高まりを示す部分では、七五調（浄瑠璃調）が多用されるということである。筆者は予て、巷説・情話をこの文体で描くということが、その下流に位置する中本の共通項としてあるのではないかと考えているのだが、しかしこの文体が『壷菫』に用いられることはなく、本作にあっては、洒落本的情調は和文体と調和して、半紙本としての格調が守られていることは前述した。また、情話といっても、巷説そのものではなく、元を辿れば『雨月物語』「吉備津の釜」に帰着することも、『壷菫』を中本でなく半紙本の格として良い理由になるかもしれない。

田にし金魚の洒落本から、中本型読本、人情本へと繋がる流れの解明は、中村幸彦氏が「人情本と中本型読本」（著述集五、昭和五七年〈一九八二〉、初出昭和三一〈一九五六〉年三月）で提起されて以来の大問題であるが、最近では木越俊介氏が、寛政末・享和期の半紙型読本に着目して、この問題を考えようとしておられる（「「春情」の目覚め―『桟道物語』から『環草紙』へ―」、「国文論叢」31、平成一三年〈二〇〇一〉一二月）。主情的な洒落本への志向が、並行して半紙型読本にもあったのではないかという指摘は、『壷菫』も、やや早く、同じ流れに掉さすものと見て良いように思われる。

四

ここまでで、ほぼ結論に辿り着いてしまった感があるが、もう一つ、残る梗概5に触れて、『壷菫』の結末を見届けておかねばならない。勝浦の怨魂の発動は、例によって抑えた表現になっており、まず何がし殿の枕上に「あやしげ成《なる》女」が立つという挿話があり、次いで勝浦縊死の知らせがあるが、平次郎はこれらを間接的に耳にするのみ、という書き方がなされている（前者では、周囲には見える女の姿が、平次郎にのみ全く見えないことになっている）。それでも婚姻の準備は進行し、お舟の輿入れが行われる。続く、初夜の描写。

> 平次郎はおふね殿と添臥《そひふし》ぬれど、「かつうらが苔《こけ》の下にてさこそうらみめ」とおもへば、むねふさがりて、いひ出すべきことの葉もなきに、お舟殿は、ましてかゝることならひ給はねば、いとはづかしげに打ふし給ふさま、このほどの病にやせ給ひて、手さぐり、「いとちいさし。かくまでわれをしたひ給ふよ」と思へば、是もにくからで、情ふかう打かたらふ。

傍線部は、平次郎がここで初めてお舟に愛情を感じたことを示す行文であるが、それは同時に、勝浦の怨霊発動の新たな動機でもある。

最後の挿話。数日が過ぎ、挨拶回りに外出中の平次郎を待ちわびるお舟は、手習いに「しばしまつほどさへくるしあはでのみうきとし月をいかにたへけむ」と、一首の歌を書き付ける。この歌は、作者の創作かと思うが、死んだ勝浦の思いそのままの内容である。加えて、帰宅した平次郎が、「過にし人は、とてもかくてもかへらぬことなり。かゝる人をつまとみんは、行するゑとても口おしからず」と、勝浦からお舟に心を移したことが、第二の悲劇を誘発する契機とされているのだと思う。時雨の降る晩に、怪しい女が、お舟の命を奪って行く。平次郎も、ついに火影に「影のごとくなる女」の姿を見て、勝浦の来たことを悟る。続いて、無常を観じた平次郎が二人の女性の菩提のために出家し、修行を積んで「北山のほとりにいほりを結び」、大徳となったことのみを記して、物語はあっけなく終わる。しかし、梗概5の平次郎出家の部分に傍線を引いておいたように、いかにも淡々と記されたこの箇所の意味は、小さくはない。草庵を結んだ場所を京の北山としているのは、『怪談奇縁』において、歌之介が嵯峨野の奥に草庵を結んだことの再現なのであろうが、『怪談奇縁』では、男主人公がそのようにして寿命を全うしてしまう結末に、勧化本の残滓がいまだ濃厚に含まれていることは前述した。しかるに『壷菫』では、男主人公に『怪談奇縁』と全く正反対の性格が付与されているために、あえて時代性を無視した物言いをすれば、責任は必ずしも平次郎個人にあるわけではなく、封建的身分制度の狭間に起こってしまった市井の悲劇、という捉え方も可能になってくる。『壷菫』の内容は、現代の読者にもアピールし得る一般性を持っているのである。けれども、『壷菫』の和文序（蟻登美）の中にも、実は、『怪談奇縁』と同様、「おさなき人の手まさぐりにもなして、よきをすゝめあしきをこらすたよりにもとて、（中略）をろかなる筆にかきつけぬれば」の一節がある。この勧善懲悪の内実は、平次郎の出家という結末に徴する限り、やはり仏教的なそれ、と断ぜざるを得ない。この点を確認した上で、『壷菫』の文芸的魅力は、『怪談奇縁』の仏教臭をギリギリまで削り取り、新種の怪談情話として自立しようとした所に生じた、と評しておきたいと思う。

注

（1）　両作の位置付けについては、堤邦彦『近世仏教説話の研究　唱導と文芸』（平成八年〈一九九六〉）第一部第一章

「勧化本概説」を参照した。なお横山著書に、『怪談奇縁』の関連作としてやや詳しく触れられている『霊魂得脱物語』（寛政四年刊）は、『女人愛執怪異録』の改題後修本である（土屋順子「『女人愛執怪異録』と改題本『霊魂得脱物語』―勧化本から読本へ―」、「〈大妻女子大学大学院〉文学研究科論集」一、平成三年〈一九九一〉三月）。両作とも、西田耕三編『仏教説話集成（二）』（叢書江戸文庫44、平成一〇年〈一九九八〉）所収の活字翻刻によった。

（2）問答体で書かれた本作和文序（としまのさと人）に「はつかに紫のものかたりめきたるところもあなれば、まづとみにつぼすみれとなむ名づけ侍る也」とあり、内容・文体共に、面影程度には『源氏物語』を意識していることが分かる。本作の題名もここから採ったとあるが、しかし「つぼすみれ」（菫・菫草に同じ）とは、伝統的に「男を待つ女」を含意した歌語でもある（深沢眞二「大津にいづる道やまぢを越て―芭蕉発句叢考―」、和光大学人文学部紀要34、平成一一年〈一九九九〉一二月）。もっとも、ヒネリの効いた命名が、商業的にはかえって『怪談暝草紙』という何の変哲もない題名への変更を招いたようである。

（補記）

本作については、先立って三浦一朗氏に論があり（「『壺菫』考―その原拠、作者、史的意義などについて―」、「日本文芸論稿」27、平成一四年〈二〇〇二〉一月）、『源氏物語』「夕顔」の巻の本文を踏まえることを証されたほか、全体の原拠として、中国唐代の伝奇「霍小玉伝」を提示しておられる。三浦論文の発行と拙論の成稿時が重なったため、本文中には言及することができなかったことをお断りしておく。前者についてはご指摘のとおり、後者については承認するか否かの判断をひとまず保留し、私見をそのまま提出して、大方の判断に委ねることにしたい。

3　『忠臣水滸伝』の成立・補遺

一

『忠臣水滸伝』（前編・寛政十一年〈一七九九〉十一月、後編・享和元年〈一八〇一〉十一月刊）において山東京伝の踏まえたテキストが、必ずしも唐本ではなく、主として『通俗忠義水滸伝』（宝暦七年〈一七五七〉九月、京・植村藤右衛門等刊～寛政二年〈一七九〇〉十月、京・林権兵衛等刊）であったことについては、『日本古典文学大辞典』四の当該項（昭和五九年〈一九八四〉）における徳田武氏の指摘以来、現在では研究者間の常識としてすっかり定着したが、ここでは、通俗本の『水滸伝』が『忠臣水滸伝』に生かされるまでの経路について、筆者自身の旧稿（横山邦治編『読本の世界』第一章「江戸読本の展開」第一節「寛政・享和年間」、昭和六〇年〈一九八五〉、本書I-1）を補うかたちで概観しておきたいと思う。

京伝が『水滸伝』を翻案した最初の作として、洒落本『通気粋語伝』（天明九（寛政元）年〈一七八九〉正月、三崎屋清吉刊）があることが知られる。洒落本大成一五（昭和五七年〈一九八二〉）の解題（水野稔氏）には、「結局は新しい時代の転回に洒落本が応じようとする様相を示すにとどまる」とあって評価は高くないが、今注目しておきたいのは、本作中に登場する人物の名前である。彼らは、『水滸伝』の人物名を用いて林冲・魯智深・武松・宋江等、あるいはこれをもじって久紋竜進吉（九紋竜史進）等と呼ばれているが、このように良く知られた豪傑以外にも、作中人物の名がさりげなくあちこちに嵌め込まれている。中に就いて驚かされるのは、登場順に「田町のぬいはくや、候《こう》健《けん》」・「時遷《じせん》小僧といふきんちやくきりの名人」・「小川町ぺんのいしや安道全《あんどうぜん》といふもの」・「聖手書蕭譲《しやうじやう》」の四名である。『水滸伝』では、それぞれ通臂猿候健・鼓上阜時遷・神医安道全・聖手書生蕭譲、登場してくる回数は、百二十回本『水滸伝』に拠って記せば、それぞれ第四十一回・四十六回・六十五回・三十九回（立原杏所刻『梁山泊義士印譜』所収拙稿「刻印名解説」、中尾松泉堂書店、平成八年〈一九九六〉からであって、しかも好漢百八名中の順位は高くなく、まことに地味な人々なのである。また、「歌うたひの燕青《えんせい》」・「（宋江の家の）ばんとう盧俊義《ろしゆんぎ》」は、知られた人物ながら、『水滸伝』では第六十一回以降の登場、加えて『通気粋語伝』第三で宋江の吉原行に際して玉菊燈篭の描写があるのは、『水滸伝』第七十一、二回に拠るのであろう。『通俗忠義水滸伝』は、天明四年正月に『水滸伝』第百回までにあたる下編の刊行に漕ぎつけているのであるが、右に延べた『通気粋語伝』の内実は、京伝が、少なくとも天明末年までには、『通俗忠義水滸伝』の既刊分を熟読していたことを物語っている。『通気粋語伝』の「附言」に

夫是《それ》は唐土《もろこし》の、梁山泊《りやうさんぱつ》かり毛十六巻目の、抜書《ぬきかき》にして、野暮じやござらぬ、水滸伝の世界を、今傾城買の捻《ひねり》に、比したる小冊なり。四方《よも》の通子《つうし》閲《み》たうへで、作者の畠を、義論《ぎろん》したまへ

とあるのは、決して一知半解のままに翻案したわけではないという、作者の自負を示すものであろう。なおこの時期における京伝の〈通俗もの〉への接近は、逆旅主人（石川雅望）訳『通俗醒世恒言』（寛政元年〈一七八九〉七月自跋・同二年正月大田南畝序、蔦屋重三郎刊）の刊行と通じ合う点があるように思われる。京伝が、すでに『醒世恒言』所収四編の翻訳作業にかかっていたであろう先輩雅望から、直接の刺激を受けたかどうか、残念ながら確たる証拠を見出せずにいるが、京伝が『忠臣水滸伝』前編の跋文を雅望に依頼しているのは、やはり江戸の地における〈通俗もの〉刊行の先駆けとなった人物に対する敬意を表したものと見るのが、最も自然なのではなかろうか。

さて『通俗忠義水滸伝』は、寛政二年初冬に拾遺二十冊が出て完結したが、翌々寛政四年正月、京伝は、今度は『梁山一歩談』・『天剛垂楊柳』と題名は別々ながら、内容はひと続きの黄表紙仕立てで、『水滸伝』第一〜十回途中までの筋書きを刊行（蔦重刊）している。序中に「嘗て通俗の書世に行《おこなは》るといへども、未稺《いまだち》をして易覧《みやす》からしむることを得ず。今也《や》書肆の乞《こふ》に諾《だく》して、丈《たち》を絶て寸とし、其《その》荘道を記《しるし》」とあって、通俗本からのダイジェストと知れるが、要約は原作の大きな流れを捉えて的確かつ丁寧であり、恐らくは冒頭の十回分をきちんと読み直した上でのもの。片手間仕事とは思われない。

この二作に関連して、棚橋正博氏が「翌寛政五年の蔦屋新板目録に、『梁山後編星宿金衣鳥』山東主人、曲亭山人同訳　近刻と後編の予告を見る」とされ、「現在、『星宿金衣鳥』に該当する書は見出せない。この予告一つを以て多くの推測は許されないだろうが、京伝・馬琴のコンビで『水滸伝』翻案企画があったことは間違いない」（『黄表紙総覧中編』、平成元年〈一九八九〉）と続けておられるのは、注目に価する。このことは、『通俗忠義水滸伝』への興味が、ひとり京伝のみならず、寛政二年〈一七九〇〉の秋以来門人格となった曲亭馬琴をも巻き込むかたちで持続されたことを意味するように思えるからである。

したがって、寛政六年〈一七九四〉正月の序（八文舎自笑）を持ち、おしょう・宋次郎（前者は「花和尚」魯智深に武松を効かせる。後者は宋江のもじり）と名告る男女主人公の恋の逃避行に男伊達を絡ませつつ、恐らくは通俗本に拠って『水滸伝』の名場面を趣向した振鷺亭作の中本『いろは酔故伝』（上総屋利兵衛刊）の登場は、一旦は両者を驚かせたであろう。本作は、これを読本とすれば、容楊黛作『敵討連理橘』（安永十（天明九）年〈一七八一〉正月、西宮新六刊）と、作者未詳の『女敵討記念文箱』（天明二年〈一七八二〉三月、中山清七等刊、寛政五年〈一七九三〉正月、同書肆により再刊）によって型が形成されはしたものの、後に続く者のなかった江戸出来の中本型読本の復活と見るべきである。ただしそのように考える髙木元氏の把握（『江戸読本の研究』第二章第一節「中本型読本の展開」、平成七年〈一九九五〉）に対して、これを中本型の洒落本と捉える棚橋正博氏の説（「振鷺亭論」「近世文芸研究と評論」11　昭和五一年〈一九七六〉一〇月）があり、筆者もやはり洒落本的な色彩の勝った作と考える。

これに対して、むしろ徹底して中本型読本の先行二作に密着し、これらを模倣するところから出発し直したのが、曲亭馬琴の『高尾船字文』（寛政八年〈一七九六〉正月自序、蔦屋重三郎刊）であった。本作は「凡例」中に「此書や、戯房《がくや》は唐土《から》の稗説《ものがたり》に倣《なら》ひ、戲廂《ぶたい》は日本の演史《ぎだゆう》を引く」とあり、第一冊目録の副題中に「夫は小説《たうほん》の水滸伝／是は戯文《しばゐ》の先代萩」ともあるので、従来『水滸伝』と『伽羅先代萩』を綯交ぜた作とされてきた。「凡例」に「文中通俗めいたる有」との一節が見えるから、馬琴の言う「水滸伝」は、『通俗忠義水滸伝』のことと考えて良いのであろう。対する「先代萩」であるが、実は『高尾船字文』の登場人物の名前は、少数の脇役を除いては浄瑠璃『伽羅先代萩』と対応関係を持たず、むしろ同じく伊達騒動に取材した浄瑠璃『伊達競阿国戯場』の人物に多く対応している。加えて『高尾船字文』は、二作の内容を直接踏まえているわけでもない。そこで旧稿では「馬琴はむしろ、実録などから取材することが多かったのではなかろうか」（本書Ⅰ-1、三〇頁）と述べたのであるが、これを受けて、高橋圭一氏が「その実録は『仙台萩』であった」と指摘（「伊達の対決―実録『仙台萩』攷―」、『実録研究―筋を通す文学―』、平成一四年〈二〇〇二〉所収、初出平成九年〈一九九七〉一〇月）して下さった。つまり『高尾船字文』は、実録体小説とこれに取材した浄瑠璃院本を踏まえ、通俗本『水滸伝』に加えて『江戸作者部類』に言うように『今古奇観』の一話、遼の雑史『焚椒録』の一部を趣向として組み立てられた作であった。中本の書型に『水滸伝』をはじめとする中国種を取り込むというアイデアそのものは、やはり『いろは酔故伝』を踏襲したのであろう。しかし実録を背景とし、演劇を踏まえるという行き方は、早く中村幸彦氏によって指摘され（「人情本と中本型読本」、著述集五所収、初出昭和三一年〈一九五六〉三月）、横山邦治氏（『読本の研究』第一章第二節、昭和四九年〈一九七四〉・髙木元氏（前掲『江戸読本の研究』第二章第一節）に受け継がれているように、初期中本型読本の顕著な特性である。『敵討連理橘』は権八・小紫譚に取材して浄瑠璃『驪山比翼塚』を意識し、『女敵討記念文箱』は鏡山騒動に取材して浄瑠璃『加々見山旧錦絵』を意識している。『高尾船字文』の基本的発想は、このパターンに即したものである。

続いて『高尾船字文』の文体を問題にしてみたい。先にも一部を引いたように、本作の「凡例」には「文中通俗めいたる有、院本《しばゐ》めいたるあり」と言い、また「主意は楽天が詩文章のごとく、嫗婆《おんば》さまにも解易《げしやすき》をもて也。聊《いさゝか》珍紛《ちんぷん》韓退之が、人威《ひとおどし》のむつかしきを求めず」とするのも、内容それ自体とともに文体の特徴にも触れた言と見て良いであろう。『高尾船字文』の文体は、後年の読本一般の文体に比べると、まことに平易である。ところがこれも、中村幸彦氏が「中本型の読本は、読本的規格にしばられることなく、自由な試みを気軽に行える場であった」と言われたのに続いて、「第二に半紙本読本との目立った相違は、大体に中本型のそれの文章の平明さにある。むつかしい漢字に雅言の訓をふり、美辞麗句をつらね、故事出典を持つ文句など遥に乏しい」（前掲論考）とされる文体的特徴が、ほぼそのままに当て嵌まる。やや具体的に例を掲げてみると、第一冊の

洪氏人夫に松明《たいまつ》を燈《とも》させ、洞の中へこみ入んとせし所に、俄《にはか》に数千本の竹を、一度に破《わ》るがごとき音聞こえて、洞の中より白気立のぼり、数十羽の雀飛び上がりければ、

というあたりは、どちらかというと「通俗めいたる」文体ということになるのであろうが、第二冊に

此隙《ひま》に谷蔵は、主管《ばんとう》利介をふみ倒し、「おのれにつくひ奴。大切の手紙を落し、かゝる大事を引出す不忠もの。今打ころす奴《やつ》なれども、子飼よりつとめたるなじみたけ、命ばかりは助《たすく》るぞ」と、天秤棒をとり直し、背骨も

折よとぶちのめし、貯《たくは》へ置し金財布を首にかけ、立出んとするその所へ、又引かへす捕人《とりて》の大ぜい、「谷蔵を
やるなエ、」ト此所筆のぶんまはしにて。ぶたいかはると見るべし

とあるのは、まさに「院本めいたる」文体で、ト書きの部分を含めて紙上演劇そのものである。けれどもこうした文体は、例えば『敵討連理橘』第九の

「権八が切腹此暮時と有ルからは、一時も早く駈付《かけつけ》、じんぜうに勝負して、譬《たと》へ討とも討るゝとも、運命は天に任さん。次郎作も勝手に介《すけ》太刀、お房は兼ての願の通リ」と、首はつしと討落し、絹に包んで死首を、袖平が手に渡せば、次郎作も、つゝ立上り、「いふにや及ぶ。権八様の介太刀は此次郎作、イサ御一ツ所に冷光《れいこう》寺へ」。「次郎作来れ」と栄三主従、一ッさんにこそはしり行

といった箇所のそれと、選ぶところがない。後年馬琴が「是（『忠臣水滸伝』）より先に曲亭か高尾船字文ありといへとも、そは中本也」（『江戸作者部類』）と述べていることに対して、私どもは、従来ともすれば形状の差異にのみ還元して捉えてしまいがちだったのであるが、「板本というものは、その外型が内容を自ずからに示唆する」という中野三敏氏の言（『書誌学談義江戸の板本』第一章、平成七年〈一九九五〉）を、ここでも想起すべきなのであろう。『江戸作者部類』には「江戸にては三百部はかり売ることを得たれとも、大坂の書賈へ遣したる百五十部は、過半返されたりといふ。そは、かゝる中本物は彼地の時好に称はす、且価も貴けれは、なといひおこしたりとそ」ともあるが、引用の後半に言うように、こちらは内容の良し悪しである以前に、書型と内容との結びつきが、上方では違和感をもって受け取られた結果であろう。

さて右の〈前史〉を踏まえたところで論を『忠臣水滸伝』に戻し、その「新奇」さの内実を窺ってみたい。本作が初期読本における中国白話小説翻案作の延長線上にあることはいうまでもないが、元来上方の地で達成をみた短

編小説集形式の〈奇談もの〉が、寛政初年の江戸に移入され、長編を志向しはじめてもいたことは、森羅子・雲府観天歩の作に即して本書I-1に申し述べた。ただしそれらには、書型は半紙本で読者には知識人を想定するという『英草紙』以来のスタイルが、なお踏襲されていた。ところが『忠臣水滸伝』は、書型こそ同じ半紙本ながら、「仮名手本忠臣蔵の世界に水滸伝を撮合」（『江戸作者部類』）してあり、しかも前編自序には「固是寓言傅会、然示㆓勧㆑善懲㆑悪於児女㆒。故施㆓国字㆒陳㆓俚言㆒、令㆓児女易㆑読易㆒㆑解也。使㆓所謂市井之愚夫愚婦敦㆑行為㆒㆑善耳。観者恕焉」と謳っている。引用部分の意味するところは、『高尾船字文』自序の「嫗婆《おんば》さまにも解易《げしやすき》」に同じ。つまり京伝は、従来の正統的な翻案小説の型の中に、中本型読本における馬琴の試みを吸収することで、それまで中途半端であった読本の長編化を、一気に成し遂げてしまったのである。しかしながら、半紙型と中本型との間には、やはり歴然とした差異がある。京伝がこれをどう乗り越えたか、以下に私見を記しておきたい。

一は、文体の問題。京伝は、長編構成を支える枠組みとしては浄瑠璃『仮名手本忠臣蔵』全十一段をほぼそのままに生かしながら、文体は、通俗本に用いられる中国白話文翻訳調で全体を統一した。旧稿でも指摘したように、本作には訓訳本『忠義水滸伝』初集（第一〜十回、享保十三年〈一七二八〉刊）が併せ利用されているが、ここからの原文の語彙の補強によって、浄瑠璃臭は一層押さえられることになった。加えてことに前編においては、必ずしも直接『水滸伝』を踏まえていない箇所にも夥しい数の白話語彙が散りばめられている。京伝は、このようにして中本に用いられた浄瑠璃調の文体を徹底的に排除することで、半紙本の正統に連なる文体の格調を保持したのである。

二は、実録との距離の問題。先述のように、初期の中本型読本は実録との関係が密であり、『高尾船字文』も伊達騒動からの投影を抜きにしては語れない。ところが、実説を背景に持っているにもかかわらず、『忠臣水滸伝』の展開は、浄瑠璃『仮名手本忠臣蔵』の内容とその〈世界〉としての『太平記』の記述にひたすら忠実であり、実録の方向に入り込むことは周到に避けられている。これを、前編第四回で大星由良が黄蝶の群れによって災いを予兆する場面に即して説明してみたい。野口隆氏によって指摘された（「『忠臣水滸伝』の演劇的趣向」、「国語国文」平成七年〈一九九五〉九月）ように、この場面は『仮名手本忠臣蔵』にはなくて、近松半二他の『太平記忠臣講釈』に見え、さらには「実録が種本」（横山邦治氏、『日本古典文学大辞典』一、昭和五八年〈一九八三〉）である速水春暁斎の〈絵本もの〉読本『絵本忠臣蔵』（前編寛政十二年〈一八〇〇〉、後編文化五年〈一八〇八〉刊）巻二にも見られる。管見の限りでは、『忠臣水滸伝』の全体を通してこの場面が最も実録に接近していると考えられるのであるが、京伝は原拠の蜂の争いを、『吾妻鏡』宝治元年〈一二四七〉三月十七日の条に基づいて黄蝶の群れに変更し、サラリと通り過ぎている。ここは蜂や蝶にこだわらなくとも、いくらでも別の書き方が考えられるのだから、あえてこのようにしているのは、作者の自信に基づく一種の遊びと解すべきなのであろう。実録の影を消し去ることで、本作は、『仮名手本忠臣蔵』のもつ大衆性をそのままに生かしながら、しかも中本型読本とは異なる、純然たる「作り物語の娯楽読物」（中村幸彦「読本発生に関する諸問題」、著述集五、昭和五七年〈一九八二〉、初出昭和二三年〈一九四八〉九月）となり得たのである。

二

『忠臣水滸伝』の刊行年時は、刊記によれば前編が寛政十一年〈一七九九〉十一月、後編が享和元年〈一八〇一〉十一月であるが、実際に出版許可がなされたのは、『割印帳』によれば前編が寛政十一年十二月七日、後編が寛政十二年十二月二十三日で、後編のほうが、何らかの事情で刊行が一年ほど遅れている。読本を含め、草紙類は正月出版が原則であるから、刊記は寛政十二年正月、享和二年正月であって一向に構わないにもかかわらず、「十一」の数字にあえてこだわっているのは、本作が『仮名手本忠臣蔵』全十一段を、前・後編十一回分を使って、『通俗忠義水滸伝』風に翻案したことにこじつけているのである。（補記）『忠臣水滸伝』における『忠臣蔵』と『水滸伝』との「撮合」は、それほどに徹底している。その具体的な様相は、徳田武氏による『山東京伝全集　十五　読本1』（平成六年〈一九九四〉）解題に詳細であり、野口隆氏の前掲論考中にもこれを補う記述が見られるので、よろしく参照されたいが、本来異質な和漢の典拠の綯交ぜによって、一種漢文戯作的な滑稽感が醸成され、その結果本作は、従来しばしば黄表紙的と評されている。事実京伝は、『仮名手本忠臣蔵』のあらゆる局面を、微に入り細を穿って『水滸伝』に結びつけており、それぞれの場面を通俗本・訓訳本と突き合わせてみて初めて面白さが分かることが多い。いわば前期戯作的な面白さが命なのであるが、ただしそれは、前章に述べた京伝の意図が、文辞の隅々にまで及んだことの副産物でもあったのである。

右からも窺えるように、『忠臣水滸伝』は、翻案小説としての高踏性に大衆性をも兼ね備えた長編小説（＝後期読本）を目論見ながら、なお典型たり得ていない。こうした過渡的性格は、構成面にも反映されている。本作の終結部、後編第十一回には、大星一党の敵討準備が全て整った後、吉田兼好が夢に九天玄女の許に赴く挿話が載る。大星らは元来天上の星であったが、「魔心断《たゝ》ず、道行《だうぎやう》完《まった》からざるがゆゑに、天帝権《しばらく》彼等を罰して其《その》精を下界に下し、仮に下濁《げだく》の凡身と」された、「しかるに彼等今天数已《すで》につきて、天上に帰すべき時いたれるによりて、天帝天書をくだし」、その天書を兼好が書く、という内容である。この場面は『水滸伝』第四十二回からの翻案であるが、「五星ならびに数箇の客星」が『忠臣蔵』の登場人物に当て嵌められ、しかも「晋書五行志」の記述に通うというのは、事件を惹き起こす因となるモノが、物語の外側からその展開を導く、私に言う〈読本的枠組〉の萌芽である。しかし本作の場合、読者は『仮名手本忠臣蔵』によって一応全体の筋を了解した上で物語に対しているのだから、終局に至っての尤もらしい理由付けは、いかにも蛇足の感を免れない。—そうした印象を覚えるのは、実は『仮名手本忠臣蔵』が本作の構成の要となっていることの、裏返しの証明である。京伝は次作『安積沼』（享和三年〈一八〇三〉十一月、鶴屋喜右衛門刊）において、早くも他ジャンルに頼らず〈読本的枠組〉一本で長編構成を支える試みに取り組みはじめ、『優曇華物語』（文化元年〈一八〇四〉十二月、鶴喜刊）に至って成功を収めるのであるが、この経緯についてはかつて申し述べた（「『優曇華物語』と『月氷奇縁』—江戸読本形成期における京伝、馬琴—」、「読本研究」一、昭和六二年〈一九八七〉四月　本書Ⅰ-5）ので詳述は避けたい。

もうひとつ、京伝の試行錯誤の反映と考えられるのが、後編における翻案臭の後退である。前・後編を見比べてみると、後編は全体として白話語彙が減り、相対的に仮名書きの部分が増えていることがすぐに分かる。先にも触れた後編の刊行延引といい、このあたりの事情を具体的に跡づける資料のないのが残念だが、この改変を対読者の問題として考えることは許されて良いように思う。前編刊行後、「市井之愚夫愚婦」（前編自序）を読者として取り込むためには、通俗本の文体はやはり少々高級に過ぎるとの判断が、改めてなされたのではなかろうか。ただ後編には、前編のもつ、恐らくは作者の意気込みから来る緊張感が感じられない。筆者は旧稿においては後編の刊行の遅れを「文章の改変に手間取ったため」（本書Ⅰ-1、三五頁）かと見たのであるが、後編の文章は、前編の通俗風に手を加えて和らげたようなものではなく、粗々仕上げながら、平仮名部分を白話語彙に改変して細部に磨きをかけることを放棄したといった体の、京伝としてはやや低調と評して良い出来映えである。後編にはまた、口絵ばかりで挿絵が一切含まれていない。こうした点から、文辞のあり方をめぐって作者と書肆の間に意見の相違があり、そのことが前・後編の内容のバラツキに繫がっているのではないかとの憶説を提出して、ご教示を仰ぎたい。ただ二作目の『安積沼』に至ると、京伝読本の文体は、『忠臣水滸伝』後編よりもさらに一層なだらかなものに落ち着く

（本書I-4）。ここから筆者が想起するのは、「史記の世家にたより、左氏伝《さじ》、国語、論語、礼記、家語《けご》、等《とう》の書《しよ》を引《ひき》用《もちひ》て述之《これをのぶる》」（自跋）とした、『通俗大聖伝』（寛政二年〈一七九〇〉正月序、三崎屋清吉刊）における訳文の文体である。『忠臣水滸伝』前・後編の試行錯誤を経て、格調と大衆性のバランスを考慮し直した結果、京伝は通俗文体を捨て、漢文和訳の文体の採用に至ったのであろう。

（補記）

この点につき、筆者自身の誤認を訂しておきたい。『忠臣水滸伝』前・後編刊記の刊行「月」が共に「十一月」となっているのは、『仮名手本忠臣蔵』全十一段に合わせた〈戯作〉的な遊びであるという私説は、『割印帳』の、前編「同（寛政十一）年十二月七日不時割印」、後編「寛政十二年極月廿三日割印」との年次記載に基づいている。しかしこのように判断した時に、筆者が見ていたのは、実際には、その活字翻刻である『享保以後江戸出版書目　新訂版』（臨川書店、平成五年〈一九九三〉一二月）であった。しかるに、その同じ箇所を『書誌書目シリーズ10　江戸出版書目』（ゆまに書房、昭和五五年〈一九八〇〉）の影印版で見ていて、間違いに気づいた。寛政十一年十一月以降その年の暮れまでに、江戸本屋仲間行事が割印を行った日付を、頁順（三四九～三五六頁）に見て行くと、a「十一月廿日」、b「十一月十九日」、c「十一月七日」、d「十二月廿五日」となっていて、その次が翌年「二月十九日」である。a～dは乱丁等ではなく記載の順であって、『忠臣水滸伝』前編の割印は、実はcの中に含まれている。活字翻刻では、その「十一月七日」が「十二月七日」に改まってしまっているのである。単純な誤植か、あるいは校正段階で、その場ではむしろ理に適った思考から「一」が「二」に改められたものかもしれない。

資料はできるかぎり原典に拠るべしという鉄則は、ここでも正しかったわけであるが、前・後編ともに十二月割印のものが「十一月」の刊記を持っているという根拠の半分が崩れたとはいえ、『忠臣水滸伝』のもつ戯作性の表れとして、「十一」という数字には、なおしばらくこだわっていたいと思う。

4　〈稗史もの〉読本の文体と『安積沼』

一

山東京伝の読本第二作『復讐奇談安積沼』（半紙本五巻五冊、享和三年〈一八〇三〉十一月鶴屋喜右衛門刊）については、典拠論のレヴェルでは、重要なものはほぼ出揃っているように思う。それらは新しい『山東京伝全集　十五　読本1』（平成六年〈一九九四〉）の解題（徳田武氏）にまとめられており、また山本和明氏の「京伝『復讐奇談安積沼』ノート」[1]にも、小平次怨霊譚をめぐる佐藤深雪氏の指摘[2]を含む詳しい整理がなされていて、参考になる。ただし、その上に立ってこの作品をどう読み、評価するかという点になると、常に引掛かってくるのが、「習作期のものとして説話の構成など多少こなれぬ面のあること」（水野稔氏、『日本古典文学大辞典』五、昭和五九年〈一九八四〉）である。それは、一つには「山井波門の仇討という主筋と小平次の怨霊譚という傍筋とがあまり有機的に結合してはいず、（中略）筋の組織性にはいまひとつ不十分なものがある」（前掲徳田解題）点で、これについては筆者も考えを述べてみたことがある。[3]もう一つ、筆者にとってよく分からないままだったのは、上田秋成の『雨月物語』（安永五年〈一七七六〉刊）巻之三「吉備津の釜」と並んで本作の最も主要な典拠として設定されている、平賀源内の『根無草後編』（明和六年〈一七六九〉刊）二之巻、歌舞伎役者市川雷蔵の生い立ち話と、『通俗孝粛伝』（紀竜淵訳、明和七年〈一七七〇〉刊）巻二「阿弥陀仏講和」の扱いであった。両者の、章回を跨いで延々と続く、ほとんど丸ごとの利用は、ひとたび典拠と知れてしまえば、剽窃呼ばわりされても致し方のないもののように思われた。全体の構成を見渡しても、その部分には、原拠作がナマのまま串刺しにされているような違和感を覚え続けて来たのである。

ところが近時、実はその部分に意味があるのではないかと考えるようになった。原拠との関係を、説話の内容としてのみ理解しようとすれば、右のようなマイナス評価に辿り着かざるを得ないわけだが、そうでない観点もある。ヒントを与えられたのは、久保田啓一氏の論文「大田南畝の文体意識」(4)である。この論で、久保田氏は、寛政十一年〈一七九九〉当時、孝行奇特者取調御用方としてその記録を一手に担当していた南畝の、大量の孝子伝文を綴るにあたっての文体意識の高まりに言及され、「江戸青山久保町の薬商で安永頃死んだ長兵衛なる人物の伝を、1、書上文之体　2、俗文の体　3、漢学者の文体　4、和学者の文体　5、当時雅俗ともに通ずべき体の五つの異なる文体で書いた一種の戯文である」「宛丘伝」(同年六月五日成)を取り上げて、ことに2の「俗文体」と、5の「雅俗体」とを具体的に比較しておられる。このうち読本研究の立場にとって示唆的なのは、「雅俗体」について、「寛政十一年時点の当世風な、雅俗双方に受け入れられる文体と言えば、読本類で練り上げられつつあった雅俗混淆文あたりを想定できそうではある」と述べておられる点である。

比較検討の後、久保田氏は、さらに論を進めて「雅俗ないまぜのこの文体に、南畝がどこか批判的で、積極的に文体を練り上げる工夫を怠ったのではないか」とされ、そのことを文化年間における南畝の読本批判と結びつけて考えておられる。南畝が雅俗文体で書かれた読本よりも雅文体のそれを高く評価していたことの指摘は貴重で、ここには初期読本から後期読本(〈稗史もの〉読本)への転換を考える上で逸すべからざる視点が提供されていると思うが、しかし、後期読本の主導者として一貫して曲亭馬琴が想定されていることに対しては、(久保田氏は慎重な上にも慎重な書き方をしておられるけれども)やはり必ずしも賛同はできない。文化期に入ってからはともかく、「宛丘伝」の成立した寛政十一年六月の時点において、読本の文体に最も自覚的だったのは、まだ『高尾船字文』(寛政八年

〈一七九六〉一月自序、蔦屋重三郎刊）をものしただけの中本作者にすぎなかった馬琴ではなく、この年十一月の刊記をもつ半紙型読本『忠臣水滸伝』前編を準備中だった、山東京伝である。寛政期後半成立刊行の江戸出来の読本を通観してみても、新しい長編娯楽読み物の文体に対して、これほどの精力を傾けた作者は、他にはいない。

けれども、『忠臣水滸伝』の文体が、そのまま規範としてスンナリと後続作に受け入れられたわけではない。『通俗忠義水滸伝』の文体を基調として、多くの白話語彙をそのままに散りばめ、それだけではなお足りずに和刻本の『忠義水滸伝』（第一～十回、享保十三年〈一七二八〉刊）を利用して一層白話臭を強めたことで、詰屈で一般向けとは言えないものとなり、後編（享和元年〈一八〇一〉十一月刊）ではその方向への努力を断念してしまった形跡のあることは、別稿に申し述べた[5]。そして、これに続くのが、『忠臣水滸伝』とは別種の、漠然と読本文体（雅俗体）と称して誰も不審を抱かない文体で書かれた『安積沼』なのである。

こうした経緯を踏まえて考え直してみると、南畝の取り上げた「雅俗体」は、必ずしも読本の文体を意識したものとは言えないが、逆に読本の文体を模索していた京伝が、南畝の「雅俗体」を応用した可能性はある。寛政十一年に南畝の主催した和文の会の成果を集めた『ひともと草』に、京伝の名の見えないのは残念だけれども、京伝は、『忠臣水滸伝』の方向を軌道修正するかたちで、南畝の言う「当時雅俗ともに通ずべき体」を自らのものとして、『安積沼』の文体を考案した。その流れが、後に南畝を鼻白ませる結果を招いたことは、久保田氏の言われるとおりとしても、京伝が『安積沼』の文体を生み出した経路を辿ってみることは、そのまま〈稗史もの〉読本における文体成立の究明に繋がっているもののように思う。本章では、こうした観点から、前述した典拠作、『根無草後編』・『通俗孝粛伝』との関係に注目してみたい。

二

『根無草後編』二之巻は『安積沼』の冒頭近く、『通俗孝粛伝』巻二「阿弥陀仏講和」は中盤に置かれているのだが、論述の分かりやすさを考え、まずは後者の方から問題にして行きたい。具体的には、『安積沼』巻之三（第五、六条）の大部分が、「阿弥陀仏講和」を、一話そのまま踏まえたかたちになっている。『日本古典文学大辞典』四・五から、『孝粛伝』（徳田武氏）・『安積沼』（水野稔氏）の順に、必要部分の梗概を挙げておく。

孝　許献忠の恋人淑玉が悪僧明修に殺されるが、包公（宋代の名裁判官竜図閣学士包孝粛）は娼妓を淑玉の幽霊に仕立てて明修をおどし、自白させる。

安　敵を求める波門は陸奥に下り狭布（きょう）の里に住むが、土地の裕福な商人須賀屋三七の娘お秋にみそめられ、忍び逢う仲となる。ある夜、僧現西なる者、お秋に言い寄るが断わられてお秋を殺害する。その嫌疑が波門にかかり獄舎につながれるが、代官の策により現西は小平次扮するお秋の幽霊に出会ってすべてを白状し、波門は釈放され、小平次は功により五両賜わる。

ただし、筆者がこだわりたいのは、内容それ自体というよりも、「阿弥陀仏講和」における白話小説翻訳（通俗本）の文体を、京伝が『安積沼』巻之三にどう移し変えているかという点である。以下、長い引用が続くことを許されたい。

引例一

孝　献忠又次ノ夜ヲ約シツ、楼ヲ下《ヲ》リテ皈ラントス。淑玉カ曰、「毎夜此楼ニ梯ヲカケ、モシ人（1）経過《トヲリ》アツテ見付ケラレハ、恐クハ宜シカルマジ。次ノ夜郎《キミ》来リ玉ワバ、妾先《ワラハマヅ》楼ノ枋《ムナギ》ニ（2）員木《インボク》ヲ備ヘ置、一疋ノ白布《ヌノ》ヲ以テ、半《ナカバ》ハ員木ニカケ、半ハ楼ノ下ニ垂レヲカン。郎《キミ》只白布ヲ手ニ取テ緊《シカ》ト是ヲ（3）攬《トラ》ヘ玉エ。妾上《ウヘ》ニ在テ吊上《ツリアケ》申サハ人ノ目ニカヽルコトナク甚便《タヨ》リ宜シカラン」。—

安　波門《はもん》驚て別出《わかれいで》なんとす。お秋（中略）手織《てをり》の細布を把《とり》ていはく、「此楼《にかい》に梯《はしご》をかけ、もし人の（1'）ゆきかひに、見付られなばよろしかるまじ。これより後郎《きみ》通ひ玉はゞ、妾先《わらはまづ》楼の枋《むなぎ》に（2'）員木《いんぼく》をそなへおき、此布を以て、半《なかば》は員木にかけ、半は楼の下に垂《たれ》おくべし。郎《きみ》此布を手にとりて緊《しか》と（3'）とらへ玉へ。妾《わらは》上にて吊上《つりあげ》申さば、人目にかゝることあるまじ」。

波門がいはく、「其《その》員木といふは何物ぞ。女の弱き力にて我を引あぐる事、おそらくはかなふまじ」。お秋笑ひて、「郎《きみ》員木を知らせ玉はぬもことはりなり。これは農家にある器《うつは》にて、丸き木を設《もふけ》、物をかけてひくに力をもちひずして重《おもき》をうごかす物、碾輪《ころばかし》のたぐひの器《だうぐ》なり」と告《つげ》ければ、波門うなづきて、「これきはめて良計なり」といふ。

これは、主人公山井波門《やまのいはもん》（許献忠）が、布を伝って二階に住むお秋（淑玉）のもとに忍び、再会を約する場面である。『安積沼』の方で、段落を分けた後半部は、（2）-（2'）に見える「員木」について、『孝粛伝』の本文の上欄にワクを設けて「員木ハ、丸キ木ヲ設ケ、物ヲカケテ引ク。コロハシノ心モチナル物」と注釈してあるのを京伝が本文中に繰り込んだもので、両者の本文どうしが直接対応し合っているというわけではないが、読み比べてみれば、前半部において、『孝粛伝』がほぼ逐語的に踏まえられていることは疑いようがない。けれども同時に、『安積沼』の文章の方が、一読して和らいだ印象を受ける。漢字カタカナ交じりがひらがな交じりに改まったのだから、当然といえば当然なのだが、本作にあって目につくのは、その際京伝が『孝粛伝』の本文に見られる漢語の語彙をそのまま残すことをせず、こなれた和語に変更することの少なくない点である。引例一では、傍線部がそれにあたる。(1)の「経過」は、『忠臣水滸伝』前編に「足柄山に経過《さしかゝり》ぬ」(巻之二、十四ウ)・「漸々《やう〳〵》遠州路《ゑんしうぢ》に経過《さしかゝり》」(同、十九ォ)と用例の見られるもので、(1')では、これが「ゆきかひ」と改まり、(3)－(3')では、目慣れない「攬《トラ》へ」もひらがなに書き変えられている。

引例二

孝　包公原《モト》ヨリ献忠カ貌《カタチ》美ニシテ性《セイ》ノ和カナルヲ見テ、「此者(1)兇暴輩《アバレモノ》ノ形ニアラス」ト思ヒ、則問フテ申ケルハ、「你淑玉ト往来スルトキ、(2)甚人《ナニヒト》ソ楼ノ下ヲ(3)経過《トヲリ》タルハナキカ」。献忠カ曰、(4)往日《サキ》ニハ人ノ有シヲ見ズ。只(5)本月《タウケツ》一人ノ(6)和尚《ヲセウ》有テ、夜々《ヨル〳〵》(7)木魚ヲ敲《タ□》キ、抄化《ハッチ》ヲ叫《ヨヒ》テ(3)経過《トヲリ》タルコト、一両度アリケルカ、其外ニ人ノ(3)経過《トヲリ》タル覚ナシ」。包公(8)逕《タヽチ》ニ忖到《コヽロツキ》、(9)故意《ワサト》叱テ申ケルハ、「没来由《ワケナシコト》、汝人ニ罪ヲ譲ルトモ、(10)怎生《イカンゾ》我ヲ哄《アサム》キ得ン。淑玉ヲ死《コロ》シタルハ汝ニ極リテ明白ナリ。今汝ヲ死罪ニ行《ヲコナ》ハン。(11)甘心《ナットク》セヨ」ト、(12)喝令《カツレイ》シテ左右ニ命ジ、──

安　此知県《たいくわん》は素《もと》慈悲ふかく判断あきらかなる人なりけるが、此時心中におもへらく、「一ッには(中略)、二ッには波門が人品《ひとがら》を見るに、容貌《かたち》美にして性質《うまれつき》和らか也、(1')人を殺すべき模様にあらず。これには必《かならず》別に縁故《いわれ》あるべし」とおもひ、乃《すなわち》波門に問うていはく、「汝お秋がもとに通ふ時、(2')何人《なにびと》にもあれ夜中《やちう》楼《にかい》の下を(3')とほりたる者はなきか」。波門答へていはく、「(4')前《さき》には人の通るを見ず。只(5')当月《たうげつ》にいたり一人の(6')僧ありて、夜中(7')鉦《かね》をならし念仏をとなへて通り候。其外に人の(3')通りたるをおぼえ侍らず」といふ。知県これを聞きて(8')果哉《はたせるかな》と心中に点頭《うなづき》、(9')わざと波門を叱りていひけるは、「汝大罪《だいざい》ををかして人にその罪をゆづらんとはかるとも、(10')豈《あに》よく我をあざむかんや。お秋をころしたるは汝にき

はまりて明白なり。我汝を死罪におこなひて、お秋が父母の怨みをはらさすべし。(11')速《すみやか》に罪に伏せよ」と
(12')喝令《かつれい》し、左右に命じ―

知県（包公）が波門（許献忠）の無実を見抜き、真犯人を推理する場面。両者を比較すると、やはり傍線部において『安積沼』の方が分かりやすく手直しされている。このうち（2）「甚人」・（7）「抄化」・（9）「故意」・（10）「怎生」「哄得」・（11）「甘心」は、『俗語解』（唐話辞書類集第十、十一集、昭和四七年〈一九七二〉）に項目の載る白話語彙であり、（1）「兇暴輩」・（8）「忖到」も同書に近似した語（「兇身　人コロシ」「兇徒　ワルモノ」・「忖道　ハカリヲモフ」）が載る。（9）と（10）の間にある「没来由」（二重線部）は、『安積沼』に直接の対応箇所がないが、これも『俗語解』に「没干係　ワケモナキコト　由来モナキコト」「没来歴　同」とあり、『安積沼』にもそのまま載る（12）「喝令」も同書に見えて、白話語彙である。ところが『安積沼』では、最後の一例を除いて、それらの白話語彙が全て消去されてしまったことになる。

実はこれは、先にも略述したように、前作『忠臣水滸伝』とは正反対の傾向である。『忠臣水滸伝』の、ことに前編には、直接『通俗忠義水滸伝』の行文に基づいた箇所が、しばしば見られる。例えば

本蔵は心はなはだ火急《せく》といへども、皆々苦《くるしむ》を見て、只得此《ぜひなく》松樹《まつのき》の下《もと》に櫃《ひつ》をおろさせ、権且《しばらくまづ》休息なさしめけるが、此折しも対面《むかひ》の杉林の裡《うち》に人影あらはれ、一個《ひとり》の経紀人《あきびと》一籃《かご》の棗子《なつめ》を挑《になひ》来りて、林の裏《うち》に担《に》をおろし、両袒《もろはだぬぎ》て乗涼《すゞみ》居たり。又遥の下より一個の漢子《をとこ》一荷《か》の桶を挑《にな》ひ、擅《ほしいまゝ》に曲《うた》を唱《うたひ》て山を上り来る。其曲《うた》に道《いへらく》、（中略）。此男已に山を上り杉林の辺《へん》に来り、担《に》をおろして乗涼《すゞみ》ければ、棗子商人《なつめあきうど》此男に問て云、「汝が此桶の内なるは乳酒《しろざけ》なるか」。此男答て云、「いかにも白酒なり」。―（巻之四・第五回）

は、よく知られた「呉用智取ス二生辰綱ヲ一」（『通俗忠義水滸伝』上編巻之八（上））を、文章表現もそのままに生かすかたち

(傍線部)で移し変えた場面の一節であるが、その際京伝が、原拠に含まれる「権且」「対面」「経紀人」「乗涼」「白酒」といった白話語彙を、外すことなく取り込んでいることに注意したい。それに加えて京伝は、傍線部以外の箇所でも、明確に指摘できるものとしては二例、「火急」「只得」の白話語彙を用いて、周囲の文章との調和をはかっている。例示したのは短い用例に過ぎないが、『忠臣水滸伝』の文体は、全体として白話語彙を含めた通俗本の文体の模倣によって成り立っているのである。さらに時として、これに和刻本(訓訳本)『水滸伝』の模倣が加わってくることもある。

しかるに塩冶の家士《かし》早野勘平といへる的《もの》、一日《あるひ》私用ありて松葉谷《がやつ》に到る処に、一条《ひとり》の大漢《おほをのこ》勘平が背後《うしろ》にありて、口裏自言自語説道《くちのうちひとりごとにつぶやきていへらく》、「我いまだ此宝剣を識者《しれるもの》に遇《あは》ず。若能《もしよく》此剣《つるぎ》を知ものあらば我これを売《うる》べきに、惜《をしむ》べし〳〵といふ。勘平はこれを聞つけずして、二三十歩ばかりゆきすぎけるに、那漢子《かのをのこ》なほ勘平が後《うしろ》にしたがひ来り、ふたゝび声をたかうしていへらく、「惜哉《おしきかな》偌大《かくおほい》一箇鎌倉に我此宝剣を識得《しりうる》ものなし。若能これをしるものあらば売べきものを」とて、只顧《ひたすら》嘆《たんし》ていひければ、勘平これを聞てあやしみ回首《かうべをめぐらし》て看《みる》に、

——(巻之二・第二回)

傍線部は、前掲の例と同じく通俗本の『水滸伝』(上編巻之三「豹子頭誤テ入ル二白虎堂ニ一」)を直接踏まえた箇所であるが、二重線部は通俗本にはなく、和刻本の『水滸伝』第七回にのみ見られる表現である。断片的にではあるが、原『水滸伝』の本文を付加することによって、白話臭が一層強調されている。こうした箇所は、和刻本の利用が第一～十回にとどまることもあって、それほど多くはない[6](主として前編の前半部に見られる)のだが、京伝が、『忠臣水滸伝』の文体に、白話文のもつ一種の違和感を、むしろ積極的に取り入れようとしていることが良く分かる。

ところがこれも前述のように、『忠臣水滸伝』後編の文体は、例えば

大星あぐみて、つとよりておかるをとらふ。おかるあながちに放さず、「いなもどせ」、「いなもどすまじ」といひてたがひにあらそひけるが、大星おかるが覷個空《ゆだんをうかがひて》手をひきはなち、書簡《てがみ》をうばひかへさんとしけるを、おかる只《たゞ》双手を伸《のば》して、胸の上を緊《しか》と抱《いだ》きてはなさず、たちまち柳眉を踢竪《けたて》星眼《せいがん》を睜開《みひらき》ていへらく、「你独《なんぢひとり》聡明の人にて他人はみな愚なりとおもふか。なんぢ我を詐《あざむき》て書簡《てがみ》をもとめんとすとも、いかでかあざむかるべき。さきのごとくいひしはみな你をたはぶれて心を焦《やか》せたるのみなり。なんぢ浮浪的《うはきもの〻》風《ふう》に粧做《もてなし》て、妓楼《あげや》にあそび、娼家《ちやゝ》に酔《ゑひ》、ひたすら醜行《あしきみもち》をなすは、都是《すべてこれ》仇家《かたき》をあざむく計策《はかりごと》にあらずや。いかでか本心の所為《しわざ》ならん」と、すでに心機を見ぬきてのゝしりければ、大星此一言をきゝて心中大に慌《あわて》、「我いかでかさることあらん、なんぢ胡言乱語《めつたなこと》をいひて、声をたかうすな。人ありてきかばまことゝおもひ、我をあやしむべきに、只《たゞ》宜《よろしく》声をひきくすべし」といふ。（巻之一・第七回）

のように、ひらがなが増え、ずっと読みやすくなっている。場面ごとにバラツキはある（引用部分は、どちらかといえば漢字の少ない箇所である）が、後編では、積極的な白話語彙・白話文の採用は、総じて控えられているのである。その理由は推測の外を出ない（本書Ｉ-３）けれども、要は前編の文章の親しみにくさに起因するものと見て誤りないであろう。しかし『忠臣水滸伝』後編の文章には、それでも白話語彙の使用が目立つこと、勿論である。傍線部は、前掲『俗語解』と『小説字彙』（唐話辞書類集十五、昭和四八年〈一九七三〉）に、近似も含めて項目化されているもの。両書に見えない「踢竪」「粧做」「都是」（波線部）といった語彙も、白話的表現として作者の脳裏にとどまっていたものと推測される。『安積沼』で京伝の行なったことは、『忠臣水滸伝』前後編における、白話を主とする漢語表現のこのような扱いを経た上での、さらに踏み込んだ方針転換だったのである。

引例三

孝 此夜明修又木魚ヲ敲《タヽ》キ、街々《マチ〳〵》ヲ叫《ヨヒ》アルキ、三更ノ時分玩月橋ニ皈ラントスルトキ、橋下《ケウカ》ニ三鬼《キ》《三人ノユウレイ》ノ声有リテ、高ク叫ヒ低ク叫ヒ、一ノ鬼ハ婦人《ヲンナ》ノ声ニテ、（1）低声啼哭《サメ〳〵トナキカナシム》其声甚悽切《セイセツ》ニシテ、人ノ魂ヲ嚇《ヲトロ》カス。明修心忙然トシテ、（2）体麻木脚軟《タイシヒレアシナヘ》テ走リ去ルコトアタハス、橋ノ上ニ（3）打坐《ヘタバリ》テ、「阿弥陀仏」トソ念《トナ》ヘケリ。女ノ鬼《ユウレイ》、且哭《カツナキ》且叫ンテ申シケルハ、

「明修々々、来リテ我ニ姦《カン》ヲ求ム。（4）我従ワスシテ罷了《ヤミ》ケルニ、我陽数モ終ラザルヲ、故モナク我ヲ死《コロ》シ、又我《ワカ》（5）簪《サン》珥《シ》《カンザシミヽノタマ》ヲ奪ヒタリ。故ニ我今閻羅《エンラ》天子ニ訴ヘシカハ、閻王《エンワウ》ニ鬼ニ命ジ玉ヒ、我トトモニ来テ、汝カ命ヲトラセラル。然レトモ汝、今阿弥陀仏ヲ央《ヤトヒ》テ、講和《ナカナオリ》ヲ願フ。若財帛《モシソナヘモノ》ヲモトメテ、鬼使《キシ》ト我トニ与ヘテ打発《イナセ》ハ、我汝ヲ赦スヘシ。然ラスンハ再ヒ天《テン》曹《ソウ》《テンノヤクニン》ニ奏聞シ、極メテ你カ命ヲトラン。其時ニ至リナハ、諸仏ヲ央ヒ来ルトモ、汝カ命ヲ保《タモツ》コトアタワジ」。明修手ニ弥陀珠《シユス》ヲトリ、合掌シテ申シケルハ、「我独リ住《スミ》ノ僧ナレハ、慾心火ノ如クニシテ、汝ニ情《セウ》ヲ求ルニ、（6）只管《ヒタスラ》従ワス。アマツサエ叫ヒテ人ヲ呼《ヨビ》ケル故、我人ニ捉《トラ》エラレンコトヲ恐レ、一時《フト》悞《アヤマ》リテ汝ヲ死《コロ》ス。今簪《サン》珥《シ》尚《ナヲ》コヽニアリ。明日財帛《ソナヘモノ》ヲ買討《カイモト》メ、経巻ヲ念《トナ》ヘテ汝ヲ超度《テウト》スヘキ間、千万《ナニトソ》天曹ニ奏スルコトナカレ」。（中略）忽然トシテ、後《ウシロ》ノ方《カタ》ヨリ（7）二人ノ公差《ヤクニン》躍リ出、

安 扨彼現西《さてかのげんざい》は此夜も常のごとく、鉦をならし念仏をとなへて村をあるき、三更《さんかう》《九ツ》すぐる頃住家にかへらんとて、錦木塚《にしきゞづか》の辺にちかづく時、俄に一陣の風おこりて、颼々《しうく》と樹梢《こずへ》をならし、月色朦朧《まうろう》として不覚《すゞろ》にものすごくおぼえけるが、怪哉《あやしきかな》錦木塚のうしろに一道の陰火もえ出てあたりをめぐり、草ふかき所に（1'）虫のこ

ゐかとあやまつばかりさめ〴〵と泣かなしむ声いともあはれに聞えて、人の魂をおどろかすばかりなれば、現西こは〴〵頭《かうべ》をめぐらしてこれを見るに、たけ長き黒髪を乱し、顔は雪よりもしろく、吭《のんどぶえ》のあたりより鮮血《なまち》淋々《したゝり》て、身にまとひたるうすものを朱に染なしたるが、黒暗中《くらがりのうち》にたちておぼろげに見えたり。現西これをひとめ見るよりも、(2') 身うちしびれ脚《あし》なへて走去《はしりさる》ことあたはず忽地《たちまち》に(3') 倒伏《たふれふし》て、只阿弥陀仏〳〵とぞ念《となへ》ける。幽霊白糸《しろきいと》のごとき手をあげてかほにかゝれる黒髪をはらひ、且哭且叫《かつなきかつさけび》かれたる声していひけるは、

「妾《わらは》は汝が毒手にかゝりて非命に死したる秋が冤魂仇《あた》をむくはんため、これまであらはれ来れるなり。汝しひて妾を姦《かん》せんとし(4') うけひかざるを憤りて、いまだ陽数もおはらざるに、擅《ほしいまゝ》に妾を殺し、そのうへ(5') 櫛髪搔《くしかみかき》を貪《むさぼ》れり。妾その恨をはらさんと閻羅王《えんらわう》に訴《うつたへ》しかば、閻王しばしのいとまをたまはり、こゝに来らしめて汝が一命をとらせらる。しかりといえども汝今先非を悔《くい》、妾が執念の残りし櫛髪搔をもどしなば、しばらく汝が一命を赦すべし。さもあらずんば速《すみやか》に地獄にゐて行て、かぎりなき呵責《かしやく》をうけしむべし」と息もたゆげにいふ。現西は面色槁木《かれき》のごとくに変《かはり》、恰《あたか》も死したる狗《いぬ》のごとく地に倒《たふれ》てありけるが、これをきゝてわなゝく〳〵数珠《ずゝ》をとり、合掌していひけるは、「我独住《ひとりずみ》の貧僧なれば慾心火のごとくにして、おん身に情《じやう》をもとめしに、(6') ひたすらしたがはず、剰《あまつさへ》叫びて人を呼けるゆへ、我《われ》人に捉《とら》へられんことをおそれて、偶《ふと》おん身を殺せり。彼《かの》櫛髪搔、人に売らんとおもひ持来りて今猶我懐中《なほわがふところ》にあり。速《すみやか》にこれをもどすべし。又これより後ながらく追薦をいとなみ、経をよみ仏を念じて、おん身の成仏得脱をねがひ為《ため》に香燭をそなへて、幽魂を慰し申さん。こひねがはくは冤《うらみ》をはらし憤をやめて、我《わが》一命をゆるし、こゝろよく仏果にいたり玉へ」といひて、頭《かしら》を地にうがちひたすら罪を賠《わび》にけり。此時忽然として後《うしろ》の方《かた》より、星河忠太《ちうだ》、鹿角《かどの》義平、(7') 両人ひとしくをどり出、——

代官（包公）の命により、お秋（淑玉）の幽霊に扮した小平次（娼婦）の名演技によって、悪僧現西（明修）が真実を白状し、二人の役人に逮捕される場面。京伝は、ここでも『孝粛伝』の用字・表現を平易な和語に改め（傍線部）、のみならず習俗を異にした内容を、わが国のこととして違和感のないように改変している（二重線部）。この点において、引例三には、前掲一、二と同じ方向性が示されており、それはさらに作品全体に亘っていると言っても差し支えないのであるが、この引例でもうひとつ注目しておきたいことは、行文の途中にあえて区切りを付けた、その前半部の扱いである。ここでは、『孝粛伝』の方がむしろアッサリしているのに対して、『安積沼』の方は、（偽）幽霊出現の雰囲気と、幽霊の形容を強調した書き方がなされている。中でも「吭《のんどぶえ》のあたりより鮮血《なまち》淋々《したゝり》て、（中略）黒暗中《くらがりのうち》にたちて」は漢語的形容の目立つ一節なのだが、この部分は実は『孝粛伝』にはなくて、京伝の付け加えたものなのである。『安積沼』巻之三を見渡してみると、原拠作にはない漢語的表現によって修飾された場面が、ここと、もう二箇所ある。ひとつは、波門とお秋の密会の場面。『孝粛伝』では、「其夜献忠楼ノ梯《ハシゴ》ヲ持来リ、窓ニ懸テ楼ニシノヒ、蘭房《ネヤ》ニ手ヲ携ヘテ鴛衾《エンキン》ノ夢ヲソ結ビケル」とあるだけなのだが、京伝はこれに様々な形容を付加して、恋の情趣を盛り上げている。もうひとつ、現西（明修）がお秋（淑玉）に挑み、殺害する場面の後半を引いてみる。

引例四

孝　淑玉甚怒リ、（1）「賊有《ゾクアリ》々々《〱》」ト高声《コウセウ》ニ叫ヒケレトモ、（2）此トキ夜深《フケ》ノコトナレハ、父母睡リ覚ズシテ、此声ヲ聞ツケス。（3）明修人ノ起《ヲキ》来ランコトヲ恐レテ、（4）戒刀ヲ抜出シ、一刀ニ淑玉ヲ殺死《キリコロ》ス。怜《アハ□》ムヘシ淑玉賊僧ノ毒手ニ遇ヒ、（5）香散ジ玉砕ケ、（6）泉下《メイド》ノ客《ヒト》トナリニケル。（7）其トキ明修淑玉ガ簪《カンサシ》ト珥《ミヽタマ》ヲ奪ヒ、彼白布ヲツタヒテ楼《ニカヒ》ヲ下《ヲ》リ、足ヲ早メテ逃失《ニケウセ》ケル。

安　お秋は苦しき声をあげ、（1'）「賊《ぬすびと》ありくへ」とよばひけれども、（2'）此時しも夜深《よふけ》なれば家内すべて熟睡し、此声を聞付ず。お秋はなほしばくよばゝりけるにぞ、（3'）現西は人の起来《をき》らんことをおそれ、急にせまりてかたはらにありし（4'）裁刀《ものたちがたな》をひろひとり、お秋が吭《のんどぶへ》にぐさとつきたてければ、阿《あ》と一声叫び、鮮血滾々《せんけつこんこんナマチダクダク》とわきながれて、咲ものこさず散《ちり》もはじめぬまさかりの花の姿を、忽《たちまち》暴風猛雨のためにそこなひ、（5'）香散じ玉砕てわづかに十七歳を一期《いちご》とし、（6'）泉下《めいど》の客《ひと》とはなりにけり。鳴呼哀哉《あゝかなしきかな》鳴呼痛哉《あゝいたましきかな》、正是《これなん》三寸気在千般用《さんずんいきあればせんぱんもちゐ》、一旦無常万事休《いったんむじやうばんじきうす》といへるたぐひなるべし。（7'）かくて現西はお秋が頭上《かしら》よりおちたる、瑇瑁《たいまい》の櫛と髪搔を奪取《うばひとり》、かの布をつたひて楼《にかい》を下《くだ》り、足をはやめて逃失《にげうせ》けり。

引用した『孝粛伝』の本文全体にわたって、『安積沼』との間に七箇所の対応を指摘することができるが、ここでも問題はむしろ、対応箇所のない部分にある。『安積沼』の（4'）と（5'）との間にあるお秋殺害の描写は、京伝独自のものであるが、『孝粛伝』の即物的表現に比べて、明らかに残忍さ、凄惨さが強調されており、引例三の幽霊の描写と同傾向のものである。ことに喉元から流れ出る血潮を形容した「鮮血滾々」（陶山南涛『忠義水滸伝解』第一回、唐話辞書類集三、昭和四五年〈一九七〇〉に、「滾将起来」の説明として「クルくト湧上ル貌。滾ハ湯ノニカヘルナリ（下略）」とある）は、前掲の「鮮血淋々」とも呼応して、本作が「文化文政期のブラッディ小説流行の先駆」（京伝全集十五、徳田氏解題）と評される根拠の一端を担ってしまっている。この問題については、小平次怨霊譚における『雨月物語』「吉備津の釜」の扱いと絡めて後述したいが、描写の一点に限って言えば、恋愛にせよ殺人にせよ、原拠では簡単な記述で済ませてしまっている場面を一層盛り上げたいと考えた時に、京伝はむしろ自ら『孝粛伝』にない漢語表現を用いて、中国（白話）小説的雰囲気を醸成していることを指摘しておきたい。（6'）と（7'）の間にある「鳴呼…万事休」も、今直接の典拠を指摘できずにいるが、同様の効果を狙ったものであること、言うまでもない。

『通俗孝粛伝』と『安積沼』の文体を比較検討した結果は、右のとおりである。結論を整理すれば、『安積沼』の文体の基調は、巻之三において、〈通俗もの〉の文体を一話ぐるみ徹底して模倣しつつ、『忠臣水滸伝』の時とは逆に、そこに含まれる漢語、なかんずく白話文の残滓をこなれた和語に置き換える作業を施すことによって成った[7]。時として漢語表現の強調されるのは、その場面の描写に力点の置かれる場合に限られ、その場合京伝は、原拠作の描写不足を補うために、自らのボキャブラリーの中から語彙を選んで嵌め込むことを専らとしている。―けれども『安積沼』の文体のために京伝のしたことは、これのみではない。先に書名を挙げたままになっていた『根無草後編』二之巻が、本作の文体のために果たした役割について、論を進めることにしたい。

三

『根無草後編』二之巻で語られているのは、宝暦・明和期江戸の歌舞伎役者、初代市川雷蔵の前歴である。元来は武家の出身、零落して大津に住む浪人渡部義兵衛の一子で民之進といい、重病に罹った父と祖母との命を救うために、京宮川町の子供屋に身売りし、後に江戸堺町へ下ったという展開になっている。『安積沼』では、これが第一、二条にかけての、主人公にかかわる話に転じられているのであるが、その部分の梗概を、前章と同じく『日本古典文学大辞典』五（水野稔氏）から引いておく。

　大和国耳無川のほとりに住む富裕な郷士穂積丹下（ほづみたんげ）の娘鬘児（かつらこ）は、菱川師宣描くところの美少年の絵姿に懸想して病いの床につく。観世音菩薩のお告げにより丹下は自ら安房国保田村に住む師宣を尋ね、そこで、絵姿の主は那古村の浪人安西喜内の息子喜次郎という者であるが、喜次郎の一家は困窮し、祖母と父喜内は病気、家宝の名刀交剛大功鉾（こうごうたいこうぼこ）も質草となる有様に、喜次郎は浪人轟雲平の斡旋で江戸禰宜町の男娼（やろう）屋に身を売り一家を救ったが、雲平のために祖母と喜内は殺され母は狂死し、名刀は奪われた旨、聞かされる。

文中の傍線部が『根無草後編』に対応する箇所である。このように示すと、『安積沼』第一、二条に占める『根無草後編』の位置は、必ずしも大きくないようだが、それは水野氏が、作品全体の構成にとって必要な伏線を全て書き込んでおられるために、そう見えるのであって、実際には第一、二条は『根無草後編』二之巻を核として成り立っており、その前後、またその間に、京伝の工夫が嵌め込まれていると言ったほうが良い。まず、対応箇所の冒頭部を比較してみる。(8)

引例ア

根　爰《こゝ》に市川雷蔵なる者あり。此者の変化定《さだま》りなき其源《みなもと》を尋れば、父は代々瓢象《ひさかた》の、都の方に隠れなく、富さかへぬる武家に仕へて、渡部《わたなべ》義兵衛となんいふ人なりしが、朋輩《ほうばい》の連坐《まきぞえ》にて、浪々の身と成けるより、老いたる母と妻子をも、養育手次《はごくまんたづき》にもと、住なれし都を離れ、（1）うき数々に大津の町のわび住居《ずまい》、弓馬の道は廻り遠く、外に営むべき業《わざ》なければ、絵の事は先《まづ》素人ながら、つい出来易き所の名物、げほうのあたまへ階子《はしご》掛ても、我身の上の下り坂、主持《しうもた》ぬ身の一徳と、浮世は軽《かろ》き瓢簞で、押へる鯰《なまず》のぬらりくらり、犬のくわへて引歩く、先士《ざとう》の坊の褌《ふんどし》さへ、しまりなき世渡《よわたり》の、いつ果《はつ》べき事にしもあらず。

其上に民之進《たみのしん》とて一人の悴《せがれ》あり、容貌百人にすぐれ、心さとくして滞《とゞこふ》らず、手習・学問・槍兵法、遊芸迄も器用なれば、（2）末々は能主取《よきしうどり》をもさせんとて、江戸の稼《かせぎ》を心掛て、薄《うす》々用意は有ながら、――

安　過つる頃当国那《な》古《こ》村《むら》と云処《ところ》に、安西喜内《きない》といへる武士の浪人ありけり。先祖は里見家につかへてよしある武夫《ものゝふ》のよし。喜内は上に老母あり下モに妻子あり、都《すべ》て四口《よにん》のくらしなり。(1’)はかぐ〳〵しき営生《いとなみ》もなく、里の子等に手習もの読《よみ》など教て、わづかの謝物《しやもつ》をうけ、妻は折々浜に出て、当国の土産《とさん》浪の子紐苔《ひものり》のたぐひをひろひ、露ばかりの価《あたへ》にかへて、ほそき烟《けふり》をたてぬ。
児子《せがれ》喜次郎は此年已に十三歳、世にまれなる美童なるのみにあらず、聡明怜悧《れいり》人に越たれば、貧中《まづしきなか》にももろ〳〵の芸を学ばせ、手習学文剣法柔術《けんじゆつやはら》はさらなり、我に学びて絵をかき、小舞謡曲笛鼓《こまひうたひふえつゞみ》のたぐひまでも、尽《こと》〴〵く暁《さと》しぬれば、(2’)のち〳〵は能君《よききみ》につかへさせ、としてかくしてと、父母《ふぼ》は唯《たゞ》彼が成長の末をのみ楽みて養ひけるが、彼が出世をはからんには、江戸の住居《すまひ》にしくべからずと、その心支度《こゝろがまへ》は有ながら、——

『根無草後編』（明和六年〈一七六九〉刊）は、言うまでもなく談義本（前期滑稽本）の主要作のひとつであるが、筆者はこのジャンルの文体的特徴について語る資格を持たない。以下の発言は、中村幸彦氏が平賀源内の戯作の文体に触れられた、

彼の文章は、志道軒の狂講調をも巧みに採り入れたのみならず、前述（筆者注、先に源内には「俳諧のたしなみがあった」とする）の俳文調に、漢文調や更に一時賀茂真淵に入門した和文調をもまじえ勿論談義物の俗文をも合せる。ともかく鋭い言語感覚の持主で、微妙な点まで行きとどいている。論文調がすぐれているのみならず、芝居好きで、やがて浄瑠璃で令名を得る如く、対話で人情の機微を描き、うがつことも巧みであり、当時好評を得、模倣者も続出したのも当然である。

との一節[9]と、同じ文章中で『根無草後編』につき、「娯楽的で、うがちも軽妙」・「穏やか」と評されたのを頭に置いて申し述べるものであることをお断りしておきたい。私見では、二之巻の当該箇所からは、俳文調・漢文調・和

文調といった特色は、ほとんど抽出できない。むしろ少なからず俗に傾いており、七五のリズムを基調として「人情の機微を描き」、浄瑠璃の愁嘆場にも通う文体である。まず（1）－（1'）を比べてみる。前者は、主人公の父親である浪人が、大津絵を描いて生計を立てる有様であるが、前半部には「うき数々に大（筆者注、アフ→遇う）津の町」の掛詞が用いられる一方、後半部には「げほうのあたま」（古典大系中村氏注、「上部大きく下の小さい頭。大津絵の画題」）や「ぬらりくらり」といった、目に立つ俗語が使われてもいて、これを「平賀張り」の文体の一例と称して差し支えないもののように思う。対して後者は、逐語的に前者を追いつつ同様の生活状況を描写するが、「浪の子紐苔《ひものり》」に房総のローカルカラーが示される以外には、これといって修辞上の技巧も俗語使用も指摘できない。（2）－（2'）でも、前者の「能主取《よきしゅうどり》をもさせん」、「江戸の稼を心掛て（大系注、「参勤交代で諸侯の多い江戸へ出て、奉公先を求めようとの心がけ」）といった口語的表現に対して、後者ではそれぞれ「能君《よききみ》につかへさせ」、「彼が出世をはからんには、江戸の住居《すまひ》にしくべからず」と、大人しく改まっている。それに加えて、引例アの全体に亘って注目すべき点は、指摘したように『根無草後編』の文章が、七五調でたたみかけるリズム感に乗って書かれているのに対して、『安積沼』では、明確に七五調で区切られた節が、ひとつも見られないことである。これは、引例アだけが偶然そうなっているのではなくて、両者の対応箇所全体に亘って同じ傾向が見られる。やはり京伝の意識してやっていることである。例えば、引例アから少し後の部分で、『根無草後編』の方が「秋の末より、冬の半《なかば》に打つゞき、義兵衛も脊《せな》に癰《よう》を発し」と七五調になっている箇所が、『安積沼』では、「かゝる辛労の余りにやありけん、其年の冬の半《なかば》にいたり、喜内偶《ふと》脊《せ》中《なか》に癰《よう》を発し」と変更されている。京伝は、傍線部の語を加えることで、七五調のリズムをわざと崩しているのである。そうした例を、他にも挙げてみる。

引例イ

根「（前略）寒気つよき此時節、夜の物なく火の気もなく、（1）姑御《しうとめご》といひ御前の大病、次第に募る苦しみを、病目《やむ》より見る目のせつなさ。人参で愈《なお》ると聞ば、（2）せめて此身が若かりせば、君傾城に身を売りてもしやう模様もあるべきに、それさへも叶はぬ因果、天道にも仏神にも、見かぎられたる身の上」（3）と、夫婦手に手を取合て、忍ぶにあまる泣声を、―

安「（前略）寒気のつよき此時節に、夜具もなく炭火だになし。（1'）母人《はゝびと》といひおん身の大病日にましおもる苦《くるしみ》を、病人《やむひと》よりもかたはらにてみることのたへがたさよ。人参をもちひて癒《いゆ》ると聞《きけ》ば、（2'）せめて此身の若からば遊女のたぐひに身を売ても、せんすべはあるべきに、それだにもかなわぬは、因果どしのあつまれるなり。皇天《てんとう》にも仏神《ぶつじん》にも、見はなされたる身のうへか。そもいかなる宿世《すくせ》の報《むくひ》ぞ」（3'）といひて、夫婦手に手をとり合せ、声を呑てぞ哭《な》きける。

追い詰められた浪人夫婦の愁嘆場。括弧内は、妻から夫へのクドキであり、しかも感情の高まった後半部を引用した。したがって、『根無草後編』の七五調は、ここでは浄瑠璃的情調を色濃く帯びてくるのであるが、『安積沼』の方は、同様に七五調に区切って読めば読める文章でありながら、句読点（原本では全て「。」）を少なくして浄瑠璃調を和らげるような書き方がなされている（傍線部）。さらに、『根無草後編』では、クドキの一段落した地の文においても、同じ調子が続いているのに対して、『安積沼』の方では、（3'）の、「といひて」、「哭《な》きける」の二箇所に、七五調のリズムを断ち切る工夫が施されていることが分かる。

引例ウ

根「死ふといふ父の命、祖母の命諸共に、金さへ有ば助《たすか》るとや。何卒《とぞ》金を調《とゝのへ》て、病苦貧苦を救はせ給へ。夫《それ》も叶はぬものならば、一寸も動くまじ。爰にて我を蹴殺《けころ》してたび給へ」と、脇目もふらず祈《いのり》けるが、―

安　「死なん覚悟の父が命、病《やまひ》に危《あやう》き祖母の命、先祖伝来の太刀の事も、都《すべ》て金だにあれば恙《つゝが》なし。南無千手観自在、ねがはくは大慈悲をたれ玉ひ、金をさづけて貧苦病苦を救はせ玉へ。我《われ》爰にありてみじろぎもせじ。此ねがひかなはぬことにてあらば、速《はやく》我《わが》一命をとらせ玉へ」といひて、眼《まなこ》をとぢ気をおさめて、一心不乱に念じけるが、―

主人公の少年が、前者は逢坂の関の明神に、後者は那古寺の観音に裸参りして、父と祖母の助命を祈願する場面。ここも高揚した情感を示すために七五調が最も効果を発揮する箇所で、両者とも事実そうなってはいるのだが、『根無草後編』が口語調（「死ふといふ父の命」、「一寸も動くまじ」）を含んでいるのに対して、『安積沼』では、そうした所が、いかにも武士の子らしい、やや生硬な表現（「死なん覚悟の父が命」、「みじろぎもせじ」）に変わっている。また前者に比べて漢語表現（傍線部）が増えているのも、文章があまりに俗に傾くことを嫌っての配慮であろう。両者の漢語表現のあり方について、もう一例挙げてみる。

引例エ

根　「氷の魚《うを》、雪の筍《たかんな》、其孝行にもおとるまじ。日頃一徹短慮なりと、呵《しか》られし程有て、十二や三の子心にて、年に似合ぬ丈夫《じやうぶ》の魂、此上は留《とめ》ても留らじ。汝が望に任すべし。（下略）」

安　「嗚呼《あゝ》石珍指《および》を断《たち》て、父の病を愈《いや》し、劉氏股《もゝ》を割《さき》て姑《しうとめ》の疾《やまひ》を祈しその孝行にもおとるまじ。汝があたふる人参代は、正《まさに》是彦光《げんくわう》が紫石英《しせきゑい》なり。日ごろ汝が火性短気をいましめしが、年に似合ぬ丈夫《じやうぶ》の魂、我まことに感心せり。その志にてはたとひとめてもとまるまじ、汝が心にまかせなん。（下略）」

家族を救うために身売りを決意した主人公を、父親が賞賛する場面。両者共に中国の孝子を列挙している（傍線部）が、『根無草後編』の方が良く知られた二十四孝の王祥・孟宗の故事を踏まえているのに対して、『安積沼』の石珍・劉氏・彦光については、筆者は現在典拠を指摘することができないでいる。[10] ここも、一般に知名度の高くない人名を挙げることで、俗への傾斜を避けているのだと思われる。また前者の「一徹短慮」が、後者では『水滸伝』にもしばしば見られる白話語彙「火性短気」に変えられているのも、同じ意図によるのであろう。京伝のそうした姿勢はまた、次に示すような会話の移し変えの場合にも、はっきりと示されているようである。

引例オ

根 長右衛門引とりて、「(1)ない習《ならい》でもござらねば、マアそふでもして身の代で、諸方の借金をもつぐのひ、人参でも調て、心ながふ養生なされい。いつも闇ではない習ひ、(2)わしが請に立からは、金さへ出来リヤ、何時でも請返さふと自由な事、御子息の孝行を無にせまいと思ふ故、夕部から夜も寝ずに、京へ六里のたて通し、(3)兼ねて懇意の親方故、諸事しめくゝりして置きたれば、判さへ出来れば金渡さふ」と、—

安 雲平《うんぺい》かたはらより差出《さしいで》ていはく、「拙者もおなじ浪々の身なれば、おん身の心底、いかんともすべからざるを察せり。しかにはあれど(1')是等《これら》の事世にためしなきにしもあらねば、御子息の志《こゝろざし》にまかせ、身の代《しろ》をもて彼是《かれこれ》のおひめをもつくのひ、人参の類《たぐひ》をももとめて、心ながく養生めされ。常言《ことわざ》に七倒《しつたふ》八起《はつき》《ナヽコロビヤヲキ》といふ事あり。おん身等《みら》異日《いじつ》皇天《てんたう》のめぐみにあはゞ、ふたゝび天日の面《おもて》を見て、御子息の身に花発《はなひらく》時節あるべし。(2')拙者請にたつうへは、金さへつくのひ玉はゞ何時《なんどき》なりとも請《うけ》もどすは心安し。御子息の孝心を水の泡《あは》となし玉ひぞ。(3')これなる人は江戸禰宜町《ねぎまち》の男娼家《やらうや》なり。曾《かつ》て拙者としたしき人なれば、昨夜ことを相議《あいはかり》、今ともなひて来つるなり。証文に判をだにする玉はゞ、今たゞちに身の代金を渡すべしとのことなり」といひて勧《すゝめ》すかしければ、―

引例エと前後するが、寒気の余り神前で失神した主人公を救った男が、父親に主人公の身売りを勧める場面。救い手は、『根無草後編』では「近所にて心易き柏屋の長右衛門といふ人」。一方『安積沼』では、「おなじ村に、これも武士の浪人にて轟《とゞろき》雲平《うんぺい》といふ者」。ここでは『根無草後編』における日常会話的口語表現が、三つの対応箇所（傍線部）において、それぞれ周囲の文章と調和の取れる程度の硬さを持った侍言葉に改められている。また、（1）と（2）の間にある「いつも闇ではない習ひ」は、（1'）と（2'）の間では、すっかり漢語風の装いに変化し、（3）のすぐ前にある「京へ六里のたて通し（大系注、「旅をしつづけの意で、強行軍」）」は、『安積沼』では舞台が江戸に変更されたためか、京伝はこれを消去してしまった。さらにもうひとつ、ここでも、『根無草後編』の七五調が自然な会話体に移し変えられていることを、ぜひ指摘しておかねばならない。

ただし七五調については、『安積沼』第一、二条のうち一箇所だけこの原則に反する所がある。引例エで「（下略）」」とした、父親の会話の後半以下の部分がそれである。

引例カ

根　「（前略）（1）去ながら、此年迄養育せしは、主人を見立奉公させ、世に出さんとこそ思ひしに、（2）ふがいなき親故に、年端《としは》も行で苦労かんなん、不便《ふびん》の次第」と（3）ふるふ手を、長右衛門が介抱にて、證文に印形《いんぎやう》すれば、（4）祖母と母とは左右にすがり、涙ながらに髪かきなで、思ひつゞけし数々の、胸にせまりて詞なし。

安　「（前略）（1'）さはいへ此年ごろやしなひしは、主人をえらみてつかへさせ、世に出《いだ》さんを楽みに、おのれが年の老《おゝ》るもしらで、月日のたつをよろこびしが、（2'）運命つたなき親ゆゑに、いまだ年端《としは》もゆかぬ身に、賤《いやし》き業《わざ》のうき艱苦《かんく》、おはする事の不便《ふびん》さよ。此証文に印信を何《なに》としのびてすゑつべき。今此印をすゑぬうちは我家《わがいへ》の児子《せがれ》なり。一度《たび》これをすうる時は、忽《たちまち》他家の人となる。いかんせん〳〵」といひて、天に号《さけび》地に哭《かなしみ》、(3')印をとる手もわなゝきて、はてしも見えずありければ、雲平見かね手をそへて、やうやく印をすゑさせたり。(4')祖母と母とは喜次郎が左右にとりつき、涙片手に額髪《ひたいがみ》かきあげつゝ、思ひかさなる胸のうち、繰《くり》言《こと》のみに時移りぬ。

まさに『根無草後編』の丸取りとも言うべき箇所であるが、注目したいのは、ここでは、京伝は、原拠の七五調をそのままに受け継いでいるばかりか、これに一層の強調を加えている点である。『安積沼』の(1')と(2')の間には、原拠にない七五調の節が二つ加わっているし、(2')と(3')の間で、いったん弱められたリズムを元に戻す「天に号地に哭」の節も、京伝が独自に追加したものである。ここは内容的に愁嘆のクライマックスとなる箇所(この場面を描いた『根無草後編』の挿絵も、『安積沼』に取られている)なので、これまでできる限り目立たせずに来た七五調を、逆に短く強調したのである。この効果的な例外は、そろそろ原拠から離れる、密かなサインともなっていることを付記しておく。

さて、これまでで、必要な例証は全て抜き出し得たものと考える。上記を要約すれば、京伝は、『根無草後編』二之巻に顕著な文体的特色である口語表現の多用と七五調のリズムとを、ほとんどの箇所においてむしろ宥めたり排除したりしながら、内容的にはそっくりそのまま『安積沼』に移植したのである。前章で申し述べたように、『安積沼』の文体は、〈通俗もの〉に基づいて、さらにもう一段階、和文化のための操作が施されたものと言って良いのだから、京伝は、その文体で、『根無草後編』二之巻の文章を、いわば「訳文」したことになる。けだし京伝は、試行錯誤の末に獲得した新しい長編娯楽読み物にふさわしい文体を、江戸作者の大先輩である平賀源内の『根無草後編』二之巻の文体と対峙させ、それが源内に代表される〈よみほん〉（本作は半紙本五巻五冊である）とは異なる文体をもつものであることを、示して見せたのである。〈稗史もの〉読本のいわゆる「雅俗文体」は、こうして成った。『安積沼』では、「訳文」の成果を作中でそのまま公開するということそのものが趣向の一つとなっている。筆者は、冒頭に記した不明を恥じなければならない。

四

このような京伝の文体意識は、中心的挿話である小平次怨霊譚（内題角書、及び見返し題の左側に「（一名）小幡小平次死霊物語」とあることは、やはり見逃せない）には、どのように働いているだろうか。ことに、この挿話の後半に踏まえられた『雨月物語』（安永五年〈一七七六〉四月刊）「吉備津の釜」との絡みについて、同様の観点から見直してみることは、必要な作業であろうと思う。そこに至る前に、やや回り道になるが、まず挿話自体の輪郭について見ておきたい。まず、これも『日本古典文学大辞典』五から、水野稔氏による関係箇所の梗概を、私に区切った上で掲げておく。

ア　その（筆者注、主人公山井波門が仇討を決意した）頃幽霊の狂言に評判をとった小幡小平次は田舎廻りの役者となっていたが、先妻の子小太郎を千之丞の養子とする。小平次の後妻おつかは、雲平の弟で田舎芝居の鼓打ち安達左九郎と姦通する。（第四条）

イ　お秋殺しの話（前掲）。（第五、六条）

ウ　一方、左九郎は小平次が安積郡笹川で興行するのを知って一計を案じ江戸を出立するが、途中賊の頭目となっている雲平に会う。首尾よく小平次の一座に加わった左九郎は小平次らを誘って安積沼で釣りをするが、小平次は鯉を釣り上げたとき足を踏み外して水底に沈み、死ぬ。雲平の手下の仕業であった。やがて左九郎は雲平の隠れ家にきて小平次の死骸から五両を奪い取り、（第七条）

エ　江戸に戻って、おつかと夫婦になる。しばらくして、寝ている夫婦の間に毎夜忍び込んでくる者があり、左九郎が切りつけると小平次の幽霊であった。おつかは気が違い、重い病いとなる。祝部（はふり）がきて死霊の祟りであるといって神符を与えるが、三十二日目の夜陰火飛び入っておつかを取り殺す。ただ女の長い髪の毛が軒に残るばかり。左九郎は雲平のもとに行くべく世帯道具を売り五両の金に替えるが、禅僧に騙し取られ、そのうち人違いして痛めつけられて狂死する。すべて小平次の怨霊のなせる業であった。（第八条）

　このうちウの後半からエの冒頭にかけての、小平次の水死と亡魂の帰宅については、〈旅役者の水死〉をめぐる巷説に基づくものであることがすでに知られており、佐藤深雪氏によるその収集と整理（注（2）論文参照）は、貴重なものと思う。死者の名前が、「伝馬町に住居せる旅芝居の坐元などして国々を歩行けるもの」（『耳嚢』巻之四「戯場者為怪死事」、寛政期後半成）や「中村吉十郎」（『東遊奇談』巻之一「中村吉十郎幽霊」、寛政十三年〈一八〇一〉、京都刊）から、専ら「こはだ（小幡・小鰭）小平次」（『耳嚢』巻之十「小はだ小平治事実の事」、文化十一年〈一八一四〉成）へと収斂して行く過程には、『安積沼』と、同じく京伝による合巻『安積沼後日仇討』（文化四年〈一八〇七〉刊）の関与がさぞかし大きかったことであろう。ただし京伝自身も、この巷説をすでに小平次の話と見た上で話題にしていることが、良く知られた文化五年閏六月十九日付の、竹垣柳塘宛京伝書簡[11]によって分かる。柳塘は幕臣、「古書・古画等の蒐集にも趣味のある粋人」で、全六通のうち「古器・古画等に関する諮問の回答がその多くを占めて」いることからすれば、小平次譚を取り込んでこの年六月八日から市村座で上演された鶴屋南北（四世）の狂言『彩入御伽草』

にかこつけて、京伝は、自身一度は小平次にも考証的興味を抱いたことを報じているのであろう。ところが作業そのものは徒労に終わった。

小平次之事原来なき事に而（中略）もとより〔評判記などをみるに〕小はた小平次と申す役者、下役者にも一向無御座候。但し、元禄中生嶋新五郎弟子に、生嶋小平次と申やくしやあれども、これも小はた小平次と申すたしかなる証もなし。旅役者などに少しの怪談ありしを、いひはやらしたる事とぞんじられ候。証なき事は、はなすにたしかならず候間、書留もいたし不申候。ふきや丁へんにて、知つてゐると申者あれども、みなたしかならず、虚談多御座候。　（〔　〕は、この箇所の右側に、やや細字で挿入されている。）

というのが、その結論である。一方、同じ時期に「京伝は『近世奇跡考』（文化元年〈一八〇四〉）を著して考証随筆の分野に先鞭をつけたが、（『安積沼』では）それらの好古考証趣味を随所に取り入れ、（中略）作品の雰囲気を醸し出し」（水野稔氏、『日本古典文学大辞典』五）ていることは良く知られる。それらと、小平次怨霊譚という「虚談」が結び付くきっかけは、高田衛氏の指摘する[12]ように、『近世奇跡考』巻之二「七　羽生村累古跡」にあったと思う。ここでの特徴は、醜女累の事蹟について考証するにあたって、『死霊解脱物語聞書』（元禄三年〈一六九〇〉刊）・『新著聞集』（寛延二年〈一七四九〉刊）と共に、芭蕉の『奥の細道』が用いられ、曽良の「かさねとは八重なでし子の名なるべし」の句に対して、

これも累といふ名を訓にてよびしならめ。かさねといふを、聞なれぬ名のやさしとおもへるは、元禄の頃は、羽生村のかさねが事、さまで世に聞へざりしにや[9]

とのコメントの付されていることである。これについて、高田氏は「生まれついての醜貌のため、夫に殺され、その恨みの執念で、後妻六人までとり殺したという累は、江戸人にとって恐ろしいもの、グロテスクなるものの代名

詞であった」との一文に続けて、「京伝は、その累の心象と、『奥の細道』の「名のやさしかりければ」という記述の、大きな差異に、ふと心魅かれているのである」と述べておられるが、確かに京伝は、独自の都市文化を形成しつつあった江戸からさほど遠くもない下総の一隅にこうした異界の存在することに、驚きを感じているのだと思う。「累」の章には、『近世奇跡考』全七十一条の中でも他に類例のない、特異な視点が看取されるのである。『安積沼』第八条16ゥ・17ォにある、人々が百万遍の数珠を繰る隣室に出現する小平次怨霊の図が、『近世奇跡考』における「累怨霊図」（本書I-7、一九五頁）と同じ構図になっているのは、京伝が「累」の視点で「小平次」を作中に取り込もうとしていることの現われと考えられる。ここからさらに一歩進めて、『安積沼』で、それまで特定されていたわけではない小平次の水死の場所が、陸奥の「安積沼」に設定されているのも、江戸という都市の住民にとって同じ〈東国〉の内でありながら、少なくとも近世前期の東北地方には、芭蕉の求めた歌枕に代表される和歌的伝統が生きて存在し続けていることと隣り合って、何か得体の知れない恐ろしいモノが息づいているかもしれないとの思いが、京伝にあるからなのであろう。

「小平次」からは逸脱してしまうが、第九条で、羽州男鹿山の「蒿雀の岩窟」の奥に医師蒔田翻冲の広壮な屋敷があり、その背後には人肉を薬種に用いる魔所があるとされているのも、典拠である橘南谿『東遊記』（寛政七年〈一七九五〉刊）巻之二「〇蘇武社」(13)に

扨《さて》此男鹿山の内にて、第一の奇境といふは、蒿雀《かうじやく》の岩屋なり。山の麓《ふもと》海面に近き所に洞《ほら》あり。八月の頃、海《う》潮《しほ》高き折を見合せ行事《ゆくこと》也。潮《うしほ》洞穴に及ばざる時は、絶壁にて至りがたし。潮高く此洞に及ぶ時、小船に乗り替て、洞穴の中へ舟をさし入る。半道斗にして、自然と洞の中《なか》明らかになり、漸々《ぜんぐ》に潮《うしほ》浅く成り、舟すゝみがたき時、舟より下りて、猶奥深く入るに、次第に洞穴《ほらあな》広く、細かなる砂清らかにして、後には潮も到らず、

陸地《くがぢ》と成り、遥《はるか》向うを見れば、天地明らかにして、遠山《とほやま》連《つらな》り、樹木《じゆぼく》うるはしく、人家のごときも見え渡る。其景色《けいしよく》別に一世界と覚ゆ。此地に遊ぶ人は、猶奥深く尋到り見んと心ざし行事《ゆくこと》なれど、此辺《へん》まで入りぬれば、さすがに行先もおぼつかなく、帰路《きろ》を失《うしなは》ん事も恐ろしく、又乗捨《のりすて》置たりし舟をも思ふがゆゑに、かの洞の広くなるあたりより先へは、つひに到り見る人なく、足早に帰り出ると也。

とあること（ことに傍線部）からの発想と考えて良いと思われる。ここでも実在する絶景のすぐ先に、虚構の魔界が存在しているのである。私見では、右のように「実」に隣接した小平次の「虚談」がまずあり、その前後を『根無草後編』・『通俗孝粛伝』等を文献的支柱とする山井波門の仇討が取り囲むかたちで長編構成が固められ、考証による裏打ちを経た元禄期江戸の文物が双方の要所々々に嵌め込まれることによって、『安積沼』の作品世界は成り立っている。ただし小平次の巷説自体は、先の柳塘宛京伝書簡末尾に追伸のかたちで

小平次事
するゑをはなすと怪があるとて、はなさぬといふ事を、はしめてはなし出したやつか妙にて御座候。するゑははなさぬといふもの、するゑをしつたもの一人もなし。

とあるように、結末が尻切れトンボのかたちになるのが常だったようであり、その「するゑ」にリアリティを付加するための、さらなる「虚談」として、中心的役割を担っているのが、第八条（前掲梗概エ参照）に踏まえられた『雨月物語』巻之三「吉備津の釜」であった(14)。早くから論議のある本作の扱い(15)について、〈文体〉という観点から申し述べてみたいと思う。

中村幸彦氏は、『雨月物語』の文章の特徴を、「一言でいえば、和漢雅俗の混淆文である」と規定した上で都賀庭鐘の文体と比較し、庭鐘の「漢風」に対して「和文調」の優位を明快に指摘しておられる(16)。『雨月』「吉備津の釜」

の文章が、『安積沼』にどう移植されているか、例によって比べ合わせてみたいのだが、この二作の間には、ことにクライマックス場面において、『根無草後編』・『通俗孝粛伝』について説明したような、際立った差異が見られない。最後の数行を引いてみる。

引例A

雨　いかになりつるやと、あるひは異《あや》しみ、或は恐る〳〵、ともし火を挑《かゝ》げてこゝかしこを見廻《めぐ》るに、明たる（1）戸腋《とわき》の壁に腥《なま》〳〵しき血潅《そゝ》ぎ流《ながれ》て地につたふ。されど屍《しかばね》も骨も見えず。月あかりに見れば、（2）軒の端《つま》にものあり。ともし火を捧《さゝ》げて照し見るに、男の髪の髻《もとゞり》ばかりかゝりて、外には露ばかりのものもなし。浅ましくもおそろしさは（3）筆につくすべうもあらずなん。夜も明てちかき野山を探しもとむれども、つひに其跡さへなくてやみぬ。

安　いかになりつるやと或《あるひ》はあやしみ或はおそる〳〵、ともし火をとりてこゝ彼所《かしこ》を見めぐりけるに、（1'）窓ある壁に腥《なま》〳〵しき血そゝぎ流れて地につとふ。されど屍《しかばね》も骨も見えず。月あかりに見れば（2'）軒のつまに物あり。ともし火をさゝげて見るに、たけ長き女の髪の毛ばかりかゝりて、外には露ばかりのものもなし。浅ましくもおそろしさは、（3'）筆に尽すべうもあらず。夜あけて近辺《ちかきあたり》を探索《さがしもとむ》れども、つひに其跡さへなければ、――

（1）－（1'）で、（1'）の「窓ある壁」は、前に「引窓をひらくに」としたことに応じた表現。対して（1）の「戸腋《とわき》」は、古典文学大系版の注（中村幸彦氏）によれば『神代記』上に用例の見られる古い語だが、「戸の側」（同）というだけの意味なので、もし（1'）が右のようでなければ、そのまま使用されていたかもしれない。（2）－（2'）で、「のきのつま」は、『源氏物語』「夕顔」に「このもかのも、怪しくうちよろぼひて、むねむねしからぬ、のきのつまなどに、這ひまつはれたるを」との用例があり（『日本国語大辞典』）、秋成はこれによって古典語として使っている可能性もあるが、京伝は、あえて他の語に変えることをしていない。（3'）のみが、係助詞「なん」で止めた（3）の含蓄の深い表現を、一般的なかたちに改めている。こうした結果は、久保田啓一氏が前掲論文において、「雅俗体には和文体と共通する表現が目立つ」として、「和文体でも俗文体でもない純粋な雅俗体を綴ることがいかに難しいか、更に言えば雅俗体とは独立した文体ではあり得ず、包含する雅俗の要素の多寡に応じて常に変化する一体一体を便宜上統括する名称に過ぎないという印象も生じる」と述べておられるような事情に起因するのかもしれず、あるいは、秋成の行文の衒いのない迫真力に敬意を覚えた京伝が、加工を最小限に止めたためなのかもしれない。

　しかし、一見したところではただ引き写しただけのように見える京伝の文章にも、やや子細に検討すれば、やはり『雨月』と異なる点はある。

引例B

雨　松ふく風物を僵《たを》すがごとく、雨さへふりて常《たゞ》ならぬ夜のさまに、壁を隔《へだて》て声をかけあひ、（1）すでに四更《かう》にいたる。下屋《しもや》の窓の紙にさと赤き光さして、「あな悪《にく》やこゝにも貼《おし》つるよ」といふ声、深き夜にはいとゞ凄《すざま》しく、（2）髪も生毛《うぶげ》もこと〴〵く聳立《そばたち》て、しばらくは死入たり。明れば夜のさまをかたり、暮れば明るを慕ひて、（3）此月日頃千歳《ちとせ》を過るよりも久し。

安　此夜は松吹《ふく》風物《もの》をたふすがごとく、雨さへつよくふりて常《たゞ》ならぬ夜のさまなるに、（1'）四更《うしみつ》の頃《ころ》窓の紙にさと赤き光りさして、「あなにくき奴《やつ》こゝにも貼《はり》つるは」といふ声きこゆ。深き夜にはいとゞ凄《すさま》じく、左九郎は（2'）毛髪さかしまに竪《たち》て、しばらくは死《しに》いりぬ。明ればくるゝを愁《うれ》ひ、くるれば明るをまちわびて、

（3'）此日頃を過ること千歳《ちとせ》をおくるよりも久し。

クライマックスへの導入部。（1）－（1'）で、「四更」の訓みが「うしみつ」と改まったのはどうということもないが、続く「下屋」が外されたことには意味があると思う。大系注によれば、「下屋」は『源氏物語』「松風」に「しもやにぞつくろひて」とあり、『湖月抄』に「雑舎也」と注される古典語。『安積沼』では、その部分の意味が、一読して了解できるような配慮がなされている。（2）－（2'）でも、必ずしも古典語とは言い切れないかもしれないが、改まった表現である「聳立て」が、分かり易く改変されている。（3）－（3'）は、前者前半部の凝縮された表現が、素直な流れに変更されている。引例Aの最後の例を併せて、京伝は、『雨月物語』に対しては、表現が秋成的和文調に傾き過ぎないことを課題としていると言って良いのではなかろうか。ただし『安積沼』における『雨月』「訳文」の姿勢は、『根無草後編』・『通俗孝粛伝』に対するほど顕著なものではない。水野稔氏が「（『安積沼の）文章も流暢な和文脈が主となっているが、これは『雨月物語』等の文辞を借用して見倣ったことによるものであり、さらに京伝はそこから読本作りの方法を学んだ」（『日本古典文学大辞典』五）とまとめておられるような見解は、『雨月』に関する限り、必ずしも十分に実証することができない。京伝の『雨月』利用は、あくまでも一趣向に止まるものと考えたい。

最後に、引例Aとして挙げた箇所に対する、山口剛氏の評言に触れて、結びとしたいと思う。すでに良く知られたもの（注（15）参照）ながら、その一節を引用する。

壁に流れる血と、軒の端の髻だけをいつて、磯良が正太郎を殺すさまをあらはにいはないのが、秋成の筆のすごさである。剽窃した京伝もさすがに、文の上には加へなかつたが、つひにさし絵にあるまじいものを示した。二度目からの摺本には、さうでなかったが、初摺本には丁寧に三度摺の血しほの色をさへ見せてゐる。愚や及び難いものがあった。

恐らくは山口氏がそれを指している早稲田大学図書館蔵の一本をはじめ、『安積沼』の初印本巻之四の、19ゥ・20ォの挿絵には、小平次の怨霊に嚙み破られたお塚の喉笛から屋根にしたたり落ちる鮮血が、朱で摺り込まれている。山口氏は、「吉備津の釜」における「男の髻《もとゞり》」が、『安積沼』では「たけ長き女の髪の毛」に変えられたことに対しても、「京伝の加筆が折角の璧に疵をつけるあさましさを咎めねばならない」とまで非難しておられるが、作者の意図を忖度するに、京伝は、これを巻之三第六条で悪僧現西に惨殺されたお秋、および、続く第七条でお秋の幽霊に扮した小平次の喉元に流れる血潮と、一対のものと考えているのである。さらに、前作『忠臣水滸伝』には絶えて見ることのなかった〈血〉のイメージが、巻之二を除く本作のここかしこに顔を出しているのも、文章と共に、前期戯作的高踏性を去って、もう少し広い範囲の読者を獲得するための配慮かと推測される。その点こそ、山口氏が峻拒され、大田南畝の嫌悪した（久保田論文）、当のものだったのだけれども―。京伝がこれを自覚し、乗り越えようとしたのは、もうしばらく後のことに属する。ここではそれよりも、京伝が〈稗史もの〉読本の文体形成に果たした貢献のほうを、改めて高く評価しておきたい。

注

（1）「相愛国文」八（平成七年〈一九九五〉三月）。

（2）「近世都市と読本　京伝の『復讐奇談安積沼』」（日本文学協会編『日本文学講座5物語・小説II』、昭和六二年〈一九八七〉）。

（3）本書I-5。

（4） 梅光女学院大学公開講座論集第27集『文体とは何か』（笠間選書162　平成二年〈一九九〇〉）。
（5） 本書Ⅰ-3。
（6） 本書Ⅰ-1・3。
（7） この点について、筆者は本書Ⅰ-3で、『通俗大聖伝』（寛政二年〈一七九〇〉刊）における「訳文」の体験に基づくものとの考えを述べている。『安積沼』の文体が、京伝のこの時の体験の延長線上にあるとの考えは変わらないが、その後十年ほどの間に、〈通俗もの〉の熟読を積み重ねてきたことが、やはり新文体創始の直接の契機となっているであろう。
（8） 『根無草後編』の引用は、日本古典文学大系55『風来山人集』（中村幸彦校注、昭和三六年〈一九六一〉）所収の本文を用いた。本作の本文（大系版底本は中村氏旧蔵（現　関西大学図書館中村幸彦文庫蔵）の初印本。国文学研究資料館にマイクロフィルムが収まる）には、自序の部分以外には句読点が全くなく、大系版の句読は「新しく加えた」（凡例）ものであるが、以下に指摘するような事柄は、適切な句読の施された本文によってより明瞭に理解できる性質のものと考えるので、現在最良のこの活字本に従うことにしたい。
（9） 『近世小説史』第七章「前期滑稽本の展開」（著述集四、昭和六二年〈一九八七〉）、二九四頁。
（10） 次作『優曇華物語』第一段に「劉氏」の名が見え、また水晶を得る話の原拠も同一かと思われるが未詳。ご示教を乞う。
（11） 大西光幸「翻刻『山東京伝書翰』」（「ビブリア」75　昭和五五年〈一九八〇〉一〇月）。ただし、天理図書館所蔵の原本（複写）と見比べながら、全体を漢字ひらがな混じりに統一し、私意により濁点を付させていただいた。また、句読を現行の句読点に改めた。
（12） 『女と蛇　表徴の江戸文学誌』Ⅱ「伝奇主題としての〈女〉と〈蛇〉」（平成一一年〈一九九九〉）。
（13） 郡司正勝「京伝の読本と蝦夷北国情報」（叢書江戸文庫18『山東京伝集』月報、昭和六二年〈一九八七〉）。
（14） 近時、徳田武氏によって「霍小玉伝」および『耵聹私記』との関わりが指摘されている（京伝全集版解題等）。

（15）　山口剛『怪談名作集』（昭和二年〈一九二七〉）解説、後藤丹治「京伝の読本安積沼と雨月物語との関係」（「国文学論叢（龍谷大学）」3　昭和二六年〈一九五一〉五月）。
（16）　注（9）と同じく『近世小説史』第六章「初期読本の作家達」。

5 『優曇華物語』と『月氷奇縁』

一

『忠臣水滸伝』（前編寛政十一年〈一七九九〉十一月、後編享和元年〈一八〇一〉十一月、耕書堂・仙鶴堂刊）に続く山東京伝の読本『復讐奇談安積沼』（五巻五冊、享和三年〈一八〇三〉五月自序、同年十一月仙鶴堂刊）は、山井《やまのい》波門《はもん》の仇討話を主筋とし、小鱕小平次の怨霊譚を脇筋とする。主筋は

1 菱川師宣描く美少年の絵姿の由来（一～三条）
2 陸奥国南部での殺人事件とその落着（四、五～六条）
3 治療に人肉を用いる医師の話（四、九～十条）

の三部から成っており、1のうち一～二条に亘って風来山人『根無草後編』（明和六年〈一七六九〉刊）二之巻が踏まえられ、また2のうち五～六条にまたがる長大な部分に『通俗孝粛伝』（明和七年〈一七七〇〉刊）第二段「阿弥陀仏講話」からのほぼ丸取りがなされている。(1)

まずはこれらの互いに異質な挿話を結びつけ、本作に仇討話としての一貫した構成を与えているもの、つまり話の〈枠組〉(補注)を形作っているものを問題にするところから、考察を始めたい。

そのひとつは、主人公男女の観音信仰である。

大和国の郷士穂積丹下の娘鬘児《かつらこ》は、菱川師宣の描く美少年の絵姿に恋慕し、「汝が望《のぞみ》をとげんには、東国をた

づねよ」との観音の夢の告げに、父丹下が安房に師宣を訪う。師宣は、絵の由来を語る。――当国那古村に住む落魄の浪人安西喜内には、妻と男子に加えて老母がいた。ある年の冬、老母・喜内ともに病に冒され、一家は窮乏。孝子喜次郎（後の波門）は、那古寺の観音に裸参りして轟《とどろき》雲平《うんぺい》に救われ、その身を江戸禰宜《ねぎ》町の男娼屋《やろう》に売って、薬餌の資とした。（第一条）

主筋1の中でこのように提示された主人公と観音の関わりは、3の後半に再び示される。

我（波門）は房州に生まれて、深く那古寺の観音を信ず。おん身（鬘児）は大和に生れて、長谷の観音を信ずと聞《きゝ》ぬ。此堂のみほとけも観音菩薩なり。――（第十条）

おもふに七年前《ぜん》、我（轟雲平）房州の観音堂にて、汝（波門）が雪中に死《しな》んとせしを救ひ、今又此《この》観音堂にて汝を殺すは、たとはゞあづけたるものをとるがごとし。（同）

主筋1・3は、こうして無理なく結びつくのである。

しかし『安積沼』においては、観音菩薩の擁護が、主人公にとってそれ以上に積極的な意味をもつといったことはない。代わって、主人公の命運に大きく関わるのは、第四条に登場する了然尼《りようねんに》の存在である。江戸にあって敵轟雲平を求める波門は、軒下に時雨を避ける尼僧を当時世に知られた了然尼と認め、家内に招いて未来の吉凶を問う。了然は「おん身此後《のち》もなほ百折千磨《ひやくせつせんま》《イロ〳〵ノナンギ》にあひて、あやうきこと度《たび》〳〵ならん。しかれどもつひには志を遂《とげ》、のち〳〵は大に福《さいはひ》あるべし」と述べ、

得《えて》レ布《ぬのを》而擒《とらはれ》　得《えて》レ布《ぬのを》而脱《まぬかる》

の八字の句を示して、「おん身後来《こうらい》の禍福吉凶」は、全てこの中に含まれていると言う。波門の厚志に愛でた了然は、さらに「人死になん〳〵とし絶入したるも、此香《かう》の気鼻中にいる時は、一度蘇生《ひとたびよみがへる》の奇特《きどく》あ」る「零《れい》

陵甦醒香《りやうそせいかう》」をも与えた。

了然尼の予言は、主筋2・3において、それぞれ実現する。2で、波門は殺人の嫌疑をかけられる。災いの因となったのは、陸奥国南部狭布《きょう》の里の娘お秋のもとに、布を伝って通っていたことである。

> 波門は思ひがけずとらはれの身となりて此所にあり、心中に思ひけるは、「我お秋が一旦の情に迷ひて復讐の事におこたり、且《かつ》丹下殿の大恩を忘れて、今此災《わざわひ》を身におふこと、天地神明の罰し玉ふなるべし。ことに了然尼のしめされし、八字の句中、得布而《ぬのをえて》擒《とらはる》といふを忘却して、此災にあふこと、我自《わがみづから》もとめたる処《ところ》なり。
> （第六条　傍線筆者、以下同様）

一方3では、波門は鬘児を伴い布を伝って、悪医蒔田翻沖《まきたほんちゅう》のもとを逃れる。

> 扨逃出《さてにげいで》んとするに、後《うしろ》には数《す》十丈の岩壁あり、前には二重の高塀あり、逃《のがれ》出べきやうはなし。時に前年《さきのとし》了然禅尼のしめされし八字の句、
> 得《えて》レ布《ぬのを》而　擒《とらはれ》　得《えて》レ布《ぬのを》而　脱《まぬかる》
> といふ句を思ひ出し、今宵の危急布を以て脱《のが》れよとのをしへなるべしと、心中にうなづき、幸《さいわひ》衣服の料とて索《もとめ》おきし一幅の白布《しらぬの》、包《つゝみ》のうちにあるを、いそがはしく取《とり》出して水にひたし、濡布《ぬれぬの》となして塀にうちかけ、波門かつらこを背におひて布をつたひ、からうじて二重の塀を越《こえ》、――　（第九条）

ふたつの話は、前者が布を伝って死地に入り、後者では同様にしてそこから逃れる点、また女性が絡む点で対をなし、3には右の引用に続いて、波門が零陵甦醒香によって溺れた鬘児を救う話も載る。『安積沼』の主筋は、こうして了然尼の予言に沿って展開して行くのである。了然尼は、今日的尺度から言えば、物語の自由な展開を阻み話の底を割ってしまう、まことに面白くない存在ということになろうか。しかし一方、了然尼の予言があることで、

物語はひとつひとつの挿話に（典拠のある場合は格別）引きずられすぎて拡散してしまうことなく、一定の方向性を与えられ、また読者は、予言に立ち戻って、自ずとこれまでの筋書きを確認することができるのである。(2)

了然尼の「八字の句」は、実は『水滸伝』第五回の冒頭で、智真長老が魯智深に与える「四句の偈」

遇レ林而起　遇レ山而富　遇レ州而興　遇レ江而止

を出拠とする。京伝は、すでにこれを『忠臣水滸伝』後編第十回に翻案してもいる。

塩冶判官高貞の弟石堂縫殿《ぬいの》助は、判官の三年忌を期して天龍寺に法事を営み、判官の小嫡内《わかぎみ》を出家させようとする。その時夢窓国師は、「這児《このちご》のゆくする禍福吉凶を考へ見るべしとの玉ひ」、

遇レ山《あふてやまに》而死《しゝ》　遇レ川《あふてかはに》而活《いき》
遇レ園《あふてそのに》而悲《かなしみ》　遇レ岡《あふてをかに》而懌《よろこぶ》

との「四句の偈」を授ける。ところがそこに、高師直の命を受け、管領の使いと偽る山名次郎右衛門が到着、貌好《かおよ》夫人と小嫡内を渡すよう迫る。二人は自害し、山名は仕方なく退散する。しかしこれは、民間に下った忠臣山背《やましろの》助宗村《すけむねむら》（天川屋義平）が、妻子を殺して急場を救ったのだった。そこに寺岡平右衛門が、仇討ちの密事が全く整ったとの大星由良の書簡を運んで来る。悲喜こもごもの一同に、石堂縫殿助の告げたのは、次のような事柄である。

我《われ》国師のしめされし偈の意《こゝろ》をつら〳〵かんがふるに、遇山《やま》而死《にあふてしす》といふは山名が事に応ず。遇川《かは》而活《にあふていきる》といふは天川屋が事に応ず。遇園《その》而悲《にあふてかなしむ》と云は阿園《おその》（義平の妻）がことに応ず。遇岡而懌《をかにあふてよろこぶ》と云は寺岡がことに応ず。都是後来《すべてこれのち〳〵》の事にあらず。今日眼前の吉凶をしめされし也。凡慮のおよぶ所にあらず。奇哉妙哉《きなるかなみやうなるかな》——

原拠は同一ながら、『忠臣水滸伝』と『安積沼』とでは、利用の仕方が異なっていることに注意したい。『忠臣水

滸伝』では、原拠は文字通り「今日眼前の吉凶」を示すものとして利用されるに止まり、『安積沼』のように後の筋の展開を予測させるというようにはなっていない。両者における予言の扱いのこうした違いは、そのまま二作品の構成の本質的な違いに繋がっていると見て良いようである。『忠臣水滸伝』が、浄瑠璃『仮名手本忠臣蔵』にあくまで忠実に筋を展開させ、そこに、『水滸伝』の様々な場面を趣向としていかに嵌め込むかということに腐心している作品であることは、言うまでもない。〈枠組〉の基本はすでにはっきりしており、問題はどうやって矛盾なく、しかし読者の意表をついて、両者を組み合わせるかということなのである。これに対し、『安積沼』には全面的に寄りかかることのできる典拠が設定されていない。多くの読者が、『忠臣水滸伝』の微に入り細をうがった翻案態度を、すでに好まなくなっていたのであろう(3)。京伝は、いくつかの挿話を組み合わせて全く新しい筋書きを作るところから出発し直さねばならなかったのである。了然尼の予言は、既成の典拠作に代わってそれを支える、新たな〈枠組〉なのであった。

けれども京伝は、『安積沼』においては、いまだ十分にこれを使いこなすまでには至っていない。了然尼の予言は、先に見たように主筋を一本化する上では威力を発揮しているのだが、脇筋の小平次怨霊譚には全く及んでいないのである。第十条の末に至って

爰《こゝ》に小鱃小平次が冤魂《ゑんごん》、安積沼《あさかのぬま》にとゞまりて、人民をなやましけるが、一年《ひととせ》了然禅尼松嶋遊覧のかへるさ彼《かの》沼にいたり、教解《けうけ》をなし玉ふにより、小平次が霊仏果を得て、再《ふたゝび》妖祟《たゝり》あることなし。

と記され、また小平次の一子小太郎は成人して打諢《どうけ》の名人となり、「晩年にいたり了然尼の弟子となりて、つひに出家をとげ」たとも言うが、具体的な挿話として語られることはなく、辻褄を合わせたというに止まる。このことは脇筋が主筋と没交渉に展開して行く印象を読者に与え、本作に対する後世の評価を低からしめる原因ともなった。

二

『安積沼』において京伝の試みた新しい〈枠組〉は、第三作『優曇華物語』(五巻七冊　文化元年〈一八〇四〉三月序、同年十二月仙鶴堂刊)にも受け継がれることとなった。本作の、最初のエピソードは次のとおり。

鍛冶の橘内《きつない》夫婦は、滋賀の山中に盲目の老母を養いつつ貧しく暮らしていたが、四歳になる娘が鷲に攫われ、山中に尋ね入った橘内は水晶を発見、これを代価として母の病を治す。(第一段)

夫婦に加えて老母がおり、子供の犠牲が一家に幸福をもたらすという設定は、『安積沼』第一～二条の再現である(もっとも『安積沼』では、そのことが新たな不幸を呼び、仇討の因ともなっている)。一方、物語の末尾(第十五段)で一家の再会する最後のエピソードは、

主人公望月皎二郎《もちづききようじろう》・弓児《ゆみこ》と家臣来海健助《くるみけんすけ》はついに仇討を成し遂げ、日光中禅寺の観音を拝するところに、橘内夫婦と老母が尋ねて来て、かつて金鈴道人に娘との一五年後の再会を予言され、その年に当たる今年、今度は美濃国谷汲《たにぐみ》華厳寺の観音の告げを得た、と語る。弓児こそその女児と分かったのは、守り袋の観音像からであった。

となっており、『安積沼』に続いてここでも、物語の発端と末尾が、観音信仰によって結びつけられている。また、『優曇華物語』において『安積沼』の了然尼と同様の役割を果たしているのは、第二段に登場する高僧金鈴道人である。

肥後国球磨郡《くまごおり》市《いち》の頭《かしら》というところに、網干《あぼし》兵衛《ひようえ》という富裕な百姓がいた。もと武士で望月氏。一子皎二郎は

美男聡明。この村の他の者たちは志正しからず、兵衛のみ陰徳を積んでいた。ある時行脚の僧が、村に洪水の災いのあることを告げ、船の備えを勧める。その兆しは、西村のはずれの石の大卒塔婆《おおそとば》が血を流す時という。

僧はまた、

天行《てんやる》㆓洪水《こうずいを》㆒浪滔々《なみとう〱》
遇ㇾ物相援報亦饒《あひてものにあひたすくむくゆるにまたゆるやかにす》
只有㆓人来㆒休㆓顧問㆒《ただありともひとのきたるやめよこもんすることを》
夙恩到底敵讐招《しくおんとうていてきしうをまねかん》

との四句の偈によって、兵衛に運命を示して去る。兵衛は急ぎ船を造らせ、また厨に使う老婆に、毎日卒塔婆を見に行かせた。西村の猟師又六は、老婆に訳を聞き、笑いものにしようと猪の血を卒塔婆に塗る。老婆の報告を受けた兵衛は、一家と船で逃れる。間もなく大雨となって川があふれ、村は全滅。兵衛の船は水に従って流れ、猿と鴉の親子を救い、また漂流する一人の若者に救助を求められる。妻は偈の言葉を恐れて止めるが、兵衛は彼を助ける。次の日洪水は収まり、兵衛の家だけが残った。若者は猟師又六の子犬太郎《いぬたろう》で、両親は洪水で死に帰る家もなかったので、兵衛に養われる。

かの行脚僧こそ、書写山の奥深くに住み「過去の因果を示し、未然の禍福を知る」金鈴道人その人だったというのであるが、実はこの箇所は、すでに指摘があるように、『安積沼』にも第二段を用いた『通俗孝粛伝』第六段「石獅子」の前半部分を、本文もほぼそのままに下敷きとしている。(4) 金鈴道人は、原拠に登場する雲水から想を得たものなのであった。道人の唱える四句の偈も、初めの三句はほぼ『通俗孝粛伝』どおり(5)、また兵衛が猿と鴉を助け、続いて、洪水を引き起こす直接のきっかけを作った男の息子を救うという、予言に応じた行動をとるのも、原拠のままである。ただし結句のみ、『通俗孝粛伝』は「恩《ヲンハ》成《ナツテ》二冤債《ヘンセキト》一苦《クカン》二監牢《センロウニ》一」となっている。これは、「石獅子」後半の筋が次のように展開するためである。

半年後、崔寧長者（網干兵衛に相当。以下カッコ内に対応する『優曇華物語』の人物を示す）の夢に神人が現れ、国母張娘々の行方不明になった玉印が、後宮の井戸の中にあると告げる。長者は実子崔慶（皎二郎）を知らせに遣ろうとするが、代わって劉英（犬太郎）が行くことになる。玉印は見つかり、劉英は賞せられて駙馬（注、天子の婿）の待遇となった。劉英が戻らず富貴の噂のみ聞こえたので、様子を見に行った崔慶は、劉英に捕らえられ牢に入れられる。飢えた崔慶に、猿が食物を運んできた。鴉の足に結んだ書簡で事の次第を知った長者は、自ら都に赴き包公に助力を乞う。包公は酒宴にかこつけて劉英を呼び寄せ、死罪とする。

しかしこの筋書きそのものは『優曇華物語』には踏襲されず、偈の結句は「夙恩到底敵讐《しくおんとうていてきしうを》招《まねかん》」と改変され、この予言のとおり犬太郎が兵衛を殺害して、話は皎二郎の仇討へと発展して行く。そして仇討の行われる第十三段に至って、今度は偈の承句「遇《あひて》レ物《ものに》相援《あひたすく》報《むくゆるに》亦《また》饒《ゆるやかにす》」(6)の後三字に対応するエピソードが語られる。

皎二郎と健助は、目指す敵大蛇太郎《おろちたろう》（犬太郎）のいる黒髪山に登って行く。途中皎二郎は急流に落ち、危ういところを猿たちに救われる。また健助たちの失った食料をくわえてきて、ふたりを飢えから救うのは鴉たちである。

　皎二郎俄然《がぜん》としておもいあたり、健助に語《かたり》ていはく、「我《わが》亡父過《すぎ》つる年洪水の時、猿と鵲《からす》をたすけたることありしが、今我等が危急をすくひしは、その時の猿鵲にて、友をあつめ、そのかみの恩を報《むくい》たるならん。やさしくも忘れざるかな。鳥獣《とりけもの》すらなほかくのごとくなるに、かの大蛇太郎はおなじ時、溺死《おぼれしなん》とせしを、これも亡父に一命《いつめい》をたすけられたるに、その恩人を殺して讐敵《しうてき》となること、鳥獣にもはるかにおとりたる悪人なり」とかたり、両人ひたすら猿鵲の所為《ふるまひ》を感じけるをりしも、前面《むかひのかた》の霧深きうちに、人の声あり。四句の偈をとなへて道《いはく》―偈、略―と声たかやかにとなふ。

崔寧長者が猿と鵐を救う話が「石獅子」前半に載り、『優曇華物語』にも網干兵衛の一件としてそのままに生かされたことは、前述のとおりである。右はその報恩譚であるが、これが「石獅子」後半を転用したものであることは、一見して明らかであろう。皎二郎の述懐の中には、原拠における崔寧長者の言葉「鳥獣スラ恩ヲ知ル。他《カレ》（劉英）モ又人心アランニ、ナニトテ如レ此《カクノコトク》恩義ニソムクヤ」が踏まえられてもいる。『優曇華物語』における「犬」太郎の非道さは、「石獅子」後半における劉英のそれを受け継いだものなのであった。京伝は、「石獅子」後半を、前半とは異なる仕方で利用しながら、四句の偈を、こうして全て実現させたのである。その直後、金鈴道人が偈を唱えながら再登場して因果応報の理を示し、『通俗孝粛伝』からの翻案は一段落ということになる。

仇討は、大江山酒呑童子退治を踏まえて行われる。(7) そこで金鈴道人の担うのは、頼光主従を守護する三社の神の役割で、盗賊大蛇太郎が第四段で「我《わが》姿に似せて入定といつはり、おほくの宝をむさぼりつれば、我為《わがため》にも仏敵なり」と、直接仇討の手助けをも行う。こうした道人の正体は、第十五段に至って初めて解き明かされる。

金鈴道人といふは、原塡星《もとちんせい》の化身《けしん》なり。その精をくだして仮《かり》に下濁《げだく》の凡身となし、過去の因果を示し未然の禍福を告《つげ》しむ。皆是《これ》大悲抜苦のためなり。

この一節は、実は『安積沼』にも投影の見られた『通俗忠義水滸伝』巻之二十（宝暦七年〈一七五七〉刊）の九天玄女のことば（「星主《ジユ》ハ是、魔心未《イマ》ダ断《タヽ》ス、道行《ドウギヤウ》未タ完《マツタ》カラズ。故《カルカユヘ》ニ玉帝暫ク汝ヲ罰シテ下界ニ下ラシメ玉フ」）を下敷きとした『忠臣水滸伝』第十一回の

前《さき》に五星ならびに数個《すこ》の客星盈縮《かくせいゑいしゆく》位《くらゐ》をうしなひて、魔心断《たゝ》ず。道行完《まつた》からざるがゆゑに、天帝権《しばらく》彼等を罰

して其精を下界に下し、仮に下濁の凡身となし、日本国に生れしめ玉ふ。の再現である。しかし金鈴道人の形象そのものには、すでに『水滸伝』臭はほとんどないといって良い。

以上、金鈴道人とその予言の役割を辿って判明するのは、作者京伝が、『通俗孝粛伝』第六段を、『安積沼』における第二段利用の時と異なり、(8)『優曇華物語』全編の〈枠組〉として、意識して用いていることである。しかも今度は、『安積沼』の小平次怨霊譚のように、挿話が〈枠組〉の外側に置かれてしまったために全体の統一が失われるといったようなことはなく、個々の挿話は、〈枠組〉の内側に収まるように、慎重に按配されている。「江戸読本初期の作としては佳品」（水野稔氏、『日本古典文学大辞典』一、昭和五八年〈一九八三〉）、「穏やかでよくまとまった進歩のみられる作品」（柴田美都枝氏、『読本の世界』第一章第二節、昭和六〇年〈一九八五〉というのが、『優曇華物語』に対する近時の評価であるが、両氏の評に、それは〈枠組〉がしっかりしていて破綻がないからであると付言することは、許されて良いように思う。

三

上記を踏まえ、一歩進めて、『優曇華物語』を後期読本の流れの中に置いて眺めた時に、自然に了解できる事柄がある。それは、本作の〈枠組〉のあり方が、以後後期読本の主流をなす〈稗史もの〉(9)の基本的構成に直結していることである。従来〈稗文もの〉読本の祖とされているのは『忠臣水滸伝』であり、その認識は、主として「体裁」（横山邦治氏、『日本古典文学大辞典』六、「読本」の項、昭和六〇年〈一九八五〉）面において、現在なお首肯できるものであるが、(10)しかし本作の〈枠組〉そのものは、ついに後続作の規範となり得なかったことを思えば、『優曇華物語』

の存在意義はきわめて大きいといわねばならない。では、『優曇華物語』を〈稗史もの〉読本の新しい〈枠組〉を定めた記念すべき作品と言ってしまって良いのだろうか。

このような結論に直ちに至ることを阻むのが、曲亭馬琴の半紙型読本の初作『月氷奇縁』の存在である。この作の序文（自序）年次は「享和三年歳在癸亥春二月上浣」で、『優曇華物語』が「文化紀元甲子春三月」（自序）であるのに対して一年以上早く、また『優曇華物語』ときわめて類似した〈枠組〉をもち、内容的にも似通う部分が多い[11]。京伝が『月氷奇縁』に学んだに過ぎないとすれば、手柄は当然馬琴に帰せられねばならない。

次に掲げる表Ⅰは、『月氷奇縁』と『優曇華物語』の筋書きの類似箇所を比べてみたものである。また（A）～（F）のそれぞれにおける本文にも細部にまで類似の見られる箇所があり、それらを表Ⅱにまとめて示してある。

表Ⅰ

	月氷奇縁	優曇華物語
(A)	拈華老師は、永原左近に偈を示して吉凶禍福を占う（第二回）。	金鈴道人は、網干兵衛に偈を示して吉凶禍福を占う（第二回）。
(B)	左近は石見太郎に軍用金を奪われた上に山鳥を殺され、また自らも斬殺される（第二回）。その妻袙女《あこめ》は、若党上市喜内の計らいで、姉の子源五郎とともに喜内の弟丹治のいる大和に落ちる。途中山賊に襲われ喜内は横死するが、三上和平に救われる（第三回）。	渥美左衛門は足利持氏への礼物を大蛇太郎に奪われ、殺される（第五段）。その年持氏は滅亡、渥美も陰謀に加わったとして一家追放。娘弓児は、家の子来海《くるみ》衛守《えもり》の計らいで、衛守の弟を尋ねて信濃に落ちる。途中衛守は凍死。弓児も自害しようとする時態に襲われるが、望月皎

		二郎に救われる（第六・七段）。
（C）	領主佐々木高員は、山鳥を殺したのは狐狸の仕業と考え、三上和平に皆殺しを命じる。その夜和平の夢に千年の白狐が現われ無実を訴えたので、和平は狐狸を殺さず、怒った高員は和平を追放する（第三回）。	来海健助の妻真袖は、野猪老媪《いのししばば》に殺され、胎児を取られる（第九段）。捨てられた死体を狼の食うのを見た健助（第十段）は、妻子の仇と狼を狩るが、一頭も見えない（第十一段）。その後、真袖の幽霊の話により仇は狼ではなかったことを知る（第十二段）。
（D）	熊谷倭文《しずえ》の主君上杉憲忠は、海部《うなべ》大膳の讒言により無実に死す（第四回）。倭文と玉琴は、奥方膳手《かしわで》御前を助けて吉野に逃れるが、途中倭文は二人を見失い、自害しようとする時父親寿郎治に行き会い、二人の無事を知る（第五回）。	（B）に示した、第六・七段にあたる箇所。
（E）	寿郎治夫妻は玉琴を敵方かと疑うが、持っていた守り袋から、幼い時に売った実の娘と知る（第六回）。	橘内夫妻と老母は、金鈴道人の予言と観音の示現によって、十五年前鷲に攫われた女児（弓児）の行方を知り、守り袋の観音像を証拠として再会する（第十五段）
（F）	倭文は眼病となり、治すには白猿の生肝が必要。玉琴は木曽の豪家と称する男に身を売って代金に充てる（第七回）。玉琴はこの男こそ敵石見太郎と知るが、石見は玉琴を惨殺して逃亡。眼病の癒えた倭文は木曽に赴き、玉琴の霊（実は白狐）から石見が武州新嶋村にいると知らされる（第八回）。倭文は深谷の宿で隣室の客が同じく	大蛇太郎は眼病となり、治すには胎児が必要（第八段）。太郎の手下野猪老媪は、弓児の家臣筋にあたる健助の妻真袖を惨殺して胎児を取り（第九段）、これによって太郎の眼病は癒える（第十段）。弓児は偶然太郎に捕われ、父の敵と知る（第十一段）。弓児を探す健助の前に真袖の幽霊が現れ、関係者それぞれの敵は大蛇太郎であり、

	玉琴の導きで自分を探し、石見を狙う兄弟（家臣の息子たち）であると知り、協力して石見を討つ（第九回）。休憩に入った酒店で、倭文は玉琴に再会。白狐が仮に玉琴となって石見を欺いたことを知る（第十回）。
	黒髪山の山寨にいると告げる（第十二段）。皎二郎は健助とともに山寨に乗り込み、太郎を討って弓児を救う（第十三段）。

表II

	Ⓐ
月氷奇縁	（1）左近出迎《いてむかへ》てこれを見るに貌《かたち》は松と共に痩《やせ》心は絮《わた》を将《ゐ》て沾《うるほ》ふ（。）身に忍辱《にんにく》の鎧《よろひ》《ころも》を被《き》、足に募縁《けんえん》の鞋《わらじ》を穿《はき》右手《うしゆ》に解《かい》虎の鐸《しやく》を採《とり》左手に降龍《こうりやう》の鉢《はち》を捧《さゝげ》、飄然《ひやうぜん》として凡《ぼん》《よのつね》ならず。左近頓《とみ》に信伏《しんふく》しすなはち迎《むかへ》拝して云《いはく》、（第二回、17ウ） （2）「予が言《ことば》妄《もう》《いつはり》ならず（。）後《のち》みづから悟《さとる》ことあらん」といひ訖《をはり》て席を立んとするを、左近急に家隷《けらい》に命して准《やう》備《ゐ》の布施物《もつ》をもち来《きたら》しめこれをすゝめて云《いはく》「聊《いさゝか》師の恩恵を謝《じや》し奉る。願《ねがはく》は納《おさめ》給へ。」僧辞して道《いへらく》「わ
優曇華物語	（1’）兵衛いそがはしく出来り、且《まづ》一礼をのべて、彼《かの》僧の模様を見るに、眉には八字の霜をおき、雪をあざむく髭《ひげ》、長くたれ、顔《かほばせ》はつやゝかに光りて、童《わらはべ》の面《おもて》の如く、童顔鶴髪といへるたぐひなり。純色《にびいろ》の麻の破れたる衣を着し、おなじ色のきたなげなる袈裟《けさ》をかけて、錫杖《しやくぢやう》鍵《はち》鉛《のこ》をとり、款然《くわんぜん》として立たり。仙風道骨自然の姿、凡僧とは見えざりけり。兵衛大に尊敬《そんきやう》して、乃《すなはち》みちびきて座敷に通し、上座《かみくら》にするゑて、恭《うや〱しく》いひけるは、（第二段、11オ・ウ） （2’）「拙僧今四句の偈を写《かき》てあたふべし。此偈をよく心に銘じて、忘れ玉ふ事なかれ。もしいさゝかもたがふ時は、後日《ごにち》に大災を負《おふ》べし。必《かならず》忘却すべからず」といひて、乃《すなはち》筆硯を乞てこれを写《かく》。其偈に曰

れはこれ飛錫《あんぎや》の身なり（○）いかでか一物《いちもつ》の礼謝にあつからんや」といふてあへて受ず。遂に筆を請《こひ》もとめ、壁にむかひて偈《げ》を書《しる》して云《いはく》

鉄鯉辞レ湖《てつりぢしてこを》　金烱没レ地《きんけいぼつすちに》
奇鳥双飛《きちようそうひして》　霊獣走レ隧《れいじうはしるつかはらを》
不レ夫不レ児《あらずつまにあらすこに》　為レ讐為レ魅《なりあたとなるすだまと》
解《げ》二脱二凶一《だつしてにきやうを》　二物自至《にもつおのづからいたり》
菊逢二重陽一《きくはあふてちやうように》　丹丹是萃《たん〱これあつまる》
須見因縁《すべからくみよいんえん》　件件存レ字《けん〱ありじに》

僧偈を書了《かきをはり》、筆を捨《すて》卒然として去《さり》ぬ。（第二回、18ウ・19オ）

天行二洪水一《てんやるこうずいを》　浪滔々《なみとう〱》
遇レ物相援　報亦饒《あひてものにあひたすくむくゆるにまたゆるやかにす》
只有二人来一　休二顧問一《ただありともひとのきたるやめよこもんすることを》
夙恩到底敵讐招《しくおんとうていてきしうをまねかん》

かきをはりてあたふ。兵衛これを読《よむ》といへども、その意《こゝろ》を解《げ》せず。彼《かの》僧、「時いたらばおのづから知るべし」といひて、子細をいはず。兵衛これをさめて云、「上人《しやうにん》の御年はいくばくにて、いづれの郷《さと》に住《すみ》玉ひ、御名は何とまうし候や」。彼《かの》僧云、「いたづらに年老《おい》ぬれども、齢《よはい》のいくばくなるを知らず。うかべる雲ながるゝ水、いづくにかとゞまらん。大道は強《しひ》て名づくべからず。名だになき道心なり」と答へければ、兵衛これを聞《きゝ》、果して是有徳《これいうとく》の聖僧なりと、敬心いやまさり、餝磨《しかま》の搗染《かちぞめ》二端《たん》、高津《たかづ》木綿三端《だん》、白銀五枚《いつひら》をとり出して、布施《ふせ》とし、恭《うや〱しく》さゝげて恩を謝す。彼《かの》僧莞爾《くわんじ》と打《うち》ゑみて、「今もいふごとく、一所不住の身なれば、たとひ是等の物ありとも、かくしおくべき所なし。厚志のほどは、まうしうけたるにおなじ」といひて、かたく辞してうけず。「はやいとま申すべし」といひつゝ、つひに袖を払ひて出去《さり》けり。（第二段、12ウ・13オ・14ウ）

Ⓑ	Ⓒ	Ⓓ
（3）「僕《ぼく》が弟《おとゝ》丹治、嚮《さき》に家公《との》の命《おほせ》にたがひ、その夜亡《かけ》命《おち》していまだ信耗《おとづれ》をきかずといへども、おもふに僕《やつがり》兄弟生国《しよふこく》大和なるをもて、和州に逃奔《のがれはしり》たるなるべし。他方は中夜《やちう》通路なし。幸《さいはひ》この志賀の属城《でしろ》は家公《との》のあづかり守《まもり》給へば、白川山を越て都に出《いで》、直《たゞち》に大和に到るべし」と、主従《しゆうじう》三人採《とる》物も採《とり》あへず、鶏明《やこゑのとりのうたふ》ころ白川を望て走去《はしりゆく》。（第三回、3オ）	（4）「是財《これたから》を偸《ぬすむ》ものは賊にして、鳥をころすものは狐《きつね》狸《たぬき》の所為《わざ》なるべし。禽獣予が分地《りやうぶん》に棲《すみ》ながら、何ぞ予が愛する鳥を食《くら》ふや。不如《しかじ》滋賀山を狩《かり》て悪獣の根をたゝんには」と、（第三回、6ウ・7オ）既に暁天《あかつき》に到《いたれ》ば和平列卒《せこ》を領《ゐ》て滋賀山に狩するに、狐こと〴〵く穴にかくれて獲《うる》ことなし。偶《たま〳〵》野狐馬前を過《よぎ》るものあれば、和平睨《ねらひ》を定《さだめ》ず、いたづらに地上《ちしやう》を射てこれを走《はしら》す。よりて終日《ひねもす》にして一狐《いつこ》だも獲《え》ず、むなしく城に帰りてこのことを訴ふ。（第三回、7ウ・8オ）	（5）こゝより行装《たびよそほひ》を更《あらため》て、村婦《いなかをんな》の伊勢宗廟《だいじんぐう》に進香《さんけい》するかたちに扮《いでたち》て、薹《すげのをがさ》に面《おもて》を匿《かく》し、袿《うゑ》に白布《しろたへ》の浄衣《じやうえ》を被《き》て、足に夏布《ぬの》の裏脚《きやはん》を結び、夫人《おくがた》玉琴一般《いちやう》に装束《さうぞく》し給へば、倭文《しづへ》も遮日笠《ひよけがさ》ふか〴〵とうち載《かぶり》、身に荒布《あらたへ》の襏襫《かつぱ》を被て、腰に両刀を跨《わきばさ》めり。（第五回、2オ・ウ）
（3'）「ひとりの弟《おとうと》、前《さき》にゆゑありて勘当し、年ひさしくおとづれはせされど、信濃国《しなのゝくに》に住《すむ》よしを聞《きく》。かゝる急難の時なれば、権且《しばらくまづ》彼が方《かた》へおちゆかん」と、心を定めて旅立《たびだち》す。（第六段、14ウ・15オ）	（4'）扨《さて》健助、一頭《いつとう》の事をとげて少し胸あき、又一頭におもひけるは、「かの狼どもは我《わが》妻子の深き仇《あた》なり。尽《こと〴〵》く殺して憤《いきどほり》をはらすべし」とおもひ、弭《はず》いとみじかき弓に、猟箭《さつや》握りそへて、矛《てぼこ》を杖につき、山にいたる。素《もとより》猟戸《かりうど》の業《わざ》をなして、山の案内《しるべ》はよく知りつ、狼どものかくれをるべきくま〳〵を尋《たづね》けるに、常〴〵おほかりし狼どもの、只一隻《せき》も見えざれば、山越しに逃去《にげさり》しかといぶかり、日毎に出《いで》、遠き山〳〵までも尋侘《たづねわび》て、（第十一段、1ウ）	（5'）弓児は市女笠《いちめかさ》を深くかづきて、面をかくし、絹《かとり》の衣《きぬ》のうへに、浴衣《ゆかたびら》をつぼ折て着《き》、行纏《はゞき》をまとひ、草鞋《わらづ》を穿《はき》て、賤女《しづのめ》の姿に扮作《いでたつ》。衛守《ゑもり》は両刀を藁苞《わらづと》のうちにかくし、包《つゝみ》とゝもにせおひ、太布《ふとぬの》の上着《うはぎ》して、青頭巾ひきこみ、数珠つまぐり杖つきて、田舎翁《おきな》の善光寺詣《まうで》する

(E)

（6）時は季冬《きとう》《十二月》にして朔風膚《はだへ》を犯し、陰雲《いんうん》雪を結《はらみ》て寒気堪がたし。（第五回、2ウ）

（7）「今は何をか期《ごす》べき」と腰刀《かたな》を抜て既に肚《はら》に傳《つきたて》んとするところに、忽地《たちまち》渓間《たにま》の篁竹《くまざゝ》瓦砕々《ぐわさ〱》として、一隻《ひき》の野猪《ゐのしゝ》驀直《まつしくら》に走来《はせ》り、東南の嶺を望《さし》て去《さり》にけり。時に一個《ひとり》の猟夫頭《かりびとこうべ》には席帽《むしろづきん》を戴《いたゞき》、身には煖《だん》袖《しう》の短褐《みぢかきぬのこ》を被《き》て、足に革の跨褶《もゝひき》を穿《はき》、手に一条《すぢ》の竹槍《つゝぼうそでとり》を拿て、乾《いぬゐ》の阪路《はんろ》をはせ下る。（第五回、8ウ・9オ）

（8）寿郎治《じゆらうじ》夫婦これを聞《きゝ》て綢眼色《めをみあはせ》、「あらいぶかし父母《ちゝはゝ》はこの州《くに》の人にておさなき時拐《かどはか》されしとや。其《そ》はわがかたにも記《おぼえ》あり。父母《ふぼ》の紀念《かたみ》とすべきものやある」といへば、玉琴懐中より和 錦《やまとにしき》の符帒《まもりぶくろ》児をとり出し、「この裡《うち》に臍帯《ほそのを》ありて永享七年十一月其《それ》の日女児照子《むすめてるこ》としるせり。是なん二親《ふたおや》の紀念なり」といふ。夫婦慌《あはたゝ》しく符帒児をうちひらき、「是《これ》紛《まがふ》ところなきわが手迹也。是《これ》は

が、孫 女《うまごむすめ》をともなひたるさまに扮《やつし》てぞ打連《うちつれ》ける。（第六段、15オ）

（6'）折ふしつよき余寒にさへなやめられ、（略）時は衣《き》更着《さらぎ》のするゐなれど、名におへる寒国なれば、他郷の厳冬の時にもまさり、（略）風越《かざこし》の山おろし肌《はだへ》を斬《きる》がごとく、（第六段、17ウ）

（7'）苞《つと》にかくせし刀をぬき、雪に映じてきらめくを、やがて吭《のんどぶえ》につきたてんとしたる折しも、背後《うしろ》の方《かた》の巌《いはほ》の上に、籟々《さや〱》といふ音ひゞく。（第六段、22オ）岨《そば》づたひに一個《ひとり》の旅客《たびゝと》、笠をいたゞき、雨衣《あまきぬ》を被《かけ》、両刀を帯《お》び、雪はなほ降 乱《ふりみだれ》て、木蔭さへうち埋《うづむ》るを、笠にふせぎ、真袖にはらひてすゝみ来しが、（第七段、1オ）

（8'）「又鷲にとられし時、かれが身につけたるまもり袋に、観音の小像をいれおきぬ。是たしかなる証《しるし》なり」と、こまやかにかたる。弓児はさきつかたより、物語の半《なかば》を聞《きゝ》てうれしさにたへず、心頭突々《むなさきとつ〱》と跳《をどり》てやまざりけるが、かたりをはるをまちかね、あわてまどひて走りより、「弓児と申すは妾《わらは》なり。今のたまひしこと、皆心におぼえあり。さては実《じつ》の父母《ちゝはゝ》にておはすか」といひつゝ、ひ

女児《むすめ》にてありけるか」、「其爺娘《そもちゝはゝ》にておはするか」と、迭《かたみ》にはしり寄つゝ且《かつ》よろこび且なげく。（第六回、12オ・ウ）

しととりつきて哭《なき》ければ、橘内《きつない》夫婦つら〳〵見るに、幼《おさな》顔《がお》におぼえありて、疑《うたが》ふべうもあらず。十五年ぶりにて我《わが》子にあひ、夢に夢見しこゝちして、何といふべきことばだにいでず、唯《たゞ》先立つは涙なり。（第十五段、16オ）

(F)

(9) はからずも倭文眼病を患《うれひ》て（第七回、4ウ）

(10)「これを治《ぢ》せんこと難《かたき》にはあらねど、只一種の薬物ありて得がたきのみ」。倭文夫婦《ふうふ》声をひとしくしていへらく、「得がたき薬種とは何ぞや」。貂景云《ちやうけいいはく》、「白毛猕猴《しろきさる》の心《きも》なり。是《これ》を主薬とし、余薬に合せて服《もちゐ》なば立地《たちどころ》に愈《いえ》つべし」。倭文これ聞《ママ》よろこびていへらく、「小人《それがし》去年上市《かみいち》を過て獦師《かりひと》の家に白毛猕猴あるを見たり。是《これ》世間未《み》曾有《そうう》の物にして主人《あるじ》これを愛すること児《こ》のごとし。もしこれを得ば病痾《やまひ》すみやかに治《ぢ》すべしや」。貂景点頭《うなづき》て云《いはく》、「これをだに得ば一旬許《とをかばかり》にして愈《いゆ》べし」。（第七回、6ウ・7オ）

(11)「令正《うちかた》の花籠《はなかご》明神に焼香《さんけい》し給ひし時闚窺《かいまみ》給ひ、―」（第七回、8オ）

(9')「我頃日《このごろ》鳥目の病《やまひ》を愁ひ、―」（第八段、18ウ）

(10')「もし此儘《まゝ》にて十日を過《すぎ》なば、全く盲人となり玉ふべし」。（第八段、20オ）「此奇方をもちゐば、速《すみやか》に平愈《ゆ》あるべきが、その薬剤のうち一種、甚《はなはだ》得がたきものあれば、急に調合しがたし」と、頭をかきつゝいへば、太郎打聞て、「その得がたきといふは何等《なにら》のものぞ。凡《およそ》人間世界にあるべき物ならば、我術を以て得ざるといふことなし」。鰕庵《かあん》いはく、「腹篭《はらごもり》の子をとり、胎衣《えな》とゝもに鍋《くわ》中に煮て肉醤となし、胞子醢《ほうしかい》となづけて、薬に和《くわ》し用ゆ。これ得がたき物なり」。太郎呵々《かゝ》と打笑ひ、（略）「それはいとも安きことなり」とひたすらわらひて、（第八段、20ウ・21オ）

(11')「我其《その》時汝が美麗なる姿を見て、深くめでまどひ、―」（第十一段、7オ）

(12) 玉琴今已《すで》に村落中に埋《うづも》れて、更に粧粉《さうふん》を施《ほどこさ》ずといへども、性格《うまれつき》たる国色《うつくしさ》は、野花偏《ひとへ》に目に艶《うるはし》く、村酒人を酔《ゑは》しむるがごとし。(第七回、9ウ)	(12') 「せめて似たる女もがなと、あまたの婦女を盗《ぬすみ》とりて山寨《さんさい》に養ふといへども、いかでか汝がごとき絶色《ぜつしよく》にくらぶべき者あらんや。野花のながめにたらず、村酒の酔《ゑひ》に趣なきが如《ごと》し」。(第十一段、7オ)
(13) 年紀《としのころ》可六十旬《ろくじうばかり》にして、眉白く髯《ひげ》長く、相貌総《すべ》て凶悪なり。(第八回、10オ)	(13') 身の丈は六尺に過《すぎ》、相貌兇悪にして、(第八段、18ウ) 太郎は身材《みのたけ》六尺に過て相貌兇悪なり。(第十三段、9ウ)
(14) 主人すなはち一面の鏡をとり出《いだ》して云《いはく》、「是はこれ魏の武帝の菱花鏡《りやうくわきやう》にも勝《まさ》れり。われこれを秘蔵《ひさう》することひさしといへども今汝に贈《おくる》べし」と彼《かの》鏡を与《あたへ》ければ、玉琴手にとりてこれを見るに、(第八回、11ウ)	(14') 我《わが》切なる志《こゝろざ》しを見すべし」とて、一間《ひとま》のうちより錦の手帊《ふくさ》に包《つゝみ》たる物をとり出《いで》て、「汝此《この》物におぼえありや」とて見す。弓児おづ〳〵これをとりてひらき見れば、おのれが手なれたる円鏡《ゑんきやう》なり。太郎いはく、「その鏡は入定《にうぢやう》の時、汝が布施物《ふせもつ》におくりたる物なり。唯《たゞ》それを汝が俤《おもかげ》とおもひ、今にいたるまでひめおきぬ。我《わが》恋慕の情の深きこと、此《この》一つをもつて推量せよ」。(第十一段、7オ・ウ)
(15) 「わらは今こゝに来《きた》ること盲亀《もうき》の浮木《うきゝ》に遇《あひ》、優鉢羅《うばら》の花を見るごとし」。(第八回、12オ)	(15') 「やうやく時いたりて今あふこと、盲亀《まうき》の浮木《ふぼく》を得《え》、優雲華のひらくを見るが如し」。(第十三段、9オ)
(16) 石見冷笑《あざわらひ》て云《いはく》、「汝蚊蚋《ぶと》の山を負《おは》んよりはやく心	(16') 「汝今より心をかたふけて我《わが》妻となり、生涯の楽《たのしみ》を

を転じ、憶《おもひ》を回《かへ》してわれに従ひ、生涯歓楽を極《きはめ》よ」。玉琴いよゝ怒《いかり》て云、（第八回、12オ）

(17) 明晃々《めいくわう〳〵》たる腰刀《かたな》を引抜《ひきぬき》、玉琴を引起《ひきおこ》してその刃《やいば》を面前《めのまへ》に衝附《つきつけ》て云《いはく》、「汝いよ〳〵従《したがふ》まじきや」。玉琴双手《りやうて》をもてその刃《やいば》を摑《つかみ》て云、「生《いき》て仇《あだ》を復《むくふ》ことあたはず。死して鬼《き》となりて怨《うらみ》を雪《すゝが》ん」。その言《ことば》いまだ訖《をは》らざるに石見怒《いかり》て刀を引《ひけ》ば、玉琴が十の指《および》 刃《やいば》にしたがひて班々《はら〳〵》と堕《おつ》。時に前山《ぜんざん》に一曲の山歌牧笛《さんかぼくてき》聞えて、涼風颯々《さつ〳〵》と杳《はるか》にその曲節を吹《ふき》おくる。石見玉琴が双手《そうのて》血にそみて悶《もだへ》苦《くるし》むを見て、（第八回、12ウ・13オ）

(18) 却《さて》も倭文は五十金をもてかの白毛猕猴《しろきさる》を買とり、これを貂景《ちようけい》に投《たう》して薬剤《くすり》をとゝのへ、すなはちこれを服《もちう》るに、不日《ひあらず》して両眼あきらけく、七月の下旬《すゑ》に至りて全く快かりければ、（第八回、14ウ）

きはむべし」とて、さすがの強悪《きようあく》も、愛慕の情に心よわり、ひたすらかきくどきければ、弓児は且《かつ》おそれ且かなしみて、一言《こと》の返答《いらへ》もせず、唯声をはなちてぞなきける。（第十一段、7ウ）

(17') つけつ、まはしつおひめぐり、つひに女の肩尖《かたさき》を、二三寸斬《きり》こめば、「阿《あ》」と一声さけびつゝ、足ふみかねてよろめく所を、又つきかくる菜刀《ながたな》の、刃尖《はさき》をもろ手にしかとにぎり、苦しき息をつきて、いひけるは、「かくまでわぶるを聞入《きゝいれ》ず、とてもかくても妾《わらは》を殺《ころす》か。死《しぬる》我身は、因果ともあきらむべきが、かなしきは胎内の子、闇よりやみに迷ひ行《ゆき》、さぞ此《この》母を尋ぬべし。いかなるあしき宿世《すくせ》にて、我身《わがみ》には宿りしぞ」といひて、もだへ歎くぞ理《ことはり》なる。「あなかしましき無益《むやく》の繰言《くりこと》。聞《きく》もうるさし」とて菜刀をしごけば、指はら〳〵ときれおちて、鮮《なま》血《ち》したゝる掌《て》を合せ、（第九段、8ウ・9オ）

(18') 夫《それ》は扨《さて》おき爰《こゝ》に又、大蛇《おろち》太郎は胎子《はらごもり》を得て、鰕庵に命じ、薬を調合せしめて、もちゐけるに、霊薬の奇特によりて不日に平愈し、両眼全く明《あきらか》になりければ、（第十段、19ウ）

(19)「まづいふべきはこの家《いへ》の主人《あるじ》こそ仇人《かたき》石見太郎なれ」といふ。（第八回、16オ）	(19')「これ別《べち》の事にあらず。黒髪山の岩窟《いはや》にかくれ住《すむ》賊主に、大蛇太郎といふ者あり。かれはすなはち犬《いぬ》太郎玄海とて、蛟《けう》二郎殿の父母《ふぼ》を害し、又足柄山において、主君渥美殿を殺したる賊なり」。（第十二段、11オ）
(20) 倭文雀踊《こおどり》りしていへらく、（第九回、7オ）	(20') 蛟《けう》二郎をどり上りて悦《よろこ》び、（第十二段、12ウ）
(21) 倭文は石見と戦《たゝかふ》こと十余合にしていまだ勝負を決せず。（第九回、9オ）	(21') 闘《たゝかひ》已《すで》に三十余合《よがふ》におよぶといへども、いまだ勝負をわかたず。（第十三段、9ウ）
(22) 隠々《いん〳〵》として白光《びやくくわう》目に遮《さへぎ》る。「あやしや」と熟《よく〳〵》視《みれ》ば《ちら〳〵》、一個《ひとり》の女子《おなご》縞素《しろき》夾服《あはせぎぬ》を被《き》て、飄々《ひやう〳〵》と来れるなりけり。只烏暗《たゞくらく》して何人なることをしらず。近くなるまゝにおもはず交　面《かほをつきあは》すれば是亡妻玉琴なり。倭文哀悼《かなしみ》に堪《たへ》ず、「わが妻などて下土《めいど》にはかへらずなほ火宅に迷　来《まよひきたり》たる。われ今夕《こよひ》石見太郎を討《うち》て宿志を遂たり。今は怨《うらみ》もあらじ。只速《すみやか》に天界《てんがい》に生じ給へ」といひつゝも口中《こうちう》頻《しきり》に仏名《ぶつみやう》を唱ふ。玉琴は良人《おつと》の声を聞《きく》よりも身を石塔に倚《よせかけ》て只管《ひたすら》涙にむせひければ、（第十回、11ウ・12オ）	(22')「こは恠《あやし》や」と背後《うしろ》を顧《かへりみ》れば、堂中のほのくらき所に、しろき衣《きぬ》を身にまとひ、頭《かしら》の髪はいと黒き女の姿、おぼろげにあらはれて、さめぐ〳〵と泣居《なきゐ》たり。健助はもし姫君にやと恠みつゝ、消《きえ》かゝりたるみあかしのかげにすかして見れば、妻の真袖《まそで》なれば、「汝はうつせみの世の人なるに、何ゆゑこゝにはあらはれ出しぞ」といふ。真袖ひたすら泣《なき》て、しばしはものもえいはざりけるが、（第十二段、10ウ）

二作間における右のような類似は、明らかに偶然ではなく、影響関係を想定して始めて説明のつく性質のもので

ある。しかし筆者は、序の年次のみから推して、それを『優曇華物語』が『月氷奇縁』に学んだためと即断することに対しても躊躇を感ずる。というのも、『忠臣水滸伝』前・後編の刊行以降、『月氷奇縁』の刊記の年次である文化二年〈一八〇五〉正月に至る京伝・馬琴の読本及び関連作品を一覧表（表Ⅲ、一三五頁）にしてみると、そこに右の問題に関連していくつかの疑問点が見出されるからである。

ア〜ウに、それらを列挙してみる。

ア　常識的に、馬琴が『月氷奇縁』の執筆を序文年次（享和三年〈一八〇三〉二月）までに終えていたとして、この段階で馬琴の参考にし得る最も進んだ形態・内容を備えた〈稗史もの〉読本の先行作は、『忠臣水滸伝』前後編（表Ⅲ1・1′）しか存在しない。その作者である山東京伝が、次作『安積沼』（4）において、新しい〈枠組〉の創出に試行錯誤を重ねている最中に、それまで半紙型の読本を手がけたことのなかった馬琴が、それらを一気に超える作品をどのようにして生み出せたのであろうか。

イ　序文年次の『月氷奇縁』に近接する中本型読本『小説比翼文』（3）には、浮世草子『風流曲三味線』巻四-一、五-四を典拠として主人公男女の将来が予言され（第一編）、やがてそれが的中する（第六編）という箇所がある。ここには新しい〈枠組〉への志向が読み取れるのだが、しかしこの作品は、最終的には権八・小紫の巷説の中に入り込んでしまい、予言はこれに前提を付け加えたというに過ぎない。予言を軸として、巷説を超えた全く新しい世界を作り上げるまでには至っていないのである（本書I-6ⅱ）。また、享和三年〈一八〇三〉九月の序をもつもうひとつの中本型読本『曲亭伝奇花釵児』（6）は、中国戯曲を浄瑠璃風に翻案するという発想において、すでに『忠臣水滸伝』に近い。同時期に書かれたはずの両作の「未熟さ」は、『月氷奇縁』のもつ「新しさ」にそぐわないのではなかろうか。

表III

	題名	書型・巻冊数	作者・画工	序文年次	割印年次	刊記	書肆（「＊」印主版元）・備考
1	忠臣水滸伝（前編）	半紙・五巻五冊	山東京伝・北尾重政	寛政10・5	寛政11・11・7	寛政11・11	＊耕書堂（蔦屋重三郎）・＊仙鶴堂（鶴屋喜右衛門）
1’	忠臣水滸伝（後編）	半紙・五巻五冊	山東京伝・北尾重政	寛政12・3	寛政12・12・23	享和元・11	同上
2	月氷奇縁	半紙・五巻五冊	曲亭馬琴・流光斎如圭	享和3・2	文化元・4・21	文化2・1	耕書堂・東壁堂（永楽屋東四郎、名古屋）・芳樹軒（著屋儀兵衛、京）・五山堂（播磨屋五兵衛、大坂）・＊文金堂（河内屋太助、大坂）
3	小説比翼文	中本・二巻二冊	曲亭馬琴・葛飾北斎	享和3・3		享和4（文化元）・1	＊仙鶴堂
4	復讐奇談安積沼	半紙・五巻五冊	山東京伝・北尾重政	享和3・5	享和3・9・25	享和3・11	＊仙鶴堂
5	蓑笠雨談（紀行随筆）	半紙・三巻三冊	曲亭馬琴・画工不明	享和3・7		享和4（文化元）・1	東壁堂・文金堂・＊耕書堂
6	曲亭伝奇花釵児	中本・二巻二冊	曲亭馬琴・画工不明	享和3・7		享和4（文化元）・1	東壁堂・＊松茂堂（浜松屋幸助）

7	優曇華物語	半紙・五巻七冊	山東京伝・喜多武清	文化元・3	文化元・11・4	文化元・12	＊仙鶴堂
8	近世奇跡考（考証随筆）	半紙・五巻五冊	山東京伝・喜多武清	文化元・3（京伝凡例）以下備考欄に続く	文化元・12・23	文化元・12	文金堂・＊瑞玉堂（大和田安兵衛）　備考：（序跋続）文化元・5（亀田鵬斎）、文化元・5（聴雨楼主人）、文化元・8跋（伊藤蘭州）

ウ　読本は、序文の書かれた翌年の正月に刊行されるのが通例であり、また文化元年〈一八〇四〉正月に刊行された他の馬琴作品にもしばしば広告が見られるので、『月氷奇縁』は時に文化元年版の存在が推定されることがあった。しかし本作初印本の刊記年次は、「文化二乙丑歳孟春」と見て誤らないようである(13)。江戸での割印は「文化元子年四月廿一日不時」（『割印帳』）に行なわれ、また「出勤帳二十番」（『大坂本屋仲間記録』二所収）「（文化元年）七月廿日寄合」の項に、「一月氷奇縁添章いたし　一河太ゟ買板部銀取候事」ともあって、江戸・大坂における『月氷奇縁』の出版は、かなり変則的ではあるが（実際は文化元年秋頃刊か）、それでも刊記の一年前まで戻ってしまうということはない。これら出版資料に徴して確実なことは、『月氷奇縁』は、一旦序文が記されてから、一年以上の空白期間を置いた上で刊行準備に入っているということである。それならば、その間に、馬琴が『優曇華物語』執筆中の京伝から示唆を得て改稿を行うことも、十分に可能なのではなかろうか。

以上を要するに、仮に『月氷奇縁』が序文の年次以前に一度は書き上がっていたとして、それが実際に刊行されたものと同じ内容を備えていたかどうかについては、疑問の余地があるのである(14)。続いて、両者の本文のうち影響関係を具体的に説明することが可能な箇所を辿りながら、『月氷奇縁』と『優曇華物語』の先後を、改めて検討してみることにしたい。

四

まず、前掲した表IIのうち、（A）の本文を問題にする。すでに見たとおり、この箇所で『優曇華物語』は『通俗孝粛伝』第六段を典拠としており、『月氷奇縁』をも踏まえていれば、典拠は二重ということになる。まず（1）―（1'）から見て行くが、三者の関係を明確にするために、『通俗孝粛伝』（第六段・第一回）と『優曇華物語』（第二段）の本文を併記し、次いで『月氷奇縁』（第二回）の本文を示すことにしたい。

孝　長者此コトヲ聞、急忙《イソカハ》シク衣冠ヲ整《トヽノ》エ、僧ヲ中堂ニ請テ坐サタマリ、則拝シテ云ケルハ

優　兵衛いそがはしく出来り、且《まづ》一礼をのべて、彼《かの》僧の模様を見るに、眉には八字の霜をおき、雪をあざむく髭《ひげ》、長くたれ、顔《かほばせ》はつやゝかに光りて、童《わらはべ》の面《おもて》の如く、童顔鶴髪といへるたぐひなり。鈍色《にびいろ》の麻の破れたる衣を着し、おなじ色のきたなげなる袈裟《けさ》をかけて、錫杖《しやくぢやう》鍵鎡《はちのこ》をとり、款然《くわんぜん》として立《たち》たり。仙風道骨自然の姿、凡僧とは見えざりけり。兵衛大に尊敬《そんきやう》して、乃《すなはち》みちびきて座敷に通し、上座《かみくら》にするゑて、恭《うやく〱しく》いひけるは、

月　左近出迎《いてむかへ》てこれを見るに貌《かたち》は松と共に痩《やせ》心は絮《わた》を将《ゐ》て沾《うるほ》ふ。身に忍辱《にんにく》の鎧《よろい》《ころも》を被《き》、足に募縁《けんえん》の鞋《わらじ》を穿《はき》右手《うしゅ》に解《かい》虎の鐸《しやく》を採《とり》左手に降龍《こうりやう》の鉢を捧《さゝげ》、飄然《ひやうぜん》として凡《ぼん》《よのつね》ならず。左近頓《とみ》に信伏《しんふく》しすなはち迎《むかへ》拝して云《いはく》、

これらを一見してすぐに気づくのは、『通俗孝粛伝』にない僧の具体的形容が、『優曇華物語』にも『月氷奇縁』

にも書き込まれている点である。『優曇華物語』が『月氷奇縁』をも典拠とした結果と考えれば、そのこと自体は一応説明がつく。しかし、その前後の傍線を附した部分について同様に考えることは難しい。『優曇華物語』は、明らかにこれを『通俗孝粛伝』から取っているのである。対して『月氷奇縁』には、全編を通じて『通俗孝粛伝』を踏まえた形跡は見当たらない。にもかかわらず両者の行文が似通っているのは、『月氷奇縁』の方が『優曇華物語』に依拠したためと見る方が自然であるように思う。

三者のこうした関係は、(2)-(2')からも窺い知ることができる。

孝　「…貧道幾句《イクハクク》《スク》ヲ写《ウツ》シテ長者ニアタエン。牢記《カタクヲホエ》玉エ」トテ、四宝（原注、「四宝ハ硯墨筆紙」）ヲ乞出シ是ヲ書。其詞ニ曰「（四句ノ偈、略）」。長者念《トナユ》ルヲ聞テ其心ヲ知ラス、僧ニ尋問ケレハ、僧ノ曰「時至ラハ自ラ知リ玉ハン。貧道先イトマ申ヘシ」トテ、座ヲ立テ皈ラントス。長者十両ノ銀ヲ送リテ布施トスルニ、僧笑テ曰「貧道ハ是雲《ヘン(ママ)》遊ノ僧、タトヒ銀両アリト云トモ蔵シ置ヘキ処ナシ。奈《ナン》ソ受申サン」ト、遂ニ袖ヲ払《ハラ》テ去リシカハ、

優　「…拙僧今四句の偈を写《かき》てあたふべし。此偈をよく心に銘じて、忘れ玉ふ事なかれ。もしいさゝかもたがふ時は、後日《ごにち》に大災《おふ》を負べし。必《かならず》忘却すべからず」といひて、乃《すなはち》筆硯《ひつけん》を乞《こひ》てこれを写《かく》。其《その》偈に曰《いはく》「（四句の偈、略）」。かきをはりてあたふ。兵衛これを読《よむ》といへども、その意《こゝろ》を解《げ》せず。彼《かの》僧、「時いたらばおのづから知るべし」といひて、子細をいはず。兵衛これをさめて云、「上人を見奉るに、髭は白しといへども、面は童子の如し。御年はいくばくにて、いづれの郷《さと》に住《すみ》玉ひ、御名は何とまうし候や」。彼《かの》僧云、「いたづらに年老《おい》ぬれども、齢《よはひ》のいくばくなるを知らず。うかべる雲、ながるゝ水、いづくにかとゞまらん。大道は強《しひ》て名づくべからず。名だになき道心なり」と答へければ、兵衛これを聞《きゝ》、「果《はた》して是有徳《これいうとく》の聖僧なりと、敬心いやまさり、飾磨《しかま》の搗染《かちぞめ》二端《たん》、高津《たかづ》木綿三端《だん》、白銀《しろがね》五枚《いつひら》をとり出して、布施《ふせ》とし、恭《うや／＼しく》さゝげて恩を謝す。彼《かの》僧莞爾《くわんじ》と打《うち》

ゐみて、「今もいふごとく、一所不住の身なれば、たとひ是等の物ありとも、かくしおくべき所なし。厚志のほどは、まうしうけたるにおなじ」といひて、かたく辞してうけず。「はやいとま申すべし」といひつゝ、つひに袖を払ひて出去《さり》けり。

月　「（吉凶禍福を示す）予が言《ことば》妄《もう》《いつはり》ならず。後《のち》みずから悟《さとる》ことあらん」といひ訖《をはり》て席を立《たゝ》んとするを、左近急に家隷《けらい》に命《めい》して准備《やうゐ》の布施物《もつ》をもち来《きたら》しめこれをすゝめて云《いはく》「聊《いさゝか》師の恩恵を謝《じや》し奉る。願《ねがはく》は納給へ」。僧辞《ぢ》して道《いへらく》「われはこれ飛錫《あんぎや》の身なり。いかでか一物の礼謝にあつからんや」といふてあへて受ず。遂に筆を請《こひ》もとめ、壁にむかひて偈を書《しる》して云《いはく》「（十二句の偈、略）」。僧偈を書了《かきをはり》、筆を捨《すて》卒然として去《さり》ぬ。

ここでの『優曇華物語』の翻案は、『通俗孝粛伝』の行文に、ほぼ忠実に従いつつ行われている。一方『月氷奇縁』にも同様の事柄が記されてはいるのだが、前二者の、僧が偈を示した後に主人の出した布施を拒んで立去るという話の運びがこちらでは逆になって、まず布施を拒み、その後に偈を示すという順序になっている。これも『月氷奇縁』が『優曇華物語』に拠って意識的に改変を行った結果と見なせば納得が行き、その逆であるとは考えにくい。

続いて問題にしたいのは、（F）の（17）－（17'）である。『優曇華物語』第九段は、ここでは浄瑠璃『奥州安達原』（宝暦一二年〈一七六二〉初演）第四を典拠とし、しかも両者の影響関係は、きわめて直接的である。

奥　付けつ廻しつ追廻り。なんなく肩先切込まれ。立つ足さへもたぢ〳〵〳〵。又突つかくる白刃の切先。両手に握つて。「こりや。是程いうても聞入れず。どうでもわしを殺しやるの。ヱヽこなたは。鬼かいの蛇《じや》かいの。死ぬる我が身は。因果とも因縁とも。諦めても死なれうが。可愛や此子が。闇より闇に。迷うて母を尋ねうと。思へば悲しい。死にとむない。何の因果でわしが身に。やどつて来たぞ」と身を顫はしもだえ。歎くぞ道理なる。「エ、七面倒な世迷言《よまひごと》」と。懐剣しごけば紅《くれなゐ》の。血汐に染る手を合せ。「どうぞお慈悲に。連合の帰られるまで。せめて名残にたつた一目。逢うて死にたい。顔見たい」と。

優　つけつ、まはしつおひめぐり、つひに女の肩尖《かたさき》を、二三寸斬《きり》こめば、「阿《あ》」と一声さけびつゝ、足ふみかねてよろめく所を、又つきかくる菜刀《ながたな》の、刃尖《はさき》をもろ手にしかとにぎり、苦しき息をつきて、いひけるは、「かくまでわぶるを聞入《きゝいれ》ず、とてもかくても妾《わらは》を殺《ころす》か。死我身《しぬるわがみ》は、因果ともあきらむべきが、かなしきは胎内の子、闇よりやみに迷ひ行《ゆき》、さぞ此《この》母を尋ぬべし。いかなる悪しき宿世《すくせ》にて、我身には宿りしぞ」といひて、もだへ歎くぞ理《ことわり》なる。「あなかしましき無益《むやく》の繰言《くりごと》、聞《きく》もうるさし」とて、菜刀をしごけば、指はら〳〵ときれおちて、鮮血《なまち》したゝる掌《て》を合《あは》せ、「慈悲ぞ情ぞ。しばしの命をゆるし玉ひ、病《やまひ》にふしをる夫の顔、宿に残せし幼児《をさなご》の顔、一目見せて殺してたべ。…」

対して『月氷奇縁』第八回、女主人公玉琴が盗賊石見太郎に惨殺される場面に、『優曇華物語』と良く似た箇所が見られる。

明晃々《めいくわうくわう》たる腰刀《かたな》を引抜《ひきぬき》、玉琴を引起《ひきおこ》してその刃《やいば》を面前《めのまへ》に衝附《つきつけ》て云《いはく》、「汝いよ〳〵従《したがふ》まじきや」。玉琴双手《りやうて》をもてその刃を摑《つかみ》て云、「生《いき》て仇《あだ》を復《むくふ》ことあたはず。死して鬼《き》となりて怨《うらみ》を雪《すゝが》ん」。その言《ことば》いまだ訖《をは》らざるに石見怒《いかり》て刀を引《ひけ》ば、玉琴が十の指《および》刃にしたがひて班々《はら〳〵》と堕《おつ》。時に前山《ぜんざん》に一曲の山歌牧笛聞《さんかぼくてききこ》えて、涼風颯々《りやうふうさつ〳〵》と杳《はるか》にその曲節を吹《ふき》おくる。石見玉琴が双手《そうのて》血にそみて悶《もだへ》 苦《くるし》むを見て、

傍線部の類似に注意したい。『月氷奇縁』の文辞は、この部分において『優曇華物語』のみならず、『奥州安達原』にも非常に良く似ている。ところが『月氷奇縁』には、『通俗孝粛伝』の場合と同様、この浄瑠璃を典拠とし

た形跡が見当たらない。類似は、馬琴が『優曇華物語』に拠った際に、京伝が『奥州安達原』から得た文辞までもそのままに引き写したために起きたとしか考えられないのである。

五

表IIのうち、典拠作を介することで、『月氷奇縁』が『優曇華物語』を参照・受容していることの判明する箇所を指摘してみた。ただし、判断に迷う箇所もある。(E)の(8)－(8')で、ここに挙げた『月氷奇縁』第六回の一節は、近松の浄瑠璃『津国女夫池』（享保六年〈一七二一〉初演）第三を典拠とする。

津　「いや〳〵嘘で有まい印《しるし》には。襟に縫《ぬひ》付《（つけあり）》有しとて私にくれ置《（おき）》し。守本尊一寸八分の不動様。包みし袱紗《ふくさ》に書判《かきばん》すへて年号月日。本の親の形見と起臥《おきふ》し肌をも放さず。則《（すなはち）》爰《（ここ）》に」と取出す。父母驚き押開き。見れば見る程覚《（おぼえあり）》有。「なふそもじを産んだは此母《かゝ》。家重代の御本尊。此判の筆者も是。真実の父様《とゝ》。…」

月　寿郎治《じゆらうぢ》夫婦これを聞《きゝ》て綢眼色《めをみあはせ》、「あらいぶかし父母《ちゝはゝ》はこの州《くに》の人にておさなき時拐《かどはか》されしとや。其《そ》はわがかたにも記《おぼえ》あり。父母《ふぼ》の記念《かたみ》とすべきものやある」といへば、玉琴懐中より和錦《やまとにしき》の符袋児《まもりぶくろ》をとり出し、「この裡《うち》に臍帯《ほそのを》ありて「永亨七年十一月某《それ》の日女児照子《むすめてるこ》」としるせり。是なん二親《ふたおや》の記念なり」といふ。夫婦慌《あはたゝ》しく符袋児をうちひらき、「是紛《これまがふ》ところなきわが手跡也。是《こ》は女児《むすめ》にてありけるか。其爺娘《そもちゝはゝ》にておはするか」と、迭《かたみ》にはしり寄つゝ且《かつ》よろこび且なげく。

女主人公が身に着けた「符袋児《まもりぶくろ》」の中の「臍帯《ほそのを》」によって幼時に別れた両親と再会するという『月氷奇縁』の設定は、典拠作における「袱紗《ふくさ》」に包んだ「守本尊一寸八分の不動様」からの脱化であるが、一方『優曇華物語』

第十五段にも類似した部分が見られる。

優「…又鷲にとられし時、かれが身につけたるまもり袋に、観音の小像をいれおきぬ。是《これ》たしかなる証《しるし》なり」と、こまやかにかたる。弓児《ゆみこ》はさきつかたより、物語の半《なかば》を聞《きゝ》てうれしさにたへず、心頭突々《むなさきとつく》と跳《をどり》てやまざりけるが、かたりをはるをまちかね、あわてまどひて走りより、「弓児と申すは妾《わらは》なり。今のたまひしこと、皆心におぼえあり。さては実の父母《ちゝはゝ》にておはすか」といひつゝ、ひしととりつきて哭《なき》ければ、橘内《きつない》夫婦つら〲見るに、幼顔《をさながほ》におぼえありて、疑《うたがふ》べうもあらず。十五年ぶりにて我《わが》子にあひ、夢に夢見しこゝちして、何といふべきことばだにいでず、唯《たゞ》さきだつは涙なり。

ここでは「まもり袋」の「観音の小像」を証として親子（及び祖母）の再会がなされているが、それに該当する事柄は、この挿話の典拠とされる『今昔物語集』巻二十六「但馬国に於いて鷲若子《わくご》を爴《つか》み取る話《こと》」には記されていない（本書I-7注（2）参照）。つまり『月氷奇縁』に拠った可能性も考えられなくはないのであるが、逆に『月氷奇縁』の「おさなき時拐《かどはか》されし」の一節については、『津国女夫池』にそうした箇所はなく、『優曇華物語』の鷲に攫われた話からの改変と考えると良く分かる。

（E）についてはこれ以上判断の手掛かりがないため保留とするが、先に見た三例によって、『月氷奇縁』が『優曇華物語』を踏まえて改稿を行った可能性を、いくばくかは証拠立てることができたように思う。しかしそのためには、馬琴は稿本の段階で『優曇華物語』を参照していなければならない。それは、当時の京伝・馬琴の関係がきわめて親密でなければ起こり得ない事柄である。この点について、『優曇華物語』第八段に興味深い箇所が見出せる。ここには、先述のように、馬琴が『小説比翼文』、続いて『月氷奇縁』にも利用した浮世草子『風流曲三味線』[15]（宝永三年〈一七〇六〉刊）巻二-二が、かなりの長文にわたって採られているのである。しかも馬琴はこの浮世草子の後半部を用いたのだから、内容的には全く競合していない。表Ⅳに、両者を対比してみる。

表Ⅳ

風流曲三味線（巻二の二）	優曇華物語（第八段）
（1）「一すぢにおぬしさまを思い入レし子細は、私には母の敵あり。京近き所に其者《そのもの》居《ゐ》るを知《しり》ながら、女の身のかなしさは、むねんの月日をおくりぬ。此度かくぬしさまとかたらひをなしけるも、御心ていを見定《さだめ》、討てもらはんと思い入レし我目利《めきゝ》たがはず。―」（17ォ）	（1'）「いかにもして彼《かの》賊を尋ね出《いだ》し、父の仇《あた》を報《むくは》んものと、心はやたけにおもひ侍れど、女の身のかなしさは、力およばず、くちおしうも、かひなし。なか〱にいきながらへて、ものをおもはんより、自害して死《しな》んと覚悟をきはめたる折しも、ゆくりなく郎《との》にめぐりあひ、荒熊を殺し玉ひし手なみを見て、このもしう嬉しさにたへず。―」（12ゥ・13ォ）
（2）「きけば只今は京を立のき、大津の町はづれにかくれゐるよし、首尾よく討ッてたまはれ」と、泪をながしかたれば、峰《みね》右衛門ぎよつとして返答もせざりしが、しばらくあつていへるは、「誠に他人だに頼むとあらば、侍のひくべき所にはあらねど、勝負は時の運にして、利の剣ながら又かへり討にあふまじきものにあらず。然れば我レ事、第一命を捨《すつ》る事が嫌ひ也。何が扨夫婦の事如在《ぢよさい》にはあらねど、あぶない事は曾《かつ》てならず。命をのけての事ならば、何成共たのまれん」と、日比とはちがひ臆《をく》したる返答、女房けで	（2'）「これも深きえにしとおぼし玉ひて、妾《わらは》を妻となし玉ひ、父の敵を尋出《たづねいだ》し、仇《あた》を報《むくい》て玉はれかし。慈悲ぞ情ぞ。あながちに願《ねぎ》奉る」と、膝の上にまろびおつる涙をのごひつゝいへば、皎二郎は、只さしうつむきて、しばしは返答《いらへ》もせざりけるが、やゝありていへるは、「げに途中《みちなか》の行合《ゆきあひ》にも、たのむとあれば、ひくべき道はあらねど、一ッには其《その》賊を尋出《たづねいだ》さんこと、雲をにぎるがごとし。二には勝負は時の運なれば、利の劔《けん》ながら、又かへり打《うち》にあはんもはかりしるべからず。やつがれ命を捨《すつ》る

んして、「さりとは比興《ひけう》至極の男。先《まづ》そなたはいにしへは武士にあらずや。事によりては町人さへ一命をすつるに、なんぞ侍の命をおしみ、妻に大事をかたらせ、一命の外の事ならば、何成共きくべきとの一言《ごん》、見さげはてたる心底《てい》、大腰《ごし》ぬけとやいはん。かゝるぶ所存なる男としらず、今迄添寝せしくやしさ、ェ、腹立《はらだち》や」と、（17ゥ・18ォ）	事、人にすぐれてきらひなり。わりなきたのみを、なげやるにはあらねど、危《あやう》きことはけしてしがたし。命にかゝはらぬことにてあらば、何にまれたのまるべし」と、思《おもひ》の外に臆したる答《こたへ》を聞《きゝ》て、弓児興醒顔《きやうさめがほ》になり、「比興《ひきやう》至極の答かな。おん身両刀《ふたこし》をおぶるからは、すこしは武夫《もゝふ》の道をも、わきまへつらん。事によりては、百姓商人《あきびと》すら、命をすつるは、男のまけじ魂ならずや。武士をまねびながら、女子《をなご》に大事を語《かたら》せて、命に管《あづから》ぬ事ならば、たのまるべしとの一言《ひとこと》、比興とやいはん―」。（13ォ・ウ）
（3）「此上はふかうつゝむも又武勇のたらぬに似たり。元来我も敵ねらふ身にて、生国岡山を七年以前に出、敵藤海武太夫をねらひめぐれ共、今日に迄行あはず。いたづらに年月を送る所に、―」（廿ノ卅ォ）	（3'）「―つゝまず語りきこゆべし」とて、（略）「やつがれ父の仇《あた》を報《むくはん》ため、三年前《みとせさき》に家を出《いで》て、諸国をめぐり、百《ひやく》折《せつ》千磨《せんま》の辛苦をいとはず、さまぐ\に姿をかへ、ちゞに《いろ》心《くのなんぎ》をくだきて、敵の行方を尋ぬれども、今においてしれざれば、只これを愁《うれ》ひて、寝食も安からず、旅寝のうちに、むなしう三年《みとせ》の月日をおくりけるが、―」（13ゥ・14ォ）
（4）「それとはしらず宵よりの悪口《あつこう》、女の鼻の先智恵と思召、御ゆるし下さるべし」。（廿ノ卅ォ）	（4'）弓児はこれを聞《きゝ》て驚き、「それとはしらず、女のあさき心から、あらぬことを申せしは、ひとへにゆるさせ玉へ」といひて、（14ォ）

右をどのように考えるべきなのであろう。馬琴が典拠とした浮世草子の異なる箇所を、先輩京伝もまた、それに重ねるように典拠とするような関係のあり方—これは、両作者の間に、対抗や反発などとは全く異質の意識が流れていてこそ成立し得るものではなかろうか。そうであれば、馬琴が『優曇華物語』の稿本を座右に置くのは、必ずしもあり得ないことではないのである。

六

私見をまとめるべき段階にきた。証し得たのは、類似二十二箇所のうち三箇所にすぎないが、筆者は、『月氷奇縁』は、相当多くの箇所において、『優曇華物語』に依拠しつつ改稿を行った可能性が高いと考える。『月氷奇縁』が序文年次の翌年（文化元年〈一八〇四〉）正月に刊行されなかったのは、『忠臣水滸伝』と同様、恐らくそのままのかたちでは新しい読者層の要求に十分応え得るものではなかったからである。一方で、京伝が、この動向を踏まえた新しい〈枠組〉による長編構成を試み、『安積沼』では中途半端に終わったものの、『優曇華物語』においてこれを確立したことは前述した。さらに京伝は自ら獲得したばかりのこの方法を稿本のままに馬琴に示し、馬琴はここから学んだ〈枠組〉に従って『月氷奇縁』を再構成したのみか、それ以外の部分からも、少なからざる借用を行った。—『月氷奇縁』が『優曇華物語』と同様の〈枠組〉を持ち、また多くの類似箇所を持っている理由は、右のように考えた時に、最も無理なく説明がつくものと思う。京伝は改稿以前の『月氷奇縁』稿本にも目を通していたのだろうし、そのことが逆に『優曇華物語』に反映している点もあるかもしれない。しかしそれは、馬琴が京伝から受けた恩恵の大きさに比べれば、取るに足りないものであろう。京伝読本のうち、従来比較的地味な存在と見なされながら、以後の〈稗史もの〉読本の規範となる長編構成のあり方を提示し、またそれが馬琴に直接の示唆を与えて半紙本読本の処女作を刊行に導いたという意味で、『優曇華物語』の果した文学史的役割は、きわめて大きいと言わねばならない。

馬琴が後年『近世物之本江戸作者部類』に次のように記したことは、知られている。

（京伝は）又優曇華物語七巻を綴る印行の書肆右（注、仙鶴堂）におなじ。唐画師喜多武清文晁門人と親しかりければ、こたびは武清に誂へて、作者の画稿によりて画かしけり。この冊子の開手は、金鈴道人といふもの、子平の術に妙ありて、未然の吉凶をトせしより、洪水に人を救て禍に遇ひし人の子、後に父の仇を討つ物語也。趣向の拙きにあらねども、さし画の唐様なるをもて、俗客婦幼を楽ますするに足らず。この故に当時の評判不の字なりき。

『優曇華物語』に対する一般読者の反応について、馬琴の証言は、あるいは真実を含んでいるかもしれない。しかし同時に、我々は、『江戸作者部類』を書いた頃の馬琴の心が京伝から遠く隔たってしまっていることもまた、忘れるべきではないと思うのである。

注

（1）本作の典拠については、新たな指摘も含め、『山東京伝全集　十五　読本1』（平成六年〈一九九四〉）解題（徳田武氏）に、最も良く整理されている。同じ巻収載の『忠臣水滸伝』・『優曇華物語』についても同様。

（2）この偈は、和刻本にあって翻訳『通俗忠義水滸伝』にはないことを、徐恵芳氏からご教示いただいた。ただし『水滸伝』において、「遇（逢）○而○」の繰り返しから成る予言の言葉は、通俗本でいえば巻之二十「還道村《クハンドウソン》ニテ受《ウク》三巻《クハンノ》天書ヲ二」における九天玄女の天言、また巻之二十五「李逵斧ヲ以テ劈ル二羅真人ヲ一」にもあって、一種の決まり文句である。

（3）この点について、本書Ⅰ-1・3において私見を述べている。

（4）この箇所の典拠を『宇治拾遺物語』「唐卒塔婆血つく事」とする水野稔氏の指摘（『日本古典文学大辞典』一）もまた正しい。京伝は、三箇所において『通俗孝粛伝』（傍線）と『宇治拾遺物語』（波線）の文章を組み合せている（なお『宇治拾遺物語』のテキストは、万治二年〈一六五九〉刊本）。巻数・章題は、巻第二「十二　唐卒都婆《からそとば》に血付《つく》事」）。

①扨《さて》その西村のはづれに、又六といふ獦戸《かりうど》住《すみ》けるが、一日《あるひ》かの老媼《ばゞ》杖にすがりて例のごとく、窣塔婆《そとば》のもとに来り、をがむかと見ればさはなくして、唯《たゞ》うちめぐりて子細にうかゞひ、すなはち帰らんとするを、又六ひきとゞめて、「おん身こゝに来り、只《たゞ》窣塔婆を見めぐるをことにして帰るは、あやしき業《わざ》なれ。そのゆゑ知らせ候へ」といふ。

②此日又老媼《ばゞ》来り、窣塔婆《そとば》に血のながれたるを、一目見るよりも、忽《たちまち》色を変じ、たふれまどひつゝ走帰《はしりかへり》ぬ。又六はかたはらにかくれ居《ゐ》てこれを窺《うかゞひ》、手を打《うち》てぞ笑《わらひ》ける。

③手をひるがへす間に、東西両村の人民居屋《きよおく》、尽《こと》〴〵く流れ失《うせ》ぬ。此災《わざはひ》にあふもの、親の行方もしらず、子をもうしなひ、家の雑具《ざうぐ》もしらずなどして、おめきさけびあふ声…

（5）ただし、第二連目の詞句の後三字「報亦饒」の訓みに変更が見られる（本書Ⅰ-7、一八八頁）。

（6）（5）に同じ。

（7）『山東京伝全集』解題は、「仇討の場面全体の話」が『繁野話』第五話「白菊の方猿掛の岸に怪骨を射る話」の「怪物退治の話に似る」とする。

（8）京伝のこの利用が、通俗本の文体を、この後読本文体の標準となる雅俗文体に「訳文」することにあった点については、本書Ⅰ-4において論じた。

（9）本書序章参照。

(10) ただし濱田啓介氏は、「文化三年は、近世小説本の完成形態のものが、定型として定立したその年であったのである」(「近世小説本の形態的完成について」、「近世文芸」75、平成一四年〈二〇〇二〉一月）との見解を提出しておられる。
(11) この点について、先学の見解は長く曖昧なままであったと思う。その一例を挙げさせていただく。「本書と曲亭馬琴作の「月氷奇縁」(享和三年刊、読本）は、其の趣向上から類似点が多く、京伝が馬琴の作を読んで其れにヒントを得たといふよりは、趣向上の対抗の意味から、一種の競争心を内在せしめて創作したものらしい。」(小池藤五郎『山東京伝の研究』、昭和一〇年〈一九三五〉、四三〇～一頁)。
(12) 水野稔「馬琴の短編合巻」(『江戸小説論叢』所収、昭和四九年〈一九七四〉)。
(13) 信頼すべき書誌情報は、現在すべて文化二年正月の刊記をもつ本を遡らない。
(14) 上記ア～ウについては、本書I-6 i iiで、改めて検討を行っている。
(15) 注(12)水野論文、拙稿「『月氷奇縁』の成立」(「近世文芸」25・26合併号、昭和五一年〈一九七六〉八月)、本書I-6 i ii。
(補注) ここでいう〈枠組〉にあたる〈稗史もの〉読本の長編構成方法は、本節初出(「『優曇華物語』と『月氷奇縁』—江戸読本成立期における京伝、馬琴—」、『読本研究』一、昭和六二〈一九八七〉年四月）の二年後、「京伝と馬琴—文化三、四年の読本における構成の差違について—」(「読本研究」三上、平成一年〈一九八九〉六月）以来、〈読本的枠組〉と称している。ただしこの稿は全体として不備が多く、本書II-3～7で再論を試みている。

6　享和三、四年の馬琴読本

6・i　〈読本的枠組〉と『月氷奇縁』

一

読本作者曲亭馬琴の出発点に着目しようとすれば、必然的に、〈稗史もの〉読本の発生そのものを視野に収めざるを得なくなる。ことに、『忠臣水滸伝』前後編によって確実に〈稗史もの〉読本への道を開いた山東京伝の活動とのかかわりについては、軽重の差はあるにせよ、これを無視してかかるわけにはいかないであろう。この問題についての筆者自身の見取り図は、拙論「『優曇華物語』と『月氷奇縁』―江戸読本成立期における京伝、馬琴―」(『読本研究』初輯、昭和六二〈一九八七〉年四月　本書I-5)をものした頃から、ほとんど変わっていない。いや、当時提出した京伝馬琴の競合関係への見直し説は、我ながら半信半疑のままのものであった。その後も、今回あえて表題に掲げた、〈読本的枠組〉という読本様式にかかわる抜き差しならない要素について、読本の中にそういうものがあることに気づきながら、不遜を承知でこれに自ら名づけ、読本一般に当て嵌めることへの不安が重圧となって、公に用いる際には少なからず勇気が要った。しかし、研究誌「読本研究」(1)の紙面を利用させていただきつつ、検証作業を重ねるに連れて、〈読本的枠組〉という概念を中心に、〈稗史もの〉読本の形成過程を検討することは間違っていないという確信が、筆者の中で徐々に強まるに至った。この概念についてはこれまでにも繰り返し説明(2)してきたが、それらに基づいて改めて定義すれば、次のようなことである。

大高の造語。後期読本の中でも最も本格的な〈稗史もの〉（横山邦治氏の分類・命名に従う）に見られ、読本独自の長編構成を可能にするための仕組み。人間・動物・モノ・言葉など様々なかたちで、ふつう物語の発端近くで存在が示され、その後、表面に姿を見せなくても、ストーリー展開に直接・間接に関与し続け、〈稗史もの〉読本の結末は、例えば怨霊の解脱、過去の因縁の消滅、言葉の謎の解決といったように、作品世界の中から〈読本的枠組〉の存在が消えることによってもたらされる。読本における小説的展開の原動力と言って良く、また作品全体が〈読本的枠組〉に貫かれ、挟まれることで、その内側に置かれる個々の挿話や典拠は、互いに突出せず安定した状態となる。施し方の巧拙はともかく〈稗史もの〉読本に一般的な技法で、大高は、日本近世小説の一様式としてこのジャンルを把握するための重要要素と位置づけている。

本章では、馬琴読本『月氷奇縁』に、〈読本的枠組〉がどの程度のレヴェルで利用されているか、という点を、改めて具体的に検証したい。『月氷奇縁』は、知られているように、作者にとって初めて携わった半紙型の本格的読本（〈稗史もの〉）というばかりでなく、先述のとおり、江戸における〈稗史もの〉読本の発生を考究する上でも、避けて通ることのできない作品だからである。まず、馬琴と、馬琴をリードしながら共に読本の生成に力を尽した先輩作者山東京伝の、寛政末〜文化二年（一八〇五）の読本および関連作品を、一覧表にしたものをご参照いただきたい（本書I-5、一三五頁、表III。以下しばらくの説明はI-5と重複するが、お許しを乞う）。序文の書かれた年次順に並べてあるが、『月氷奇縁』（通し番号の2）は、自序が享和三年（一八〇三）二月付けとなっており、本文はそれ以前に完成しているはずだという前提に立つ限り、1・1'に挙げた、京伝の、一般に〈稗史もの〉読本の最初の作と見なされている『忠臣水滸伝』前後編に次いで、早い時期に成立した作品ということになる。作中に備わった〈読本的枠組〉のレヴェルの見極めが必要となる所以である。ところが『割印帳』によれば、『月氷奇縁』の割印は文化元年〈一八〇四〉（二月十一日に享和から改元）四月二十一日、刊記は同二年正月だから、当時一般の小説出版であれば序文の書かれた年の内に割印が捺されて、翌年の正月刊行という手順となるところから類推して、『月氷奇縁』の出版には丸々一年ほどのタイムラグがあることが分かる。言い換えると、一覧表を刊行年次順に並べ替えれば、『月氷奇縁』は最後に来てしまうことになるのである。このズレの問題については、すでにI-5に私見を申し述べているが、〈読本的枠組〉の考究が一段落したところで振り返ってみたいと思う。『月氷奇縁』についてもう一つ注意しておきたいのは、この作品が、江戸ではなく大坂書肆河内屋太助を主版元として刊行されたということである。挿絵を担当した流光斎如圭《じょけい》も大坂の絵師である。以上を頭に置いた上で、〈読本的枠組〉という観点から、『月氷奇縁』の内容を検討してみたいと思う。

二

『月氷奇縁』は、室町時代（「総目録」冒頭に、「全伝《ぜんでん》称光帝の応永三十四年より、後花園帝の享徳二年に至《いたり》て凡《およそ》廿七年の奇談を記す」とある）、熊谷倭文《くまがいしづえ》・玉琴という若い武士の夫婦が、苦労の末に父の敵を討つ話で、〈稗史もの〉読本のうち、〈仇討もの〉に分類される。本作において、〈読本的枠組〉が最初に提示されるのは、第二回で、自らの過失のために幽霊に祟られる、倭文の父親永原左近のもとに、高僧拈華《ねんげ》老師が訪れる場面である。本文には

　この僧元 華 人《もともろこしびと》にして近曾《ちかごろ》園城寺《おんせうじ》に寓居《くうきよ》せり。よく般若《はんにや》に通じ正覚《しようがく》に具足《ぐそく》し、過去未来劫《ごう》を察して吉凶を判断し、精鬼《せいき》を駈《かり》て苦病を退治す。

と紹介されている。老師は永原家の吉凶を占い、身の守りとして「羽隹《うすい》の剣《つるぎ》」と「玄丘《げんきう》の鏡《かゞみ》」の二種を左近に与え、さらに十二句の偈《げ》を残して去る話が語られているのだが、『月氷奇縁』の内容を最後まで読み終えてから改めて振り返ってみると、筋の流れが、全てここから発し、またここに戻って来るようなかたちに、作品全体が構成されていることが分かる。十二句の偈、

鉄鯉《てつり》辞《ぢして》レ湖《こを》　金烱《きんけい》没《ぼつす》レ地《ちに》　奇鳥《きちよう》双飛《そうひして》　霊獣《れいじう》走《はしる》レ隧《つかはらを》　不《あらず》レ夫《つまに》　不《あらず》レ児《こに》　為《なり》レ讐《あたと》為《なる》レ魅《すだまと》　解《げ》二脱《だつして》二凶《きやうを》一　二物《にもつ》　自《おのづから》

至《いたる》　菊《きくは》逢《あふて》二重陽《ちやうように》一　丹丹《たん〱》是《これ》萃《あつまる》　須《すべからく》見《みよ》因縁《いんえん》　件件《けん〱》在《あり》レ字《じに》

は、ここでは言葉の謎として提示されるが、第十回（17ゥ・18ォ）で、もう一度この偈を繰り返して、次のように謎解きをして見せることで、実は結末までのストーリー展開を暗示したものであったことを、読者に納得させる仕組みになっているのである。

倭文《しづえ》読了《よみをはり》歎じて云《いはく》、「拈華老師《ねんげらうし》道高博識、二十六年前已《ぜんすで》に未来を説給《とき》ふ。鉄鯉湖《こ》を辞《ぢす》とは、鉄鯉は晋《しん》の王文《わうぶん》が古事、宝剣の異名《ゐみやう》、是《これ》宝剣家を去るなり。金烱《きんけい》地に没すとは、金烱は鏡の異名、宝鏡石見《いはみ》に偸去《ぬすみさ》らるゝをいふ。奇鳥双飛《そうひす》とは、山鶏《やまどり》の死するをしめし、霊獣　隧《つかはら》を走《はしる》とは、白狐《びやくこ》の難を救ふを説《とく》。夫《つま》にあらず児《こ》にあらずとは、和平《わへい》・袙女及《あこめと》わが夫婦のことなり。讐《あた》となり魅《み》となるといふも、仮父《やうふ》和平は却《かへりて》わが父の讐《あた》、玉琴死《しせ》ずしてさらに魅《すだま》となるをいふか。二凶《きやう》を解脱《げだつ》して二物《もつ》おのづから至とは、和平自刃《じがい》し、石見《いはみ》首《こうべ》を授《さづけ》て、鏡と剣《けん》とふたゝび合《あふ》ことを垂示《すいじ》す。菊は重陽に逢《あふ》て丹丹《たん〱》これ萃《あつまる》とは、われ後《のち》に馬篭《うまこめ》を過《よぎ》りしは九月九日にして、丹蔵・丹平が奇遇を説給《とき》ふなり。是をもておもふに、わがこの剣《つるぎ》を羽隹《うすい》と号く。羽隹はすなはち翟《やまどり》なり。又鏡を玄丘《げんきう》と喚ぶ。宣室志《せんしつし》に狐一名《いちみやう》は玄丘校尉《げんきうのこうゐ》、すなはち玄丘は狐なり。老師剣と鏡と狐と翟《やまどり》の四種をもて、わが生涯の吉凶禍福を論じ給ふなめり」と、仔細《しさい》に偈《げ》のこゝろを説《とき》しめせば、衆皆《みなく》因果の免《まぬがれ》がたきを暁《さとり》て、老師

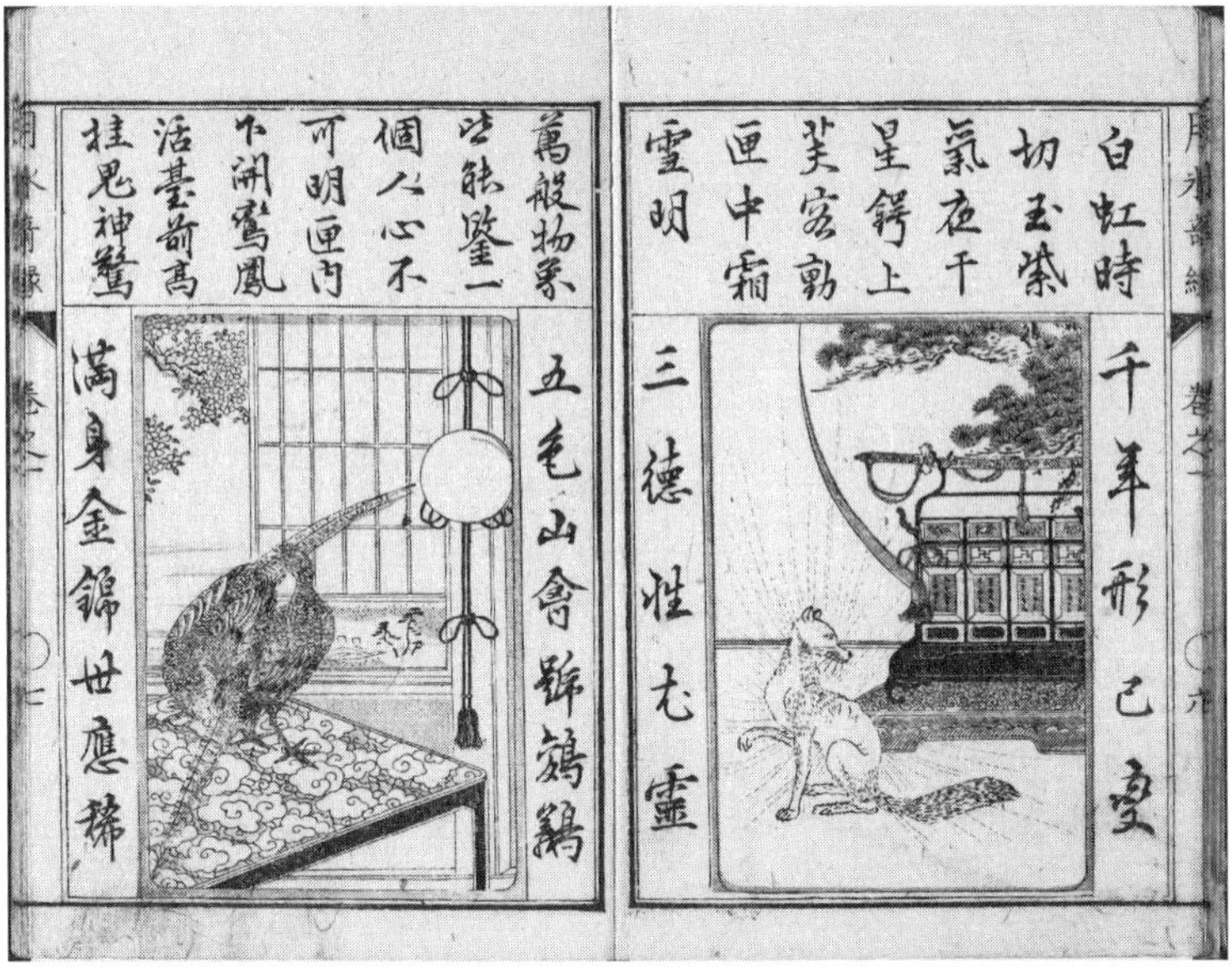

図版2　『月氷奇縁』巻之一口絵（6ウ・7オ）

の権智《けんち》無量の方便《ほうべん》を賛美せり。

さらに、偈以外に右の二箇所を含め、十九個所にわたって、老師が左近に与えた剣と鏡のどちらか、あるいはその両方が登場して来る[3]。偈が、作品を前後から挟みつける、いわばブックエンドのような役割をしているのに対して、剣と鏡は、同じく拈華老師の予言に発しながら、さりげなく個々のエピソードの内側に入り込んで、予言に沿った展開を導いているのである。やや極端な言い方をすれば、この十九個所をざっと辿ってみるだけで、『月氷奇縁』がどういう内容の作品か、大体のところは分かる。〈読本的枠組〉とは、つまりそういうものである。

予言の方はひとまず措いて、剣と鏡が『月氷奇縁』の構成上の核となる存在であることを、馬琴は冒頭の口絵に示している。前掲謎解き部分の引用の傍線箇所に、「羽隹の剣」は山鳥の剣、「玄丘の鏡」は狐の鏡であると説明されているが、山鳥と狐とは、ともに『月氷奇縁』の中で大事な役割を果たす動物である。その両方が口絵に描かれており、狐の右上に剣が、二羽の山鳥の右側に鏡が描かれている（図版2）。この描き方は、理屈から言うとおかしいのであって、本来なら、「羽隹の剣」は山鳥とペアになり、「玄丘の鏡」は狐とペアになるのでなければならない。しかし馬琴は、そのことは承知の上で、こう描くように画工に指示を出していると思う。右の傍線箇所の後半に言うように、この四つのものは、偈の言葉とも一体になって、作品世界を束ねる役割、すなわち〈読本的枠組〉としての役割を負っているのである。伊東秋颿《しゅうはん》の跋文中に、「復タ撮ニ合シ瑶剣之光及ヒ菱花之明一ヲ、以弁ニス妖狐山鶏之事一ヲ」とあるのも、やはりこの点に触れたものと思う。

三

続いて、『月氷奇縁』の素材や、この当時の馬琴の動向にも視点を広げて、もう少し考察を深めてみたい。本作の典拠は、現在かなりの程度に判明して来ているのだが（4）、このうち構成・内容にかかわる典拠として知られているのは、指摘の早い順に、『津国女夫池』・『風流曲三味線』・『棠大門屋敷』である。この三作に、〈読本的枠組〉という観点から優先順位をつけるとすると、『風流曲三味線』・『津国女夫池』・『棠大門屋敷』という順番になる。『棠大門屋敷』は、一つの場面にのみかかわる典拠だから三番目で問題はないとして（5）、『風流曲三味線』を『津国女夫池』より上位に持って来ることについては、あるいは異論もあることと思う。『津国女夫池』は、『月氷奇縁』にとってそれほど大事な典拠なのであって、全十回中、第六回までの、主人公男女の実父母・養父母にかかわる葛藤は、全て『津国女夫池』第三段を踏まえて作られていると言って良い。けれども『月氷奇縁』の構想の根幹を形作っているのは、やはり『津国女夫池』ではなくて『風流曲三味線』の方である。そう考える根拠は、『月氷奇縁』の〈読本的枠組〉である「羽隹の剣」・「玄丘の鏡」と切り離すことのできない山鳥と狐が、ともに『風流曲三味線』に基づいて発想されているからである。

まず山鳥の方については、多少説明を加える必要がある。『月氷奇縁』第一回に登場して来る山鳥が、どう描かれているか、ア〜ウの引用を参照されたい。

ア　時に称光帝《しようくわうてい》の応永三十四年、南蛮国より駿馬《しゆんめ》一匹《いつひき》と山鶏雌雄《やまどりのつがひ》を貢《たてまつ》る。義持公《こう》馬を営中《ゑいちう》に繋《つなが》せ、山鶏を江《がう》州《しう》の刺史《こくし》佐々木高員《たかかず》に属《あづけ》養《かは》せらる。

イ　高員《たかゝず》件《くだん》の山鶏を見給ふに、この鳥尋常《よのつね》のものにはあらずして、そのかたち孔雀より大きく、頭《かしら》に丹朱《たんしゆ》の鶏冠《とさか》をいたゞき、身に金錦《きん〱》の五采《ごさい》を具足《ぐそく》し、鮮明炫燿《せんめいげんよう》《あざやかにひかりかゝやく》もっとも愛すべし。𥳑《かご》には金銀珠玉を鏤《ちりばめ》、龍鳳花《りうほうくわ》卉《さう》のかたちを刻《きざみ》、飾るに真紅《しんく》の綱をもてせり。

ウ　左近頓首《はいふく》していへらく、「臣前年《しんせんねん》このみて和漢の名鳥を養《かひ》しに、終《つひ》に篭飼《こがひ》を誤らず。夫《それ》山鶏あるひは錦鶏《きんけい》と号《なづく》。（下略）」

傍線部を順に辿ってみると、南蛮渡来の二羽の「山鶏」は、「身に金錦《きん〱》の五采《ごさい》を具足《ぐそく》」して光り輝き、「錦鶏《きんけい》」とも言うのだと述べられている。ところがこの「錦鶏」は、実は『風流曲三味線』に出て来る豪商「佐渡や」の重宝「金の鶏」を踏まえたものなのである。

御家第一の重宝《ちやうほう》金《こがね》の鶏《にはとり》と申すは、人王四十五代聖武《しやうむ》天皇、南都大仏殿を御建立《こんりう》ありて、盧舎那仏《るしやなぶつ》の金銅《こんどう》の像を作らせ給し時、陸奥国《むつのくに》小田といふ所より始めて金《こがね》を掘《ほり》出し此尊像《そんざう》をぬり奉る。其余《あま》りの金を以て此鶏《にはとり》の形を鋳《い》させ、すべらぎの御代《みよ》さかへんと、あづまなる、みちのく山にこがね花咲くと、大伴《おほとも》の家持《やかもち》よみて奉りし、歌の褒美《ほうび》としてくだし給はりし鶏、子細《しさい》ありて佐渡やの先祖につたはり、代々是を秘蔵《ひそう》して、宝蔵《ほうぞう》の三階の七

> 重の箱の中に入置、元朝《くわんてう》虫干年中に二度の外出る事なく、（巻五の一、下略）[6]

「佐渡や」とは、「宝永二年（一七〇五）五月、時の幕府から闕所、所払いの処分を受け」た「江戸中期の大坂の豪商」、五代目淀屋辰五郎のことで（引用は『日本伝奇伝説大事典』（昭和六一〈一九八七〉年一〇月）、棚橋正博氏執筆。以下同様）、「処罰を蒙った理由については、身分不相応の奢侈に過ぎたためとも、また新町茨木屋の遊女吾妻（一説には玉菊）のために家産を傾け文書・印判偽造のかどとも、諸説あって定かではない。（中略）特に淀屋の重宝とよばれる黄金の鶏などに象徴される巨富の身代は、当然幕府の監視の対象とならざるを得ず、折から五代目に豪奢をきわめた僭上の行為の多いことの噂は絶えず、（中略）遂に財産没収・三都追放の処断が下されたわけである」。『風流曲三味線』は、この事件に取材した浮世草子の代表作と言って良い作品なのであった。先の一覧表（本書I-5、一三五頁）に5としてあげた『蓑笠雨談』の、巻之二「〇八文字舎自笑が伝并其碩」に、『風流曲三味線』に対する馬琴の評価の載ることは、良く知られている。

> 自笑が戯《け》作は、都の錦、浪花の西鶴を学べり。曲三味線といふ冊子《さうし》は、色競馬《けいば》と、棠《からなし》大門屋敷と、長者機嫌袋といふ三部の冊子を翻案して作れり。この人の戯作の中《うち》曲三味線尤《もつとも》よし。その余《よ》の作は出来不出来あり。

先に触れた『棠大門屋敷』が、『風流曲三味線』の先行作として読まれていることが分かる。

ところでこれも周知のように、馬琴は享和二年〈一八〇二〉に京都・大坂など上方方面に長期間の旅をしており、『蓑笠雨談』はその際の見聞に基づいてまとめられ、『月氷奇縁』は、この時会った大坂書肆河内屋太助との約束によって書かれたものである。ただし、述べて来た文脈において重要なことは、『月氷奇縁』では、本来は淀屋の重宝である「金鶏」を〈読本的枠組〉としての「山鶏」に置き換える際に、それが淀屋事件を強調するのとは逆の方向でなされたという点である。

かつて筆者は、『月氷奇縁』の典拠作として『風流曲三味線』と『棠大門屋敷』を報告した際、享和二年当時の上方に、歌舞伎狂言「けいせい楊柳桜《やなぎさくら》」（寛政五年〈一七九三〉正月、大坂初演。享和二年、京・大坂再演）の当たりによる〈淀屋もの〉の流行があり、『月氷奇縁』の刊行は、それへの当て込みとしてなされたものではないかとの推論を述べたことがあった。(7) これに対して濱田啓介氏は、「「楊柳桜」はそのような騒ぎを起していないようだし、『月氷奇縁』はそのような際物的な作られ方をしていない。又、当込みは、まさにその点をセールスポイントにして売らなければ意味をなさない。表題に何等淀屋をも柳沢をも暗示するところが無く、登場人物に辰五郎も与茂九郎も無くて、比較研究の結果、浮世草子の利用が漸く判明するというような作柄であるならば、そもそも当て込みの効果は無きに等しいのではないか」と、私見を批判された。(8) ご指摘のとおり、「金鶏」以外にも少なからず『風流曲三味線』に依拠していながら、何度読み返しても、『月氷奇縁』からは、直接淀屋事件を匂わせる痕跡を見出すことはできない。幸いなことに、私見を継承した研究はその後現われていないが、この機会に、ご批判を受けた部分については、一旦撤回して再考を試みている。この点ご了承給われれば幸いである。

さて、現在筆者は、馬琴の興味は淀屋事件そのものよりも、事件に取材した『風流曲三味線』という作品、とりわけその長編構成のあり方にあったのだと考えている。馬琴は、旅行から戻った享和三、四年に、『月氷奇縁』以外でも『風流曲三味線』を摂取しようとした形跡があるのだが、今は説明の煩を避け、I-6ii の稿において詳述したいと思う。

四

一方、山鳥に対する狐の方。『月氷奇縁』第七～十回で、女主人公が夫の病気を治すために身売りした相手が、実は敵の悪漢で、意に従わなかったために惨殺されるが、それは狐がそう見せかけて彼女を救ったのだったという展開は、全て『風流曲三味線』から取られている。(9) 巻六の五で、引用のような結末に至る話がそれに当たる。

竹五聞て「各《おのおの》をうたがふではなけれ共、あまり不審に存ずればその葬《ほうふ》つたとある禅寺へ我をともない、しるしの墓を見せてたべ」とあれば、「いかにも是より程もちかし。いざ御同道申べし。前代未聞咄《はなし》の種に」と法師もともに打つれて、面壁庵《めんへきあん》へ行「是ぞおらんが塚」とおしゆるを見れば、いまだ石塔はあらず、卒都婆《そとば》計たてゝあり。「是を見た計ではしれず。土をうがちて骸《から》をほり出しみるべし」と、鋤鍬《すきくは》を取よせ、塚をほりかへして見れ共、骸《から》はなくて横へふかき穴あり。「是はふしぎ迚《とても》の事に底《そこ》迄堀て見るべし」と、鍬《くは》ふりあぐれば中《うち》より白狐《びやくこ》あらはれ出、「我は是難波上町《うへまち》辺小橋《おばせ》といふ所の穴神《あながみ》の眷属《けんぞく》なるが、おらんが貞心なるを感じ、此地迄付添《そ》ひ来り、あやうき命をすくひ我おらんと姿を化《け》して、勘兵へが手にかゝり、殺されし身ぶりをして此塚に身をかくし、又らんといふ名をあらためて、きくと替て奥之進にまみへ、敵をうつ手引をさせしは、蘭《らん》といふ名によりて菊《きく》と改めしも、狐蘭菊《きつねらんぎく》にたはふるゝといふ縁によりて也。(下略)」

つまり『風流曲三味線』は直接の典拠としては『月氷奇縁』の後半部に置かれ、そこから発想された山鳥と狐にかかわる展開が、〈読本的枠組〉として作品全体を覆っている。先述した主要典拠『津国女夫池』にかかわる部分もその例外ではないことを、確かめておきたいと思う。ここは、主人公の養父三上和平が、かつて恋の遺恨から、実父永原左近を悪漢石見太郎に殺害させてしまったことを懺悔して、その恋人であった老妻と共に自殺する、『津国女夫池』の第三段を踏まえた悲劇的な場面なのだが、『月氷奇縁』では、懺悔に際して、原拠にはない言葉が加わっている。

和平この光景《ありさま》（実父の敵である養父を討てないでいる倭文に対して、母祖女が和平に一太刀浴びせて自害をはかる）を見て云《いはく》、「祖女《あこめ》しばらく俟《まて》。吾今下土《めいど》の郷導《みちしるべ》すべし。昔時《むかし》拈華《ねんげ》老師この羽隹《うすい》の宝剣と、玄丘の鏡を左近にさづけて、一篇の偈《げ》を示せしと聞《きく》。羽隹はすなはち翟《やまとり》なり。吾前《さき》には雌雄《めを》の山鶏をころし、今又夫婦翟《やまどり》の剣《つるぎ》に死す。因果亦復《またく》かくのごとし。今也《いまや》倭文か腰刀《かたな》につらぬかれ、聊《いさゝか》孝道を完《まつた》からしめん」と祖女《あこめ》がもてる刃《やいば》を抜《ぬき》とり、みづから肚《はら》をかき破り、祖女を抱《いだき》て水中にとび入《いり》たり。

傍線部がそれで、拈華老師の偈、剣と鏡、また山鳥にかかわる内容である。理屈を言えば、こうしたことは永原家の秘事で、元来第三者である三上がこれを良く知って、しかもいまわの際に口にするというのは、おかしなことである。しかしこれは、この作品の筋書きが、全て〈読本的枠組〉の内側で展開していることを確認するための、不可欠な約束事なのである。

五

『月氷奇縁』の〈読本的枠組〉について一応の説明を了えたところで、筆者がこの作品に対して持っている印象を一言で申し述べてしまうと、後の馬琴読本に比べてずいぶんと小ぶりだけれども、スッキリと良くまとまった嫌味のない作品といったことになる。読本においてまとまりが良いというのは、〈読本的枠組〉の施し方に破綻がないことと同様に考えて差し支えない。しかし、『月氷奇縁』の最大の問題は、まさにその点にあるのである。冒頭の一覧表に戻って、享和三年〈一八〇三〉二月の自序を持つ、つまり先蹤作として、〈読本的枠組〉の萌芽はあるものの、いまだ方法にまでは高められていない、京伝の『忠臣水滸伝』前後編しか存在しない時期に書かれたはずの本作が、いかなる理由でこれほど整った〈読本的枠組〉を備えることができたのか。それは、刊行を先に延ばして、『忠臣水滸伝』以降の、〈読本的枠組〉の確立に向けての京伝の成果、わけても『優曇華物語』の作品構成を、直接に受容したからだとの、I-5の結論に立ち戻らざるを得ない。『馬琴中編読本集成　一』の解説（四六八、九頁）に、『月氷奇縁』の刊年につき『近世物之本江戸作者部類』に、「この年（享和三年）又大坂の書賈河内屋太助に前約あれば、月氷奇縁五巻を綴る。（中略）この書大《イタ》く時好に称ひて印行の年文化元年大坂并に江戸にて千百部売れたりといふ」とあることに対して、「蔦重と河太の間には版元権をめぐって何らかのいざこざがあったであろうが、結局前約に従って河太から文化二年正月に刊行することになった、と思われる。馬琴が刊行の年を文化元年と記しているのは、このような経緯があったために刊行を文化元年と思い込んだか、または、当時の出版は正月刊とはいっても実際には前年の十二月頃に発売されるのが普通であるので、前年即ち文化元年と書いたのではなかろうか」とされていることには、筆者は賛同できない。これもまた推論であって、「いざこざ」の内実を検証する手だてがない。「印行の年」を「文化元年」としていることに、筆者はむしろ（あえて言えば周囲に〈稗史もの〉読本様式の創始者であることを印象づけようとする）馬琴の作為を感じるのであるが、それもまた想像説に過ぎない。ことほど左様に、『月氷奇縁』の成立に至る馬琴の内的過程を辿ろうとすれば、全てを正直に信じようとすればするほど、資料に幻惑されることは必至である。しかし、『月氷奇縁』の完成度の高さをひたすら馬琴の天才に帰してしまっては、こちらは最初から何も言わなかったのに等しい。続いて、『月氷奇縁』の周辺作について、同様の視点から論じてみたい。

注

（1）初輯（昭和六二年〈一九八七〉四月）〜第十輯（平成八年〈一九九六〉一一月）。編集代表横山邦治。広島文教女子大学研究出版委員会刊。

（2）本書の記述が、〈稗史もの〉読本における〈読本的枠組〉の形成過程についての考察を軸としたものであることは、序章にまとめて申し述べたほか、本書中に言及することが多い。

（3）その箇所を列挙しておく。

①第二回、17ゥ〜19ォ。本章一五一〜二頁に一部引用。

②剣鏡《けんきやう》の衛護《ゑいご》やありけん、その後《のち》は家内《かない》に怪《あやしみ》もなく、（第二回、19ウ）

③（前略）わらはゝ此家《このいへ》の侍児《こしもと》さゞ浪《なみ》といふものなり。山鶏《やまとり》の卵のことより、この身無実の罪に死《しゝ》て遺恨止《いこんやむ》ときなく、この家に祟《たゝり》あらせんと、まづ内政唐衣《おくがたからぎぬ》の命《めい》をたつところに、道高《めいそう》の妙智力《みやうちりき》に阻《へだて》られ、ふたゝび寃《うらみ》を報《むく》ふことあたはず。君わが為に客房《しよいん》 艮《うしとら》の柱に掛《かけ》たる鏡を把断《とりすて》、この縛《いましめ》をときて給へ。その報《むくひ》には黄金《たから》の在所《ありか》を教《をしへ》まゐらすべし」といふに、邉《さすが》の石見《いはみ》も胸とゞろき、おもはず毛起《みのけたち》ておぼへしが、元より不敵の劇賊《ぬすびと》なれば、さあらぬ体《てい》にうち点頭《うなづき》、いと安きことなめり。将《いで》鏡をとりて得《え》さすべし」といひつ、客房《しよいん》に潜入《しのびいり》て見れば、はたして柱に鏡を掛《かけ》て錦の袋に包《いれ》たり。採《とり》てこれを見れば世に類《たぐひ》なき明鏡なり。こゝろよろこびてこれを納《おさ》め、外面《とのかた》に出《いで》て鏡を小賊《こぬすびと》に交付《わた》し、（同、24ゥ・25ォ）

④祖女《あこめ》「げにも」とその言《ことば》にしたがひ、漸《やうやく》涙をとゞめて羽隹《うすい》の宝剣《ほうけん》を身辺《こし》に挟《たばさみ》、源五郎を懐《ふところ》に抱《いだき》つゝ、若狭路《わかさぢ》にやゆかん東国《あづま》にやくだらんと議するに、（第三回、3ォ）

⑤祖女《あこめ》いへらく、「你《おんみ》の父暗撃《やみうち》にうたれ給ひ、何人《なにもの》の所為《しわざ》なることをしらず。その仇《あた》をだにしるならば、争《いかで》いままて告《つげ》ざらん。只《たゞ》玄丘の明鏡《みかゞみ》を蔵《かく》せるもの、是《これ》父の仇《あた》としるべし」。（第六回、16ゥ）

⑥ そのころ大津《おほつ》に石見《いはみ》太郎といふ退糧人《らうにん》あり。渠《かれ》よく間諜《しのび》の術を得たりと聞《きゝ》、すなはち石見をかたらひて左近が領与《あづかる》ところの山鶏《やまとり》を殺させ、これを罪として左近に自殺《じがい》させんとす。時《ころ》は正長《しようてう》元年八月晦日《みそか》、石見太郎に内応《てびき》して志賀の属城《でじろ》に謀《しのば》するに、誰《たれ》かしらん、渠《かれ》は賊魁《ぬすびとのてうぼん》にして、その夜《よ》軍須財《ぐんようきん》数万《すまんりやう》金を偸《ぬす》み、且《かつ》玄丘の宝鏡を奪ひて山鶏を傷《ころ》し、終《つひ》に左近を殺害《せつがい》して直《たゞち》に江州《ごうしう》を立去《たち》れり。

⑦ 六回18ゥ・19ォ。本章一五九頁に引用。

⑧ 一日主人玉琴に問て、「汝《なんぢ》鏡を愛するか」。玉琴いへらく、「鏡は旦《あさけ》の具《ぐ》にして、女《をうな》のかならずたしなみ持《もつ》べきものなり。孰《たれ》かこれを愛《めで》ざらん」。主人すなはち一面《いちめん》の鏡をとり出《いだ》して云《いはく》、「是はこれ魏《ぎ》の武帝の菱花鏡《りやうくわきやう》にも勝《まさ》れり。われこれを秘蔵《ひさう》することひさしといへども今汝《なんぢ》に贈《おくる》べし」と彼《かの》鏡を与《あたへ》ければ、玉琴手にとりてこれを見るに、背面《うら》に蘭菊《らんぎく》の模様を鋳て玄丘の両字《りやうじ》ありければ、はじめて莞爾《につこ》として「この鏡に銘《めい》ありや」と問《とふ》。主人《あるじ》いへらく、「これを玄丘と号《なづけ》てその徳精鬼《せいき》《ばけもの》を銷鑠《しようれき》するなり」。玉琴云《いはく》、「しからば家公《との》の名を石見太郎とはいはざるか」。主人この言《ことば》を聞《きゝて》おもはず手にもてる扇《あふぎ》をとり落《おと》して云《いはく》、「汝何としてわが名をしれる」。玉琴已《すで》に主人の旧名《ほんみやう》をしりてければ、忽地《たちまち》柳眉《りうび》を踢《け》立、星眼《せいかん》を睜開《みひらき》、稍《やゝ》久しく疾視《にらみつけ》て云《いはく》、「汝は是わらはが丈人《しうと》の仇人《かたき》なり。汝往昔《むかし》江州《ごうしう》志賀において、丈人《しうと》永原左近を殺害《せつがい》し、軍須財《ぐんようきん》数万《すまんりやう》金と、この宝鏡《みかゞみ》を奪《うばひ》去れりと、母親《はゝびと》臨終《いまは》に語《かたり》給へり。既《すで》に汝がゆゑをもて、わが二親《ふたおや》も非命《ひめい》に死《しゝ》給ふ。わらは今こゝに来ること、盲亀《もうき》の浮木《うきゝ》に遇《あひ》、優鉢羅《うばら》の花を見るごとし。只この身翅《つばさ》なくて、良人《おつと》に告《つげ》しらせがたきをうらむ」と、敦圉《いきまき》て罵《の》る。（第八回、11ォ～12ォ）

⑨ 鏡を抱《いだき》て外面《とのかた》に走去《はしりさら》んとするを、石見太郎忙《いそがは》しく遮《さへぎり》とゞめ、（同、12ォ）

⑩ 石見まづ手中《しゆちう》の鏡を復《とりかへさ》んとすれば、玉琴遁《わた》さじとあらそひしが、遂《つひ》に力敵《ちからてき》しがたきをしりて、彼《かの》明鏡を高《たかく》さしあげ、庭の井欄《ゐづゝ》へ投入《なげいれ》たり。（同、12ウ）

⑪ 玉琴が屍《しがい》を楊柳下《やなぎのもと》に埋《うめ》させ、人を井に入《いれ》て鏡を撈求《さが》させけれども、水深《ふかく》してとり得ざれば、所為《ぜひ》なく俄頃《にはか》に家財をとり収《おさめ》、その夜《よ》いづちともなく出去《いでさり》けり。（同、14ウ）

⑫ 「山鶏《やまどり》の尾上《をのへ》に遠き秋の月さてや鏡の影へだつらむ」。倭文《しづへ》これを吟《ぎん》じて大に悲《かなし》みて云、「玉琴玄丘の鏡をとり復《かへさ》

んとして仇人《かたき》の為《ため》に殺されしこと疑《うたがふ》べからず。われにこのことを告《つげ》ん為《ため》、幽魂仮《ゆうこんかり》に形をあらはし、なほその塋《はかち》をしらせんとて、こゝに一首の歌をとゞめて、分鏡《ぶんきやう》《いもせ》の契空《ちぎりむな》しきを歎《なげく》。鳴呼《あゝ》節なるかな義なる哉《かな》」と、数行《すこう》の感涙《かんるい》禁ずることあたはず。（同、16ォ）

⑬ 恠《あやしむ》べし晃々《くわうく》たる一面の明鏡木罌《つるべ》にかゝりて上れり。驚《おどろき》てこれをとりあげ見れば背面《うら》に玄丘の両字あり。倭文《しづへ》よろこびに堪《たへ》ず、袖をもて鏡を拭《ぬぐ》ひ、みづからその面《おもて》を照し亡語《ひとりこち》て云《いはく》、「『鏡と人と共に出《いづ》。鏡帰《かへり》て人かへらず。復《また》嫦娥《じやうか》の影《かげ》なし。むなしく明月《めいげつ》の輝《ひかり》を留《とゞむ》』と、陳《ちん》の徳輝《とくき》がうらみしもうべなり。これをもてふたゝび歌を听《きんず》れば、われに鏡を得させん謎なり。吁《あゝ》玉琴、身死《みし》してなほ吾《われ》をたすく。われ立地《たちどころ》に石見《いはみ》を討《うち》て、その寃魂《ゑんこん》を慰《い》すべし」と、樹下《じゆか》にむかひて合掌《がつしやう》し、「賢妻《けんさい》の霊魂 速《すみやか》に天界《てんがい》に生《じやう》ぜよ」と、少刻《しばらく》睛《め》をとぢて拝了《はいしをはり》、かの明鏡と短冊《たんざく》をとりて懐《ふところ》に挟《おさめ》、猛然《もうぜん》《にはか》としていへらく、「石見は是千鈞《せんきん》《かさねく》の仇《あた》なり。…」（同、18ォ）

⑭ 倭文《しづへ》情由《ことのわけ》を聞《きゝ》て長嘆《ちやうたん》し、「中途《ちうと》兄弟を導《みちびき》たるものは亡妻玉琴が幽魂なるべし」といひて和平《わへい》・祖女《あこめ》が吉野川に投《しづみ》しこと、及《ならびに》玉琴か幽魂に会《あひ》て玄丘の鏡を得たりしこと、一五一十《いちふしゝう》説話《ものかたれ》ば、丹蔵・丹平 或《あるひ》は怒《いかり》或は駭《おどろき》ていへらく、（第九回、5ウ）

⑮ 倭文は羽隹《うすい》の剣《つるぎ》を採《とり》て坡《つゝみ》の中央に立《たて》ば、（同、8ウ）

⑯ 石見は常に鏈鏉衣《くさりかたびら》を被《き》て敵《てき》を防ぐの準備《やうゐ》とせしが、今倭文《しづへ》が一刀《いつたう》に両段《ふたきだ》となること、羽隹の宝剣にあらすば、いかでその堅《かたき》を破《わる》べき。（同、10ォ）

⑰ 倭文《しづへ》さらに暁得《さとりえ》ずしていへらく、「われ岐岨《きそ》の馬篭《うまこめ》にして抵目《まのあたり》你《そこ》の幽魂と語《ことば》を接《かは》し、玄丘の鏡を拾得《ひらひえ》て仇人《かたき》の所在《ありか》をしる。記念《かたみ》の短冊《たんさく》こゝにあり。且《かつ》わか僕《ぼく》丹蔵・丹平といふもの你《そこ》の郷導《みちびき》を得てわれに会《くわい》す。豈《あに》世間二人の玉琴かあらん。もしその幽魂にあらすは狐狸《こり》のわれを魅《たぶらか》すなるべし」と迭《かたみ》に疑ひを抱《いだき》て決することあたはず。（第十回、12ウ）

⑱ われは是《これ》志賀山中に千年を経《ふ》る白狐《びやつこ》なり。往時《むかし》正長《しようちやう》元年わが二千五百の眷属《けんぞく》三上和平にたすけらる。われ一た

び沢枯《たくこ》の恩を謝《じや》せんとすれども、いかにせん、和平は隠慝《いんどく》の奸賊《かんぞく》にして福《さいはひ》を降《くだし》がたし。こゝをもてわれ暗に你等《おんみら》が衛護神《まもりがみ》となりてその危難を救ふこと数回《あまたゝび》、嚮《さき》に老翁《おきな》と変じて玉琴をこの地《ところ》に送来《おくりきた》りしはわが夫《をうと》なり。われ又仮に玉琴となり、石見が為に殺《ころさ》れたりと見せて彼を誑《たばか》り、又その梅魂《ゆうれい》と変じて你《おんみ》に明鏡を授《さづけ》て仇人《かたき》の所在《ありか》を告《つげ》しらせ、或《あるひ》は丹蔵・丹平が郷導《みちしるべ》となり、あるひは暗夜に火を挙《あげ》て讐《あた》を討《うつ》のたすけとせり」。倭文夢裡《ゆめごゝろ》に問《とふ》ていへらく、「白《びやく》狐《こ》わが夫婦をまもりて危難を救給《すくひ》はること感ずるに堪《たへ》たり。只うたがふ玄丘の鏡はその徳妖魔を銷鑠《しようれき》す。しかるに明鏡宝剣に触《ふ》るゝといへども、その本身をあらはさざることは、甚麼《いかに》」。白狐云《いはく》、「愚哉《おろかや》凡《およそ》剣鏡を怕《おそ》るゝものは鬼魅野狐《きみやこ》の属《たぐひ》なり。われ千余年を経て已《すで》に神通《しんつう》を得たり。何ぞや明鏡を怕《おそる》べき。…」（同、14ォ～15ォ）

⑲ 第十回、17ゥ・18ォ。本章一五二頁に引用。

（4） それらを、ア・イに分類して列挙しておく（カッコ内の人名と丸付きの数字は、続いて載せた論文の論者と番号を示す）。

ア 構成・内容にかかわる典拠

- 近松門左衛門『津国女夫池』（浄瑠璃、享保六年〈一七二一〉初演、後藤①）
- 錦文流『棠大門屋敷』（浮世草子、宝永二年〈一七〇五〉刊、大高②）
- 江島其碩『風流曲三味線』（浮世草子、宝永三年〈一七〇六〉刊、大高②）
- 山東京伝『優曇華物語』（読本、文化元年十二月〈一八〇四〉刊、大高⑤）
- 『嘉吉記（嘉吉物語）』（軍記、延徳四年〈一四九二〉頃成立、徳田⑦）

イ 表現・細部の趣向にかかわる典拠

- 兪琰撰、大江資衡校訂『咏物詩選』（漢詩集、天明三年〈一七八三〉刊、濱田③）
- 大江散人（都賀庭鐘）編『漢国狂詩選』（漢詩集、宝暦十三年〈一七六三〉刊、徳田④）
- 岡崎廬門編『唐詠物詩選』（漢詩集、天明九年〈一七八九〉刊、徳田⑥）
- 『事文類聚』後集四十六「山鶏」（寛文六年〈一六六六〉和刻本刊、徳田⑥）

・『遊仙窟』（和刻刊本、徳田⑥）
・建部綾足『西山物語』巻之中「あやしの巻」（初期読本、明和五年〈一七六八〉刊、徳田⑥）
・草官散人『垣根草』巻五「千載の斑狐一條太閤を試むる事」（初期読本、明和七年〈一七七〇〉刊、徳田⑥）
・都賀庭鐘『繁野話』第三巻・五「白菊の方猿掛の岸に怪骨を射る話」（初期読本、明和三年〈一七六六〉刊、徳田⑥）
・上田秋成『雨月物語』巻之二「浅茅が宿」・巻之五「青頭巾」（初期読本、安永五年〈一七七六〉刊、徳田⑥）

　続いて、上記がそれぞれに指摘された論文を掲げる。

①後藤丹治「読本三種考證—桜姫全伝・月氷奇縁・阿古義物語」（「国語国文」、昭和一三年〈一九三八〉四月）→補訂して「学大国文」六（昭和三八年〈一九六三〉三月）
②大高洋司「『月氷奇縁』の成立」（「近世文芸」25・26合併号、昭和五一年〈一九七六〉八月）
③濱田啓介「寛政享和期の曲亭馬琴に関する諸問題」（「国語と国文学」、昭和五三年〈一九七八〉一一月）
④徳田武「馬琴と『狂詩選』」（日本古典文学会会報102、昭和五九年〈一九八四〉六月）→『日本近世小説と中国小説』、昭和六二年〈一九八七〉所収（「馬琴読本の漢詩と『南宋詩伝』『狂詩選』」）
⑤大高洋司「『優曇華物語』と『月氷奇縁』—江戸読本形成期における京伝、馬琴—」（「読本研究」初輯、昭和六二年〈一九八七〉四月　本書I-5）
⑥鈴木重三・徳田武編『馬琴中編読本集成　一』（平成七年〈一九九五〉）解題
⑦徳田武「『月氷奇縁』の隠微」（「読本研究」十上、平成八年〈一九九六〉一一月）

　なおアにかかわる点を一、二補記する。徳田武氏は、以前論文「文化初年の馬琴読本と中国白話小説—『月氷奇縁』と『稚枝鳩』—」（「文学」、昭和五三年〈一九七八〉六月）において、『月氷奇縁』の主要典拠として中国白話小説『鳳凰池』を指摘されたが、現在は取り下げておられる（「金太郎主人伊藤蘭洲と『鳳凰池』」・「『復讐奇談稚枝鳩』と『石点頭』」、『日本近世小説と中国小説』所収）。また同氏は、論文⑦で、『嘉吉記』に基づき、長禄の変に後南朝帝を弑した「石見太郎左衛門」を『月氷奇縁』の悪漢「石見太郎」のモデルとされる。大高は、名前の出拠としてはご指摘を尊重するが、論文⑤（本書Ⅰ-5）等を通じて、この時期馬琴は京伝に追随しつつ、読本作者としてのアイデンティティを確立するための模索状態にあると考えているので、後年の『開巻驚奇俠客伝』に繋がる歴史批判の方法がすでにここに示されているとされる点については、見解を異にする。

（5）②論文参照。
（6）以下『八文字屋本全集』第一巻の本文に拠るが、本作の読解に際しては、篠原進校訂・解題の『八文字屋集』（叢書江戸文庫8、昭和六三年〈一九八八〉）に助けられた点が大きい。
（7）②論文。
（8）③論文。
（9）②論文。

6 ii 『小説比翼文』の〈枠組〉

一

『月氷奇縁』とほぼ成立・刊行の時期を同じくする馬琴の〈中本もの〉読本に、『小説比翼文』と『曲亭伝奇花釵児』（本書I-5、一三五頁一覧表3・6）がある。いずれも半紙型の〈稗史もの〉読本より早く江戸で行なわれていた〈中本〉サイズの二冊本であり、馬琴としては、『高尾船字文』（寛政八年〈一七九六〉一月序、蔦屋重三郎刊）に次いで、二、三作目にあたる。ここでは、両者のうち、『小説比翼文』を中心に、やはり作品の〈枠組〉を問題にしてみたいと思う。馬琴は、『小説比翼文』においても、『風流曲三味線』を構成に取り入れようとしていたからである。典拠としては、水野稔氏によって早く指摘されていた(1)箇所であるが、『小説比翼文』第一篇に、『風流曲三味線』巻四の一から、許婚の少年・少女がお互いに打ち解けず、少年が弓矢で少女の額を傷つけたために離縁になってしまう話と、同第六篇に巻五の四から、後に成長して遊女となったその女と相手の男が再会して悪縁を嘆く場面が、ひと続きのものとして踏まえられている。

やや長くなるが、〈枠組〉の問題を考える上で避けては通れない箇所なので、まず前半の話を、『風流曲三味線』の方から引用する（私意により二段落に分割、論旨にとって必要な部分に傍線を付した）。

（佐渡屋竹右衛門は）家に隠居をしつらい、世間をやめて楽をきわめ、木津《きづ》の里に虎庵（竹右衛門の法名）妹縁《いもとゑん》付しておはせしが、其娘子におかんとて、玉のやうなる生れ付、今年五つになられしを、末〳〵竹松と妻《め》合すべしとて、我方へとりむかへ、いつくしみふかく養育せられしが、竹まつ九つの年書院《しよゐん》へ出て、雀《すゞめ》小弓を射《ゐ》てよねんなくあそばれし所へ、おかん何心なくはしり来て、小弓のさまたげをせられしを、竹松腹《ふく》立ありてきひしくしかり給ふを、おさなけれ共、女の性はひがめるならひ、しかられしかへしせんと、的《まと》を取てなげられしを、竹松たまりかね、引まうけたる小弓をはなし給へば、あやまたずおかんのひたいにひしとあたり、そこらやぶれて血ばしりければ、「あつ」とむつかるこゑに、姥《うば》おさしなどおどろきさはぎ、やう〳〵すかしてだきかゝへ、次の間へつれましてはいりぬ。それより竹松おかん中よろしからずして、一所へよりあい給へばいさ

> かいやまず。
> のちには虎庵《こあん》夫婦の耳へ入て、「我此姪《めい》をやしない置も、末〴〵竹松と夫婦にせんと思ふがゆえなり。然るに今かくのごとく中あしくては自然相性《あいしやう》にてもあしきや。占《うらかた》の名人あらばまねきよせて、考えさせ」との仰承つて、其道の上手をたづねとふに、難波《なんば》に芦屋《あしや》の道鑑《どうかん》とて、法道《ほうどう》仙人よりつたわりし一流陰陽《ゐんやう》五行《ぎやう》天文地理《ぢり》の事易暦《ゑきれき》に至りて、又此津に肩をならぶる者もなき上手のよし、つてを以て招請《せうじやう》し「竹松おかん相性をかんがえて給はれ」とあれば、道鑑しばらく考《かんがへ》ていはく、「男子は土性《しやう》にて生れ付陰《ゐん》気にしてしつむがごとく、女子は木性にて天性強《がう》気にして盛《さかん》なり。然れば木盛《さかん》成時は土《つち》衰ふ道理、婚姻あつて夫婦の交《まじはり》あらば、男子の陰気女子の陽気にうばゝれ、終《つい》に家断滅《だんめつ》して永く絶《たへ》なん。但し成長あらば中はよかるべし。能《よき》にしたがい　弥《（いよいよ）》陽《やう》に奪はるゝの道理のがれがたし」といへば、虎庵おどろき給ひ、「幼少より世話をやき養育いたすも末々夫婦となして子孫をあらせ家相続をさせんがためなり。然るに却而《かへつて》怨《あた》となつて此娘ゆへに家を断絶させんとせし事おそるべし。ひとへにお影《かげ》にて一家の破滅を知つて此わざはひをのがるゝ条、悦び是に過す」と道鑑をさま〴〵もてなし難波にかへし参らせ、扨おかんをば木津の里の妹《いもと》の方へ、たゞ「中あしき」と計にてかへしつかはし、其後は養子娘の沙汰もやみぬ。

『小説比翼文』では、引用後半の段落に登場する「占の名人」が、「平井《ひらゐ》歓喜《くわんき》天《てん》の庵主」と変えられているが、二人の吉凶が予言され、ストーリーの大枠がその方向に進んで行くというのは、全く『風流曲三味線』の踏襲である。

続いてこの話と照応する場面を、今度は『小説比翼文』の方から引用する。

> 「心よはくてかなはじ」と、権八かたへの銚子《てうし》引よせ、一椀《いちわん》かたぶけてこれを小紫に与《あたへ》ていへらく、「御身かねては下戸にして、一滴の酒も飲《のま》ずといへども、これぞ此《この》世の名ごりなる。最期の盃うけ給へ」と、なみ〴〵

酎《つい》で前におく。小紫は辞するに及ばず、押《おし》いたゞきて飲竭《のみほせ》ば、怪しや小紫が額《ひたい》に三日月形《みかづきなり》の金瘡《きず》忽然《こつぜん》とあらはれたり。権八打おどろきてそのゆゑをとへば、小むらさきいへらく、「さればとよ、是にこそ昔がたりの侍れ。わらは幼き時、しばらく平井の郷士に養《やしなは》れしが、その家の児《こ》となかあしく、ある時破魔箭《はまや》にて額を射られたり。そのゝちわらはは実《まこと》の親の許《もと》にかへりしが、父大病に打ふしてせんすべなく、九才《こゝのつ》の春、此里にうられ来《き》しより家信《おとづれ》なく、今に父の生死《しよふし》をしらず。しかるに人となりて後も酒を飲《のむ》ときは、斯《かく》のごとく額にその矢疵《やきず》あらはる。妓女《ぎぢよ》は色をもておもてとする者なれば、是をおそれて酒を飲《のま》ず。今はの盃辞《ぢ》しがたく、飲《のめ》ばたちまちはづかしや、かゝる貌《すがた》を見せ奉りし」と、手して額をうち覆《おほ》ふ。権八備細《ことのよし》を聞てます〱驚き、「しからば御身が父は西村保平《ほへい》とはいはざりしや」。「こは何としてわが父の名をしり給ひし」と、小紫も疑ひ惑《まどへ》り。権八掌《たなごゝろ》をうちていへらく、「御身とわれは二世《せ》の悪縁也。われこそ御身が額に傷《きずつけ》しその時の小児《しように》なれ。かねて父母《ふぼ》の物がたりに聞《きけ》るは、目黒の郷士西村何がしが女児《むすめ》をやしなひ、これを汝に妻《めあは》せんと思ひしが、そのなか睦《むつま》しからぬをうたがひ、平井歓喜天《ひらゐくわんきてん》の庵主《あんしゆ》にうらなはせけるに、成人のゝちはむつましかるべし。しかれども是を夫婦となすときは、共に殃危《わざわひ》あるべしといひしと宣《のたま》へり。扨はのがれぬ奇耦《きぐう》なり」と、迭《かたみ》にめと目を見合《あは》せて、呆《あき》るゝもげにことわり也。

この場面、『風流曲三味線』はもう少し長いが、内容は両者同様であり、吾妻（おかん）・竹五郎（竹松）、権八・小紫（幼名「おきじ」）、共に予言の正しさと、互いの「悪縁」「奇耦《きぐう》」（『風流曲三味線』では「くちせぬ縁」「ふしぎなりし縁」）を嘆ずることで、先の話に結末が付けられている。

ところで、かつて自分の傷つけた少女と後になって結ばれるという話の典拠として思い浮かぶのは、中国の「定婚店」説話、すなわち「月下翁」の故事である。これを、馬琴にとって最も親しいと思われる『新編古今事文類聚』

（後集巻之十三・人倫部・婚姻、和刻本影印、昭和五七年〈一九八二〉）から、読み下しの形に改めて、段落に分かって引く。

月下の翁

韋固少くして未だ娶とらず。宋城に旅次す。異人に遇ふ。囊に倚て坐して、月に向て書を検して曰く、「此れ幽冥の書なり」。固が曰く、「然らば則ち、君何をか主どる」。曰く、「天下の婚のみ」。固が曰く、「囊中の赤縄何の用ぞ」。曰く、「以て夫婦の足に繫く。仇家・異域と雖も、此の縄一とたび繫くるときは、終に易《か》ふべからず。君が妻は、乃（原本送り仮名「シ」。「チ」の誤か）此の店北の売菜陳嫗が女なり」。固之を逐て菜市に入り、嫗の抱ける二歳の女を見るに、且つ陋し。老人指し示す。固怒て小刀を磨ぎて奴に付して曰く、「彼の女を殺さば、当に汝に万銭を賜ふべし」。奴翌日稠人の中に刺す。纔かに眉間を傷る。

後十四年、固、父の蔭を以て相州の軍事に参す。刺史王泰、妻すに女を以てす。年十六七、容貌端麗にして眉間常に花鈿を貼す。未だ嘗て暫くも去らず。逼りて之を問ふ。曰く、「妾は郡守の猶子なり。父宋城の任に卒したり。時に襁褓に方りて、乳母薪を鬻ぎて以て朝夕に供す。嘗て市に抱て、賊の為に刺さる。眉間の痕尚を在り。故に花鈿を以て之を傅《つ》く」といふ。固、其言に感じて、因て尽く前事を述ぶ。始て知る、月下の老、虚謬に非ざることを。後に、宋城の宰之を聞て、其の店を名づけて定婚店と曰ふ続幽怪録。婚姻必ず媒酌を以てし、亦前定に由る。故に二事（「氷上の人」・「月下の老」の故事）を以て之に先んず。

これ以上の引用は避けるが、最後の部分のコメントからも知られるように、「月下翁」のすぐ前には、「氷人」の項目も備わっている。馬琴が、『風流曲三味線』の吾妻・竹五郎の奇縁の背後に「月下翁」を読み取ったことは明らかである。筆者は、もう長いこと、「月氷奇縁」という題名は、元来ここから思いついたものではないかとの疑いを捨て切れないでいる。ともかくも、馬琴は、『小説比翼文』では、『風流曲三味線』の右の話を利用して、同じく男女の縁を扱った、権八・小紫の巷説を括ろうとしたのである。

馬琴は、この「奇縁」を、権八の父平井右内が若い頃殺生を好んで射殺したつがいのキジの祟りと関連付けることで、全体の筋に一貫性を持たせようと努めている。先に『風流曲三味線』の方を引用した吉凶の占いと離縁の部分で、『小説比翼文』では、右内夫婦が平井歓喜天の庵主に礼謝した後に、続いて「つら〱禍《わざはひ》の係《かゝ》るところを考《かんがふ》れば、むかし雌雄《しゆう》の雉子《きじ》をころせしこと、まつたく子供等が身にむくへり」とある。これは、作者の意図が、この一点に全てを収斂させることに向いている証しである。つがいの山鳥にかかわる主人公の父親の過失が話の発端となる、『月氷奇縁』の構成の雛型のようであるのが気になるところであるが、しかし、キジの祟りの扱いは、『月氷奇縁』の〈読本的枠組〉に感嘆した目には、正直拙劣である。祟りが「お雉子」に及んだことは、図版に掲げた第一篇の挿絵（図版3）からも、容易に分かる。しかし、右の文章のすぐ先に、「女児《むすめ》おつまも又雉子の後身《さいらい》にして、その終《をはる》ところかの雄雉《きゞす》のうたれしごとくなるを、しらざるこそ浅ましけれ」とあるのは、つがいのキジだから片方だけでは具合が悪いということなのだろうが、あまりに唐突だし、何よりも、権八・小紫譚としての筋の運びと、具体的にどう結び付いているのかが不

図版3　『小説比翼文』上巻第一挿絵（12ゥ）

明瞭なのである（おつまの最期の挿話は、第七篇にあるが、キジとのかかわりは、一切説明されない）。『小説比翼文』は、二巻二冊という少ない分量にもかかわらず、『風流曲三味線』を始め、『西山物語』巻之上「太刀の巻」、『醒世恒言』第八「喬太守乱点鴛鴦譜」が典拠として指摘されているが(2)、それらが権八・小紫譚という縦軸の中に(3)、どのような意味を担って嵌め込まれているのか、必ずしも判然としないのも、理由は同じで、キジの祟りが、各々を有効に連携させる役割を果たしていないからである。『小説比翼文』では、結局巷説を読本的に束ね切れずに、中途半端に投げ出したままに終わってしまった印象が、筆者には強い。ことに、最後の第七篇での、権八・小紫、および権八妹おつま、その夫で権八を敵と狙う本所助市への始末のつけ方は、これを実録体小説として見れば、リアルでさもありなんと思える（ことに助市が権八と誤認されて遊郭の者に追われ、三谷川《さんや》に飛び込んで「その生死《しょうし》をしらず」という箇所）のだが、半紙本・中本含めて、その後の馬琴読本の枠組の厳格さを知る者にとっては、違和感の方がずっと大きいのである。それはやはり馬琴の中に、〈読本的枠組〉に対する認識が、まだ十分に形成されていなかったためと見て良いように思う。

二

しかし馬琴自身は、さらに、申し述べてきたような事柄の外側からも、作品世界を括ろうと試みている。今取り上げてみたいのは、「小説比翼文自叙」(4)である。この文章は通常の序文より長く、一種浮世草子風の戯文であり、ストーリーを備えている。簡単に筋を追いながら、説明を加えてみる。

ア 「享和三年弥生《やよひ》も半《なかば》過るころ」（普通末尾に記される年次記載が、文中に組み込まれて冒頭に置かれている）、作者の分身らしき人物が、目黒不動尊に参詣して、傍らの粟餅屋で一睡する。黄表紙『金々先生栄花夢』を髣髴とさせる出だしだが、文章の終わりの方で、一応「沈既済《ちんきせい》が枕中記《しんちうき》」の書名を出している。

イ　夢心に道を辿り、とある庵で「二八ばかりの女」と、「かゝる葎屋《むぐらや》に似げなき美少年」に出会う。主の少年は、男色についての薀蓄を傾ける。この、かなり長く続く男色談議は、当然予測される出典が、これまで指摘されることがなかったが、それは北條団水の浮世草子『男女色競馬』(5)（『野傾友三味線』改題本、宝永五年〈一七〇八〉二月刊）巻一の三「男色は仏法の方便」のほぼ全部と、同巻二の一「花《くわ》代の外の恋仕懸《しかけ》」の前半部を繋ぎ合わせたものである。『男女色競馬』は、I-6iの第三節（一五六頁）で、『蓑笠雨談』に、馬琴によって『風流曲三味線』の先行作とされていたうちのひとつであることが想起される。引用が一段落したところで、主の少年は、「おのれも兄としたのめる人なきにあらねど、一たび妓女《うかれめ》の色に染《そみ》しより、その人としも遠くなりて、かゝるわび人とはなりぬ」と語る。「兄」は幡随院長兵衛、「妓女」は三浦屋小紫、主は平井権八その人であることを、それとなく示して見せているわけである。

ウ　続いて少女が、女色について語る。この箇所には、イの男色に対して、同じく『男女色競馬』巻二の二「宝の山を手ふりて帰る男」が踏まえられている（ちなみにイ・ウの典拠が判明するについては、他ならぬ『蓑笠雨談』の、巻之二「〇吉野が伝井蟹の盃の図説」に、その冒頭「むかし傾色《けいしよく》に名高きは、葛城《かづらき》・定家《ていか》、そのゝち京に吉野、江戸に勝山、大坂に利生《りしやう》とて、花も実も太夫職にそなはり、第一芸をいひたてに位《くらゐ》を定めて」以下、かなりの長さで引かれていることがきっかけとなった）。

エ　少女の問いに答えて、「やつがれ」が「平井・幡随《ばんずゐ》が事書ける」「二巻《ふたまき》の冊子《さうし》」を示すと、少女は悩ましくなり、少年は「君もしわれ〳〵が名をしらんとならば、行てかしこの塚を見給へ」と言い置いて、二人は消え、「やつがれ」は目覚める。「つひに身を側《そばだて》て起《おき》あがらんとすれば、比翼塚のほとり雉子《きじ》しきりに鳴《なき》て、春の日やうやく西に没《いり》ぬ」。

エの傍線部は、キジの怨念が、今なお権八・小紫を成仏させないことを暗示するものと思われるが、ア〜エを一瞥して知られるのは、ここでも『風流曲三味線』との繋がりである。『日本古典文学大辞典』五・当該項目（長谷川強氏、昭和五九年〈一九八四〉）の「梗概」によれば、本作冒頭部は、「隣同士に住む、野郎のなれの果ての老爺と女郎のなれの果ての老婆が、衆道・女道の優劣を論じ（巻一の一）、以下を両人の昔話の体にする」というかたちになっており、終結部（巻六の五）には、これに対応して、「老爺・老婆は物語を終え、白狐になって去る」挿話が置かれている。『小説比翼文』の序文を書くに際して、馬琴が意識しているのは、かなりに縮約してあるので気づかれにくくはあるけれども、いわば『風流曲三味線』全体の枠組に当たる、この部分なのである。馬琴は、これを模倣してキジの祟りという枠組の上層に被せ、『小説比翼文』の構成を強固なものにしようとした。言い換えれば、『風流曲三味線』の長編構成を応用した権八・小紫譚を意図したのである。けれども結果は見て来たとおりで、せっかく工夫を凝らした自序も、本文と乖離してしまって、ことは思いどおりには運ばなかった。長谷川強氏が、同右項の「特色」の中で、「元禄末より構想を何度も改めており、そのために、色道の諸相を書き込む部分、藤内を坂田藤十郎など人気役者の容貌・芸風にあてて描く試み、宝永二年五月の淀屋辰五郎闕所事件などの事実と、それをとり上げた歌舞伎の当込みが十分混融をとげていない憾みがある」と述べておられるように、『風流曲三味線』は、元来長編小説として未熟な作である。構成は脆弱で、右に見てきたふたつの枠組が、むしろかろうじて本作を長編たらしめているのに過ぎない。馬琴は、恐らくはこの時期抱いていた長編構成のモデルとして、『風流曲三味線』に執着したまま、これを乗り越えることができずにいたのである。

三

ここで少し目を転じて、先に書名を出したままになっていた、この時期の馬琴〈中本もの〉のもう一作、『曲亭伝奇花釵児』を、簡単に見ておきたいと思う。本作については、徳田武氏が中国清代の李漁（李笠翁）の戯曲『玉搔頭伝奇』が典拠であることを指摘され、またその知見に基づいた注釈が新日本古典文学大系80（平成四年〈一九九二〉二月）に収まるので、中国戯曲を踏まえた部分は、全て徳田氏注を尊重するが、拙論の論旨に即して、気づいた点を付加しておきたい。ひとつは、淀屋の金鶏がここにも登場して来ることである。上巻第一齣、美人を求めて旅立つ将軍足利義輝に付き従う松永大膳に、三好長慶が計略をささやく場面に、「又この一ト腰《こし》は金鶏丸《きんけいまる》の名剣。もし抜《ぬく》ときは鶏《にわとり》の、音《ね》をはつするが一ッの奇特《きどく》。これを貴殿ンへわれらが餞《はなむけ》。折を伺《うかゞ》ひよし輝《てる》を、ナ合点《がてん》か」とあり、徳田氏注に、

錦文流の棠大門屋敷《からなしだいもんやしき》・一「智は万代の宝蔵」に見える「宝物の大将、金鶏のかしは丸」から取った名か。該書は著作堂一夕話（享和三年自序）の「八文字舎自笑が伝」に引かれ、花釵児の次作の月氷奇縁（文化二年刊）にも粉本として使われた。

とされているのが参考になる。この「金鶏丸」は、続く第二齣で、神崎の里に妓女桂を見初めた義輝を暗殺しようとする松永が、これに失敗する場面に、再び用いられている（以下の引用中「（略）」とした箇所には、全て中国戯曲に用いられる役名と、役者の動きが入る）。

（略）音しずまれば松永大膳《だいぜん》、勝手口よりしのび出、朴刀《だんびら》腰にさし足ぬき足（略）ねらひよれば主《あるじ》の老母、

「コハこゝろへず」とぼんぼりを、袖にかざして窺ふとも（略）しらぬこなたはそろ〳〵と、襖《ふすま》引キ明ヶ入らんとす。（略）小尻《こじり》ひかへて引キ戻す。（略）驚《ぎよっ》としながら身をひねり、ふりむく顔へ（略）さし出す手燭《てしょく》。（略）刀《かたな》引キ抜《ぬき》切おとせば、ふしぎや発する鶏の、声を友音と飼鶏《かひどり》の、まだ夜ぶかきに乱れ啼《なく》。

ただし、「金鶏丸」にかかわる場面は、上記の二箇所のみである。『曲亭伝奇花釵児』は、馬琴によるいくつかの改変を伴うとしても、筋書きそのものは原作である『玉搔頭伝奇』に忠実なのだから、「金鶏丸」は、本作では単なる趣向として用いられていると言って良い。けれども逆に、『小説比翼文』とは素材・構想の全く異なる『曲亭伝奇花釵児』に、淀屋の金鶏が入り込んでいることに、当時の馬琴の、淀屋もの浮世草子への執着の影を見て取ることは、許容されるように思う。

『玉搔頭伝奇』をめぐって、述べておきたいことがもうひとつある。それは、表紙見返しの「一名彼我合奏曲」にかかわる。徳田氏は、新大系版の解説において、この言葉を取り上げ、「唐土と日本の戯曲の様式の折衷」とされた。意味としてはご指摘のとおりであるが、中国戯曲に対する「我」の方は、必ずしも「日本の歌舞伎」に限定しなくても良いように思う。筆者としては、本作「自叙」の冒頭部、

湖上《こじやう》の覚世翁《かくせいおう》《りつおう》、劇を作《つくつ》て蒙昧《もうまい》の耳目《じもく》を醒《さま》し、我《わが》平安の巣林子《さうりんし》《ちかまつ》、戯《け》を述べて勧懲の一助と称す。和漢一百五十年来《ねんらい》、二子は作者の金字牌《きんかんばん》ならずや。

の一節が気にかかるのである。このように馬琴が李笠翁と近松を併称することは、『蓑笠雨談』の最後の項目に当たる、巻之三「○近松門左衛門作文の自序」にも、

近松が遺《のこす》ところの硯あり。後《のち》近松半二に伝ふ。その硯の蓋《ふた》に漆《うるし》して、事取《ことをとりて》㆓凡近《ぼんきんに》㆒而義発《ぎをはつす》㆓勧懲《くわんちように》㆒の九字《きうじ》をしるす。これは笠翁伝奇《りうおうでんき》玉搔頭の序に、「昔人《せきじん》之作《つくる》㆓伝奇《でんきを》㆒也事《やことをとりて》取㆓凡近《ぼんきんに》㆒而」云云《しかじか》といふ語《ご》をとれり。近松小説《しょうせつ》に

こゝろをよせしこと是にてしらる。この人実《じつ》に本邦の李笠翁なり。

と見えて、良く知られている。「蓑笠（翁）」という馬琴の号も、恐らくは二人に対する敬意から採られたのであろう。そうした意識が背景にあれば、「彼」に対する「我」は、近松の浄瑠璃であっても良いのではなかろうか。筆者はそれを、具体的に『津国女夫池』と考える。新大系92「近松浄瑠璃集　下」（平成七年〈一九九五〉）版の見返し部分に、校注者大橋正叔氏の記された簡略な解説に従えば、「本作は足利義輝の女色への溺れと暴虐、三好長慶の奸計と謀叛による足利幕府崩壊の危機を、浅川藤孝らが足利義昭を立てて復興するという筋展開の中で、人間の愛憎とその罪業を主題とする」ものである。足利義輝を始めとする『曲亭伝奇花釵児』の時代・人物設定と、筋書きの大まかな展開は、両者ぴたりと一致する。ただし、読み比べた際、文辞の上での繋がりが見出せるというのではない。『津国女夫池』に描かれた足利義輝の傾城大淀への執心と、その結果として行なわれる愛妾たちの殺害は、まさに狂気の沙汰であり、終に義輝は、反乱を起した三好・松永の手によって、首級を失った骸と化してしまう。『玉掻頭伝奇』を逐一翻案しながら、「君主の失政と二美女との色模様という二つの題材」（徳田氏解説）の中、とりわけ後者を強調する『曲亭伝奇花釵児』の作品世界にとって、『津国女夫池』の緊迫感の強い行文を直接導入することは、水と油を融合させるようなものだったであろう。馬琴は、最後まで李漁の方に引きずられ続けたのである。しかし、作者の想定していた本邦の戯曲を『津国女夫池』と見なすことの蓋然性は、当時の馬琴の関心の在り所から類推して、低いものではないと思う。（補注）

四

さて、i・iiをまとめるところまで来た。これまで述べて来たことを、享和三、四年の馬琴読本における共通の素材という観点から振り返ってみると、淀屋ものの浮世草子のうち、『風流曲三味線』と、近松の浄瑠璃『津国女夫池』の二作に帰着してしまう。そして、両者は共に、随筆『蓑笠雨談』（享和二年の上方旅行にかかわる、より私的な記録として『羇旅漫録』があるが、今は刊本である本書に代表させる）にプラスの評価を伴って記されている内容と何らかのかかわりを持っていることも、そのつど申し述べて来た。こうしたやり方は、私見では、当時随筆『近世奇跡考』（本書I-5、一三六頁、表III8）にその一部をまとめた風俗考証の、いわば〈戯作〉として、半紙型の〈稗史もの〉『復讐奇談安積沼』（同4）を構想・執筆中だった山東京伝の影響を、その傍らにあってまともに受けたものである。京伝の場合、周知のように、考証の対象は近世前期に向けられていたのであるが、この時期の馬琴は、旅行を通じて初めて見聞し、また確かに身につけた上方の文物に、作者としての拠り所を求めているように見受けられる。『風流曲三味線』や『津国女夫池』は、それらの代表である。従って両者は、翌年の作に直ちに反映したのであるが、これも私見では、折から大きな転換期に差し掛かっていた江戸出来の長編娯楽読み物を、それだけで全く新しい方向（〈稗史もの〉読本）へと差し向けることのできるような素材ではなかった。『風流曲三味線』にしても『津国女夫池』にしても、本章で取り上げて来た作品は、和漢取り混ぜて、純然たる世話物、ないしは世話的色合いの濃厚なものばかりであり、それらを踏まえた『小説比翼文』と『曲亭伝奇花釵児』は、一見異なる方向を向いているように見えながら、その実は共に、文字どおり「月氷奇縁」と称してもおかしくない内容の世話読本である。いや、馬琴はこの時まだ中本作者だったのであって、半紙本・中本共に世話物全盛の、〈初期江戸読本〉最末期の風(6)を受け継ぎながらも、それなりに意欲的な実験作を世に問うていたと言って良い。しかし、それまでなかったような、斬新で堅固な長編構成を持つ江戸風の半紙本を上梓する（しかも、江戸のみならず上方の版元と読者をも満足させなければならない）ということになると、そう簡単にはいかなかったのであろう。『月氷奇縁』が、中本二作と同じ典拠を用いながら、山東京伝の『優曇華物語』（表Ⅲ7）を待って、京伝が完成に導きつつあった新しい〈読本的枠組〉を借用し、現在見られる、〈稗史もの〉読本として何ら遜色のないかたちにまとまったのだと考える私説に戻って行くゆえんである。

私説が認められたとして、では馬琴はなぜ享和三年〈一八〇三〉二月という『月氷奇縁』の自序の年次を変更しなかったのかと問われたら、恐らく馬琴には、今は『小説比翼文』を通じて想像するしかない『月氷奇縁』の原型をものした時点で、すでに『風流曲三味線』から学んで〈枠組〉に手が届いていたという自負があったからと答えておきたい。しかし、それが〈読本的枠組〉に飛躍するためには、京伝においても数年に余る歳月と、丸々三作分の試行錯誤が必要であった。〈枠組〉から〈読本的枠組〉までの距離は、想像以上に遠いのである。

注

（1）水野稔「馬琴の短編合巻」（『江戸小説論叢』、昭和四九年〈一九七四〉、初出昭和三九年〈一九六四〉三月）。

（2）前者は注（1）の水野論文。後者は麻生磯次『江戸文学と中国文学』（改題再版、昭和三〇年〈一九五五〉）。なお髙木元氏は『中本型読本集』（叢書江戸文庫25、昭和六三年〈一九八八〉版の解題で、後者について、「だが、ここから利用したのは女装した美少年が美女と契りを結ぶという部分的な趣向に過ぎない」とされている。

（3）　内田保廣「馬琴と権八小紫」（『近世文芸』29　昭和五三年〈一九七八〉六月）に、『驪山比翼塚』（歌舞伎、安永八年〈一七七六〉初演　浄瑠璃、同年初演）・容楊黛『敵討連理橘』（〈中本もの〉読本、安永一〇年（天明元年）〈一七七八〉序刊）・『比翼塚物語』（実録体小説、写本）等との内容的類似が指摘されている。

（4）　京都近世小説研究会において口頭発表（平成一二年〈二〇〇〇〉一一月二五日）の折、廣瀬千紗子氏より、この序文が役者評判記の開口部に類似するとのご指摘を受けた。この文章を冒頭に置いた馬琴の意図については、以下に私見を記したが、この時期の馬琴の興味のあり方からして、役者評判記を模倣してまとめることは、十分考え得ると思う。

（5）　野間光辰・吉田光一編『北條団水集　草子篇　第二巻』（古典文庫、昭和五五年〈一九八〇〉）に活字翻刻が、『同　草子篇　第四巻』に影印・解題が収まる。

（6）　『初期江戸読本怪談集』拙稿「総説」（平成一二年〈二〇〇〇〉）。

（補注）　『曲亭伝奇花釵児』が『津国女夫池』を踏まえたことは、河合眞澄氏により実証された（「『曲亭伝奇花釵児』と演劇」、「読本研究新集」五、平成一六年〈二〇〇四〉一〇月）。

7 『優曇華物語』——典型の創始——

一

『優曇華物語』を、私は〈稗史もの〉読本形成期における重要作と見なして、今日に至っている。全編の展開が、主人公望月皎二郎《もちづききょうじろう》の父親に対する高僧金鈴道人《きんれいどうじん》の予言によって挟み込まれたかたちを取る、本作の構成を、このころから陸続刊行されるようになる、後期読本の中でも最も小説的内容の豊かな〈稗史もの〉の雛型と考えるからである。私見の骨子は、「『優曇華物語』と『月氷奇縁』—江戸読本形成期における京伝、馬琴—」(「読本研究」初輯、昭和六二年〈一九八七〉四月　本書I-5)で、この点について初めて述べた折と、変わっていない。ただ、右の稿では〈枠組〉とのみ称している長編構成の基本的要素を、その後僭越ながら〈読本的枠組〉と命名し、後続作においても専らそのあり方に注目して検討を繰り返した結果、十数年を経た自らの着眼を、改めて、もう少し積極的に主張しても良いと確信できるようになった。ここでは、『優曇華物語』における〈読本的枠組〉の革新性を、前稿ではほとんど踏み込むことのできなかった作品の内側から、透かし見ることを心掛けたい。

さて、本作の典拠については、『山東京伝全集　十五　読本1』(平成六年〈一九九四〉)解題に、徳田武氏が、新しい発見も含めて、断定するか推定に止めるかのはっきり読み取れるかたちで、まとめておられる。一読して得られる点が多いが、私としては判断を保留するものもある。いま、徳田氏のご指摘になお二点を付加しておきたい。ひとつは浮世草子『風流曲三味線』巻二の二から、互いに敵を持つ男女が夫婦となる挿話で、『優曇華物語』第八段にかかわる。前掲稿において、すでに指摘済みのものであるが、両者の本文を比較しても、対応関係は明白であり、同拙稿に詳述したのでここでは省略するけれども、曲亭馬琴の半紙型読本初作『月氷奇縁』（文化二年〈一八〇五〉一月刊）とのかかわりを考察する上でも逸することができない。もうひとつは、第二段における橘南谿『西遊記』（寛政七年〈一七九五〉刊）巻之三「求麻川」の利用である。主人公望月皎二郎の出生を、「肥後《の》国球磨郡《くまごほり》に市《いち》の頭《かしら》といふ処」と定めた際に参照したもの。「市の頭」は、この段全体にわたる典拠である『通俗孝粛伝』巻之五（第六段「石獅子」に、「市頭鎮」とある地名をそのまま用いており、国郡名はその潤色なのであるが、京伝の前作『復讐奇談安積沼』第九条で、南谿著『東遊記』（同年刊）巻之一「蘇武社」が参照されているのに対応すると考えられるので、小さなことながら報告しておきたい。

　しかし、『優曇華物語』を読過していて最も目につくのは、『水滸伝』からの趣向取りである。まずは、この点からやや詳しく見て行こうと思う。第五段に、女主人公弓児《ゆみこ》の養父で美濃国の郷士渥美左衛門高敦《あつみさえもんたかあつ》が、管領に拝謁のため、礼物を整え鎌倉へと赴く途中、相模の足柄山で盗賊にたばかられて荷物を奪われ、その身も殺害されるという挿話がある。権力者への礼物が、謀計によって奪い去られるという展開は、『水滸伝』第十六回、漢字カタカナ交じりの翻訳『通俗忠義水滸伝』（以下通俗本）では上編巻之八（上）にあたる、「呉用智二取ス生辰綱一ヲ」に拠っている。ただし、京伝がこの話を踏まえるのは、これが初めてではなくて、『忠臣水滸伝』（前編・寛政十一年〈一七九九〉十一月、後編・享和元年〈一八〇一〉十一月刊）前編第五回に、賀古川本蔵《かこがわほんぞう》が、主君 桃井若狭助《もものいわかさのすけ》の足利尊氏への礼物を、鉄《おの》貞九郎《さだくろう》一味によって奪われるように翻案した先例がある。ちなみに、『忠臣水滸伝』で「勢州江州《せいしうこうしう》の界《さかひ》鈴鹿山《すゞかやま》」とされていた地理的設定が、『優曇華物語』では「竹《たけ》の下道《したみち》」・「足柄越《あしがらごえ》」と改められているのは、京伝の脳裏に、右の第五回と同時に、『忠臣水滸伝』第三回で、塩冶《えんや》侯の奥方貌好《かおよ》夫人と、守護役の原郷右衛門《はらごうえもん》がここで難儀にあう場面が浮かんでいるためである（同じく『忠臣水滸伝』第三回の、主従旅立ちの形容が、『優曇華物語』第六段における、女主人公弓児と、守護役来海衛守《くるみえもり》のそれに反映してもいる）。

続いて「第七段、弓児が荒熊に襲われるのを望月皎二郎がしとめる話は、『忠義水滸伝』第二十三回、景陽岡における武松の虎退治の話（注、通俗本・上編巻之十一）を取り入れた」（徳田氏解題）。ただしこれも、『忠臣水滸伝』前編第六回に、勘平《かんぺい》の猪退治として翻案がなされているもの。また弓児救出後、医師内海鰕庵《うつみかあん》の屋敷の一隅に宿った皎二郎等が、折から起こった主《あるじ》誘拐との係累を恐れて脱出する条りは、『水滸伝』第十回「林教頭風雪山神廟」（通俗本・上編巻之五）を、雪中のサスペンスとして、やや抽象的に頭に置いて書かれていると思われるが、そこに用いられた「朔風《さくふう》壁のひまより吹きとほして、寒気はげしく」（第八段、16ウ）云々といった表現は、『忠臣水滸伝』後編第九回中（全集版二三一頁、読本善本叢刊版（影印）三三三〜四頁、平成一〇年〈一九九八〉）に「朔風《さくふう》壁の縫間《ひま》より吹《ふき》入て、寒気はげしく」等とあるものの、明らかな再利用である。さらに、第八段後半で、眼病を患った大蛇太郎《おろちたろう》が手下に鰕庵を誘拐させる挿話は、治療成功の後、仏法僧の鳴き声によって賊塞の場所を言い当てたために、殺害されてしまう（第十段）後日譚を含め、直接には西沢一鳳『伝奇作書』初編上之巻「狂言趣向の種といふ事」に、「大岡忠相録の中に板倉周防守殿」の説話として紹介される、「人よく知りたる話」を典拠とする（徳田氏は、伴蒿蹊『閑田耕筆』巻之三にある、やはり「時の京兆板倉侯」の話を示しておられる）。ただしこの挿話もまた、『忠臣水滸伝』第四、五回で、貞九郎が蒙汗薬《しびれぐすり》を得るために、医師太田了竹《りょうちく》を誘拐する場面に、すでに用いたものの再現である。『忠臣水滸伝』における医師誘拐のエピソードは、前編に置かれた話としては珍しく、『水滸伝』との直接の関係が薄いのであるが、恐らく第六十五回（通俗本・中編巻之三十（上））で、宋江の腫物を治すために梁山泊に連れて来られた神医安道全の面影をかすめたものと思われる。

以上、具体例を列挙して、やや煩雑に及んだけれども、利用が具体的なものも、それほどでないものも含めて、『優曇華物語』において『水滸伝』にかかわる趣向として指摘できる挿話ないし表現は、ことごとく『忠臣水滸伝』を介していることを言いたかったのである。

けれども、『優曇華物語』で、二度のつとめを果たしているそれらに触れた印象は、『忠臣水滸伝』の時とは、必ずしも同じではない。理由はふたつ考えられる。ひとつは文体で、『忠臣水滸伝』で採用した通俗（翻訳）文体の詰屈さが、『優曇華物語』では、ずいぶんなだらかに改まっている。先にあげた例文中で、前者が「壁の縫間」（『小説字彙』「縫裡《スキマ》」）という白話語彙を使用していたのに対し、後者では「壁のひま」となっているのにも端的に表われているが、本作における京伝の文体意識が最も良くうかがえるのは、第五段、先述した渥美の賊難から殺害へと続く部分の叙述であろう。これと指摘できる内容上の典拠はないが、多少の白話的表現（「重風麻木《ちうぶにしびれたる》」「闘敗公鶏《たゝかひにまけたるにはとり》」「鮮血《なまち》滾々《わき》」「腿酸《もゝしびれ》脚軟《あしなへぎ》」）を交えた、良くこなれた文章で、周囲の情景ともども緊張感を持って描かれており、その中に、『雨月物語』の「青頭巾」・「浅茅が宿」からの文句取りが、さりげなく嵌め込まれている（共に9ゥ）。こうした文体は、『忠臣水滸伝』に続く第二作『復讐奇談安積沼』（享和三年〈一八〇三〉十一月刊）で、積極的に転換をはかって獲得されたものである（本書I-4）が、『優曇華物語』では、見られるように、たとえ『忠臣水滸伝』を直接踏まえた箇所であっても、もはや揺らぐことがない。第五段末尾に

扨《さて》渥美幽谷《いうこく》に陥《おち》てより、旧寺《ふるでら》にいたるまでの仔細《しさい》、かたはらに人もなきに、何を以《もつ》てこれを知ると、うたがふべきが、これは後に其《その》時の趣を考《かんが》へ、かくもありけめと、推量をもて語《かたり》伝へしならめ。此たぐひの事昔物《むかしもの》語《がたり》に例おほし。已に謝肇淛《しやぢようせい》も此事を論じおきぬ。理を以てせむる人、かならずしもあやしみおもふことなかれ。

とあるのは、言い訳のように見えて、実のところは新しい読本文体への自信の表明であろう。『忠臣水滸伝』を経て、すでに自家薬篭中のものとなった素材から派生する渥美左衛門の行動と心理とが、余裕のある自然な文体で記される。「謝肇淛」云々は、『五雑組』巻十五（36ォ）に「凡そ小説及び雑劇・戯文を為すは、須らくこれ虚実あい半ばす。方に遊戯三昧の筆と為す。また情景極まるに至りて止むことを要す。必ずしもその有無を問はず」（「和刻本漢籍随筆集」一（昭和四七年〈一九七二〉所収本より、読み下しにして示す。以下漢文表記のものは、全て同様にした）とあるのを指しているように思われる。なお、本作における『雨月物語』からの文句取りは、右の二箇所以外に、「浅茅が宿」三箇所（第九段、2ォ・5ォ・5ウ）、「仏法僧」一箇所（第十段、20ォ）、「吉備津の釜」一箇所（第九段、5ォ）、「蛇性の婬」二箇所（第二段、16ォ　第三段、5ォ〜6ウ）の、計九箇所。いずれも、何らかの意味でドラマチックな場面を強調しようとする際に用いられている。『安積沼』に次ぐ特徴であるが、本書I-4にも申し述べたように、京伝の『雨月物語』受容はあくまでも表現のレヴェルに止まり、内容の深部には及ばない。

文体を論じて、多少先走ってしまったが、『優曇華物語』の説話構成も『忠臣水滸伝』とはかなり異なっている。この点についても、第八段後半以降の、医師内海鰕庵誘拐を取り上げて、説明を加えてみたい。先述のとおり、この話に先んじて、落ちぶれて盗賊の首領となった貞九郎が、蒙汗薬の奇法入手のため庸医太田了竹を誘拐する、『忠臣水滸伝』第四、五回の挿話がある。周知のように、「大田了竹」は、浄瑠璃『仮名手本忠臣蔵』第十に登場する高師直方《こうのもろなお》の医師であるが、ここでは、続く礼物奪取の話の核となる「蒙汗薬」を引き出すために、やや強引に登場させられている。したがって、賊の「大王《だいわう》」たる貞九郎の前に引き据えられて、需めに応じてしまえば役目は終わりで、後は後編第十回で、天川屋義平《あまがわやぎへい》に殺されるばかりである。『忠臣水滸伝』は、いちおう〈稗史もの〉読本とはいえ、技法的には『仮名手本忠臣蔵』と『水滸伝』という二大典拠の、大規模な「ないまぜ」なのであって

（中村幸彦『近世的表現』第八章「構成の特色」、著述集二、昭和五七年〈一九八二〉）、挿話であれ登場人物であれ、いわばナマのまま切り取られた部分々々の組み合せであり、読者の側にも、展開への情緒的共感よりも、できるだけ理の勝った読み方が要求される。すなわち、筋の流れへの興味は二の次と言って良い。それが、『優曇華物語』では、眼病の大蛇太郎を診察した鰕庵が、治療の薬剤に胎児が必要と答えたことが、妊婦真袖《まそで》の殺害から敵討へと繋がる、クライマックス部分の直接のきっかけとされている。また、先に見たような、小才の導くいかにもそれらしい死に場所も、ちゃんと用意されている。作中における鰕庵の存在（実は第一段、8ォから登場している）は、了竹よりも、ずっと大きいのである。勿論これは個別鰕庵の場合だけではないのであって、『優曇華物語』では、当初から、筋の流れの方向を見定めた上で、各エピソードや登場人物が、メリハリを利かせながら、きわめて周到に配置されている。本作の説話構成も、文体同様なだらかと評し得るものになったのである。

二

ここまで、主として『忠臣水滸伝』を媒介として『優曇華物語』の特性を見てきたが、先に文体について触れたように、第二作『復讐奇談安積沼』における試行錯誤がなければ、『優曇華物語』はこんなにスッキリと仕上がってはいなかった。けれども、一見したところでは、『優曇華物語』における『安積沼』の影響は、『忠臣水滸伝』ほどには色濃くないように見える。徳田氏解題を参照するに、第五段に見られる修行者（実は大蛇太郎）のサンゲ話は、『安積沼』第七条の、小幡小平次《こはだこへいじ》の切られた手首を踏まえたものである（徳田氏は、原拠として初期読本『吖嚀私記』巻二の話を紹介しておられる）。しかし京伝は、『安積沼』の読者の、このグロテスクな趣向の展開への期待をはぐらかして、話は虚談で手首は作り物とすることで、因果をもてあそび、また高僧金鈴道人の入定と偽って金品を騙し取ることもした（第四段）大蛇太郎の悪事が、仏罰に匹敵するものであることを、暗黙の内に示すに止めている。この点に象徴されるように、京伝は、前作の小平次譚にかかわる要素を、『優曇華物語』から出来る限り排除してしまっている。ただし、本作のクライマックス部分（第九段）に、浄瑠璃『奥州安達原』第四を典拠とする妊婦殺しを配したのは、やはり小平次怨霊譚の延長線上にあるものと考えて良いのであろう。浄瑠璃の詞章に基づいて「菜刀《ながたな》をしごけば、指はら〳〵ときれおちて、鮮血《なまち》したゝる掌《て》を合《あは》せ」（8ゥ・9ォ）とある一節の背後には、『安積沼』第八条の、「裏より屏風の縁《ふち》にかけたる五ッの指、はら〳〵とこぼれ落ちて、屏風はおのづからひらけ、裏には人影も見えず」（京伝全集版三五六頁）、また「妻は驚き目を醒《さま》し、（中略）あわてゝ刀をしかとにぎりたれば、忽《たちまち》五ッの指尽《こと》〴〵くきれおち、鮮血《なまち》淋々《したゝり》ながれて」（同三五七頁）というような凄惨な描写の反映を、明らかに見出すことができる。

しかし、両者の関係においてより重要なのは、趣向の受け渡しよりも、『安積沼』を媒介として、『優曇華物語』の作品構成に、豊かな実りがもたらされた点である。冒頭触れたように、本作は、『通俗孝粛伝』巻之五「石獅子」に登場する高僧の「幾句《イクバクク》《スク》」（以下『優曇華物語』に従って、これを「四句《しく》の偈《げ》」と称する）、

天行㆓洪水㆒浪滔々（テンコウズイヲヤリテ、ナミタウ〳〵）
遇㆑物相援報亦饒（モノニアフテアヒスクフ、ムクフルニマタユタカニス）
只有㆓人来㆒休㆓顧問㆒（タヾヒトノキタルアリトモ、コモンスルコトヲヤメヨ）
恩成㆓冤債㆒苦㆓監牢㆒（ヲンハヘンセキトナツテ、ロウニクカンセラレン）

（連字符は省略、またカタカナルビに濁点と読点を付し、下方カッコ内に示した。）

を〈読本的枠組〉に用いて、作品全体を望月皎二郎の仇討話に一本化することに徹し、これに成功した。その過程のあらましは、すでに前掲拙稿で申し述べているが、簡単に振り返っておきたい。まず「四句の偈」の傍線部について少し注釈を加えれば、第二連の詞句「ムクフルニマタユタカニス」は、『優曇華物語』第二段では「むくゆるにまたゆるやかにす」と振り仮名され、第十四段で繰り返される際には、「むくいもまたおほし」と変更されている。「饒」の字の訓みは、「ユタカ」（『書言字考節用集』巻九、改訂新版、平成一八年〈二〇〇六〉）であって、「ゆるやか」は誤り（同字書では、「緩」の字に「ユルヤカ」「ユルリ」の訓をあてる）なのであるが、「石獅子」のこの部分は字間が迫り、墨が滲んで、非常に読みにくくなっており（ただし所見は、『近世白話小説翻訳集』第二巻（昭和五九年〈一九八四〉）の影印、五九六頁）、相当目を凝らさないと京伝のようにも読めてしまう。第十四段の「おほし」は、「饒」の字義（同字書に「ヲホヒナリ」）から導いて改めたものか。また、第四連の傍線部は、『優曇華物語』では、敵討物語への改変に応じて、

夙恩到底敵讐招（しくおんとうていてきしうをまねかん）

と変えられている。

しかし「四句の偈」そのものは、全く新しく見出されたわけではなかった。『水滸伝』第五回の智真長老の偈、(1)ないし同第四十二回（通俗本・中編巻之二十）の九天玄女の天言を踏まえて、『忠臣水滸伝』第十回で夢窓国師の偈にすでに翻案されており、『安積沼』では、『水滸伝』という文脈を離れて、主人公山井《やまのい》波門《はもん》に対する了然《りようねん》尼《に》の予言へと受け継がれている。けれども本多朱里氏の述べるとおり（『柳亭種彦―読本の魅力』第二章第四節、平成一八年〈二〇〇六〉、初出平成一二年五月）、予言で括られた波門の仇討話には、「敵討物としては不十分なもの」がなお感じられる。それは、続いて言われるように、『安積沼』の発想が小平次怨霊譚を核としてなされた結果、一作の内部に同等の

比重をもつ二話が並立して、予言の内側に小平次譚をも抱え込む構成を取り得ず、そのために、本来主筋であるべき波門の話との間に分裂が起こってしまっているためである。つまり、『安積沼』の段階で、京伝に、「四句の偈」を作品全体の枠組として用いようという自覚は、まだ十分には芽生えていなかった。それが、『優曇華物語』では、さらに進んで、「四句の偈」を物語の発端部と終結部に据えたことで、挿話の配列が安定を見、全体の流れが定まった。〈読本的枠組〉によって支えられる、〈稗史もの〉読本の典型的構成の誕生である。同時に〈読本的枠組〉から外れる要素は、前述のように小平次譚を匂わせる程度に終わらせて、作中からすべてカットされた。「四句の偈」は、こうして「日本で初めて出現した長編小説である」（中村幸彦「読本研究のすすめ」、「読本研究」一、昭和六二年〈一九八六〉四月）〈稗史もの〉読本の確立に、直接的・具体的な貢献を果たしたのである。主として通俗本による『水滸伝』親炙と、なかんずく『通俗孝粛伝』に対する京伝の慧眼が、それを可能にした。後者については、第二段「阿弥陀仏講和」が、風来山人『根無草後編』二之巻と共に『安積沼』に踏まえられて、読本文体の形成に小さからぬ役割を担っているのである（前掲、本書Ⅰ-4）が、その同じ書物に「石獅子」の話を見出したことは、京伝にとって、いわば青い鳥に等しい発見であったものと推察される。

三

『優曇華物語』の枠組には、『安積沼』に導かれた点が、もうひとつある。「石獅子」を直接の典拠として、本作の〈読本的枠組〉が提示されるのは、第二段以降であり、予言は第十四段で、敵討の終結によって果たされるのであるが、その外側にあたる第一段と第十五段には、女主人公弓児をめぐる外伝が記されている。弓児は、実は近江国滋賀の山里に、盲目の老母、後妻小雪《こゆき》とともに住む鍛冶《かじ》の橘内《きつない》の娘である。第一段で、一家は貧しさに堪えつつ暮していたが、娘が四歳の時、鷲にさらわれて行方知れずになってしまう。典拠として、早くから『今昔物語集』巻二十六「但馬国に於いて鷲若子《わくご》を擲《つか》み取る話《こと》、第一」の指摘されている箇所[2]であるが、この前後において、橘内夫婦は老母に対して「孝順」であることが強調され、また娘を尋ねて水晶・石英を発見、それによって生活の資を得て老母の眼疾を治す（ここで登場するのが内海鰕庵である）話が付加されている。家族の構成といい、子供の犠牲が窮乏を救う展開といい、この段の手本となっているのは、『安積沼』の第一、二条である。右に触れたように、『根無草後編』二之巻をそっくり下敷きにして、通俗文体との融合をはかった条であるが、いま注目したいのは、『安積沼』では、この部分に始まって、観音菩薩の霊験が強調されていた点である。女主人公鬘児《かつらこ》は、「日頃たのみ奉る観音菩薩」（第一条、京伝全集版二七三頁、および二七八、九頁挿絵）の導きによって、危難のさなか恋い慕う山井波門にめぐり会う（第九条、同三七六頁。ここから先の条では明確に「長谷寺《はせでら》の観音」とする）。また男主人公安西喜次郎《あんざいきじろう》（後の波門）は、親の病苦と一家の窮乏を救うために、安房国「那古寺《なこでら》の観音堂」に裸参りして、一旦は救済されるものの、やがて新たな災厄を身に引き受けることになる（第一、二条、同二八一頁以下）。そして、波門・鬘児が揃って観音に祈りながら風波を乗り切り（第九条、同三八二頁）、また敵 轟雲平《とどろきうんぺい》を観音堂で討ち果たす（第十条、同三八五頁）ことで、霊験が完結するという構成になっている。

一方『優曇華物語』では、観音への信仰は、第一段でこそ語られていないものの、鷲にさらわれた娘の後身である女主人公弓児の存在が大きくなるにつれて、第六段にはじめて示され（美濃国「谷汲《たにぐみ》の観世音」、21ゥ）、以後あちらこちらに顔をのぞかせるようになる。弓児の守護役来海衛守の弟で、後に望月皎二郎の敵討に参加する来海健助《けんすけ》も、「中禅寺《ちゅうぜんじ》の観音」（第九段、2ォ）を祈りつつ、不義の妻真袖、一子小松《こまつ》とともに、長病の身で、下野国黒髪山の麓に住んでいる。観音菩薩は、高僧金鈴道人とともに、主人公男女主従を、徐々に黒髪山での敵討へと導いて行き、復讐の成就した時点で、橘内夫婦・老母が登場して、弓児と再会する場面が置かれている。この先語られるのは、すべて祝言に類する事柄で、筋そのものとしてはすでに尽きていると言って良いのであるが、観音の枠組が、全体の構想にとって不可欠のものであることが、この箇所を読むと良く分かる。まず、橘内の言葉として、娘が鷲にさらわれた後、金鈴道人が現われて十五年後の再会を予言し、その後巡礼となって観音札所回りをする夫婦・老母が、美濃谷汲の華厳寺《けごんじ》で見た夢に、今度は観音菩薩が現われて、下野中禅寺での再会を告げたことになっている。そして、守り袋の「観音の小像」を証拠に、弓児は実の家族との対面を果たす。次いで、健助の言葉として、十五年前、華厳寺参詣の帰途、渥美の命で、健助が鷲を射落とし、女児を救ったことが語られる。その語りの周辺に、観音の擁護・冥応・霊験といった言葉が散りばめられていることは言うまでもないが、当面の問題にとって最も大切と思われるのは、観音の夢中の告げに含まれた、

　金鈴道人といふは、原塡星《もとちんせい》の化身《けしん》なり。その精をくだして仮《かり》に下濁《げだく》の凡身となし、過去の因果を示し未然の禍福を告《つげ》しむ。皆是《これ》大悲抜苦のためなり。

の一節である。金鈴道人もまた、観音の分身であったというのである。ここは、『忠臣水滸伝』第十一回で、『水滸伝』第四十二回（通俗本・前出）に依拠しつつ、大星《おおぼし》由良《ゆら》等の出自を明かす挿話が出拠なのであるが（本書Ⅰ-3、七八頁）、『優曇華物語』では、この同じ挿話を用いながら、もう一歩踏み出して、全体が観音霊験譚のワクの中に括られるかたちで閉じられていることになる。観音霊験譚という枠組そのものは、必ずしも読本的とは称せないものだが、本作の場合、やはり金鈴道人の「四句の偈」に沿った望月皎二郎の仇討話という読本的発想がまずあって、京伝は、その上を、弓児とその関係者の信仰にことよせながら、我が国草子物語の伝統的枠組で覆ったと見たほうが

良いように思われる。（補注）さらに、第十五段に記された祝言を最後まで追ってみると、橘内夫婦の「至孝《しいかう》の徳」が称えられ、続いて嘉吉の乱をきっかけに起こった足利将軍家の代替わりに伴い、蛟二郎が、「文武」・「孝義」のゆえに管領　源　勝元《みなもとのかつもと》の家臣として官途について、謀叛に加担したとして一旦は滅びた渥美の家をも再興した、とある。「蛟二郎等衆人《らしゆうじん》かくのごとく福利を得《う》ること、円通《ゑんつう》菩薩の冥応《みやうおう》とはいひながら、まつたく彼等《かれら》が忠孝義貞のあつきによれり」。観音の擁護と、それに背かない望月蛟二郎とその一統の道への希求が、ついには封建的理想の体現にさえつながったというのである。文芸的達成度ということとは別に、本作に内容上のテーマを求めるとすれば、それはここにしか存在しないであろう。京伝は、本文の後に、注記のかたちで、次のような一節を書き付けて結びとしている。

此後《このゝち》蛟二郎等《ら》夫婦、橘内等母子《ぼし》夫婦、健助等父子《ふ》、すべて七人の身に、七種《しゆ》の幸福ありしことを、七回に録し、七福物語となづけ、全部七巻となして、此書の後編とす。他日上梓の時を待得《まちえ》て見るべし（。）

後編「七福物語」の広告のごとくに見えるが、恐らくそうではない。本作の同じ登場人物が、ひたすら幸せになるような内容の話が、読本として成り立ち得るはずがないからである。この短文はむしろ、例えば御伽草子『蛤の草子』の末尾に

是《これ》ひとえに親孝行のしるしなり。後々《のちのち》とても、此《この》草紙見給うて、親孝行に候はば、かくの如くに富み栄へて、現当二世《げんとうにせ》の願《ねがひ》、たちどころにかなふべし。まづ現世《げんぜ》にては、七難即滅《そくめつ》し、障《さは》りもなく、衆人愛敬《しゆにんあいきやう》ありて、末《すゑ》繁昌なるべし。後《のち》の世にては必ず仏果を得《え》べき事　疑《うたがひ》なし。偏《ひとへ》に親孝行にして、此草紙を人にも御読み聞かせあるべし、御読み聞かせあるべし。

とあるような、古い草紙の祝言を襲ったものと考える。「七難」の語義は、「仏語。国土や身の上に起るいろいろな

難儀。(中略) 七福《しちふく》の対。(下略)」(『角川古語大辞典』)、したがって「七福」は、「難儀」の部分を「福徳」(同) と入れ替えて解すれば良いことになる。その「七福」を踏まえたのであろう、『優曇華物語』跋文 (伊東秋颿) には、この書の有する「七徳」として、

一に、孝子苫に寝ね塊を枕とし、兵を執り志を遂ぐ。二に、至誠神に通じ、神人感格す。三に、淑女の思ひを惹き、嘉耦自づから成る。四に、万福来聚し、恩恵播布す。五に、吉徳隣を成し、国に賊民無し。六に、子孫蕃殖し、僕従うもの衆多なり。七に、身に疾病無く、齢長久を保つ。

を数え上げている。同じ跋文に、京伝の自序の内容を受けたかたちで、

この冊子、百年前、何れの人の撰する所なるかを知らず。簡編すでに敝れて反故と為り、屏障に貼る。百年の後図らず出でて全本と為り、世に著はる。

ともある。これらを要するに、『優曇華物語』は、少なくとも体裁の上では、観音菩薩の霊験によって、「七難」を「七福」に転じた「百年前」の「冊子」を、改めて世に広めたことになっているわけである。「古を好み、其物を愛玩する」(自序) ことは、京伝の「一癖」(同) として、広く知られている。中において前作『安積沼』は、随筆『近世奇跡考』(文化元年〈一八〇四〉十二月刊) に収められた近世前期風俗の考証結果との関連が、常に論議されて今日に至っているのであるが、これと同様の方向性を、『優曇華物語』にも見出して良いことになる。挿画を担当した唐絵師喜多武清は、『近世奇跡考』の絵師でもあり、版下にも、『近世奇跡考』と同じく、京伝その人の筆跡とも良く似た、細身で右上がりの字体で書かれた丁が多く見られて、版本どうしで比較してみると、版元こそ異なるけれども、『優曇華物語』の制作に携わったのは、『近世奇跡考』とほぼ同じメンバーだったろうことが、容易に推察可能である (図版4・5)。しかし振り返ってみれば、本作の内容には、『安積沼』のような考証結果の露わな反映は、

ひとつも認められなかった。

けれども『優曇華物語』の特徴は、まさにその点にあるように思う。すでに見てきたように、趣向にも文体にも、本作にのみ特別なものは、何も見当たらない。前々作・前作にあった戯作性・知識性を排除した上で、代わって京伝の意図したのは、近世前期以前の草紙のもつ質実さ（あるいは、功利性・教訓性と言い換えても良い）を、物語の内容それ自体として、初めて成功した新しい長編読み物の型（〈読本的枠組〉）の中に復活させることだったと愚考する。そうであれば、挿絵を浮世絵師ではなく、喜多武清に依頼した理由も自然に了解される。『優曇華物語』挿絵のもつ「古拙な味わい」（水野稔氏、『日本古典文学大辞典』一、昭和五八年〈一九八三〉）は、それと言わずに『近世奇跡考』的雰囲気を目指した京伝の、狙いどおりものだったのである。同じ観点から、表紙についても言及しておきたい。本作の表紙（本書口絵図版参照）は、朱一色の、いわゆる「丹表紙」、「寛永前後の板本に特徴的な表紙であり」、「古くは室町期からみられるが元禄頃になるとほとんど見られなくなる」（中野三敏『書誌学談議 江戸の板本』、平成七年〈一九九五〉）、近世前期に特有のものと定義づけられている。これもまた内容に呼応させたのであろう。

ただし、『優曇華物語』は、ただに作者の好古の癖を満足させるのみに終わっているというのではない。先述した、結末部、望月皎二郎の「文武」・「孝義」ゆえの召出しというのは、その背後に、近く寛政の改革政治が意識されているであろう。京伝にとって、『忠臣水滸伝』以来、〈稗史もの〉読本は文字どおり「童蒙に益有」（自序）る書物として模索されてきたのであり、三作目にして、内容・形態の両面から見て、最も正統的なものが、何のてらいもなく表に出た『優曇華物語』のあり方が、意識的無意識的に後続作に継承されて行ったのは、けだし当然の成り行きだったと言えよう。

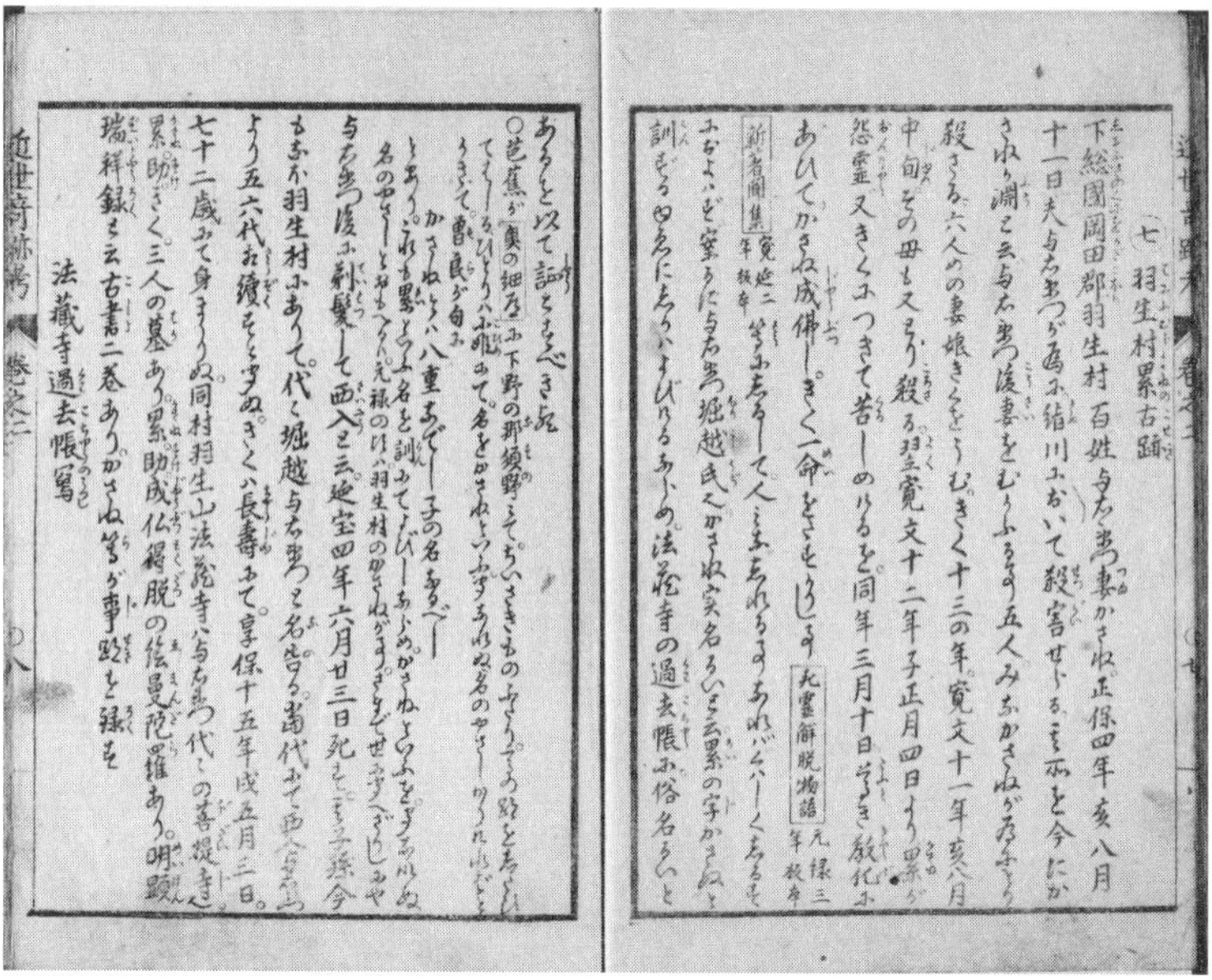

図版4　『近世奇跡孝』巻之二本文（7ウ・8オ）

図版5　同挿絵（9ウ・10オ）

注

（1） この偈は、通俗本ではカットされているが、『忠臣水滸伝』での『水滸伝』翻案に際しては、第一～十回のみ和刻本『忠義水滸伝』が併用されており（本書Ⅰ-1、三四頁）、こちらの方に出ている（同Ⅰ-5注（2）、一四六頁）。これが京伝にヒントを与えた蓋然性は、続く第四十二回の「天言」よりはるかに高く、以下略述する〈読本的枠組〉成立の端緒として、和刻本の果たした役割は、通俗本に劣らないことになる。

（2） ただし、当時流布していた井沢長秀（蟠龍）考訂の刊本『今昔物語』和朝部（前編十五巻・享保六年〈一七二一〉刊、後編十五巻・享保十八年〈一七三三〉刊）に、この話は未収である。さらに大部な写本の『今昔物語集』から拾い出した可能性も皆無とは言えないにしても、筆者は、柳田國男が「狼と鍛冶屋の姥」（『桃太郎の誕生』所収）等で指摘しているように、当時様々なかたちで伝わっていた良弁杉由来譚の類話によるものと見た方が、むしろ自然なのではないかと考える。

（補注） 結局のところ、金鈴道人は、観音菩薩の化身として造形された人物であり、鷲にさらわれた不幸が十五年後の幸いに転ずる女主人公側の事跡もまた、金鈴道人の予言の内側で完結する。現在では、男主人公側における金鈴道人の予言とその実現が、いわば〈漢〉の典拠に基づいた、〈読本的枠組〉の表側であるのに対して、意識的に〈和〉の伝統を踏まえた、その裏側と見て良いものと考えている。

II　京伝と馬琴

1　十九世紀的作者の誕生

一

寛政の改革以降、江戸においては、十八世紀を通じて形成され、〈江戸〉というローカルを美的価値にまで高めた文化が終息し[1]、まずは風教に適うという幕府の意向を満たした上で、改革に伴う処罰の結果、浮き沈みはあったものの、全体としては活況を保ったままの出版界と、〈江戸〉という地域を越えて、全国規模で増大しつつあった読者のニーズに応え得る、新たな娯楽読み物が必要になった。〈稗史もの〉読本の文芸様式は[2]、こうした条件のもとに考案されたものである。その中心に、山東京伝と共に曲亭馬琴が位置した。

〈稗史もの〉読本の初作は、言うまでもなく京伝の『忠臣水滸伝』前後編（寛政十一年〈一七九九〉十一月、享和元年〈一八〇一〉十一月刊）である。本作についての従来最も基本的な認識が、中村幸彦氏によって示されてきたことも[3]、同じく言うまでもない。中村氏は、後期読本の形成期における江戸・上方書肆間の交流と葛藤を重視され、本作前編のもつ文芸様式としての先進性が上方書肆に衝撃を与え、翌寛政十二年〈一八〇〇〉四月刊行の『絵本忠臣蔵』前篇に、「模倣と対抗の意識は歴然」としているとのご指摘は、その後斯学の大前提として今日に至っている。しかるに近時、山本卓氏の調査によって、『絵本忠臣蔵』は『忠臣水滸伝』の模倣作ではなく、寛政六年〈一七九四〉頃から京・大坂に競合する企画が存在し、結局京都の菱屋孫兵衛ほか大坂・京十三書肆の合同出版となったことが判明した。[4] 山本氏のご指摘は、実証に終始されて極めて慎重ではあるけれども、『忠臣水滸伝』の出版を機に、江戸出来の〈稗史もの〉読本が、それ以前から流布していた上方出来の読本に対して一気に優位に立ったわけではないという見方を提示されたものであり、中村説に修正を迫る、重要なものと思う。

そこで本稿では、後編（享和元年十一月刊）をも含めた『忠臣水滸伝』の刊行が、実際に江戸・上方の出版界にどのようなインパクトを与え得たのか、現在最も信頼性の高い書目・研究書等によって[5]、この点の検証を試みることから始めたい。翌享和二年〈一八〇二〉における読本の出版状況を一覧するに、江戸は、寛政～享和期にかけての、過渡的作風をもつ〈初期江戸読本〉[6]の末期に属する森羅子『燈下戯墨玉の枝』と、十返舎一九『中古奇談双葉草』・『深窓奇談』の三点があるのみに過ぎない。一方上方は、寛政九年〈一七九七〉以来刊行を続ける『絵本太閤記』の第七篇を加えて（以下年を跨いで継続刊行の場合には、年毎に一点と数えることにする。ただし再版の場合は除外する）、『小野小町一代記』・秋里籬島『前太平記図会』・速水春暁斎『絵本亀山話』・同『絵本伊賀越孝勇伝』、それに広義の初期読本である〈通俗もの〉に分類し得る『通俗平妖伝』の六点であって、これらに『忠臣水滸伝』の影響が及んでいるようには見えない。これも言うまでもないことながら、〈通俗もの〉を除く五点は、いずれも、軍記や写本の実録体小説などのかたちで流布した周知の物語をダイジェストした文章に、当代一流の風俗絵師たちが描いた挿絵を多く添えて、絵物語として楽しめるように編集した〈絵本もの〉（絵本読本）である。ちなみに、狭義の〈絵本もの〉は半紙型のサイズであり、大本サイズで内容もやや古典的な軍記等をダイジェストし、専ら京都の秋里籬島の手になる〈図会もの〉とは厳密には区分すべきなのであるが[7]、書物の内実としてほぼ同様なものと見て、今回は〈絵本もの〉に含めて考えている。なお、『小野小町一代記』も同様に扱って差し支えないものと思う[8]。

続く享和三年〈一八〇三〉も同じようであって、上方では速水春暁斎画の三作、秋里籬島著・多賀如主画『絵本拾遺信長記』初篇、一咲居士著・西村中和画『絵本曾我物語』など〈絵本もの〉が六点、江戸では、一九や山家広住などの〈初期江戸読本〉四点と、〈中本もの〉『近代見聞怪婦録』、加えて高井蘭山著・蹄斎北馬画『絵本三国妖婦伝』（上編　中編享和四（文化元）年、下編文化二年刊）、川関惟充著『絵本加々見山烈女功』（享和三年三月自序刊）の二点の存在が注目される。これらは、明らかに形態・内容とも上方〈絵本もの〉の模倣作[9]である。このことは、『忠臣水滸伝』一作を以ってしては、江戸出来の〈稗史もの〉読本が上方に対して新たな様式を誇示するまでには至らず、逆に〈絵本もの〉のスタイルの方が江戸に入り込むほど優勢だったことを示しているように思われる。『忠臣水滸伝』の出版に関する中村説は、やはり訂されなければならないように思う。

　さて、馬琴の『近世物之本江戸作者部類』に言われるとおり（後述）、『忠臣水滸伝』は好評をもって迎えられたのであろう。しかし筆者は、『忠臣水滸伝』の文芸的内実は、確かに「新奇」に違いはないけれども、文芸様式としては、これをそのまま後期読本の典型とすることには問題があると考えている[10]。京伝が〈稗史もの〉読本の創始へと向かったのは、改革による処罰を真摯に受け止めた結果と考えられる[11]が、苦心考案の末刊行された『忠臣水滸伝』の内実は、徹頭徹尾十八世紀〈江戸〉の美意識に基づいた、知識的・遊戯的な前期戯作の到達点が、驚嘆すべき高さで示されたものと言って良い。その形態・内容にはっきり新風を感じさせるものでありながら、江戸においても上方においても、そのまま模倣・追随に結びつくことがなかったのは、けだし本作のもつ高踏性が、少なくともその要因のひとつになっているのではなかろうか。

　これに対して、京伝の第二作『復讐奇談安積沼』（以下角書は必要に応じて付す。他作品も同様）に見られるなだらかな文章と、まだ中途半端ではあるけれども[12]、創作性の強いストーリー展開を〈読本的枠組〉を用いて破綻のないようにまとめ上げる〈稗史もの〉スタイルへの志向は、同じく勧善懲悪を標榜して忠臣孝子の仇討を扱いながら、上記の高踏性を逃れ、一般読者への接近を図ったことの現れと見られる。こうした点が、江戸・上方の出版界にどのような影響を与えたか、もうしばらく、同様に出版年表を覗いてみることにしたい。なお本作の刊行は享和三年十一月であるが、刊記におけるこうした年記の前倒し記載は京伝読本には常に見られること(13)なので、翌年正月刊行に準ずるものとして取り扱うことを許されたい。

享和四（文化元）年〈一八〇四〉は、『安積沼』に加え、〈中本もの〉読本五点の中に、馬琴の『小説比翼文』・『曲亭伝奇花釵児』が登場する。しかしその一方に、『絵本三国妖婦伝』中編、また内容的には別個の検討を必要とするかもしれないが、書名角書に「絵本」を冠した談洲楼焉馬『絵本敵討待山話』もある。上方は、石田（岡田カ）玉山『絵本国姓爺忠義伝』前篇など、〈絵本もの〉四点が主で、本稿の論旨に即して大きな変化はない。

ところが、文化二年〈一八〇五〉に至って変動が見られる。この年江戸においては、〈稗史もの〉五点が刊行されている。内訳は、京伝一点、馬琴三点、小枝繁一点。まず注目したいのは、小枝繁の読本処女作『絵本東嫩錦』である。本作の内容には、京伝『安積沼』の顕著な模倣があることが知られる(14)が、今書名に注意すれば、見返し題と内題が、「復讐奇話絵本東嫩錦」となっている。一方『復讐奇談安積沼』（外題）の書名は、見返し題・目録題は外題と同じ、序題「安積沼奇談」、内題「小幡小平次死霊物語復讐安積沼」、柱題「安積沼」。要するに『絵本東嫩錦』の角書は、内容と共に京伝から借りて来たもの(15)であり、また書名中の「絵本」は、明確に〈絵本もの〉を意識している。『絵本東嫩錦』を実見すれば一目瞭然なのであるが、画工が江戸の葛飾北斎であることを除けば、本作の形態は目録周囲の飾り方といい板下の印象といい、あからさまに〈絵本もの〉のそれであって、小枝繁と関係書肆は、江戸の〈稗史もの〉、上方の〈絵本もの〉、どちらの側からも手に取られ易いように二股掛けた本造りを行っているのである。

続いて注目したいのは、馬琴の半紙型読本が三点まとめて出ていることである。これらについても、同様に書名にこだわってみる。中で最も自序の年記が早く（享和三年二月）、この型の処女作にあたるのが『復讐月氷奇縁』（外題、以下の二点も同様）であるが、それ以外の記載書名は、見返し上部に「享徳年間復讐小説」、目録題に「復讐小説《かたきうちものがたり》月氷奇縁総目録《げっぴょうきえんそうもくろく》」とあり、後は外題と同じ。次に『繍像綺譚石言遺響』（文化元年六月自序）。見返し題「繍像石言遺響」、序題「石言遺響」、目録題・内題・尾題「繍像復讐石言遺響」、柱題「復讐石言遺響」。次に『復讐奇譚稚枝鳩』（文化元年八月自序）。見返し題、外題に同じ。序題・目録題・尾題、また内題も角書のかたちにしているが「復讐奇談稚枝鳩」、柱題「稚枝鳩」。

　これらから判明するのは、三点に共通する「復讐」、後二点に共通する「奇談（譚）」の語句が、いずれも『復讐奇談安積沼』から取られたということである。私見では、京伝・馬琴は〈稗史もの〉の形成期において兄弟作者と言って良く、この関係は、文化四年（一八〇七）頃まで続いた[16]。したがって、『安積沼』の書名の模倣は、両作者（及び関係書肆）の了解のもとになされた。けれどもそれが小枝繁『絵本東嫩錦』にも指摘できるということは、ここにおいて、京伝が主導して取り組んだ新しい〈稗史もの〉が、いわば身内である馬琴以外の作者によって、初めて客観的な形で模倣されたことを意味する。しかし、『絵本東嫩錦』は、前述のように〈絵本もの〉の装いをも捨てていないのだから、これを以って〈稗史もの〉が〈絵本もの〉を凌駕したことにはならない。ちなみに前年五月の『絵本太閤記』の絶版処分[17]の影響か、文化二年における上方の〈絵本もの〉の出版は、京都における速水春暁斎『絵本義勇伝』（正月刊）、大坂における岡田玉山『絵本玉藻譚』（九月刊。ただし玉山の後語に、稿本は寛政九年に完成していた旨の記載がある）のみで、比較検討の材料が十分に存在しない。

　残る京伝の一点は、『優曇華物語』である。刊記の年記は前年十二月であるが、先に触れたように、本年の刊に含めて考える。本作が〈読本的枠組〉を用いた〈稗史もの〉の雛型を提示した重要作であることは、すでに再三に亘って発言してきたので繰り返さない[18]。ここで問題にしたいのは、本作における書名のあり方である。外題の「優曇華物語」は、見返し題・序題・目録題・内題・尾題も全て同一であって、柱題も「優曇華」である。つまり、京伝は、作品の内実としては〈稗史もの〉の原型である〈仇討もの〉の様式を確立しながら、この点を書名のどこにも謳うことをしていない。馬琴・繁が『復讐奇談安積沼』に則ってそれを行った時には、京伝自身は、すでにその場を抜け出して、先に行ってしまっているのである。京伝の読本は、続いて文化三年〈一八〇六〉に『桜姫全伝曙草紙』（刊記・二年十二月）、文化四年〈一八〇七〉に『昔話稲妻表紙』（刊記・三年十二月）・『善知安方忠義伝』（同）・『梅之与四兵衛物語梅花氷裂』（刊記・四年二月）があるが、いずれも江戸における読本制作の動向に常に一歩先んじて、馬琴はもとより、すでに指摘のあるところでは、振鷺亭[19]・若い柳亭種彦[20]など後発の作者たちに、『安積沼』が小枝繁に与えたのと同様の、感化・模倣の跡が見られる。

これが、文化四年までの〈稗史もの〉における京伝の位置なのである。京伝は、寛政の改革以前、若くしてすでに江戸俗文学界の中心作者であり、このジャンルにおいても、創始者であることも手伝って別格扱いされていたと思う。しかし、述べてきたように、京伝作品の本質は、『忠臣水滸伝』にはっきり看取されるような十八世紀〈江戸〉的美意識に基づく。ところが、同じ性格が、本作を直ちに〈稗史もの〉の典型とすることを妨げたのである。〈稗史もの〉読本は、冒頭に少し触れたとおり、十八世紀的江戸文化の終焉を明確に意識しながら成立した文芸様式であるから、京伝は、そもそもの出発点から読本様式と相容れないものを抱え込みながら、ジャンルの先導者であることを余儀なくされていたことになる。

これも先述のように、第二作『安積沼』以降、京伝読本は、名実ともに江戸〈稗史もの〉をリードし始める。しかし注意すべきは、以後の〈稗史もの〉の陰惨・残虐への傾斜の中にあって、京伝読本が、最も抑制の効いた穏健さを保ち続けた、という点である。ただしこれはあくまでも読本というジャンル内でのことであって、例えば、山口剛氏が日本名著全集『怪談名作集』「解説」（昭和二年〈一九二七〉）において、『雨月物語』を対置させて『安積沼』の趣向・描写のあり方を「あさまし」いとまで非難されたようなことは、今考慮の外に置く。筆者の言うのは、嫉妬を中心に女性の本性を描いた『桜姫全伝曙草紙』と、影響作である振鷺亭の『千代曩媛七変化物語』を読み比べて、誰しも感じるような落差のことである。その落差は、やはり十八世紀〈江戸〉的美意識を評価軸として認識されるものである。山口氏の場合には、その評価軸が徹底しているのだと思う。

二

さて、以上が〈稗史もの〉読本のもう一人の中心的担い手である馬琴の、読本作者としての性格を論ずる上での前提である。馬琴は京伝より八歳（数え年で六歳）の年少であり、資質・環境ともに京伝の体現する〈江戸〉の外側から、京伝の懐に飛び込んできた作者であった。[21] 京伝が半紙型の読本を最後まで江戸書肆のみから出版し続けたのに対して、馬琴が、『月氷奇縁』（前出）を、享和二年〈一八〇二〉の上方旅行の際に知遇を得た大坂の文金堂河内屋太助から刊行して、〈稗史もの〉作者としてのキャリアを歩み始めたのは、周知のことである。その際馬琴にとって、半紙型の読本を大坂で出すということは、誇らしくこそあれ、特に忸怩たる思いを伴うものだったようには思われない。そして前述したように、文化二年、本作を含めて三点を刊行の後は、文化三年、前年九月の刊記をもつ『新編水滸画伝』を加え、半紙本四点・中本二点、文化四年には、声価の確立に繫がった『椿説弓張月』前篇を始め、半紙本六点・中本二点が出ている。馬琴読本を京伝読本と比較してまず言えるのは、端的に数が多いということとであり、またその内実に立ち入れば、〈仇討もの〉・〈伝説もの〉・〈史伝もの〉といった型[22]として分類することが可能、ということがある。その意味で、この時期の馬琴は、京伝が確立・主導する〈稗史もの〉読本の様式を、個々の作品に対する工夫は無論十分に凝らしながらではあるけれども、一定の型の中で繰り返し再生産する作業を通じて、外に対して強固に典型化すると共に、自らの血肉としていったと言えようか。

もうひとつ、文化四年〈一八〇七〉までの京伝読本の版元が、ほぼ仙鶴堂鶴屋喜右衛門に固定されている（例外は『昔話稲妻表紙』の版元が文亀堂伊賀屋勘右衛門であることであるが、この点については後述したい）のに対して、馬琴は、京伝に従って鶴喜を中心としながらも、複数の版元から読本を出版している。『椿説弓張月』の版元となる平林堂平林庄五郎以下、江戸の貸本屋系書肆[23]が大半であるが、大坂の河太との関係も続行中である（『新累解脱物語』、文化四年刊）。加えて、喧嘩別れとなった（『江戸作者部類』）衆星閣角丸屋甚助との関係は、上方絡みで注目される。文化三年正月刊の馬琴読本『勧善常世物語』（京・植村藤右衛門、大坂・勝尾屋六兵衛、江戸・角丸屋甚助、同・柏屋清兵衛、同・柏屋忠七、同・柏屋半蔵）は、前年刊の高井蘭山『絵本三国妖婦伝』下編（前出、京・植村藤右衛門、大坂・大野木市兵衛、江戸・角丸屋甚助、同・柏屋半蔵、同・柏屋忠七。なお、上・中編とは書肆に入れ替わりが見られる）と、刊記に名を連ねる書肆四名が共通している。前者にはまた、〈読本的枠組〉として那須野で退治された九尾の狐の怨恨が用いられているが、これは恐らく、江戸出来の〈絵本もの〉である後者の書肆が、馬琴に、同説話に取材した〈稗史もの〉の執筆を依頼した結果である。二年秋には、同一素材による大坂出来の〈絵本もの〉『絵本玉藻譚』（前出、大坂・松村九兵衛、同・吉岡兵助、同・渋川清右衛門、同・三木平七、同・石津善兵衛、同・梅村彦七刊）が出、三年正月には信田狐に取材した、同じく岡田玉山『阿也可之譚《あやかしものがたり》』（江戸・須原屋茂兵衛、同・西村与八、京・銭屋利兵衛、梅村伊兵衛、大坂・秋田屋太右衛門、大野木市兵衛刊）も出て、馬琴は、（『勧善常世物語』では、玉藻前は必ずしも表立った活躍はしないけれども）東西における「狐」の競作に、一役買うことになった。そのことが、これも『勧善常世物語』・『絵本三国妖婦伝』下編と共通書肆の多い『絵本東嫩錦』（前出、京・植村、大坂・大野木、同・勝尾屋、江戸・浜松屋幸助、同・角丸屋）の版元である角丸屋甚助と、短期間ではあるが馬琴が提携するきっかけになったのではないかと思う。その破綻については贅言を避けるが、関係作三点のうち、『新編水滸画伝』初編初・後帙（初帙、文化二年九月、大坂・勝尾屋、江戸・前川弥兵衛、同・角丸屋刊　後帙、四年正月刊、同刊記）は、明らかに〈稗史もの〉とは異なり、〈絵本もの〉的発想で綴られたものであって、馬琴降板後、二編以降を高井蘭山が継いだことは偶然とは思われない。

出版書肆とのこのような関係は、馬琴が、京伝と同様の立場で〈江戸〉を代表する作者ではなかったことを示すものである。馬琴は、京伝よりもずっと身軽に、江戸・上方という文化的ローカルを超えたところで〈読本〉に関わりながら、単に文芸というよりもっとシビアな、売り物としての〈読本〉の裏面に接し、鍛えられたであろう。そのことは、馬琴に、読本という新様式の性格を、京伝よりも良く理解させ、そこに自己を投影し続けながら、このジャンルの代表作者として大成するための原動力として働いたように思われるのである。馬琴における以上のような特性を、〈稗史もの〉読本という、いわば近世小説における十九世紀的様式に最も適合した作者の誕生と見なすことは、大方にもお認めいただけるのではなかろうか。

三

文化五年〈一八〇八〉に、馬琴読本の刊行点数は、先に立てた基準で半紙本六点・中本二点、文化六年〈一八〇九〉には、半紙本のみ五点、この両年、江戸において〈稗史もの〉読本の一大ブームがあったことは、再三引用する高木氏著書に詳しい[24]。上方もこれに準じているようであり、〈絵本もの〉自体が消滅するといったことはないけれども、文化三年から見え出す上方出来の〈稗史もの〉の点数が、五年には一気に増加している。

この両年に、京伝・馬琴の立場に変化が見られる。馬琴読本の点数の著しさに対して、京伝読本は、五年はゼロ、六年は『小説浮牡丹全伝』(前帙)一点のみ。この時点を境に、江戸、ないし上方をも含めた中心作者は馬琴と目されるようになり、同時に、当初はどのくらい表立ったことであったのかは不明ながら、馬琴は京伝を批判するようになる。この批判は、屈折していて時に隠微であり、筆者はいちいちの具体例について、その内実を忖度し得ているとは到底言えない。しかし、本稿の論旨にとって重要な問題と思われるので、現在理解しているところをご報告したいと思う。材料は、『江戸作者部類』において、馬琴が本格的京伝読本一〇作品をあげつらった、個別には良く知られた記事である。今その評言を筆者の言葉で要約した形で、改めて一覧にしてみる。

1 『忠臣水滸伝』前後編(寛政十一年十一月、享和元年十一月刊)…世評高く、良く売れた。読本の流行を呼んだ。

2 『復讐奇談安積沼』(享和三年十一月刊)…時好に適い、数百部売れた。

3 『優曇華物語』(文化元年十二月刊)…挿絵が浮世絵でなく唐様だったので、評判が悪かった。

4 『桜姫全伝曙草紙』(文化二年十二月刊)…挿絵も良く時好に適い、知識人も一般読者も褒めた。

5 『善知安方忠義伝』(文化三年十二月刊)…この新奇な佳作は、三都ばかりか田舎にまで存在を知られた。

6 『昔話稲妻表紙』(文化三年十二月刊)…版元である伊賀屋勘右衛門の不幸を予言するような、不吉な書名(「否妻病死」)だった。

7 『本朝酔菩提全伝』前後帙(文化六年九月、同年十二月刊)…画工豊国の増長により接待費が多くかかった割に世評が良くなく、版元(伊賀屋勘右衛門)は零落した。

8　『小説浮牡丹全伝』（文化六年正月刊）…京伝の「遅吟遅筆」と凝り性によって、完成までに三年を費やしたが、五〇部しか売れず、版元（住吉屋政五郎）が零落した。

9　『梅之与四兵衛物語梅花氷裂』（文化四年二月刊）…不評。「勧懲正しからず」。

10　『双蝶記』（文化十年九月刊）…一般読者（俗客婦幼）向けに、俗文体を用いて歌舞伎の世話狂言風に書き、一流版元（西村屋与八）から出版したが、多く売れなかった。

1〜10は、ほぼ刊年順に並べられているが、9は、ほんとうは6の隣にあるべき作である。全体を見渡すと、3を除いて前半が主として肯定的評価、後半が否定的評価になっている。分かれ目にあたる年次が文化四年〈一八〇七〉であることが、改めて注目される。さらにコメント内容を一瞥してすぐに気づくのは、馬琴は作品を評価する際に、必ずしも内容をあげつらっているのではないということである。9は、珍しく内容に言及した発言だが、断定的な割には断片的な理由しか述べられておらず、しかも誤認に基づくものであることを、拙論に指摘したことがある。[25]むしろ馬琴の評価基準の第一は出版部数であり、第二は、挿絵等目につきやすいものが、読者の嗜好に合っているかどうかといった、外面的なことが問題になっている。そして第三に、版元との関係がある。6は、それ自体としては題名の付け方に対する言いがかりとしか思えないようなものだが、これは、8と共に知られた、7の一件の前兆を、[26]6に見ているのである。伊賀屋勘右衛門は、江戸における「絵草紙問屋の旧家」（『本朝酔菩提全伝』前帙巻之一、口21ウ）であるが、京伝は、6において初めて鶴喜から伊賀勘に乗り換え、6では成功したが、7で版元を零落させ、8でも同じ失敗を犯した。つまり京伝は、文化四年を機に、むしろ馬琴に準ずるかたちで、それまでの特権的地位から一歩踏み出しはしたものの、貸本屋を中心に小資本版元の多い読本市場の現実に、[27]対応できなかったのである。7には画工の問題もあったのかもしれないが、要は京伝の前世紀的価値観と版元の思惑とが、互いに喰い違っていたということなのであろう。10はこれに懲りて、一流版元の庇護のもと、じっくりと構想を練った新機軸の商業的失敗に対する、小資本版元側に立った、やや感情的な勝利宣言のようなものである。こうして京伝はこのジャンルの第一線から撤退を余儀なくされた。ひとつの時代が終わったというべきであろう。

『江戸作者部類』の右の記事に対して、筆者が反射的に思い浮かべるのは、『南総里見八犬伝』第九輯巻之五十三下、すなわち最終巻（天保十三年〈一八四二〉正月刊）の最後に置かれた「回外剰筆」の一節である。すでに盲目となっていた馬琴が、架空の旅僧との談話の中で失明の経緯に触れる、あの有名な箇所の中で強調されているのは、大団円を目前にして、独力では不可能になった執筆を、嫁が代行して完成させたことへの満足感では必ずしもなくて、「一旦書賈《ふみあきひと》に諾《うけ》ひし稿本を、等閑《なほざり》」に做《な》す時は、他等《かれら》は発販《はつはん》の時日後《おく》れて、利を失ふこと尠《すくな》からず」という日頃のモットーを、嫁の協力によって無事守り得た安堵感の方である。このパラグラフには、「書賈」に対する同趣旨の言及が繰り返し現れ、また「人の為に謀《はか》りて忠ならぬは、吾も亦恥る所なり」とある、その「人」も、具体的には「書賈」を指している。自分自身にとってかけがえのない視力を失ってまでも、本屋のために書くことを第一義とする職業作者魂が、その楽屋裏に対する私小説的感動をさえ誘うかたちで、良くも悪しくもこれほどあからさまに表に出て来るようなことは、前世紀的価値観からは生じにくいのではなかろうか。

しかしこのように申し述べてきて、今や老大家となった馬琴にとって、京伝がすでに過去の人となっているようには、筆者には思われない。京伝の死は、文化十三年〈一八一六〉九月七日、五六歳のことであり、一方『江戸作者部類』下巻「読本作者之部」の京伝の条脱稿は、馬琴六七歳の天保四年〈一八三三〉十二月二十四日(28)、この間すでに二〇年近い歳月が流れているにもかかわらず、上記の記事は、それに伴う一種生々しい感情を濾過し切れていない。このことは、馬琴の京伝に対する、つまりは京伝の体現する十八世紀〈江戸〉の文化に対する馬琴のコンプレックスが、生涯に亘って消え去らなかったことを意味してもいるのであろう。馬琴は、見てきたように、ある時期まで京伝のすぐ隣で過ごしてきた人でありながら、両者の価値意識の間には、十八、十九世紀を分かつ文化的断絶が、超えがたく横たわっている。京伝・馬琴の功績に対しては、この点を考慮することが、同じ土俵上での優劣比較の限界を抜け出す有効な手立てとなり得るものと考えている。

注

(1) 中野三敏『十八世紀の江戸文芸』(岩波書店、平成一一年〈一九九九〉)。
(2) 本書序章。
(3) 「読本展回史の一齣」(著述集五、昭和五七年〈一九八二〉　初出昭和三三年〈一九五八〉一〇月)、他。
(4) 「文運東漸と大坂書肆小考」(「文学」一-五、平成一二年〈二〇〇〇〉九月)。
(5) 主として『改訂日本小説書目年表』(昭和五二年〈一九七七〉)に基づき、横山邦治『読本の研究』(昭和四九年〈一九七四〉)、高木元『江戸読本の研究　十九世紀小説様式攷』(平成七年〈一九九五〉)、国文学研究資料館の「日本古典籍総合目録データベース」・「マイクロ／デジタル資料・和古書所蔵目録データベース」を参照した。
(6) 大高・近藤瑞木共編『初期江戸読本怪談集』「総説」(平成一二年〈二〇〇〇〉)。
(7) 横山邦治『読本の研究』序章第三節「読本の分類」、他。
(8) 浜田啓介「近世小説本の形態的完成について」(「近世文芸」75、平成一四年〈二〇〇二〉一月)。拙稿「読本と仏教説話—中村幸彦氏説の再検討」(学燈社「國文學」、平成一六年〈二〇〇四〉四月)。
(9) 高木元『江戸読本の研究』第一章第一節、二六頁。
(10) 本書Ⅰ-3、他。
(11) 拙稿「山東京伝—江戸っ子気質」(「解釈と鑑賞」、平成一三年〈二〇〇一〉九月)。

(12) 本書I-4〜7。
(13) 注(5)・(9)高木氏著書第一章第二節、五二頁。
(14) 鈴木敏也「小枝繁の処女作から京伝を眺める」(『国文学攷』、昭和一一年〈一九三六〉四月。
(15) 注(14)の鈴木論文にも「『東嫩錦』を一読してすぐ連想されるものは京伝の『安積沼』である。初丁の標題には「小幡小平次死霊物語」と角書がしてあるが、題簽には同じく「復讐奇談」と冠らしている。目次の破題も漢文二行書、「并」としての並べ書きも其のまゝで、まず形式の模倣がある」(通行の字体、仮名遣いに改めて引用)とする。
(16) 本書II-3〜7。
(17) 横山『読本の研究』二八九頁に引かれる『享保以後大坂出版書籍目録』の「絶版書目」所載の記事に、簡明にまとめられている。
(18) 本書I-7、他。
(19) 高田衛「近世最悪の怪奇物語—般若の里の鬼女譚」(『新編江戸幻想文学誌』所収、ちくま学芸文庫、平成一二年〈二〇〇〇〉に、『千代褻媛七変化物語』(文化五年〈一八〇八〉刊)に『曙草紙』・『善知安方忠義伝』の影響が見られる旨の指摘があり、ことに前者のものは甚だしい。
(20) 本多朱里『柳亭種彦—読本の魅力』第二、三章(平成一八年〈二〇〇六〉)。
(21) この点について、最近の論では、播本真一「馬琴と江戸」(『解釈と鑑賞』、平成一五年〈二〇〇三〉一二月)が詳細である。
(22) 従来言われている馬琴読本の型として〈巷談もの〉があるが、文化五年〈一八〇八〉以降のものである。また筆者は近時、もうひとつ〈一代記もの〉の型による分類を提唱している(本書II-3・4)。
(23) 高木氏前掲書第一章第一節。
(24) 同右。

(25) 拙稿「『梅花氷裂』の意義」(「読本研究」七上、平成五年〈一九九三〉九月)。
(26) 拙稿「『本朝酔菩提』の再検討」(「読本研究」四上、平成二年〈一九九〇〉六月)。
(27) 高木氏前掲書第一章第一節。
(28) 木村三四吾編、「解題」五八頁(昭和六三年〈一九八八〉)。

2　『優曇華物語』と『曙草紙』の間

一

文化初年に刊行された京伝・馬琴の読本相互に見られる内容的類似については、〈稗史もの〉読本様式の形成そのものに深くかかわる問題として、再検討を試みる余地があるように思う。筆者は先に京伝の『優曇華物語』（文化元年〈一八〇四〉十二月刊）と馬琴の『月氷奇縁』（文化二年〈一八〇五〉正月刊）との関係について考察し、前者が後者に影響を与えたことによって〈稗史もの〉読本の向かうべき方向性についてひとつの指針が示された、と考えるに至った[1]のだが、『優曇華物語』は、同じく文化二年正月、仙鶴堂刊の馬琴の読本『復讐奇談稚枝鳩』に影を落としてもいる。このことについては、早く小池藤五郎氏や笹野堅氏[2]に、必ずしも影響関係というのではなく、話の要点が良く似ている、という旨の指摘がある。小池氏の列挙されるいくつかの具体例のうちで注目すべきは、両作の発端部における類似である。『優曇華物語』第二段には、『通俗孝粛伝』第六段をほぼ忠実に踏まえつつ、高僧の予言と、悪人どもを滅ぼすために天の起した洪水の様が描かれる。この部分は物語の後の展開を規定しており、主人公の父親は予言に反して由なき人（犬太郎。後に盗賊太蛇太郎となる）を救ったためにかえって彼に殺され、仇討の因を形成することになるのである。

一方、『稚枝鳩』第一編の梗概は次のようである。

伊豆国天城に住む浪人で、狩猟を好む楯縫九作《たてぬいくさく》は、三人の子供（息津《おきつ》・千鳥・呉松《くれまつ》）を連れて日頃信仰する江ノ島弁財天の祭に赴き、地震のために、呉松と、宿泊した農家餘綾《よろぎ》福六の子綾太郎とを取り違える。また長女息津は蛇（弁財天の使者）に命を救われ、一振りの宝剣を得る。

こちらでは、地震が取り替え子のきっかけとなっている。このことは勿論物語の展開に影響を及ぼすが、実子も、入れ替わった子供も共に孝子とされていて、取り替え子それ自体は仇討の因となるわけではない。また『優曇華物語』第二段と字句を比べてみても即かず離れずといった状態で、必ずしも明白な一致は見られない。

しかし第二編以降のストーリーをも含めて検討してみると、洪水と地震という設定の類似は、実はきわめて意識的なものであることがはっきりしてくる。以下に、『稚枝鳩』第二～四編の梗概を示す。

九作夫婦は呉松を失ったことを嘆き暮らす内、弁財天の示現があって呉松の無事を知り、また未来の吉凶を示した八字の句（「獲《えて》レ鳥《とりを》而吉《きち》　得《えて》レ人《ひと》（ママ））而凶《きやう》」を得て、息津がその意を解する。そこに雲州尼子の家臣で同姓の楯縫所《しよ》太夫が、市杵嶋姫命の託宣に従い逸《そ》れ鷹を求めて訪れ、九作に捕獲を依頼する（第二編）。九作は無事鷹を捕らえ、その腕前と清廉な人柄に感じた所太夫は一子勇躬《いさみ》の嫁に息津を望み、息津は吼丸と名付けた宝剣を携え出雲に赴く。妻早世の後、九作は千鳥と綾太郎を夫婦とし、一子赤太郎が生れる。雪の日、旅人殖栗《えぐり》字九郎《あざくろう》が狩猟のために九作の掘った穴に落ち、九作はこれを救う（第三編）。綾太郎夫婦は弁財天の予言を思い諫めるが、九作は聞き入れず字九郎を家に置く。字九郎は都の者、兄弾八《だんぱち》とともに悪人で、養父（実は餘綾福六）に追い出されたのである。字九郎は千鳥に戯れたのを九作に打擲されて怨み、欺いて谷底に落とし殺す。綾太郎夫婦は凶事を息津に知らせ、赤太郎を預けて後ろ安く仇討を遂げるため、親子三人旅立つ（第四編）。

第二編における弁財天女の予言は、『優曇華物語』ではなく、京伝の前作『復讐奇談安積沼』（享和三年〈一八〇三〉十一月、仙鶴堂刊）の第四条における了然尼の八字の句「得《えて》レ布《ぬのを》而擒《とらはれ》　得《えて》レ布《ぬのを》而脱《まぬかる》」に想を得、その出拠である訓訳本『忠義水滸伝』第五回の、智真長老の四句の偈にまで遡って借用したもの[3]。しかし『稚枝鳩』では、句の内容は息津の婚姻と九作の横死の前提とされているのみで、全編を統べる役割を荷っているわけではない。『優曇華物語』とのかかわりにおいて重要なのは、むしろ第三・四編で九作が字九郎を救い、予言に反すると知りつつ養い置き、ついには殺害される、という点である。これは、先に述べた『優曇華物語』第二段の、仇討の因となる部分の展開とほぼ同様であり、ここに至って、馬琴が京伝を踏まえつつ改変、発展させていることがはっきりする。つまり洪水によって悪人犬太郎を得たのを、地震によって実子呉松を失ったが孝子綾太郎を得た、とし、悪人字九郎との出会いは、別の機会を設定したのである。そして両者の関係が右のとおりであるとすると、『稚枝鳩』第四編には、単なる修辞を越えた意味を含む箇所が見出せる。綾太郎の留守に千鳥に不義を仕掛けた字九郎を罵る九作の言葉がそれである。

「足四ツあるものをのみ獣とはいはず。恩をしらざるもの是人面《にんめん》の獣なり。われ元より一面の因《ちなみ》はなけれど、人の盛衰誰もかくこそあらめ、なさけは人の為ならずと、おもへは自他のけぢめなく貧き中に汝をやしなひ、師弟の礼さへあるものを、主《ぬし》ある女に懸想して、強姦邪淫《きやうかんじやいん》を事とするは、不義とやいはん、非道とやいはん。斯《かく》うつけたる人を養ひおくは、犬を畜《かふ》にも劣りたり。……」（傍点筆者）

最後の一文中に見える「犬」は、明らかに『優曇華物語』の「犬太郎」を踏まえており、これはまた、馬琴の京伝に対する挨拶とも見なすべきものなのである。

このようにして、『稚枝鳩』は『月氷奇縁』同様に稿本の段階で『優曇華物語』を参照した作品と考えられるのだが、見てきたように、両者の関係は前半部のみに止まる。なぜならば本作における作者の興味の中心は、後半に置かれた短編白話小説集『石点頭』所収の「江都市孝婦屠身」（第十一巻）と「侯官県烈女殲仇」（第十二巻）の翻案(4)に向けて、いかに面白く話を運んで行くか、にあるからである。第一編には、「江都市」に登場する駿馬や「侯官県」で復讐に用いられる剣に結びつけるためのエピソードが、主人公男女の信仰を絡ませつつそれとなく記され、本作の〈読本的枠組〉を形成してもいる。馬琴は、元来が仇討話の前提である『優曇華物語』第二段を分解し、後半の典拠に繋げるべく再構成したのである。

二

『優曇華物語』は、文化二年〈一八〇五〉正月刊の馬琴のもうひとつの読本『石言遺響』（中川新七・平林庄五郎刊）には、ほとんど影響するところがない。『石言遺響』は、全体として仏教長編説話『小夜中山霊鐘記』（寛延元年〈一七四八〉刊）に依存し、補完するかたちで娯楽読み物化しているので、他の典拠がそれほど大きく割り込む余地がないのである。(5)しかし本作には、『優曇華物語』との関連において着目すべき箇所がひとつだけある。第七編の、観音像の入った守り袋を大金と勘違いした盗賊隈高業《くまたかごう》右衛門が八月子を孕んだ小石姫を惨殺する場面で、本文は次のとおりである。

（業右衛門は）朴刀《だんびら》すらりと引抜《ひきぬき》て、嚢《ふくろ》の紐《ひも》をはつしと切《きり》、かへす刀に小石姫の膁《わきばら》四五寸切《きり》つくれば、「噫《あつ》」と叫びて倒《たふれ》つゝ、なほ業右衛門が足にまつはり、今般《いまは》の声音《こはね》ほそやかに、「縦《たと》ひこの身は死するとも、やは符帋《まもりふ》児《くろ》をわたすべき。夫《をつと》のかへりをまつかひなく、露と消《きえ》ゆくはかなさは、とまれかくまれ胎内に、八月《やつき》の児《こ》をばやとせども、晷《ひのめ》も見せずくらきより、暗き道にぞ迷ひつる、行てかへらぬ旅路には、せまほしからぬ伴侶《みちづれ》なり。みちゆく人の来かゝりて、助くるものもあらぬか」と、命のかぎり声かぎり、呼べば谺《こだま》にひゞきても、松吹く風のみこたへして、あはれと訪へる人もなし。業右衛門はこゑたてさせじと、小石姫を蹴かへして、もてる刀をとりなほし、咽喉《のんど》をぐさと刺たりける。嗚呼《あゝ》いたましいかな薄命の婦、十七歳の夢さめて、名花一朝の嵐にちりぬ。（傍線筆者。以下同様）

この場面は、『小夜中山霊鐘記』巻之四の次の一節を直接の原拠とする。

業右衛門ハ気ヲ堰《セキ》、「否《イヤ》ト云ハゞ是《コ》ノ通《トヲリ》」ト、氷ノ如キ刃《ヤイバ》ヲ胸板《ムナイタ》ニ指《サシ》付、「イカニ〳〵」ト責《セメ》カクル。石《イシ》ハ最《イト》ド消々《キエ〳〵》ト、心モ空ニ成行シガ、我死ナバ母ノ歎、姉ノ願《ネガヒ》叶ハヌノミカ我胎内ニ夫《ヲット》ノ種アリ、早八月《ヤツキ》ニ成ケルヲ、冥《クラ》キヨリ冥キ闇路ニ帰ス悲サ、何《イカ》ガハセント思シガ、「迚《トテ》モ是《コノ》上ハ力《チカラ》ナシ。併《シカシナカラ》　御身ニ順《シタガヒ》ナバ伝内ハ妻《メ》敵トテ御身ヲ恨《ウラミ》ン、其時ハ何《イカ》ニシ玉フヤ」。「若《モシ》我ヲ恨《ウラミ》バ、討テ捨《スツル》ハ最《イト》安シ。何ゾ恐慮《クリヨ》セン」。「尓ハ我胎《ワカタイ》ニ八月《ヤツキ》ニ成、伝内ノ種在《タネアリ》。成人ノ後、父ノ敵ト云ン。其時ハ何《イカ》ガ計ヒ玉フヤ」。「其水子抓　殺《ヒネリコロス》ニ何条《ナンデウ》子細カ有ン耶《ヤ》」ト事モナゲニ云ケレバ、石ハ一塗《ズ》ニ思案ヲ究《キハメ》、「左《サ》セル事ナラハ、得《エ》コソ心ニ順マジ。本意ナラズモ随《シタガハ》ント云ハ、宿セル水子ノ不便《フビン》サ故。尓ニ我身ヲ穢《ケガス》サヘ在ニ、大切ナル夫ヲ殺サレ、剰《アマツサ》ヘ水子マデヲ殺サントハ非道ノ上ノ非道ナリ。此上ハ殺ル、トモ厭《イト》ハジ」ト、思定テ見エケレハ、流石《サスガ》不便ニ思ヘトモ、男タル身ノ云ガヽリ、取テ引寄《ヨセ》、脾《ヨハコシ》グツト指《サシ》通シ、返ス刀《カタナ》ニ吹《フエ》ノ鎖《クサ》リヲカキ切タリ。本ヨリ望《ノゾム》盗賊ナレバ、帯引切テ衣服残ラズ剝《ハギ》ケレバ、肌ニ付タル身ノ代有《シロアリ》。是ゾ誠ニ願ザルニ福来《キタル》ト押　戴《ヲシイタヽキ》テ懐中シ、死骸ヲ谷ヘ蹴落シ、上首尾ナリトエツボニ入、我家ヲ指テゾ帰リケル。

状況は両者等しく、傍線部に文辞の一致が見られる。ところが『優曇華物語』第九段にも、これと良く似た場面がある。野猪老媼《いのししばば》が妊娠中の真袖を殺して胎児を奪う一節である。

つけつ、まはしつおひめぐり、つひに女の肩尖《さき》を、二三寸斬《きり》こめば、「阿《あ》」と一声さけびつゝ、足ふみかねてよろめく所を、又つきかくる菜刀《ながたな》の、刃尖《はさき》をもろ手にしかとにぎり、苦しき息をつきて、いひけるは、「かくまでわぶるを聞入《きゝいれ》ず、とてもかくても妾《わらは》を殺《ころす》か。死ぬる我身《わがみ》は、因果ともあきらむべきが、かなしきは胎内の子、闇よりやみに迷ひ行《ゆき》、さぞ此《この》母を尋ぬべし。いかなるあしき宿世《すくせ》にて、我身には宿りしぞ」といひて、もだえ歎くぞ理《ことわり》なる。「あなかしましき無益《やく》の繰言《くりこと》、聞《きく》もうるさし」とて、菜刀をしごけば、指はら〳〵ときれおちて、鮮血《なまち》したゝる掌《て》を合《あは》せ、「慈悲ぞ情ぞ、しばしの命をゆるし給ひ、病《やまひ》にふしをる夫《をつと》の顔、宿に残せし幼児《をさなご》の顔、一目見せて殺してたべ。此《この》あたりに人はなきか。妾《わらは》をすくひ給はれ」と、声かぎりにさけべども、素《もとより》人家をはなれたる一ッ家《や》なれば、只空吹風《たゞそらふく》の音のみして、誰《たれ》こたふる人もなし。老媼《ばゝ》はかれが歎《なげき》を、耳にもいれず、「汝が腹の子は、我為《わが》には宝なり。あまりみじろきして、宝をそこなふてくれな。もはや冥途へやらん」とて、黒髪をつかみ引《ひき》よせて、のけさまにおさへ、氷のごとく硎《とぎ》たてたる、菜刀をとりなほして、むなさかを、さしとほしければ、血しほほどばしりて、紅《くれなゐ》の泉の涌《わき》流るゝがごとく、七転八倒《しってんばっとう》身をもだえ、手足をふるひ、四苦八苦を、一度にあつむる苦しみにて、目もあてられぬ光景《ありさま》なり。

この部分には、浄瑠璃『奥州安達原』（宝暦一二年〈一七六二〉初演）第四が敷き写しにされており（本書Ⅰ-5、一三九〜四〇頁）、傍線を付した箇所は、文辞に原拠との甚だしい類似や一致のあることを示している。では『優曇華物語』と『石言遺響』における妊婦殺しの場面が良く似ているのは、両者が個別に採用した典拠が同じような話だったところから起こった全くの偶然かと言えば、必ずしもそうではない。ここでも馬琴は、『小夜中山霊鐘記』とともに『優曇華物語』を参照し、受容しているのである。このことは『優曇華物語』引用部の、傍線を付していない、つまり『奥州安達原』には拠っていない文辞を引き写したと考えられる箇所が、『石言遺響』の引用部に指摘できることによってわかる。次の二箇所がそれである。

(A) **優** 「阿《あ》」と一声さけびつゝ、
石 「噫《あつ》」と叫びて倒つゝ、

(B) **優** 「…此《この》あたりに人はなきか。妾《わらは》をすくひ給はれ」と、声かぎりにさけべども、素《もと》より人家をはなれたる一ツ家《や》なれば、只空吹《たゞそらふく》風の音のみして、誰《たれ》こたふる人もなし。
石 みちゆく人の来かゝりて、助くるものもあらぬかと、命のかぎり声かぎり、呼べば谺《こだま》にひゞきても、松吹く風のみこたへして、あはれと訪へる人もなし。

『優曇華物語』の(B)の傍線部は『奥州安達原』の「生駒様いなう。わしや今切られて死ぬわいの。我が夫《つま》なうと泣叫ぶ。声さへいとゞ。遠近《をちこち》の空吹く風の音ばかり」に基づいているのだが、『石言遺響』のほうにもこれに対応する文辞があるのは、『優曇華物語』を介して浄瑠璃の詞章を引き継いでしまった結果、と考えられる。『石言遺響』もまた、修辞の面に限られるとはいえ、『優曇華物語』と全く無縁というわけではなかったのである。

三

『優曇華物語』における妊婦殺害の趣向は、『月氷奇縁』第八回の玉琴殺しにも異なるかたちで利用されている(本書I-5、表II(F)17-17'　一三二頁)。『石言遺響』ではこれと重複しないように、注意深く文辞が選択されているのである。つまり、同じ趣向が文化元年〈一八〇四〉十二月から同二年正月にかけて刊行された京伝・馬琴の読本中に三度用いられたのだが、その翌年にあたる文化二年十二月、仙鶴堂刊の京伝読本『桜姫全伝曙草紙』にも、四度目の使用が見られる。巻之一の第三に描かれた、野分《のわき》の方による、夫の子を宿した妾玉琴《たまごと》（『月氷奇縁』の女主人公と同名）惨殺の場面を引用してみる。

扨《さて》兵藤太《ひやうたうだ》にむかひ「此奴《こやつ》なぶり殺《ころし》にして、苦痛をうけしめよ」とてつきはなしければ、兵藤太やがて氷なす刀をぬいて斬《きり》かけたり。玉琴ひらりと身をかはし、危き剣の下をくゞりてのがれんとするを、兵藤太髻《もとゞり》つかみて引《ひき》もどし、「おろかや汝、網の魚《うを》籠の鳥、いかでかのがるゝ道あらん。我君の恨《うらみ》の刃《やいば》思ひしれ」と、刀を目《め》さきにさしつけて追《おひ》めぐれば、玉琴は身をちゞめ、「現在妾《わらは》が胎内には相公《との》の御胤《たね》を宿し、はや八月《やつき》にみちぬれば、五輪《ごりん》とやらんもとゝのひつらん。妾《わらは》が命はをしからねど、腹の御子《おんこ》を暗《くらき》より、くらき道に迷はせ申し、賽《さいの》河原とやらんにて、苦患《くげん》をうけさせ申んことのいたはしさよ。いかなる宿世《すくせ》の悪縁にて、妾《わらは》が腹には宿来《やどりき》させ玉ひしぞ」とくどきたてゝ、涙を滝のごとく流し、「せめて産《うみ》おとし申すまで、一命をたすけてたべ。慈悲ぞ情ぞ。やよのう」といひつゝ追《おひ》まはされ、身をのがれんとひらめくたび〳〵、衣《きぬ》にとめたる蘭麝《らんじや》のかをり鼻をおそひて、恰《あたか》も嬋娟《せんけん》たる芙蓉花《ふようくわ》の、風にもまるゝに似たりけり。かくて情なくも肩尖《さき》二三寸きりこめば、「呀《あ》」と一声さけびてうつぶしに倒れ、しばし絶入《たえいり》けるが頭《かしら》をあげ、「あな苦しや堪がたや。此館《このやかた》に慈悲ある人のおはすならば、妾《わらは》が命をすくひてたべ」と声高くよばゝれど、草木も眠る丑三《うしみつ》の頃といひ、いく間《ま》を隔《へだて》し深殿《しんでん》なれば、誰《たれ》こたふる者もなく、折しもつよき夜嵐の、庭木をならすのみなりけり。無慙《むざん》や玉琴は手を負《おひ》て、総身《そうみ》は朱《あけ》に染《そまり》ながらはひまはり、一度《ひとたび》は野分の方にむかひ、一度は兵藤太にむかひ、掌《て》を合《あは》して、「しばしの命をのべ玉はれ」と願へど、野分の方は答《いらへ》もせず、只うちわらひてこゝろよげに見やりけるが、「今しばらく苦痛をさせよ」と、目を以《もつ》てしらするにぞ、兵藤太その意をさとり、玉琴がゑりくびつかみて刀をとりなほし、胸の上にひや〳〵とおしあつれば、玉琴は苦しき息をつき、「さはいかにいふとも殺し給ふか。殺さばとく〳〵殺せかし。物の報《むくい》はあるものかなきものか、生《いき》かはり死《しに》かはり、六道《ろくだう》四生《ししやう》に怨《あた》をなし、おもひしらさでおくべきか」とて、声もたゆげにおめきければ、野分の方「あなかしまし。もはや殺せ」と命ずるにぞ、兵藤太ふたゝび刀をとりなほして、玉琴が吭《のどぶへ》にぐさとつきとぼ《ママ》しければ、血しほさとほどばしり、手足をもがき牙《きば》をかむ断末摩《ママ》の苦《くるしみ》、目もあてられぬありさま也。

この場面もまた、基本的には『優曇華物語』第九段（傍線部）を踏まえ、描写をより精細にして成り立っている。しかしここで注意したいのは、引用部の中に『石言遺響』第七編（波線部）、さらに遡って『小夜中山霊鐘記』（傍点部）を踏まえたと考えるべき文辞もまた見出せる、ということである。まず『石言遺響』との関係から、やや詳しく見ていきたい。

ひとつは、『曙草紙』の「腹の御子《おんこ》を暗《くらき》よりくらき道に迷はせ申し」の部分。『優曇華物語』では「かなしきは胎内の子、闇よりやみに迷ひ行《ゆき》」とあって、意味は同じながら字句が異なり、『石言遺響』に「晷《ひのめ》も見せずくらきより、暗き道にぞ迷ひつる」とあるほうが近い。『小夜中山霊鐘記』にも「冥《クラ》キヨリ冥キ闇路ニ帰ス悲サ」とあり、この部分が『石言遺響』に採られたことは前述したが、『石言遺響』は文字遣いも『曙草紙』に近接する。

もうひとつは「兵藤太ふたゝび刀をとりなほして、玉琴が吭《のどぶへ》にぐさとつきとぼ《ママ》しければ」の部分で、『優曇華物語』では「氷のごとく硎《とぎ》たてたる、菜刀をとりなほして、むなさかを、さしとほしければ」がこれに対応する。しかし『優曇華物語』では、刺したのは「むなさか」であって「吭《のどぶへ》」ではない。京伝は、ここでは『石言遺響』の「もてる刀をとりなほし、咽喉《のんど》をぐさと刺《さし》たりける」から文辞を借用したのである。『小夜中山霊鐘記』は「脾《ヨハコシ》グツト指《サシ》通シ、返ス刀《カタナ》ニ吹《フエ》ノ鎖《クサ》リヲカキ切タリ」とあって、表現としては『曙草紙』から遠い。

次に、『小夜中山霊鐘記』との関係を見たい。まず、『曙草紙』の「現在妾《わらは》が胎内には相公《との》の御胤《たね》を宿し、はや八月《やつき》にみちぬれば」の部分だが、『優曇華物語』では前節に引用した箇所のやや前に「妾《わらは》が腹に宿り来て、已《すで》に八《や》月《つき》にみつる子に、せめて此世《この》のあかりを見せ」とあり、『石言遺響』には「胎内に、八月《やつき》の児《こ》をばやとせども」とあるのに対して、『小夜中山霊鐘記』が「我胎内ニ夫《ヲツト》ノ種アリ、早八月《ヤツキ》ニ成ケルヲ」とするのが表現上最も近い。

さらに「氷なす刀」を抜いて玉琴に迫った兵藤太が、その刀を「胸の上にひや〳〵とおしあつれば」という文辞は、『優曇華物語』の「氷のごとく硎《とぎ》たてたる、菜刀」のみから来たものというより、『小夜中山霊鐘記』の「氷ノ如キ刃《ヤイバ》ヲ胸板《ムナイタ》ニ指《サシ》付」をも併せ参照して得たものと見たほうが良さそうである。

以上、『石言遺響』と『小夜中山霊鐘記』の文辞が『曙草紙』の引用箇所に利用されていることを、細部にわたって検証してみた。同時にまた、京伝から馬琴へという受容関係が、ここでは逆になっていることも証し得たか、と思う。(補注1)

四

『小夜中山霊鐘記』のほうは措き、『石言遺響』と『曙草紙』の影響関係が、実はずっと広い範囲にわたって認められるとの指摘が、すでに山口剛氏に備わる。(6) この指摘は主として早い時期の研究に影響を与えているのだが、それ以上の積極的検討はなされず、『日本古典文学大辞典』三（昭和五九年〈一九八四〉）の両作の項目（内田保廣氏・水野稔氏）では、すでに継承されていない。しかしながら結論から言えば、山口説は、訂正を要する部分もあるけれども、全体として尊重し、再評価すべきものである。山口氏の指摘されるところをおよそ三項に整理し、それぞれに検討を加えてみたいと思う。

まず、『石言遺響』第七編末尾と『曙草紙』第四の趣向の類似について、山口氏は次のように言われる。

沈められた玉琴の骸は岸に流れ着く、八月の胎児は生れた。折から鷲尾家の旧臣であつて、今は回国修行者となっている真野弥陀二郎がこれを救ける。この子が後に清水寺の敬月阿闍梨に育てられる、すなはち清玄である。

殺された女の胎内から赤児の生れるといふことは、はしなくも小夜中山の夜啼石の伝説をおもひ出させる。しかし、それはいはれなき事ではなかつた。京伝は馬琴の「石言遺響」に暗示を得て、この作をなしたからである。「石言遺響」は夜啼石の話と無間鐘の話とを交ぜ合せた読本であった。二者の類似について一々事例を挙ぐるの煩に堪へない。京伝と馬琴の初期の読本の間には互に影響することが多かった。これもその一例と見られる。（12〜13頁）

『曙草紙』のこの部分は、確かに『石言遺響』の

浩処《かゝるところ》に鉦鼓《せうこ》の音ちかく聞えて、一個《ひとり》の法師（実は兆殿司が小石姫に与えた画幅の観音像の化現）忽然と出来《いでき》たれば、（略）時に小石姫の傷口より、八月の赤子生れ出《い》で、初声《うぶ》たて泣ければ、法師はこの光景《ありさま》を見て且《しばら》く躊躇したりしが、遂に赤子を抱《いだ》きとり、いづ地ともなく行過《ゆきすぎ》けり。

の一節と、これに続く第八編の、夜泣石・子育飴の話を踏まえている。ただし『優曇華物語』第十段の、来海《くるみ》健助が野猪老媼《いのししばゞ》に殺された妻真袖の遺体を発見する場面も『石言遺響』と併せて再び利用されており、文辞の類似が甚だしい。なお『優曇華物語』のこの部分に

嗟呼《あゝ》痛哉《いたはしいかな》、玉臉《たまのかほばせ》花質《はなのすがた》尽《こと》〲く変じて、故《もと》の容《かたち》は露ばかりも残らず、南柯の夢と醒《さめ》はてぬれば、唯《たゞ》南山

大師の無常の賦を読《よみ》、東坡居士の九相《きうさう》の図を見るこゝちして、見る目もあてかねたり。

とあるのは、仮名草子『二人比丘尼』を想起させるが、京伝は、『曙草紙』においてはこの女の屍の趣向を二分し、ここと、第十四に（こちらははっきり『二人比丘尼』と関連づけるかたちで）配置したのである。

続いて山口氏は、『曙草紙』第十一〜十四を問題にされ、

少くともこゝの一條は「石言遺響」（筆者注、第六〜八編）に負ふところが多いのに拘はらず、つひに一言半句の及ぶものがない。万字前が小夜中山の賊業右衛門の妻となつて、先妻の子の盲目な者をうとむこと、業右衛門が雪中に誤つてその子を殺すこと、また月小夜が二児をおいて家出すること、尼となること、これ等から多くの趣向を奪つた「曙草紙」であつた。（19〜20頁）

と説かれる。山口説の後半、つまり『石言遺響』第五編における月小夜姫の出家と『曙草紙』第十四との関係については確証がなく、筆者は必ずしも賛同できない。しかしその前半に触れられた事柄については、全面的にこれに従いたい。そして、山口説をさらに敷衍すれば、『曙草紙』の一方の主人公と称して良い悪女野分の方は、『石言遺響』に登場する悪女万字前の形象に非常に多くを負っており、その脱化と称して差支えないのである。このことを、具体的に見て行きたい。

まず両作の梗概のうち、万字前と野分の方に関する部分を抜き出し、対照表（表Ⅰ）として示してみる。

表I

石言遺響（万字前）	桜姫全伝曙草紙（野分の方）
第三編 万字前（十九歳）は元宮中に仕える女官で、小夜中山で化鳥刃の雉子（実は日野俊基の亡魂）を退治した恩賞として、後醍醐帝より日野三位良政卿に与えられた「恩賜の夫人」である。江州坂本の賤の家に育ち、顔色艶麗。一方良政は、小夜中山で俊基の息女で許婚の月小夜姫（十六歳ほど）に邂逅、都に迎えることを約束し、万字前にこのことを語ると、妬みの気色なく許諾する。しかし五、七年が過ぎ、月小夜の腹に小石姫・香樹丸の二子が出生すると嫉妬心が生じ、月小夜母子を亡き者にしようと、まず謀計を用いて良政と月小夜の間を遠ざける。 第四編 万字前は月小夜を呪詛し、また月小夜が良政を父の敵と狙うとの風聞を流す。激怒した良政は忠臣橘《たちばな》主計介《かずえのすけ》に命じ月小夜を殺させようとするが、観音の功力によって斬ることができない。そこで主計介は、弟春木《はるき》主税《ちから》を従者として月小夜母子を東の方に落とす。万字前の悪計は、ここに一応成就する。	第二 丹波国の長者鷲尾義治の妻野分の方（二十歳）は、桜町中納言成範卿と賤の女との間に生まれ、貧しい農家に育ったが、美貌にして聡明、武道にも通じていた。義治と野分の間には子供がなかったので、世嗣を設けるため、義治は白拍子玉琴（十六歳）を妾とし、腹心篠村八郎公連《きんつら》の家に置く。玉琴は懐胎したが、野分の方は嫉妬の気配を見せなかった。その頃鷲尾家を仇と狙う盗賊の張本蝦蟇《がま》丸が捕えられるが脱走、その折一味の証尾長の蝦蟇を落とす。野分の方は偶然これを拾い、密計を思いつく。 第三 野分の方は、奸臣兵藤太に命じて玉琴を拉致させ散々に嬲り、斬殺させる。野分は死体を大江山に捨てさせ、露顕を恐れて兵藤太をも殺す。 第四 回国修行の弥陀次郎は、大江山の山中で犬に食われようとする赤子を助ける。瀕死だったが母親（玉琴）の魂魄が体内

	に入り蘇生。弥陀次郎はこの子（後の清玄）を養育する。 第五 篠村八郎は玉琴誘拐の責任を取り自害。蝦蟇の証が発見されたことから、犯人は蝦蟇丸一味と評議され、義治は八郎の息公光《きんみつ》に玉琴探索を命ずる。 第六 義治と野分の方の仲は以前に戻り、女子出生、桜姫と名づける。それから十六年、鷲尾家は無為。
第六編 十年経過。万字前は意のままに振舞っていたが、長谷の観音に参詣の帰途発熱、譫《うわ》言に自らの悪事を口走る。ここで主計介は全てを報告、良政は驚き月小夜母子を迎えとろうとするが、八幡の合戦が勃発して果たせず、万字前は館を逐電し、山賊に襲われたのを隈高業右衛門に救われ、夫婦となる。業右衛門は北条高時の一族の郎等で、盗賊をしていた。前妻はこれを憂えて早世、一子八五郎は父に似ず孝子で、悲しみのあまり盲目になっている。万字前は鏨《たがね》と改名し、女児枝折《しをり》出生後は八五郎を虐待する。	第十一 信田平太夫は、桜姫との婚儀を望んだが不首尾に終わったのを遺恨とし、蝦蟇丸に義治を殺させ、これに乗じて鷲尾家に討ち入る。野分・桜姫別々に逃れる。 第十二 蝦蟇丸は、野分の方を水中に引き込み金品を奪おうとするが、美人なので気が変わり、住家に伴う。蝦蟇丸は盲目の農家の女小萩の後夫となっており、小萩の連れ子に松虫（十三歳）・鈴虫（十歳）の二人がいる。

第七編
八五郎は父を諫めようと、雪中に態《わざ》と射られ、覚悟の死を遂げる。業右衛門は心弱り、鏨の罵りに堪えかねて表に出、懐妊した身を遊君に売ろうとして果たせなかった小石姫の守本尊を金と誤り斬殺する。傷口より八月子が出生。

第八編
観音の尊像を奪い帰った業右衛門は、鏨のあまりの強欲さに恐れを抱き出奔する。

第九・十編
妻小石姫の敵を尋ねる春木伝内（主税を改名）は、江州柏原の孤館《ひとつや》に宿る。主は万字前（鏨）で、娘枝折を使って旅人を落とし穴に誘い込み金品を奪っていたが、子供が身代わりとなって伝内は助かる。悪計の破れた万字前は腹を切り、俊基は父塩飽《しあく》三郎勝重の仇であり、その娘月小夜に恨みを報おうとしたと告白して息絶える。

第十三
野分は蝦蟇丸が美男なのに心惹かれ、平家の残党と偽って身を任せ、小萩を追出そうと計る。寒気の厳しい日、野分・蝦蟇丸は小萩を雪中に締出し、娘二人を折檻、ついに小萩を殺し谷底に捨てる。

第十四
蝦蟇丸の留守の間、野分は二人の娘に辛くあたり、柴刈りを命ずる。山に赴いた二人は小萩の死体を発見、日々変相の様を見て無常を悟り、自殺しようとするのを、法然上人の指示で尋ねて来た常照阿闍梨に救われ、出家する。

第十七
鷲尾の家臣達は、主君の仇平太夫を討ち、田島造酒之丞が野分の方の行方を探し求めていた。一方野分は夫を殺したのは蝦蟇丸と知るが、相手も義治の妻と気づき、あわやという時造酒之丞が蝦蟇丸を射殺す。野分は蝦蟇丸との関係を偽り、屋敷に戻る。

第十八・十九
鷲尾家は再興するが、妖異が続いて桜姫は苦しみ、ついには一体二形となる。常照阿闍梨が怨霊得脱を祈ると、怨霊は玉琴と名告って、野分の方の悪事をはじめ、これまでの経緯を語り、野分の苦しみを増させようと、一度死んだ桜姫を蘇生させたことを明かす。一人の姫は小蛇と化して飛び去り、もう一人は白骨となった。悪計の破れた野分の方は雷死する。

典拠である『小夜中山霊鐘記』の制肘をきわめて強く受けている『石言遺響』に対し、『曙草紙』の展開のほうがもう少しゆるやかで自由、という印象はあるものの、万字前と野分の方の形象と行動の共通性をプロットの段階にまで簡略化すると、

1　高貴の胤ながら貧賤の家に人となり、貴顕の正妻となったが子供のない女性が、夫の寵を奪い子までなした女に嫉妬し、謀計を廻らしてこれを殺害しようとする。
2　計略は成功するが、長い歳月の経過の後に、自らもまた夫から離れ、屋敷を追われることとなる。
3　悪漢に救われてこれと通じ、強欲非道な性格を露わにして、その前妻や連れ子を虐待する。
4　最後は非業の死を遂げる。

という、明白な一致点が見られる。一致は勿論文辞にも及んでいるのだが、京伝は『石言遺響』の趣向を様々に変形させて利用しているので、梗概では対応のない箇所に文辞のみの一致が見られたりする。なお京伝の施した最も大きな改変は、『石言遺響』における万字前の月小夜迫害と業右衛門の小石姫殺しをひとつにまとめて、玉琴殺しに用いたことである。また『二人比丘尼』の趣向（第十四）は、先に述べたように、文辞の上では『優曇華物語』第十段の再現なのだが、趣向そのものとしては『石言遺響』における〈荒五郎発心譚〉型の話（第八編。『小夜中山霊

鐘記』にすでにある）を踏まえ、発展させたものと見るべきである。

両作の文辞の対応箇所を、次に表示してみる（表II）。ただし妊婦殺害の箇所については、第三節にやや詳細に比較を行ったので、ここでは省くことにする。

表II

石言遺響	桜姫全伝曙草紙
（1）すなはち今度の恩賞として御最愛の女官万字前《まんじのまへ》とて、今茲《ことし》十九歳になり給ふを、良政卿の宿《やど》の妻にぞ下されける。この万字前は、江州坂本なる賤《しづ》の家の児《こ》なりけり。幼き時父母におくれ、艱難の中《うち》に人となりしが、顔色頗《すこぶる》艶麗《ゑんれい》《ウツクシ》なり。しかるに主上《みかど》叡山《えいざん》行幸《みゆき》の時しも、ひそかに叡覧ありて大内に召入《めしいれ》らる。凡《およそ》民間より出て、宮闕《きうけつ》に扈従《こしやう》せし女房は、白河院の祇園女御、後鳥羽院の亀菊殿と、この万字前の外はなしとかや。（第三編、4オ・ウ）	（1'）爰に又、鷲尾《わしのを》十郎左衛門が妻を野分といひて、此年《ことし》二十歳になりけるが、誠に絶世の美人にて、翠黛紅顔《すいたいこうがん》の粧《よそほひ》、花よりもなほ馥《かうばしく》、玉簪照月《ぎよくしんしやうげつ》の姿、あたりも輝《かゝやく》ばかりなり。（略）此《この》婦人の出生《しゆつしやう》を尋《たづ》ぬるに、桜町中納言成範《しげのり》卿（割注略）の落胤なり。成範卿下野国室《むろ》の八嶋《やしま》に流され給ひし時、賤《しづの》女《をんな》に契り給ひしが、其《その》女の腹に宿り、卿帰洛《きらく》の後出生したる女子《によし》なり。十歳の頃までは農家の貧《まづしき》なかに育《そだて》られ、艱難にくらせしが、鷲尾三郎偶《たま〳〵》此女子《このによし》を見て、貴族の胤《たね》といひ美麗なる生れなれば、乞《こひ》とりて養女とし、成人の後子息義治にめあはしたるなりけり。されば腹こそかはりて卑《いやし》けれ、正《まさに》是《これ》、名におへる小督局《こがうのつぼね》の妹《いもと》姫なれば、姿美しきも理《ことわり》也。（第二、7オ・ウ）
（2）万字前うち驚《おどろけ》るさまにていへらく、「この事などて疾《とく》にも聞え給はざる。女子《おなご》の夫を思ふは誰もかはらぬものを、殊さらふりわけ髪も肩すぎて、初元《はつもと》ゆひの末ながく結び給ひ	（2'）野分の方これを聞《きゝ》て色を正し、「我《わが》もとに仕ふる者ともおぼえず。汝等は志《こゝろざし》のゆがみつる者ども哉《かな》。玉琴とやらんが事は、我とくより知るといへども、露ばかりも相公《との》を恨

ぬる人を、いかでよそにやはし給ふべき。わらはが嫉妬《ねたみ》のこゝろもやあらんと思ひ給ふめれど、ゆめさいふ心なし。この事はじめよりしらましかば、縦ひ勅命なりとも固辞《いなみ》奉るべきに、よしなくも人の恨《うらみ》給はんこそ心うけれ」と、世にたのもしく聞え給ふれば、良政卿大によろこび、（第三編、5オ）

みまつるべきいはれなし。（略）かゝること若《もし》かの女にもれ聞えて、我《わが》心に嫉妬あるやなどおもはれんは、いとはづかしき事ならずや。此後《このゝち》、彼女《かのをんな》の噂する者あらば、すみやかに罪をたゞさんずるぞ。かへすぐ〵も愚《おろか》なる者ども哉《かな》」とつぶやきて、奥の殿《との》に入りければ、侍女《こしもと》どもは恥入《はぢいり》て面《おもて》を紅《くれなゐ》にしつ、「上〵の思召《おほす》所は又格別也。よしなき事申し上て、御《ご》不興《ふきやう》になりぬ。誠に君は賢女にておはす」と大に感じて、おのが房《へや》〵に退き、此後《このゝち》此事に於《おい》て、一言《ごん》を申す者なく、唯《たゞ》其賢《そのけん》なる志をのみ、密《ひそか》に語りあひて感歎しけり。（第二、10ウ・11オ）

（3）「南無帰命《きみやう》木船大明神、日来《ごろ》憎し媢《ねたま》しと思ふ月小夜が一命を、立地《たちどころ》にとらせ給へ」と、祈念の声もしはがれて、眼尾《まじり》逆《さか》だち冷《すさま》じく、（第四編、11オ）

万字前はなほ怒りの声たかく、「おのれつきさや。殿のこゝろを蕩《とらか》して、人もなげなるたち挙止《ふるまひ》、われは児《こ》だねも石《うま》女《ずめ》の、あるにかひなきこのとし月。恋慕の仇《あた》、この身の讐《かたき》、ころさでやはおくべき」と、（同、12ウ）

（3'）「（略）彼《かれ》といひ是《これ》といひ、ねたしにくしと思ふ心には、宇治の川浪たゝぬ間もなく、貴船の針《くぎ》（ママ）も我《わが》胸に打《うつ》思ひして、胸にたく火の顔に出《いで》、引提《ひさげ》の水もいく度《たび》か、玉ちるばかり湧《わき》かへるを、人に知らせまじと堪忍《たへしのび》て、これまでつゝみかくせし心の苦しさ、いかばかりと思ふぞや。此恨《このうらみ》をはるけんには、汝が胸をさき、肝をくらふともあきたらじ。あなにくや、腹たちや」とて、眉をたて眼をつりあげ、いきまきあらく詈《のゝしり》て、はたとにらみたる嗔恚《しんい》の面色《めんしよく》、おそろしなどもおろかなり。（第三、20オ・ウ）

（4）万字前は手もぬらさず、多年の蟄懐《ちつくわい》一時にひらけ、そのうれしさを涙にかへて、旦暮《あけくれ》哭《なげ》き沈みぬる、心の中《うち》こそ

（4'）おもふに漢の呂《りよ》皇后、戚《せき》夫人を苦しめたるにも、はるかにまされる暴悪なり。彼《かれ》婦人に似ず巧《たくみ》に密謀をほどこし、

おそろしけれ。誠なるかな驪姫《りき》が隠慝《いんどく》には晉《しん》みだれ、任環《じんくはん》が妻の嫉妬をば、太宗も制し給ふことあたはず。古今の通《つう》病《びやう》、家艱《かかん》の張本《ちやうぼん》、只恐るべく慎むべきは、この一すぢのまどひなり。（第四編、20ウ・21オ）

人はこれを知らずといへども、湛々《たんく》たる青天《せいてん》欺《あざむく》べからず。するゐにいたりてつひに天　罪《てんばつ》（ママ）をかうぶり、身体《しんたい》微塵にくだけて死しをはんぬ。誠是《まことにこれ》、婦人たるものゝつゝしむべきは嫉妬の心なり。豈《あに》おそれざらんや、慎《つゝしま》ざらんや（第三、27ウ）

野分の方は、計《はかりこと》をしすましたりと心中《しんちう》に喜び、玉琴の懐妊の様子、且《かつ》うばゝれたること、公連《きんつら》が自殺のことまで、はじめて聞《きゝ》たる体《てい》にもてなし、ともに驚き悲《かなし》むさまをなし、かへらぬことゞもくどきたてゝ、仮哭《そらなき》などしければ、（第六、9ウ）

（5）　この過客《たびゝと》万字前の容色にこゝちまどひ、夜とゝもにくどきよりぬれば、万字前も繫《つなが》ぬ船のよるべなく、さそふ水まつ風情にて、遂に夫婦のかたらひをなしにけり。（第六編、14オ）

（5'）　年はすこしく盛《さかり》を過たりといへども、誠に絶世の美人なれば、俄《にはか》に心を転じ（第十二、20オ）

婦人の容貌美麗なるに心迷《まよひ》て、一命をたすけ、これまで伴《ともなひ》来れり。（第十三、1ウ）

「おん身妾《わらは》をおもふ心実《じつ》に深くは、妾も又おん身を慕《したふ》心浅からじ。落花心あれば流水も又情あり。ともかくもよきにはからひ玉はれかし」と打笑《うちゑみ》ければ、蝦蟇《がま》丸《まる》大に喜び、（略）つひに伴《ともなひ》てかくれ家に帰り、（同、2オ・ウ）

（6）　この過客《たびゝと》を何人《なにひと》ぞと、後に細《くは》しく尋ぬれば、元は北条高時が一族なる、相模守基時入道信忍《しんおん》が郎等に、鶴見《つるみ》一学《いつかく》といひしものなりけり。平家滅亡のゝちは、朝敵の残党なるをもて、仕官かなはず。されど凶勇《きやうゆう》の剛弼《しれもの》なれば、隈高業《くまたかがう》右

（6'）　後白河院の御宇《ぎよう》、西海に海賊蜂起して、人民をなやましけるを、鷲尾太郎維綱《これつな》征伐し、其《その》軍功によりて右衛門尉《うゑもんのじやう》に任ぜらる。是乃《これすなはち》十郎左衛門義治の曽祖父《そそふ》なり。彼《かの》蝦蟇丸は其《その》海賊の張本《ちやうぼん》、木冠者《きの》利元《としもと》が子なり。（第二、13オ・ウ）

衛門と改名し、妻子を携へ、諸国を偏歴して、或《あるひ》は落武者の甲冑《よろひかぶと》を剝《はぎ》とり、或は旅客《りよかく》を切害《せつ》してその路費《ろよう》を奪ひとり、只顧《ひたすら》残暴を抾《ほしいまゝ》にして、不義の財宝を劫掠《こうりやく》《ウバヒトル》す。妻はこれを憂《うき》事におもひぬるより病となりて三年《みとせ》以前に身まかりぬ。しかるに渠《かれ》が一子八五郎は、稟性《そのうまれ》老実《ろうじつ》《オトナシ》にして、父に似ず、孝心ふかきものなれば、母が夫を諫《いさめ》かね、思ひほそりて身まかりしを悲しみ、日夜哭《なき》あかし哭くらす程に、遂に眼病を引出《ひきいだ》し、両眼やうやく瞽《つぶれ》たり。（第六編、14ォ・ウ）	（7）　後母《まゝはゝ》塹《たがね》は女児《むすめ》枝折《しをり》をかき抱て、はやく臥房《ふしど》に入ければ、八五郎ひそかに自己《おのれ》が上袿《うはぎ》の布子を脱《ぬぎ》て、これを背負ひ、蓑笠うち被《かつ》きつゝ、杖《つえ》さへもたず撈《さぐ》り出《いで》、街道のかたにたどりゆく。時しも二月《きさらぎ》の天冴《そらさえ》かへりて、北風《ほくふう》膚《はだへ》を侵《おか》し、降る雪衿《えり》襟の中《うち》に入りて堪《たへ》がたし。両眼あきらかなるものさへ、かゝる夜には道ゆくも稀《まれ》なるに、まいて盲人の杖ももたず、物をせおいて嶮岨《けんそ》の九折《つゞらをり》をゆくなれば、七顚《てん》八起《き》の艱難に、足は傷《やぶ》れて雪を染《そめ》、手はこゞえて指《をよび》をおとす。（第七編、3ウ・4ォ）
爰《こゝ》に蝦蟇丸が子細を尋《たづね》るに、過《すぎつる》年鷲尾の獄舎《ひとや》を越て逃出《のがれいで》しより、権《しばらく》陸奥《みちのく》にありしが、其後《そのゝち》当国に来《きた》り、愛后《あたご》の山奥なる農家の、夫をうしなひたる女の容貌美麗なるに心迷ひ、しいて後の夫となりぬ。其《その》妻の名を小萩といひ、ちかごろ眼病をわずらひて盲目《めしひ》となりぬれば、蝦蟇丸一向《ひたすら》これをうとみぬ。前《さき》の夫の女児《むすめ》二人あり、姉は十三歳にて名を松虫といふ。妹《いもと》は十歳にて名を鈴虫といふ。二人ともに見めかたち世にすぐれぬ。（第十二、18ゥ・19ォ） 「妾《わらは》は原《もと》福原の皇居に仕へし宦女《くわんぢよ》なるが、平家滅亡の刻《きざ》み、親族尽《ことゞ》く失《うせ》て（略）」（第十三、3ォ） 「（略）かたりてみればおん身も我も、ともに平家の重恩《ちやうおん》をうけたる身なれば、夫婦となるもよきえにしならずや」（同）	（7'）　比《ころ》しも厳冬の時節にて、雪つよく降《ふり》けるが、小萩は雪中に倒伏《たふれふし》、身にまとふもの襤褸《つゞれ》のとき衣《ぎぬ》ひとへなれば、寒気疵《きず》口に冷《ひえ》とほりて痛《いたみ》たへがたく、息もたゆげにうめきけり。（第十三、6ゥ） 説《くどき》たてゝは吹雪に打《うた》れて撲《はた》地倒《とたふれ》、たふれては起上《おきあがり》てくどきたて（同、7ォ） よろめく足をふみしめつゝ起上《おきあが》り、破笠《やぶれがさ》をいたゞき杖つきて、二あし三あし歩《あゆみ》しが、（同、8ォ） 死になん〳〵として、只《ただ》糸のやうなる息のみかよひけるを、

探《さぐり》よりて箭《や》を引《ひき》ぬけば、その人忽《たちま》ち息絶《たえ》たり（略）死骸を礑《どう》と谷底《ぞこ》に蹴落としつ、（同、5ウ）

情《なさけ》なく縊《しめ》殺して、屍《しがい》を肩にひきかけ、人の通はぬ山奥にゆきて、深き谷底に投《なげ》すてゝぞ帰《かへり》ける。（同、9オ）

（8）かくて業右衛門は雪を踏《ふみ》わけ、心おぼえの谷間におりたちて、わが児の死骸を索《たづ》ぬれば、夜《よ》の中《うち》狼にくはれたりと見えて、それかとおぼしき肱《かひな》少し残りたり。（第七編、6ウ・7オ）

（8'）一日《あるひ》松虫岩のはなに尻かけて休息《やすらひ》、偶《ふと》あたりを顧《かへりみる》に、谷底《ぞこ》のむらきえなる雪のうちに、一つの屍《しかばね》よこたはりぬ。頻《しきり》に心動《むなさはぎ》し、「若《もし》母人にはあらぬか」とこはさをしのび、兄弟手をとりあひて岩のはなを段《きだ》にふみ、辛《からう》じて谷に下り見てげれば、果して母の屍《しがい》なり。此《この》ごろつゞく雪天《ゆきぞら》に、餓《うへ》がちなる山烏《がらす》、屍《しがい》の上に群《むらが》れば、「あな悲しや」と走りより、（第十四、14ウ）

さて筆者は、これまで『曙草紙』の重要な典拠にあえて言及することをしなかった。言うまでもなく、中村幸彦氏の指摘された仏教長編説話（長編勧化本）『勧善桜姫伝』である。(7) 中村氏の論は、広い目配りによって後期読本の重要な素材源のひとつをこのジャンルに求められた、画期的な成果であったが、同時にまた、この論によってそれ以前の他の研究者の指摘が顧みられにくくなった点も否めないと思う。けれども『桜姫伝』は、必ずしも『曙草紙』の全てを覆い尽す粉本ではない。『桜姫伝』の投影の見られるのは、『曙草紙』の第一・四・六・七・八・十・十一・十六・十九・二十の諸章であり、それらは多く桜姫を話の主人公とするが、右に見てきた野分の方を主体とする章と、ほぼきれいに二分されるのである。〈桜姫〉の章と〈野分〉の章とは交互に配されて話の展開にアクセントが与えられ、また〈野分〉の章は物語の因と果とを荷って、この作品の〈枠組〉を形成している。(8) つまり中村氏と山口氏の指摘が互いに補完しあうことで、『曙草紙』の構造は、非常にはっきりと浮かび上がってくるのである。

しかし『曙草紙』は、『石言遺響』のように善悪の截然と区分された読本ではない。月小夜母子の忍従と信仰心の前ではどうしても影の薄かった『石言遺響』の万字前は、『曙草紙』では野分の方と変じて、ひたすらに暗くか弱いばかりの桜姫を尻目に、ふてぶてしくも生き生きと描かれているのである。ところがその野分の方が「「人にすぐれて子を思ふ」性質であるとくり返し説かれている」ことが、佐藤深雪氏によって指摘されている。(9)これは万字前の、業右衛門との間にできた娘枝折《しをり》への態度を継承したものと思われる。盲目の孝子八五郎が父を諫めようと死を決して出て行った雪の夜、万字前は「女児《むすめ》枝折をかき抱て、はやく臥房《ふしど》に」(表II-(7))入ってしまうのだし、彼女が自害するのは、伝内を殺そうとして我が子が犠牲になってしまったことへの落胆からであった(表I-第九・十編)。けれども馬琴は、母親としての万字前の情愛を、とりたてて重要なものとしては描かない。これに対し『曙草紙』では、佐藤氏の言われるとおり、野分の方の母性愛はずっと強調される。そればかりでなく、野分の方・玉琴・桜姫にそれぞれ振り分けられた嫉妬・怨念・恋情といった感情は、理屈を越えた、女性一般に通有のものとして、読者を共感に導くのである。この作品が文学的に優れているのは、こうした女性独特の感情を生《なま》のまま、他の尤もらしい意味づけを全く付与せずに中心に据え、物語の展開の原動力としたからである、と思う。

ただ、『優曇華物語』にはまだ見られず、以後の京伝読本では独特の弊とされる筋の軽視という側面が、この作品では所々に顔を出していることにも注意せねばならない。いま一例のみ挙げれば、第十一で、信田平太夫が蝦蟇丸を語らって鷲尾義治を殺させ、館に討ち入るという物語の進展上まことに重要なストーリーが、たかだか半丁強程度の量でしか語られていない。読んでいて拍子抜けするくらい淡白な描かれ方なのだが、京伝がそうする理由は、右に述べた事柄によって説明がつく。このストーリーを強く前面に押し出そうとすると、女性の感情を軸とした展開から話が遠くなって、京伝の意図とは離れてしまうからである。他の箇所においても、理由はおおむね等しい。清玄をはじめとして『曙草紙』の男主人公たり得ている登場人物がひとりも見当らないのも、同じ理由に拠ると考えて差支えないように思われる。

五

論がやや先走ってしまったが、山口説の検討がもうひとつ残っている。『曙草紙』第十八・十九に、玉琴の祟りによって桜姫が「一体二形《ぎやう》」になってしまう箇所があり、京伝は「唐の陳玄祐が離魂記」を引きつつ、自ら注釈してみせている。この部分について山口氏は

> この唐代の小説はしばしばわが文学にも引用せられる。謡曲の「二人静」の如き、近松の「赤染衛門栄華物語」の如き、皆これに拠って作られたものであらう。また早く清玄の霊に托したものがあつた。常磐津物の「二人浅間」である。これから「葱売」が出づる。清玄は法界坊となる。馬琴の「石言遺響」はまた法界坊を作中に活してゐた。それに負ふところ多い京伝のこの作は、もとより法界坊を肚裏におくべき筈であつた。しかも、わざと「離魂記」を云々するのは、例のさかしら故であった。（21〜22頁）

と説かれる。〈二人桜姫〉の趣向の典拠は、現在さらに詳細に探索されているが、[10]『石言遺響』が全体として小夜の中山観音寺の鐘鋳成就をひとつの大きなポイントとし、そのために月小夜（清道比丘尼）や春木伝内が諸処を勧進して回る姿は、確かに法界坊を連想させる。法界坊を取り込んだ歌舞伎狂言のうち最も著名な「隅田川続俤《ごにちのおもかげ》」（天明四年〈一七八四〉、大坂角の芝居初演）では、主人公である永楽屋の手代要助（実は吉田宿位之助）の許婚の名前が『曙

草紙』の「野分」を思わせる「野分姫」であり、しかも野分姫は、要助が永楽屋の娘おくみと相愛になったことから邪魔にされ、後に法界坊に殺される際、要助の差し金と偽ったのを真に受けて、要助を恨み、法界坊の霊魂と合体して、「二人のおくみ様」となる場面がある。またこのプロットは、『曙草紙』における野分と玉琴の葛藤に近接してもいる。ただ筆者は、読本が、浄瑠璃と異なり正本の存在しない歌舞伎狂言を、舞台の記憶に基づいて受容する可能性は、それほど高くはないのではないかと考えているので、本作と法界坊との直接の関連についての正否の判断は、なお保留しておきたく思う。[11]

さて、これまで山口剛氏の説を踏まえつつ『石言遺響』と『曙草紙』の関係を辿ってきたが、最後にそこからやや離れて、回国の修行者弥陀次郎の造形について、一言しておきたい。弥陀次郎は『曙草紙』冒頭に鷲尾の家臣として紹介され（第一）、この章のほぼ全体を費して発心までの事蹟が描かれた後、高僧常性阿闍梨と鷲尾家を結びつける媒となり（第九）、最後には堂宇建立の大願を成就した（第二十）、とある。しかし本作中での弥陀次郎の最も大きな役割は、玉琴の死骸から生まれた赤子（清玄）を養育し（第四）、桜姫に迫る清玄を止むを得ず斬り殺す（第十六）という、いわば清玄に対する生殺与奪の権利を荷っていることであろう。つまり弥陀次郎は、ふたつの大きな典拠の隙間を埋めると同時に、〈桜姫〉の章と〈野分〉の章とのさらに外側にあって、物語全体の大枠を定めるべく作り上げられた人物なのである。（補注2）冒頭部の弥陀次郎発心譚の典拠については、『石言遺響』における兆殿司大道和尚や出家した後の月小夜の形象に文辞の近接した箇所もあるが、これを『山州名跡志』（正徳元年〈一七一一〉刊）とする京伝の自注が備わる。『勧善桜姫伝』の作者大江文坡には、『曙草紙』との関連を予測させる題名をもつ『弥陀次郎発心伝』（明和二年〈一七六五〉刊）もある。しかしながら本作の内容は、巻之一～四までは『曙草紙』とは全く没交渉であり、巻之五に至って現われる発心譚は、『山州名跡志』とほとんど同内容である。文辞の類似から見

て、京伝は自注どおり『山州名跡志』に従ったのであり、『弥陀次郎発心伝』の直接的利用はなかったものと思われる。(補注3)

六

以上、文化元年〈一八〇四〉十二月刊の『優曇華物語』から同二年十二月刊の『曙草紙』に至るまでの京伝・馬琴の読本に見られる両者の交渉を、先学の指摘をできるだけ有機的に繋げて考えることを心がけつつ見直してみた。本書I-5から連続して述べてきたことを簡単にまとめると、文化二年正月刊の馬琴読本三作のうち、『月氷奇縁』と『稚枝鳩』は、程度の差はあるもののそれぞれに『優曇華物語』を踏まえ、その影響のほとんど（「全く」ではない）なかった『石言遺響』が、逆に京伝の『曙草紙』の糧となっている。この時期のこうした関係を支えているのが両者の競争意識でないと言い切ることはできないけれども、単純であからさまな対抗意識から来ているのでも決してない、というのが筆者の実感である。もし二人が対立し、反目しあっているのなら、そうした感情は、互いの作品に対する刊行後短時日の内の罵倒か（少なくとも『江戸作者部類』における京伝評は、時が経ちすぎている）、ないしは徹底的な無視として表面化するのが普通であろう。筆者はむしろ、見てきたような影響関係は、お互いに対する親愛と信頼の感情を背景にしてこそ成り立つものと考える。通説への疑義は、なお検証を続行するが、ここでは、京伝・馬琴対立説は、少なくともそれぞれの作品の成立時期を考慮した上で、慎重に適用すべきことを強調しておきたい。(補注4)

注

（1）本書Ⅰ-5。
（2）小池『山東京伝の研究』（昭和一〇年〈一九三五〉、四三一頁。新潮社『日本文学大辞典』一・六（昭和二五〜六年〈一九五〇〜五一〉）の両作の項（共に笹野稿）。
（3）本書Ⅰ-5、注（2）参照。
（4）徳田武『日本近世小説と中国小説』（昭和六二年〈一九八七〉）第三部第三章。
（5）後藤丹治『太平記の研究』（昭和一三年〈一九三八〉）後編第三章第一節、拙稿「『石言遺響』論」（「国語と国文学」昭和五三年〈一九七八〉一一月）。
（6）日本名著全集『読本集』（昭和二年〈一九二七〉）解説。
（7）『桜姫伝』と『曙草紙』」、著述集六（昭和五七年〈一九八二〉、初出昭和一二年〈一九三七〉八月）。
（8）本書Ⅱ-3において、本作は野分を〈読本的枠組〉とする〈擬・一代記〉ものであると述べている。ただし、その後の検討を経て、現在では、本書Ⅱ-4・5のように、野分の〈枠組〉は、弥陀次郎の〈読本的枠組〉に包摂されるものと考えている。
（9）「『桜姫全伝曙草紙』論―江戸小説と子安の民俗信仰―」（「文学」、昭和五八年〈一九八三〉八月）。
（10）佐藤深雪「二人の桜姫―『桜姫全伝曙草紙』小論」（静岡女子大学「国文研究」15、昭和五七年〈一九八二〉三月）。
（11）本書Ⅱ-4にも同様の考えを述べた。
（補注1）ただし、そのことを読本作者としての京伝・馬琴の力関係が逆転した結果とは見なさず、次節に述べた筋書きの類似を含め、馬琴『月氷奇縁』が京伝『優曇華物語』を踏まえた（本書Ⅰ-5）ことを受けて、今度はお互いの立場を入れ替えてみせたものと考えている。京伝は、『小夜中山霊鐘記』の〈妬婦〉像を直接受容してもいる

（本書II‐6）のであるが、それと共に『石言遺響』を介しているのは、この時期両者の間に、〈稗史もの〉読本様式の樹立に向けて同志としての「親愛と信頼の感情」（本章第六節、二三八頁）が通っていたためと見るのが、最も素直な考え方と思う。加えて、京伝の側の余裕を思うことも可能であろう。

（補注2）弥陀次郎の存在が、野分の方の〈一代記〉を包摂して本作の〈読本的枠組〉を形成していることについては、その後本書II‐3・4・5において論じた。

（補注3）京伝は、記述内容としては『山州名跡志』に従ったが、補注2でも述べたように、本作の〈読本的枠組〉を定めるに際して、『弥陀次郎発心伝』の〈枠組〉としての一代記構成を応用するところがあった。その意味で、現在では、『弥陀次郎発心伝』は本作の典拠の一つに数えて良いと考えている。

（補注4）検証の結果は、本書II‐1・3〜7において詳述し、当時の京伝・馬琴を兄弟作者と結論づけた。

3　『四天王剿盗異録』と『善知安方忠義伝』

一

曲亭馬琴の読本『四天王剿盗異録』（前・後編一〇巻一〇冊、文化三〈一八〇六〉年一月、鶴屋喜右衛門刊）と山東京伝の読本『善知安方忠義伝』（前編六冊、文化三年一二月、鶴喜刊）の間に、偶然と見なすにはあまりにも近似し過ぎた構想・文辞が見出されるのは、周知のことである。この点について、小池藤五郎氏は、早く「（『善知安方忠義伝』は、）適々『四天王剿盗異録』が刊行され、将門に取材してゐるを見、それに対抗する意味で本書を刊行したものらしく、同様に将門の滅亡に端を発する」（『山東京伝の研究』、昭和一〇年〈一九三五〉、四六二頁）と指摘され、近年の『山東京伝全集　十六　読本2』（平成九〈一九九七〉）の『善知安方忠義伝』解題（徳田武氏）でも、より具体的かつ直裁に

本作は、…藤元元撰『前太平記』に記される平将門とその遺児如蔵尼・平良門との記事を世界としているが、それより前、文化元年冬に稿成り、同二年九月に割印を許され、同三年正月に同一の版元鶴喜から刊行された、曲亭馬琴の『四天王剿盗異録』がやはり『前太平記』の天慶の乱の後日譚を世界としているので、すでに馬琴と読本を競作する状況に入っていた京伝は、鶴喜から馬琴の動静を聞き知ることなどもあって、『剿盗異録』に刺激を受け、同様に『前太平記』を世界とする作品を著わすことになった、と思われる。

と指摘される。

このように、先学においては、その点を強調されるか否かはともかくとして、「近世小説史上、最も華々しい見ものである」（中村幸彦『近世小説史』（著述集四、昭和六二〈一九八六〉）第十章「後期読本の推移」、四二四頁）両者の確執が、この時点ですでに明白であるという立場からの立論が、現在なお優位に立っているように見受けられる。私自身は、もうずいぶん長い間、京伝・馬琴の読本をこのように論じることに懐疑的なのであるが、かつて、通説の圧迫と何とか折り合いをつけようと、右両作を含め、専ら京伝・馬琴の文芸的力点の置き方の違いを強調する方向で、この時期の両者の読本の特質を論じようとして、うまく行かなかった苦い経験がある（「京伝と馬琴―文化三、四年の読本における構成の差違について―」、「読本研究」三上、平成一年〈一九八九〉六月　以下前稿）。

この時重きを置くべきだったのは、実は両者の差異といったものではなくて、むしろ類似性であることに気づいたのは、ごく最近になってからのことである。この方向で論じてみた方が、これまでもうひとつ腑に落ちない点のあった文化三、四年頃の両者の関係を把握し易くなるのではないかというのが、現在の私にとっての基本的な認識となっている。十数年前の失敗作に、いまだにこだわっていることをお嗤い下さい。しかし、この点にきちんと整理をつけておかないと、〈稗史もの〉読本の文芸様式についての議論は、その形成をめぐる非常に重要な部分で、あいまいさを残したまま、結局のところ、馬琴の立てた自己中心の読本史観を無批判に継承することになってしまう。

ここでは、如上の問題意識に基づき、『四天王剿盗異録』と『善知安方忠義伝』を主たる対象として、前稿とは逆の方向から論じて行くことをお断りしておきたい。

二

両作の類似点を問題にする際に、誰もがまず思い浮かべるのは、前述のとおり、共に『前太平記』（元禄年間刊）を主要な取材源とすること、である。『四天王剿盗異録』は、『前太平記』巻第六に描かれる「将門の滅亡に端を発」（小池氏）して、その際共に滅びた権守興世の妾腹の子、成長して藤原（袴垂）保輔が、源頼光及び配下の四天王に誅戮されるという展開をとる。一方『善知安方忠義伝』は、「平将門とその遺児如蔵尼・平良門との記事」（徳田氏）に基づき、これに対峙する源家の武将は、頼光の弟にあたる源頼信である。

京伝は、典拠とするにあたって『前太平記』の野史としての性格をはっきりと認識しており（「良門の事跡は前太平記に少しく録せり。かの書は近世の書なれば、たしかに実《まこと》ともおぼえがたし。」、『善知安方忠義伝』「附言」）、恐らく馬琴もそうだったと思われる。[1] その上で二人は、『前太平記』を実に良く読んでいる。挿話や文辞の利用の間合いの良さは、四十巻全体の流れを十分に把握した上でのものと思われる。利用の一々については、すでに整理が備わっているので、[2] それらの指摘に従って当該部分を較べ合わせてみれば納得のいくことなのであるが、これまで言及のなかった点について、ひとつだけ例証を追加しておきたい。

それは、『前太平記』巻第十五・十六に登場する、美丈丸の一件である（巻第十五「美丈丸縦逸并勘気事」「美丈丸赴二横川一并幸寿丸替レ命事」「法華三昧院建立事」、巻第十六「源満成卒去事付源賢阿闍梨再父子対面事」）。

美丈丸は多田満仲の四男で頼光（次男）の弟。退隠を願い、仏法に心を委ねる父の命により、十五歳で中山寺に預けられるが、放縦にして修行を嫌い、罪の無い人民を傷つけ、殺害するようになる。人々の訴えに驚き怒った満仲は、家臣藤原仲光に美丈丸の首を討つよう命じる。仲光は美丈丸を横川の源信少僧都の許に落ち延びさせ、身替りに一子幸寿丸の首を差し出してその場をしのぐ。仲光の北の方は、悲しみに目を泣きつぶす。三年後、満仲の長子満成が没し、横川の源信が導師となる。中陰が果てて後、源信は我が弟子として、修行にやつれた源賢阿闍梨こと美丈丸を満仲と対面させる。事情を知った満仲は、仲光を賞し、我が子が存命して善智識となったことを源信に感謝する。北の方も、思わざる再会を夢かと喜ぶ。源賢は幸寿丸の菩提を弔い、一寺を建立して住持となる。

この挿話は、実は『四天王剿盗異録』にも『善知安方忠義伝』にも直接取られてはいないのであるが、しかし馬琴・京伝に強い印象を与えたことは確かである。まず『四天王剿盗異録』の方から問題にしたい。前・後編とも巻末に附載する「偃鶴堂蔵版目録」中に本作全十冊の広告が載り、続いて「同拾遺／曲亭著／全五冊　美女丸一代の奇談軍記にもれたる事をしるす　近刻」とある。この「美女丸」は恐らく「美丈丸」のことであり、馬琴は右の一件を敷衍して、なお「拾遺」編をものしたいという気持ちがあったものと思われる。『四天王剿盗異録』で主人公格となった藤原（袴垂）保輔は、『前太平記』（巻第十七）では藤原致忠《ともただ》の四男で、源頼光とも近しい保昌の弟である。その保輔が、「其心飽くまで姦凶にして」（「藤原保輔同斎明事付匡衡手負季孝横死事」）、甥の斎明を語らい、盗賊の頭となって権力に歯向かい誅罰されるという挿話は、上記多田満仲の四男美丈丸の所行、

> 凡そ虎生まれて三日、牛を喰らふ気あり。美丈十五歳にして、人を殺すことを好む。此心、又改むること能はじ。改めずんば日々に悪行超過して、残賊蠧害《とがい》の癖者と成つて、先祖の名を汚《けが》し、子孫の面《おもて》を辱めん事、掌《たなごころ》を指すに似たり。（「美丈丸縦逸并勘気事」）

に通うものであり、『前太平記』において、美丈丸・保輔は、源家にとって一種「獅子身中の虫」、別の言い方をす

れば、名家における不条理の体現者として文学的想像力を掻きたてる、好一対であった。『四天王剿盗異録』第四綴で、武蔵権守興世の子を孕んだまま、藤原致忠の側室となって一子朧丸（保輔）を産み、事現れて致忠の許を離れた女性節折《よおり》に、「母子が生涯の吉凶」を問われて、加茂保憲の妻妙蔵比丘尼の言う言葉、

（恩愛の覇を）脱離せんとならば、はやくその児を棄つるにあり。尼今その児を相するに熊虎《ゆうこ》《クマトラ》の形にして、豺狼《さいろう》《オホカミ》の声あり。…もしこれを養育せば、成長のゝちかならず九族に禍すべし。

は、朧丸のその後を予言したものであり、節折はそのまま朧丸を棄てて尼に仕えることを決意するのであるが、『前太平記』の保輔関係の記事には文言の上でこれに類似する箇所はなく、むしろ右の美丈丸をかすめたものと見るべきであろう。

しかし『四天王剿盗異録』で注意すべきは、前述のように、『前太平記』の保輔があくまでも致忠の四男坊であるのに対して、こちらでは、実は武蔵権守興世の子であった、という脚色が加えられている点である。そのために、敵は源家の縁者ではなく、将門側の血筋を引く者だったということになり、本作では、保輔に変化・逃形・死活の術と共に謀反の志をも伝えた道魔法師（第十四綴）や、同じ回から登場する妖童鬼同丸（土蜘蛛）をも含めて、善（頼光四天王とその周辺）と悪（将門・興世・保輔・道魔・鬼同丸）の対立が明確化されている。前稿では、この対立が作品構成の核の部分を形成するものと見て「枠組の強調」と申し述べたのであるが、それは、馬琴の読本において勧善懲悪の図式が明確であるということにはなっても、これを本作の〈読本的枠組〉そのものとまで見なすことには、いささか無理がある。詳しくは後述するが、まずはお詫びして、この表現を撤回しておきたい。

続いて『善知安方忠義伝』における美丈丸の挿話の投影に、論を及ぼしたい。本作では、美丈丸の名は、巻之五末尾に後編の粗筋を簡略に述べた中に、「美丈丸道心源賢阿闍梨の道徳により肉芝仙蝦蟇の術やぶれて滅亡し、霊

魂石と化し世にこれを蝦蟇石と称《しやうす》る事」として見えている。前述のとおり、「美丈丸道心」と「源賢阿闍梨」は同一人物であるから、この人名は一息に続けて読み下すべきなのであろう。直接的な言及は、他には一切ないのであるが、しかし私は、美丈丸の挿話は、『四天王剿盗異録』におけるよりもさらに深いところで、本作の内容に影響を与えていると思う。その点を、源家の武将源頼信の形象に即して見て行きたい。

『四天王剿盗異録』における頼光四天王のエピソードが広く人口に膾炙しているのに対して、『善知安方忠義伝』における頼信・良門の組合せは、晩年の近松が浄瑠璃『関八州繫馬』（享保九年〈一七二四〉初演）に仕組んでいるとはいえ、やや特異といえるかもしれない。(3) ところで『善知安方忠義伝』第八条には、この頼信が、「いかなるゆゑにや、近曽俄《ちかごろ》に心かはり、淫酒に耽り驕奢に長じ、佚遊宴楽にのみあかしくらし」、諫言した家臣藤六左近輔相《すけみ》を手討にするという話がある。この挿話は、将門方における六郎公連《きんつら》の諫死（第一条、『前太平記』巻第一「将門僉議事付公連諫死事」に基づく）、良門に対する善知安方の諫死（第四条）、同じく鷺沼太郎則友の諫死（第十三条）に対応しており、頼信は、心を改めない将門・良門とは対照的に、藤六左近の死と引換えに正気に戻るが、これは肉芝仙の蝦蟇の妖術に心を晦まされていたためということになっている。私は、この乱心の挿話は、ひとつには『前太平記』巻二十三「千手丸誕生事」において、二六歳の頼信が、一条天皇の官女に恋煩いするという挿話に導かれたものと考える。結局この恋は天皇の叡聞に入って婚姻が叶い、やがて千手丸（源頼義）が生まれるのだが、武将としての頼信の活躍は、東国における平忠常の乱平定を中心に、当然描かれるものの、名実共に源家の統領に相応しい英雄的性格を多分に持つ頼光と比較した時、一種線の細さは否めない。京伝は、その点をすかさず利用したものであろう。

しかし恋煩いは、「乱心」ではあっても、忠義の臣を手討にするという方向の狂気には結びつかない。ここにはやはり、美丈丸の挿話の影を認めるべきであろう。そもそも、『善知安方忠義伝』の主要登場人物は、善知安方にせよ、如月尼（滝夜叉）・良門姉弟にせよ、美丈丸の挿話を意識して眺めた時に、性格的陰影が一層際立つと言って良い。勿論近代小説的葛藤というのではなく、善玉・悪玉の入れ替わりといったレヴェルで言うのであるが、登場人物の誰もが全能ではなく、己の内側に悪を見出した者が、それに対する呵責に耐え、また実際に堕獄して呵責を受けながら、それゆえにこそ、我が身の悪を悟り得ない者に対して、生き替わり死に替わり諫言を続けるという面白さ。やや大げさに言えば、美丈丸の挿話に見られる狂気と仏心の相克を、京伝は確かに読み取って応用しているのであって、その意味で、『善知安方忠義伝』は、『四天王剿盗異録』より大人の世界を扱っていると言えるかもしれない。ただ、これも善悪は己が心にありという勧善懲悪の文芸化の方向の問題であって、前稿で「枠組の弱体化」などと申し述べて終わっているのは、これまた撤回して再論させていただきたいと思う（本書II-4参照）。

なお前述のように、美丈丸は、ついに両作の登場人物とはならなかった。出せば既刊行分と同工異曲とならざるを得ないのだから、予告のみに止まったことを正解と評しておきたい。

さて、ここで改めて冒頭に戻り、『四天王剿盗異録』と『善知安方忠義伝』における馬琴・京伝「競作」の問題について論じてみたい。同じ典拠作の同じ出来事から出発して、共にその「後日譚」（徳田氏）を取り上げており、しかも典拠の利用は、互いにほとんど重なりあうことがないというのは、先に引用した徳田武氏の言のように、「すでに馬琴と読本を競作する状況に入っていた京伝」が、「鶴喜から馬琴の動静を聞き知ることなどもあっ」たからだろうか。『四天王剿盗異録』と『善知安方忠義伝』は、共に仙鶴堂鶴屋喜右衛門の単独版であるから、鶴喜は両作の文字通りの版元である。この点に関連して、髙木元氏の「京伝と馬琴とによる競作状況は、江戸読本を流行させるために板元である鶴屋喜右衛門が意図的に演出《プロデュース》したものと考えるべきではないだろうか」という、すでに良く知られた発言を、併せ考える必要があると思う。しかし私は、書肆の関与について、（高木氏の意図を正しく受け止めていないことを恐れるが）人気作者京伝・馬琴の新作を一手に引き受けた鶴喜が、両者の間で上手く立ち回り、互いのライバル意識を煽り立てて、作者の緊張感と共に、読者の期待感を一気に高めようと目論んだ、というようなあり方とは、もう少し違った方向で考えている。この問題を含め、続いて両作の長編構成を支える〈読本的枠組〉を抽出しながら、やや考察を深めてみたいと思う。

三

正直なところ、『四天王剿盗異録』の〈読本的枠組〉について、私はずっと誤解し続けてきた。藤原（袴垂）保輔を主人公とする悪漢小説だという思い込みがまずあり、その悪漢が妖術を身につけることによって善悪の振幅が大きくなり、作品世界の拡大がもたらされ、同じ構図が『椿説弓張月』に受け継がれるというふうに考えていた[6]ために、この作品の内実を、妖と徳の対決というかたちに抽象化して受け取り、それを〈読本的枠組〉にまで及ぼして済ましていたのである。保輔にかかわる部分についてそのように考えることは、今でも間違いとは思わないが、しかし、本作の〈読本的枠組〉は、別のところに求められる。ポイントになるのは、前節に引用した、妙蔵比丘尼が保輔（朧丸）の生母節折に語った予言の言葉（第四綴）である。「この子供は成長の後、熊虎豺狼の性質を露わにして人々に仇をなす」との予言に従って節折は朧丸を捨て、六郎二・椹木《さわらぎ》夫婦に拾われた朧丸（弥介）は、悪事を重ねたあげく、悪人の養父と罪のない義妹を死に追いやって去る（第五～九綴）。上京した弥介は、和泉式部、次いでその夫で義兄の藤原保昌（父致忠はすでに逝去）にめぐり合い、左京亮保輔と名のる（第十綴）。――このような経緯を辿って、後半は、先に紹介した『前太平記』(7)の挿話を踏まえ、また頼光四天王等も直接絡む展開となるが、今問題にしておきたいのは、クライマックスの誅戮に先立つ、第十八綴の後半に挿入された、次のようなエピソードである。

保輔は、嵯峨の尼寺慈心寺の観音像に細工して信仰を集め、その後寺に押入って賽銭を奪おうとするが、住持画仏尼の厳然とした応対に気圧されて逃げ帰る（「われ三十年来賊をなすといへども、この寺に入りし程おそろしと思ひしことはなし」）。その後、同宿の比丘尼の一人説石尼が、保輔は我が子弥助と語って嘆く。画仏尼も来し方を語り、説石尼が後を続けて、保輔（弥助）をめぐる二人の話は一本化する。

　はじめわれ妙蔵尼の教に悖《もと》り、朧丸を殺さずして、終に禍《わざはひ》を御身にうつせし事、羞るになほあまりあり。……尼今夜保輔を相するに、已に死相をあらはしたり。是皆過世の因果なりといへども、……保輔誅戮せられなば、三縁こゝに解脱して、夙願成就すと思へば、よろこばしうこそ侍れ。

画仏尼は節折であり、説石尼は椹木である（妙蔵尼はこの間に遷化）。画仏尼（節折）は、遡って第十三綴に、それと明示せず、保輔の毒手から美女姫松（頼光の侍女で、卜部季武と不義の疑いによる辛苦を経て妻となる）を救ってもいる。つまり、『四天王剿盗異録』の保輔（朧丸・弥助）譚は、将門の滅亡に際して戦場を逃れ、都に伴った藤原致忠を刺そうとして果さず、岐岨《きそ》路に我が子を捨てて、妙蔵尼に従い、仏道修行に後半生を送った節折（画仏尼）の物語の中に、スッポリと包み込まれていることになる。妙蔵尼の予言と、後半は節折によって語られるその終焉とが、『四天王剿盗異録』の〈読本的枠組〉である。やや紛らわしいのが、『雨月物語』の「青頭巾」を利用するところのある、岐岨寝覚の里の人喰いの姥（第二、三綴）で、第三綴には、

　この時妖婆《をば》が怨霊、三歳の小児（注、朧丸）に夤縁《まつはり》しより、この児成長《ひとゝなる》に及びて、愛《あい》欲《よく》貪《どん》婪《らん》《ワガモノヲヽシミヒトノモヲノホシガル》のこゝ

ろ起り、終に剛盗となりて、残悪を拡《ほしいまゝ》にし、身を白刃の下に亡せるかとおもはれける。

の一節が、七ゥ・八ォの挿絵（詞書「妖婆《をばが》寃魂《おんりやう》憑《とりつく》二朧丸《おぼろまるに》一図《ず》」）と共に載るために、やや幻惑されるところがあるのだが、この「妖婆」は、作品全体として見れば、ここまで従って来た致忠の忠実な従者と格闘し、共に谷底に落ちて死ぬことで、節折の話に新たな局面を用意し、また保輔の養父六郎二が、後の碓井貞光（四天王の一人）の父親を殺害するきっかけとなっているに過ぎず、後の展開にそれ以上の影響力を持つことはない。

第二十綴に至り、節折の枠組は、次のようなかたちで完了する。

ア　説石尼は保輔の首を盗み、娘深雪の墓に合葬、事情を了解した頼光朝臣は黙認する。

イ　終焉の期を悟った画仏尼（六九歳）は、書写山の性空上人に導師を依頼する。

ウ　藤原保昌は、父致忠の遺命を伝えるため、妻和泉式部を遣わすが、それを察知した画仏尼は、式部との面会を拒む。

エ　到着した性空上人は、「くらきより」の歌を詠んだ式部を伴う。

オ　上人との偈の応酬があって、画仏尼は遷化する。

カ　頼光朝臣・四天王・保昌・満仲朝臣の略伝。源家は繁栄する。

ウ・エの続き具合にもうひとつ不明瞭なところがあり、何か典拠が見出せるのかもしれないが、(8) ともかくも、ア〜カを通読して了解されるのは、節折の枠組、すなわち本作の〈読本的枠組〉は、女人往生伝の形態を取っているということである。

ところで『四天王剿盗異録』は、馬琴の半紙型読本の四分類〈仇討もの〉〈伝説もの〉〈巷談もの〉〈史伝もの〉のうち、〈伝説もの〉に含まれるとするのが、一般的な理解であろうと思う。(9) 横山邦治氏は、この四分類を「読本」

ジャンルの中核をなす〈稗史もの〉の分類基準に引き上げ、〈お家騒動もの〉を付け加えられたが、(10)『四天王剿盗異録』の扱いについて変化はない。私も〈お家騒動もの〉(11)以外については、ほぼ横山氏の分類基準を踏襲してきたが、ただ、恐らくは作品の内容から漠然と感じられる印象に基づいて近代の研究者の立てたこうした分類を、必ずしも作品の素材によるものとせず、〈読本的枠組〉の施し方によって決定される作品構成の型として捉え直すべきかと愚考し、実践を試みている。(12)現在、〈仇討もの〉〈巷談もの〉〈史伝もの〉については、従来の分類基準は、作品構成の型とほぼ合致するものと見なして良いが、〈伝説もの〉については再考の必要があると考えている。私は〈伝説もの〉を、〈仇討もの〉の発展形態で、馬琴主導で考案され、良く知られた伝説（説話・伝承）を素材として、これに一代では尽きない因果応報を盛り込むために物語全体の時間的尺度が長く取られており、文化三、四年刊の〈稗史もの〉に、典型的に現れる型と定義づけている。(補注1)しかし『四天王剿盗異録』は、見てきたように、明らかに右の定義に当て嵌まらない。(13)代わって浮上して来るのは、仏教長編説話（勧化本）に基づく上方〈絵本もの〉における〈一代記〉流行が、この時期江戸〈稗史もの〉の長編構成に大きな影響を与えたという、中村幸彦氏の生涯唱え続けられた御説である。(14)『四天王剿盗異録』の〈読本的枠組〉は、現在その典拠作を特定できずにいる（あるいはその必要はないのかもしれない）が、まさしく中村説の方を向いている。本作は、中村説に従って、〈稗史もの〉の下位項目にもうひとつ〈一代記もの〉の項を追加し、ここに含めるのが適当かと思われる。

ただし、往生によって完了する節折の〈一代記〉を縦軸としているとはいっても、『四天王剿盗異録』の興味の中心は、述べてきたように、その中に包み込まれた善悪の対立といって良く、それらが、節折の往生によって全て止揚されてしまう、というのではない。節折の〈一代記〉自体も恐らくは創作であり、その意味で『四天王剿盗異録』の内実は、上方の〈一代記〉に較べてずっと創作性の強い、〈擬・一代記〉と言って良いかもしれない。このように規定した時に、『四天王剿盗異録』と同じく〈擬・一代記〉としての内実を備えた読本が、同時期、山東京伝にもあることに気づく。『桜姫全伝曙草紙』（文化二年〈一八〇五〉一二月、鶴喜刊）がそれである。従来の基準に当てはめてこの作品を分類しようとすると、〈仇討もの〉にも〈伝説もの〉にも当て嵌まらない。横山邦治氏は、〈お家騒動もの〉として論じておられるが、(15)私は、本作には御家騒動の要素がほとんど含まれないことを、指摘したことがある。(16)今、『四天王剿盗異録』について述べてきた事柄を敷衍して、『桜姫全伝曙草紙』の基本プロットに言及すれば、本作は、仏教長編説話『勧善桜姫伝』を利用しながら、(17)女人往生伝を裏返して、稀代の悪女野分の方の一代記（裏には常に玉琴の怨霊がいる）を設定し、その内側に桜姫・清玄譚を組み込んだ〈擬・一代記〉である。(補注2)もう少し内側に目を向けて、『四天王剿盗異録』の節折・保輔母子、『桜姫全伝曙草紙』の野分・桜姫母子を比較し、前者の母（善ないし善悪超越）／息子（悪）に対して後者の母（悪）／娘（善ないし善悪超越）、という対応関係を抽出することも可能かもしれない。加えて、『曙草紙』の野分の方の形象化にあたっては、馬琴読本『石言遺響』（文化二年〈一八〇五〉正月、中川新七刊）の悪女万字前《まんじの》が参照され、(18)その背後には仏教長編説話『小夜中山霊鐘記』があることは、(19)もはや斯学の常識である。両者のこうした類似の拠って来るところは、やはり改めて一考する価値があるであろう。

四

京伝読本『善知安方忠義伝』との類同性を有する馬琴読本『四天王剿盗異録』が、同じく京伝の読本『桜姫全伝曙草紙』とも近似した点を持つことを述べたが、『善知安方忠義伝』についても、『四天王剿盗異録』以外の馬琴読本に対して、同様のことがある。ただ、私は前稿において、本作の〈読本的枠組〉についても、『四天王剿盗異録』

いと思う。

と同様の理由で誤認を犯したままなので、これを正しく把握し直した上で、然るべき道筋を経て結論に辿り着きた

『善知安方忠義伝』の作品構造を見極めようとした際に混乱を来たす一因は、本作中に、『四天王剿盗異録』の保輔が道魔法師から受け継いだ〈術〉よりもさらに強力なかたちで、蝦蟇の術を用いる肉芝仙が登場し、しかも良門がこの術を習得して、姉の如月尼までも謀反の大望に巻き込んでしまうという点である（第三、四条）。妖術の効力は、その後繰り返し語られるので、私は前稿で、本作の〈読本的枠組〉を、刊行されずに終わった後編でこの術が敗れて良門が滅亡するまでと錯覚している。蝦蟇の術は、良門の野心や如月尼の（恐らくは）隠された鬱屈、前記源頼信の驕慢など、人間の誰もが持つ心の隙間に入り込んで来るのだが、しかし頼信に即して申し述べたように、忠義の臣の命を賭した諫言によって心の闇が晴れるやいなや、雲散霧消してしまうものでもある。本作で大事なのは術よりも「諫言」の方であって、その代表として〈読本的枠組〉を荷っているのは、他でもない、題名に名前を冠せられた「善知安方」その人である（本作は一応未完作なので、正確には前編の〈読本的枠組〉と言った方が良いのかもしれないが、巻之五末尾に後編の粗筋を明かしてしまっていることは、京伝がここで作品を終わらせるサインとも受け取れる）。これは京伝らしくまことに凝ったやり方であって、本作の題名がなぜ「善知安方」の「忠義」を謳っているのかということは、従来不審とされたままであった。最近の論考でも、稿者本多朱里氏は「『忠義伝』は、『善知安方忠義伝』という題名でありながら善知安方の活躍を描いた作品ではない。また「忠義」を中心としたものでもない」と述べておられる[20]。しかし、本作における安方の役割は、同じく本多氏が、少し後のところで、「個々の事件をつなげ、それを読者に見せる為にいる人物、物語の語り手に近い立場にいる人物なのである」と規定しておられるのが正しい。氏はさらに安方を「いわば〈見ている人〉であった」とも言われるが、これは、本作の〈読本的枠組〉は善知安方

である、と述べているのに等しい。

善知安方は、言うまでもなく謡曲「善知鳥」に基づく人物である。内容的に全く通うところのない『前太平記』と取り合わせられたのは、作者山東京伝の考証的興味が、近世前期江戸の都市風俗の背景をなしている東国一般への歴史・民俗へと拡大した[21]結果と推察されるが、開始早々、謀反を起こし、下総に大内裏を造営して新皇帝と僭称した相馬小次郎平将門に対して、家臣六郎公連《きんつら》が諫死、一子次郎安方は追放され、妻錦木《にしきぎ》と共に奥州外が浜に下り、漁猟をこととし、善知と名乗った（第一条。前掲のとおり『前太平記』巻第一「将門僉議事付公連諫死事」を踏まえる）との挿話が簡潔に語られ、両者は、さりげなく結び付けられている。

しかし、すでに触れてもきているように、善知安方は、第四条で、本作の表舞台からは、早くも姿を消すことになる。この場面の展開を、やや詳しく辿ってみる。

謀反の大望を抱いた平太郎良門は、術によって如月尼の道心を挫き、味方に引き込む。善知安方は、この時平太郎の行方を尋ねてここに辿り着き、二人を諫めるが、却って平太郎に斬られ、切腹してなお諫言を続け（「いきながらへて御ゆくすゑを見んもなか〳〵おもひなり。寧《むしろ》亡父の志をつぎ、死して魂魄御身につきそひ、いつまでもご諫言仕るべし」）、ついに首を打たれる。良門は、味方を求めて旅立とうとするが、「忠義に凝たる安方が、首なき軀《むくろ》おきあがり、背後《うしろ》より平太郎が腰にいだきつきてひきとゞむ。…死してもたゆまぬ金鉄の忠義の心ぞ哀なる」（傍線筆者）。

傍線部分が題名の由来ということになるが、一方で謡曲「善知鳥」に拠る以上、亡魂と化した安方は、越中立山に禅定する、回国の修行僧ならぬ妻の兄鷺沼太郎則友の前に現れ、謡曲の詞章を踏まえながら、

さいつころ浪々の身となりしより、陸奥にさすらへ、なりはひとすべき業《わざ》もなければ、只あけてもくれても殺

生を営《いとなみ》、…身の苦さも悲しさも、妻子《つまこ》の恩愛に打忘れ、追鳥たか縄さまぐ〳〵に、品かはりたる殺生なり。今思へばおのれが妻子のいとしきごとく、鳥獣もおもふらんを、…鴛鴦《おしどり》を殺せし咎《とが》やらん。逃げんとすれど立得ぬは、羽ぬけ鳥の報なるか。安方が身をたとふれば鷹に追るゝ雉子《きじ》よりも、遥《はるか》に過て哀なり。逃れがたのゝ狩場の吹雪に、空もおそろし地を走る犬、鷹に責られ、あなこゝろうとう安方、やすきひまなき苦みを、たすけてたべや則友どの

と、殺生の罪による地獄の苦患を訴えざるを得ない（第五条。ただし謡曲では「妻子の恩愛」さえ忘れたために永久に成仏できないでいるのを、『善知安方忠義伝』では逆に「妻子の恩愛」のために殺生を業としたと改め、成仏の機縁を設けている）。忠臣であると共に逃れがたい罪過を犯しているという善知安方のもつ二重性が、本作に文芸的な深み、ないし勧善懲悪の徹底しない印象を与えていることは、先に『前太平記』の美丈丸に即して申し述べた事柄と重複するので、繰り返さない。

さて本作の〈読本的枠組〉が「善知安方」であり、その形象が謡曲に基づいているとして、謡曲を素材とした読本ということであれば、文化三年〈一八〇六〉一二月の刊記をもつ本作よりほぼ一年早い、同年一月に、馬琴の『三国一夜物語』（上総屋忠助ほか江戸三書肆刊、「富士太鼓」に拠る）・『勧善常世物語』（江戸・柏屋半蔵ほか京・大坂・江戸六書肆刊、「鉢木」に拠る）の両作が刊行されている。(22) 馬琴の『四天王剿盗異録』における京伝の『桜姫全伝曙草紙』と同じように、京伝の『善知安方忠義伝』に近接して、馬琴の両作の存在が指摘できるわけである。ただし、今詳しい論証は省いて、両作の〈読本的枠組〉を抽出した結果のみ示すと、『三国一夜物語』では誘拐され、後に赤間関《あかまがせき》の遊女となった富士右門の娘小雪（浪路）、(補注3)『勧善常世物語』では九尾の狐（玉藻前）の怨恨がそれにあたり、謡曲は共に作品の重要な素材源というに止まる。謡曲は、『善知安方忠義伝』において初めて〈読本的枠組〉として利用

され、作品構造の中核の部分を占めるに至ったということになる。

ところが最近になって、馬琴の出世作『椿説弓張月』(前篇・文化四年〈一八〇七〉正月、平林庄五郎ほか江戸二書肆刊。以下後篇・続篇・拾遺・残篇、文化五～八〈一八一一〉年刊)の〈読本的枠組〉として、謡曲「海人」が用いられていることに気づいた。「海人」の枠組は、前篇から残篇に至る全体の長編構成を支えているのであるが、あからさまにそれとは示されておらず、むしろ前・後篇十二冊での完結が予定されていた初期構想段階の名残であろうと考えられ、同時にこれに最も近接した作品構造を持つのは、他ならぬ『善知安方忠義伝』である。(23)『善知安方忠義伝』も、実は分類の難しい作である。時期的には〈伝説もの〉の流行期に刊行されているのだが、安方の忠義はひとえに良門に向かっているのだから、前述の〈伝説もの〉の定義からは外れてしまう。しかし、本作を『椿説弓張月』前篇の横に置いて眺めてみると、この時期京伝・馬琴が何を考えていたか、良く分かる。『椿説弓張月』は、全体として見れば、名実共に堂々たる〈史伝もの〉として分類されるべきである。けれどもことに前篇は、〈史伝もの〉への試行錯誤の跡を、様々に留めている。京伝は『前太平記』を主要典拠としてこれを謡曲「善知鳥」で覆い、馬琴は、『前太平記』に登場する源家の統領としては最後の人である源為義の八男為朝を主人公格とする『保元物語』を主要典拠として、これを謡曲「海人」で覆う初期構想を立てたのである。この構想に、馬琴にとって幸運な方向転換がもたらされたことについては、拙論をご参照いただきたい(24)が、『椿説弓張月』におけるこうした点を参考にして『善知安方忠義伝』を分類するとすれば、〈原・史伝もの〉とでも称すべきかと思う。ちなみに、先ほど〈擬・〉一代記もの〉と分類した『四天王剿盗異録』も、〈読本的枠組〉の施し方としてはともかく、同じく『椿説弓張月』に通う〈原・史伝もの〉としての内実を有することも、すでに多少触れた(25)とおりである。ここにおいて、『四天王剿盗異録』と『善知安方忠義伝』は、共に『椿説弓張月』に流れ込むという、両者の新たな類似点を指摘することも可能であろう。

五

文芸（小説）様式としての〈稗史もの〉読本の形成を時間軸に沿って把握しようと試みた時、文化三、四年の京伝・馬琴の読本については、互いに対立するものと捉えずむしろ一体として考えた方が、無理がなく有効な文学史的展望が得られるように思われる。現段階でこのように断言してしまって良いかどうか、今回取り上げなかったこの二年間の他の作品についても同様に検証を経ることが前提だとしても、仮説としてここで提示しておくことを許されたい。

互いに近接し合う個々の作品の少なからぬ類似性について、刊年や序跋の年次に従って影響関係を明らかにしようとする従来の試みは、現在隘路に陥っていて、例えば馬琴中心史観に基づいてある部分の類似ないし相違を強調すれば、これに合致しない他の部分の類似ないし相違が説明し切れなくなってしまう。むしろ、京伝・馬琴は、読本の制作にあたって、勿論常にではないにしても、少なからず発想の場を共有することがあり、それが巨細にわたる作品内容の類似性に繋がっていると愚考する。その場合、京伝の遅筆・馬琴の速筆ということは、恐らく事実として良いのであろうから、元来京伝の発想にかかるものが、前年刊行の馬琴読本にさりげなく紹介されているということは当然あり得るし、その逆も起り得るであろう。つまり、文化三、四年における京伝・馬琴の読本「競作」は、両者の「談合」を前提として行なわれたものである。京伝・馬琴は一応「師弟」関係にあったのであるから、それは必ずしも不自然なことではないし、私は、寛政二年〈一七九〇〉に馬琴が京伝に「入門」して以来ここまで、両者におけるこの「談合」はずっと継続して行なわれていたのではないかとも想像している。しかし京伝・馬琴の関係は、必ずしも対等ではなかったと思う。〈稗史もの〉読本の創始は、寛政改革時の処罰の体験から、京伝において内発的なものであるし、[26] 初作『忠臣水滸伝』前・後編（寛政十一年〈一七九九〉十一月、享和二年〈一八〇二〉十一月、蔦重・鶴喜刊）から、『復讐奇談安積沼』（享和三年〈一八〇三〉十一月、鶴喜刊）を経、『優曇華物語』（文化元年〈一八〇四〉十二月、鶴喜刊）に至って、〈読本的枠組〉を用いた〈稗史もの〉読本の定型が確立されるまでの間に、作品の内実に及ぶ馬琴の関与は認められない。[27] また寛政・享和期において、馬琴は草双紙・中本作者だったのであって、[28] 読本の初作とされる『高尾船字文』（寛政八年〈一七九六〉正月序、蔦重刊）は、振鷺亭の『いろは酔故伝』（寛政六年〈一七九四〉正月序、上総屋利兵衛刊）の刺激に対抗して、すでに京伝の温め始めていた浄瑠璃と通俗本『水滸伝』との取合せという発想を、傍らにあった馬琴が中本型読本（〈中本もの〉）としてまとめ上げたものと見なした時に、最も素直に納得の行く作柄である（本書II-4）。その後馬琴は、半紙本読本の初作『月氷奇縁』（文化二年〈一八〇五〉正月、大坂・河内屋太助ほか江戸・名古屋・京・大坂五書肆刊）以降、〈稗史もの〉読本の作者として急成長するのであるが、文化三、四年の段階においては、兄京伝・弟馬琴という両者の関係は、依然保たれていたように思われる。

ここまで、両作者に限って私見を述べてきたが、両者の「談合」の場には、当然のこと、書肆も加わっていたであろう。そのように考える根拠は、馬琴「伊波伝毛之記」（文政二年〈一八一九〉十二月成）の良く知られた一節、

> 寛政中、京伝・馬琴が両作の草冊子、大行《いたく》るゝに及て、書肆耕書堂（注、蔦重）・仙鶴堂（注、鶴喜）相謀り、始て両作の潤筆を定め、件の両書肆の外、他の板元の為に作することなからしむ。京伝・馬琴これを許すこと六七年、爾後ます〳〵行れて、他の書肆等障りをいふもの多かりしかば、耕書・仙鶴の二書肆も、これを拒むことを得ず、広く著編を与へ、刻さすることになりたり。

である。こうした繋がりは、寛政改革以降の京伝と蔦重・鶴喜の関係に馬琴を加えたものとして理解でき、京伝・馬琴、蔦重・鶴喜の繋がりは、草双紙のみならず、読本においても同様であったものと思われる。ただし蔦重は、本章でこれまで書名を挙げたものを中心に言えば、『高尾船字文』の版元、『忠臣水滸伝』前・後編の鶴喜との相版元、馬琴の中本『曲亭伝奇花釵児』〈文化元年〈一八〇四〉正月刊〉の浜松屋幸助との相版元を経て、『月氷奇縁』の河太等との相版元を最後に撤退し、鶴喜が後に残った。本章で取り上げた両作を含め、〈稗史もの〉読本形成期における京伝・馬琴の主要作は、そのほとんどが鶴喜によって刊行されていると言っても過言ではないほどである。

先に保留しておいた髙木元氏の本屋主導説は、京伝・馬琴の読本の、このような出版状況を背景として提唱されたものである。しかし『四天王剿盗異録』と『善知安方忠義伝』を比較した限りでは、両作の内実に、互いに孤立した作者に版元が介入することによって引き起こされた排他的自己主張の痕跡を見出すことはできない。むしろ私は、新作の考案にあたっては、京伝・馬琴・鶴喜の三者が一堂に会するなどして意思を疎通し合う、一種の「企画会議」が通例になっていたのではないかと考えている。大家京伝と、人気急上昇中の馬琴が、同じく長編の近世軍記『前太平記』に取材し、一方で構成・趣向がダブらないように注意し合いながら、それぞれに秘術を尽して「競作」に励み、その結果、両者の新作が、〈稗史もの〉読本の流れをまた一歩リードして読者の喝采を博するという確信があったから、鶴喜は、ともすればリスクを抱えることになりかねない類似作の出版を共々引受けたのであろう。ちなみに、髙木氏が鶴喜が京伝・馬琴の対立を演出したとされる説の根拠である刊記のズレは、右のように考えれば京伝・馬琴が兄弟作者であることの演出ともとれ、これのみで十分な証拠とはなり得ないと思う。しかしいずれにしても、京伝・馬琴・鶴喜の「談合」による制作は文化四年〈一八〇七〉刊行の読本までで途切れたようで、以後鶴喜の扱うのは文化五年〈一八〇八〉正月刊の馬琴読本二点に限られ(29)、京伝読本は、別の版元の手に委ねられるようになる。この点の詳細な検討は、今は本稿の問題意識の外にあるが、文化五年頃からなし崩しに顕在化してくる両作者の乖離と、やはりどこかでかかわっているものと予測している。

以上の仮説は、表題の二作品の検討の範囲を逸脱しているかもしれないが、私としては、前稿以来、京伝・馬琴読本の錯綜した関係に目を向け直して自ずと辿り着いた認識を、この機会に提出させていただいたものである。先学のご努力に対する不遜の言は、幾重にもお詫びするが、通説になずんだための失敗は、もう二度と繰り返すまいと思ってもいる。

注

（1）「前太平記といふものはうけられぬ説のみおほかり」（『燕石雑志』（文化八年〈一八一一〉刊）巻之二「十一鬼神論」）。ただし『前太平記』の記事は、馬琴手製の類書『故事部類抄』に折々抜書きされている。なお『故事部類抄』は、早稲田大学中央図書館曲亭叢書所収。成立は、播本真一氏により文化五年前後と推定（大東文化大学「日本文学研究」三三、平成六年〈一九九四〉一月）。曲亭叢書研究会による全五冊の翻刻が備わる（「早稲田大学図書館紀要」四四～五四、平成九年〈一九九七〉三月～平成一九年〈二〇〇七〉三月）。

（2）『四天王剿盗異録』については、鈴木重三・徳田武『馬琴中編読本集成　三』（平成八年〈一九九六〉）解題、『善知安方忠義伝』については柴田恵理子「『善知安方忠義伝』と『前太平記』」（「国文目白」、昭和五九年〈一九八四〉二月）及び前掲『山東京伝全集　十六　読本2』解題（徳田武）参照。

（3）本多朱里「『善知安方忠義伝』攷―京伝読本の方法」（「読本研究新集　二」、平成一二年〈二〇〇〇〉六月）。

（4）共に『前太平記』巻第六の内容を踏まえる。両作冒頭の本文を並記しておく。

・「粤《こゝ》に人皇六十一代、朱雀天皇の御宇なりけん、下総国の住人、瀧口小次郎平将門、関の八州に逆威を振ひ、驕奢日々に超過して、猨《さ》嶋郡石井郷の宮闕を営み造り、みづから関東の親王と偽《いつはり》号し、勢《いきほひ》既に破竹のごとく、…」
(『四天王剿盗異録』第一綴)

・「爰《こゝ》に人王六十一代、朱雀天皇の御宇にあたりて、相馬小次郎平将門は、其為人《ひとゝなり》狼戻《ろうれい》にして、礼法に拘《かゝはら》ず、非望を謀て朝家を傾《かたふけ》、推て帝位に登んとおもひ立《たち》、承平二年下総国石井郷の都を建《たて》、新に大内裏を造営して、…」(『善知安方忠義伝』第一条)

(5) 『江戸読本の研究　十九世紀小説様式攷』(平成七年〈一九九五〉)第一章第二節、五二頁。

(6) 拙稿「馬琴読本の一展開―『四天王剿盗異録』とその前後―」(『近世文芸』39、昭和五八年〈一九八三〉一〇月)。

(7) 注(6)拙稿で、酒呑童子退治に基づくものであることを述べている。

(8) 『馬琴中編読本集成　三』解題では、「『無名草子』などから得たものであろうか」とされる。

(9) 麻生磯次『人物叢書37　滝沢馬琴』(昭和三四年〈一九五九〉)、一三七頁。『日本古典文学大辞典』二、「曲亭馬琴」の項(水野稔、昭和五九年〈一九八四〉)。

(10) 『読本の研究』序章第三節「読本の分類」(昭和四九年〈一九七四〉)。

(11) 横山氏は『読本の研究』第二章第二節「お家騒動ものの諸相」において〈お家騒動もの〉を山東京伝の読本五作に限定して論じておられるが、現在私は、京伝の『昔話稲妻表紙』(文化三年〈一八〇六〉一二月刊)をその典型とし、周辺作にもこれに加えるべきものがある(ただし横山氏が〈お家騒動もの〉とされる京伝読本のうち、『昔話稲妻表紙』以外のものはむしろ除外すべきである)と考えている。

(12) 本書序章、II-6。

(13) そういう意味では、従来〈伝説もの〉の代表作のように言われてきた『新累解脱物語』(文化四年〈一八〇七〉正月刊)も同様であり、累の話が烏有(祐天)上人一代記の一コマに包摂されたかたちになっている。

(14) 「読本発生に関する諸問題」・「椿説弓張月の史的位置」(共に著述集五、昭和五七年〈一九八二〉)など。

(15) 注(11)参照。

(16) 本書II-2。
(17) 中村幸彦「『桜姫伝』と『曙草紙』」（著述集六、昭和五七年〈一九八二〉、初出昭和一二年〈一九三七〉八月）。
(18) 本書II-2において、日本名著全集『読本集』（昭和二年〈一九二七〉）解説における山口剛氏の説を追認・修正している。
(19) 後藤丹治『太平記の研究』（昭和一三年〈一九三八〉）後編第三章第一節。
(20) 注（3）に同じ。
(21) 郡司正勝「京伝の読本と蝦夷北国情報」（叢書江戸文庫18『山東京伝集』月報、昭和六二年〈一九八七〉八月）。本書I-4。
(22) 注（23）の拙稿参照。
(23) 拙稿「『椿説弓張月』の構想と謡曲「海人」」（「近世文芸」79、平成一六年〈二〇〇四〉一月）。
(24) 拙稿「『椿説弓張月』論—構想と考証—」（「読本研究」六上、平成四年〈一九九二〉九月）。
(25) 本章第三節。詳細は注（6）拙稿参照。
(26) 拙稿「山東京伝—江戸っ子気質」（「解釈と鑑賞」、平成一三年〈二〇〇一〉九月）に多少触れるところがある。
(27) 本書I-4・5・6・7。
(28) 本書I-3・6。
(29) 髙木氏前掲書（注（5）参照）にも指摘がある。
（補注1）〈伝説もの〉については、本書序章及びII-6において、もう少し詳細な定義づけを行っている。

（補注2）この点については、その後考察の進展により、弥陀次郎を〈読本的枠組〉とする〈一代記もの〉との認識に至っている（本書II-4・5）。

（補注3）『三国一夜物語』の〈読本的枠組〉は、富士右門の娘小雪（浪路）の存在であり、京伝『優曇華物語』の、超越者の予言から成る〈読本的枠組〉のうち女主人公側のものにあたる、鷲にさらわれた少女の話（本書Ⅰ-7）を応用したものである。本作の第五編に、富士太郎夫婦が合邦辻の焔魔堂に招き入れられ、閻魔大王の冥助と共に、多田満仲の神霊から予言を受けるという挿話があり、富士太郎の仇討ちは、この予言に導かれて成功するが、その有効範囲は展開の半ば以降に限られ、小雪の枠組のように、敵対する富士・浅間両家を結びつけるように働くものではない。多田満仲の予言は、あくまで補助的なものと見なしておきたい。

4　『昔話稲妻表紙』と『新累解脱物語』

一

柳亭種彦の書簡（笠亭仙果宛、文政十二年〈一八二九〉十月二十八日付）に、「よみ本は、京伝の桜姫がかきぶりよきやうにおぼえ申候。同人の作にても、稲妻表紙はおとり候やうに見え申候」とあるのを読んで、(1)「なるほど」と思ったことがある。種彦の文脈を厳密に跡付けた上で言うわけではないのだが、私自身の関心からすると、事は京伝読本『桜姫全伝曙草紙』（文化二年〈一八〇五〉十二月、仙鶴堂刊）・『昔話稲妻表紙』（文化三年十二月、層山堂・文亀堂刊）の両作における読本的加工のなされ方、すなわち〈読本的枠組〉の施し方にかかわっていると見て、さほど外れていないように思われる。

前者『曙草紙』については、近時、本作は長編勧化本の女人往生伝を受け、悪女野分の方を主人公とする〈擬・一代記〉であるとの私見を公にし、あわせて仇討・伝説・巷談・史伝という〈稗史もの〉読本の四分類に〈一代記もの〉を追加すべきことを提唱するに及んだ。(2)その後さらに検討を重ね、本作では、鷲尾《わしのお》義治の妻野分の方の嫉妬により惨殺された白拍子玉琴の怨魂が、それぞれの子供である桜姫・清玄に憑依、その後の展開に繋がるが、全ては元鷲尾家の臣で黒谷派専修念仏の修行者となった真野水次郎（弥陀次郎＝〈読本的枠組〉）によって見通されており、〈弥陀次郎発心伝（一代記）〉に包摂される、(3)と前説を修正した。前作『優曇華物語』（文化二年〈一八〇五〉十二月刊）

にはあった善悪の明確な対比の後退が注目されるけれども、〈稗史もの〉読本の規範たり得る、実に巧みな構造を有している。

これに対して、『稲妻表紙』においては、京伝は作品全体を〈読本的枠組〉で覆うことをしていない。この点は、旧稿[4]に説き及んだことがあるが、簡単に再説させていただくと、『稲妻表紙』で〈読本的枠組〉が適用されているのは、本作全二十章のうち、足利義政に仕える佐々木家の陪臣佐々良三八郎《さゝらさんぱちろう》（六字南無右衛門）とその家族をめぐる一連の挿話（二・五・六・十・十一・十三・十四・十五・十六・二十の各章）のみである。忠義の人三八郎は、御家安泰のため、若殿佐々木桂之助の溺愛する白拍子藤波を斬殺して家族と共にいったん退くが、自らは罪のない藤波は、怨魂となって三八郎一家に祟り、これが〈読本的枠組〉として機能している。白拍子の怨魂というのは、言うまでもなく『曙草紙』の再現なのであるが、三八郎夫婦と二人の子供の忠義・貞節・孝行の思いに、なかなか付け入ることができないように描かれており、これも『優曇華物語』を〈稗史もの〉読本の規範と見なす立場[5]からすれば、善悪の対比において『曙草紙』より一層不徹底な印象を与える。京伝読本における勧善懲悪のあり方については、本書II-5において詳述したので参照されたいが、ともかくも、本作では、〈読本的枠組〉は上記のように部分的に施されているにすぎない。

代わって、『稲妻表紙』全体を支えているのは、内山美樹子氏が

忠臣方と悪臣方の対立を背景に、国主または若殿の放蕩（傾城や愛妾との色事）、家宝の紛失、悪臣の陰謀等によるお家の滅亡、お家再興のために献身する忠臣貞女の苦衷（身替りや身売りなどの愁歎場）を経て善悪の対決、悪臣の敗退（さばき役の活躍）、お家再興の大団円に終わる。

と定義づけられたような歌舞伎・浄瑠璃における〈お家もの〉の定型[6]であり、桂之助の放蕩、三八郎の忠義と共に

本作を支える、不破・名古屋の対立と仇討、軍学者梅津嘉門の仕官の挿話も、その型の中で処理されていることは、旧稿に指摘したとおりである。したがって〈稗史もの〉読本としての『稲妻表紙』は、これを〈お家騒動もの〉と分類するしかないのであるが、しかし作品全体を覆っているのは、〈読本的枠組〉ではなくて、歌舞伎・浄瑠璃における〈お家もの〉の枠組なのだから、『稲妻表紙』は、いわば〈演劇的枠組〉に覆われていることになり、〈稗史もの〉読本としてはまことに例外的な、特異な作ということになる。[7] 考証趣味の豊かさにおいて「京伝読本の頂点をなす傑作」[8]との見方がある一方で、前記種彦のように、『曙草紙』に一籌を輸すとの評価があったとしても不思議ではない、と愚考する所以である。

二

さて本章では、京伝が『稲妻表紙』を〈読本的枠組〉ならぬ〈演劇的枠組〉で覆った、その作意と、それの惹き起こしたであろう波紋について、粗々忖度してみたいと思う。本作の〈演劇的枠組〉を肉付けしている演劇作品については、諸家において多少の出入りはあるものの、研究者間の共通認識を確認する意味で、ここではまず、新日本古典文学大系85（平成二年〈一九九〇〉）における校注者水野稔氏の解説（一五〇頁）から、

> 延宝（一六七三-八〇）ごろの土佐浄瑠璃「名古屋山三郎」や、江戸歌舞伎「遊女論」から元禄の「参会名護屋」などでき上った不破名古屋狂言の大筋のなかに、近松の「傾城反魂香」（宝永五）、「信州川中島合戦」（享保六）や、伊達騒動狂言の「伽羅（めいぼく）先代萩」（安永六）、「伊達競阿国戯場（だてくらべおくにかぶき）」（安永七）、「伊達染仕形講釈」（天明二）等の浄瑠璃歌舞伎の趣向をこまごまと織り込んだお家騒動ものである。

との一節を引かせていただく。

しかし『稲妻表紙』において、これらの演劇作品が、同等の重さで用いられているわけでは、勿論ない。引用中、『信州川中島合戦』は、山口剛氏の日本名著全集『読本集』（昭和二年〈一九二七〉）解説（三四頁）以来の指摘であり、『稲妻表紙』巻之五上-十七（新大系、三一五頁）の注において、劉備の諸葛孔明に対する、いわゆる「三顧の礼」を踏まえた挿話として言及されているが、その場面の趣向として以上の働きはもたない。ちなみに『山東京伝全集第十六巻　読本2』（平成九〈一九九七〉）解題（七〇七頁）では、浄瑠璃作品の原拠となった『通俗三国志』十五の挿話の方が指摘されている。また、右引用中にはないが、同じく山口氏以来指摘されてきた浄瑠璃『丹州爺打栗』の投影についても、『稲妻表紙』巻之三-十一（新大系、二五六頁）の注に言及されはするけれども、「本作ではこの先行作なども匂わせたか」というに止めている。

これに対し、水野氏は、『稲妻表紙』の大筋を形成するものは「不破名古屋狂言」である、との認識を示しておられ、同じことを、別に「浄瑠璃・歌舞伎で著名な不破名古屋狂言を踏まえて、その流れを汲む『傾城反魂香（けいせいはんごんこう）』（宝永五年〈一七〇八〉）、その他、…に拠って」いるとも述べておられる。(9) この認識は、『稲妻表紙』の冒頭近く「附テイフ」として京伝の記した著名な一節「原此《モトコノ》稗説ハ、平安堂近松氏ノ、筆ノスサミ、返魂香ト云《イフ》、院本《ヰンホン》ニモトヅキ、新ニ作リマウケタル物語ニテ、三本傘《カラカサ》ニ身ヲ知《シル》雨ノ、哀《アハレ》ナル事ヲノベ、山三郎ガ山ノ井ノ、深恨《フカキウラミ》ノ故《ユエ》ヨシヲ記《シルス》…」から、素直に導き出されたものではあるが、しかし一方で、『稲妻表紙』を、浄瑠璃・歌舞伎の〈お家騒動〉の定型を〈演劇的枠組〉とする〈お家騒動もの〉の読本と規定した時に、他方で、大筋は「不破名古屋狂言」・『傾城反魂香』に基づくと言い切ってしまうことには、やはり抵抗がある。

『傾城反魂香』については、前引の京伝全集版解題に、『稲妻表紙』は、登場人物の名前を『反魂香』から多く借りているが、「ただし、ストーリーや趣向を取り入れていることはあまりない」（七〇一頁）と指摘されている。また「不破名古屋」（二・七・八・九・十八・十九・二十の各章）については、共に近江佐々木家の臣で、名古屋山三郎が忠臣方、不破伴左衛門が悪臣方にあたり、草履打ちの遺恨を経て、伴左による山三の父の誤殺から敵討への過程には、鞘当の場面（ただし配下同士との趣向）もあるが、作品全体における山三の役割は、内山氏の〈お家もの〉の定義に当てはめれば、家格としては前述した佐々良三八郎より高いけれども、お家再興のために献身する忠臣の役割を全うすることでは両者共通していて、それ以上でも以下でもない。つまり本作は、必ずしも「不破名古屋」を軸として組み立てられているとばかりは言い切れないのである。

私見では、『稲妻表紙』の〈お家騒動〉の枠組は、〈伊達騒動〉に取材した演劇作品によってもたらされたものである。というよりも、山口剛氏の解説中、「京伝は「傾城返魂香」に倣って、不破名古屋をお家騒動に繋がうとした。しかし、彼は直に近松の六角家騒動を藉りずに、範を他に仰いだ。「伽羅先代萩」・「伊達競阿国戯場《だてくらべおくにかぶき》」である」（三四頁）との指摘に、改めて賛意を表すると言った方が良いかもしれない。ただ私としては、『稲妻表紙』の枠組は前者ではなく、後者『伊達競阿国戯場』によって形成された公算が高いと考える。その理由については後述するが、その前にもうひとつ、重要な問題について判断を下しておかねばならない。それは、『伽羅先代萩』・『伊達競阿国戯場』の二作を問題にするとして、京伝の用いたのは浄瑠璃か歌舞伎か、あるいはその両方かという難題である。水野氏が、新大系解説で「「伽羅（めいぼく）先代萩」（安永六）、「伊達競阿国戯場（だてくらべおくにかぶき）」（安永七）」としておれるのは、前者が大坂中の芝居における、後者が江戸中村座における、いずれも歌舞伎狂言としての初演の年次であり、浄瑠璃としては、後者の方が早く安永八年〈一七七九〉、江戸肥前座初演、前者は遅れて天明五年〈一七八五〉江戸結城座初演。この上演年次のズレが、両者の内容に複雑な影響関係をもたらしていることは、基本テキストで

ある新旧大系の注釈・解説に指摘されている。(10)

この点について、郡司正勝氏に避けては通れない指摘のあることは、周知のとおりである。(11)郡司氏は、「『稲妻表紙』の典拠について、『山東京伝の研究』は浄るり『伊達競阿国戯場』を掲げて（大高注、初世桜田）治助の脚本たる原作を指摘していないのはおかしい」とされ、

むしろこの場合、治助の舞台を掲げて改作された浄るりには触れずにおくほうが正しい。なおこの作品を考える場合にさらに治助の「伊達染仕形講釈」をも忘れてはならない。…『稲妻表紙』が伊達騒動と不破名古屋の世界をもって趣向とするのは、先にこの脚本があったからである。

として、歌舞伎狂言「伊達染仕形講釈」(12)と『稲妻表紙』の趣向の類似を列挙しておられる。治助と京伝の結び付きについての洞察から発せられた、まことに厳しく、確信に満ちた見解である。しかし、郡司氏が、この節の結論部分で、これ以外の京伝作品に対する治助狂言の投影も含めて、「これは主として伝存する治助の数編の脚本と、伝存不明の一時にして滅した舞台面をかろうじて錦絵、番附類にとどめた面影に拠ったのである。なお一瞬にして消滅していった舞台面はいかんともすることをえないが、京伝はこれらのうちの印象をも、彼の表現態度をもって作品に再現しているに相違ない」としておられることについては、疑義を呈しておきたい。小説作者が読本や合巻の新作を按じる際に、かつての観劇の記憶が呼び起こされて、趣向に結実するところまでは認められるとしても、その記憶が、例えば『稲妻表紙』の〈演劇的枠組〉の形成にまで及び得るものかどうか。そのためには、「錦絵、番附類」はともかく、作者は机辺に手書きの「脚本」（台帳）を置いて、内容を確認しながら執筆を進める必要があると思うが、京伝といえども、そこまでする可能性は低いといって良いのではなかろうか。読本における歌舞伎狂言からの取材の問題（その逆については何の疑いもなく、郡司論文の指摘に従う）は、後の検討に委ねたいが、ここでは、私

も『山東京伝の研究』と同じく、歌舞伎台帳ではなく正本が刊行され、流布している浄瑠璃『伊達競阿国戯場』の方を取り上げ（事実『稲妻表紙』がこの正本から多くを得ていることは、以下に申し述べる）、郡司氏の指摘される「伊達染仕形講釈」についても、当面の考察対象からは除くことを、お断りしておきたい。

その上で、先に触れた『伽羅先代萩』・『伊達競阿国戯場』両作の浄瑠璃正本が、『稲妻表紙』においてどのように加工されているか、という点に、改めて論を戻すことにしたい。ただしこれも、典拠の具体的な指摘という意味では、山口剛（前掲書、三四頁）・小池藤五郎（『山東京伝の研究』、四五五頁）両氏の記述、小池氏の方を引用すれば

（大高注、「伽羅先代萩」第四で）辰の年月日生れのお幾の肝臓の血で邪術が破れ、義綱が本心に帰る事は、雁の血が又平の吃音を全治させる趣向となる。「伊達競阿国戯場」（大高注、第三・四・九）の高尾は藤波に、高尾の怨念が絹川谷蔵につきまとふ事は、藤波の怨念が佐々良三八郎につきまとふ事となる。

の一節に尽きている。けれども両者の間には、典拠としての扱いに軽重がある。『伽羅先代萩』第四について、山口・小池両氏の指摘は、新大系版『稲妻表紙』（巻之五上冊－十九、該当頁は二九八、九頁）にはすでに踏襲されておらず、京伝全集版解題（七〇六頁）でも、典拠として一応は指摘されるけれども、断定ではなく「…という趣向を転じたものであろう」との、微妙な表現になっている。近年の信頼すべきテキストにおけるこの扱いについては、私も賛意を表する。『稲妻表紙』と演劇における〈伊達騒動〉とのかかわりに気づいて、これを前提に考えはじめると、どうしてもこちらからその方面の趣向を迎えに行きがちになるのだけれども、『伽羅先代萩』第四と『稲妻表紙』十九との間の距離感を一気に埋めてしまうのは、やはり強引の謗りを免れないように思う。

しかしだからといって、『伽羅先代萩』と『稲妻表紙』の間に直接的な関係はない、などというのではない。『稲妻表紙』巻之二－七における妖鼠の術の見顕しの場面について、新大系版（二〇九頁）では、『伽羅先代萩』第六（旧

体系、三五三、四頁）の本文を引いて「…を連想させる」とし、京伝全集版の解題では、「参照している」と結ぶが、その場面に対応する挿絵（新大系、二一二、三頁・二一四頁の二葉）に徴しても、少なくともこの箇所において、『伽羅先代萩』の本文は、明らかに『稲妻表紙』に踏まえられている。ところがそれ以外となると、判断に迷う上記箇所を除いては、山口剛氏指摘の人名「浮世渡平」（『先代萩』第四）が「浮世又平」に通う（ただし新大系・京伝全集はこれを踏襲せず、私もその方が正しいと思う）ことくらいしか、両作の橋渡しとなる徴証めいたものは、見出せないのである。つまり『伽羅先代萩』は、〈伊達騒動〉に基づく重要作としていちおうの会釈を受けたばかりで、『稲妻表紙』の典拠としては、むしろわずかな利用に止まることになる。

では残る『伊達競阿国戯場』は、『稲妻表紙』にどのように用いられたか。典拠としての指摘は上述のとおりで、新大系・京伝全集にも、共々言及がある。それらを全て尊重し、踏まえさせていただいた上で、『阿国戯場』については、これまでよりもやや踏み込んで、その役割を論じてみたいと思う。

三

京伝全集版解題の記述を借りれば、『稲妻表紙』巻之一-二は、「忠臣佐々良三八郎が主君桂之助をたらかす藤波の害を断とうと、深夜、藤波を斬り殺す話」で、「『伊達競阿国戯場』第三段、足利頼兼の愛する傾城高尾を、国家主君のために絹川谷蔵が殺す話を踏襲する」。ややその内容に立ち入れば、白拍子藤波（傾城高尾）は、お家横領を企む悪臣共によって裏で操られてはいるが、本人の意識としては、その職能と桂之助（頼兼）に対する愛情によって動いているのであって、三八郎（絹川）の行為は、理不尽以外の何者とも受け取られない。したがって、『稲妻表紙』において、特に言葉を残さなかった「藤波が死霊」は、立ち退く三八郎の二人の子供の懐に入って、以後一家に苦難を負わせ続けるのだが、一方『阿国戯場』第三（「奥庭の場」）[13]で、高尾の断末魔は、次のようである。

絹川不便ン の涙ながら。「コレ高尾殿。何事も定まつた因縁づくとあきらめて。迷はぬ様に心よふ。臨終をして下され」。「イ、ヤ何ぼうでも死ナぬ〳〵。譬《たとへ》此身は死《しぬ》る共。魂魄此世にとゞまり。むごいつれない。絹川殿。人に報《むくい》が有ものか。ない物か。生キ替リ死替《しにかはり》。こなたの身に付キまとふて。恨ミをなさいで置ふか」と。顔見詰メたる。今はの有リ様。さも物すごき。其風情。

京伝読本の読者は、この一節、ことに傍線部から、即座に『桜姫全伝曙草紙』で白拍子玉琴が惨殺される直前、野分の方に残した一言（京伝全集、四三頁）を連想するであろう。『曙草紙』のこのあたりには、旧稿[14]にも指摘したことがあるように、浄瑠璃『奥州安達原』第四が踏まえられているのだが、傍線部については、『阿国戯場』のこの箇所を、直接の典拠と考えた方が良いと思う。加えて、そのすぐ後の「人や聞んと。身を冷す風かあらぬか一トしきり。ぞつと身の毛も立チ退ク向ふに。ぱつと燃立ツ心ン意の炎。高尾が姿雲霧に。晴レぬ恨ミは有リ明ケの。付キまとわつてくる〳〵。…」（『阿国戯場』）は、『稲妻表紙』「怪哉《あやしいかな》心火ぱつと燃上り藤波が姿かげろひのごとくあらはれて、行《ゆく》をやらじと引とゞむ。三八郎此《この》時身うちぞつと冷《ひへ》とほりけるが、…」（新大系、一七六頁）の直接の典拠であると共に、『曙草紙』「時に怪《あやし》や、今までほのくらかりし灯火《ともしび》にはかにあかくなり、…胆《きも》太き野分の方もこれを見て、身うちぞつと冷《ひへ》とほり、…」（京伝全集、四三頁）という表現を導いていることも、容易に見てとれる。

こうした表現上の具体例を踏まえて私の言いたいのは、京伝読本において、最後の作となった『双蝶記』に至るまで繰り返し現れる〈妬婦〉のモチーフ[15]に、『阿国戯場』における、怨霊と化した高尾のイメージが投影しているのではないか、ということである。[補注1]進んで『阿国戯場』第五（「南禅寺前豆腐屋」）で、所もあろうに高尾の実家に匿われてしまった絹川に、屏風に掛けられた亡き人の小袖が、冷風と共にざわざわと詰め寄る（新大系、三〇八頁）という、演劇的効果抜群の場面は、『曙草紙』第二（補注2）・第十八で、蛇となって野分の方及び愛子桜姫に向かう玉琴の怨念（共にその箇所の挿絵に視覚化されている）を経て、『稲妻表紙』六以降で、小蛇となって佐々良三八郎家に祟る藤波の怨念へと転じているように思う。また、『稲妻表紙』五で、三八郎の妻磯菜の向かう鏡に現れた藤波の顔（新大系、一九九〜二〇〇頁）は、『阿国戯場』第五で、恩讐を超えて絹川と祝言を交わす妹累《かさね》に嫉妬して、鏡の面に現れた高尾の姿（新大系、三二四頁）に基づいているであろう。『阿国戯場』の同じ箇所で、高尾がこの世に呼び返されたのは、うっかり焚かれた頼兼の伽羅の下駄が、返魂香の役割を果たしたからでもある。この場面と、『稲妻表紙』の典拠のひとつが『傾城反魂香』であることとは、作者京伝の意識において、ひと連なりのものと考えても良いのではなかろうか。

以上、やや細部に渡ったけれども、まずは本章の冒頭近くにあげた『稲妻表紙』の〈読本的枠組〉としての藤波怨霊譚が、他ならぬ高尾怨霊譚の転用であることを申し述べたかったのである。ただし京伝は、『阿国戯場』第九（「土橋の段」）で、夫絹川（与右衛門）への愛情から身を売ろうとして自らの醜貌（高尾の執念による）に気づいた累が、誤解から、乗り移った高尾の怨恨と重なりあって嫉妬を露わにし、主にあたる歌方姫を殺そうとして、かえって夫に殺害される（結果、祐天上人の名号により高尾は解脱、美貌に戻った累の首は、主の身替りとなる）クライマックスを、『稲妻表紙』に採用していない。藤波解脱のきっかけとしては、代わって山城国蟹満《かにま》寺の縁起（新大系、三〇三頁、注一三）が踏まえられたこと、周知のとおりであり、これによって、本作における〈読本的枠組〉の後半部が形成された。京伝が「土橋の段」を用いなかった理由については私見を後述したいが、『阿国戯場』を踏まえた〈読本的枠組〉は、三八郎の挿話群を直接覆うと共に、それによって〈伊達騒動〉を匂わせた〈お家騒動〉が核心に入り、また怨霊の解脱をキッカケとして、梅津嘉門の仕官・名古屋山三の仇討と、葛藤が収まり騒動が終焉に向かうように、作品全体が構成されている。これは、高尾の殺害と怨霊解脱を軸とする『阿国戯場』の構成とパラレルであり、『伽羅先代萩』の構成とは異なる。『稲妻表紙』は、『阿国戯場』を作品の骨格として、これに複数の演劇作品を組み合わせ、肉付けを行った作品である。

四

『稲妻表紙』が今結論づけたような作と認められるとすると、私は反射的に、曲亭馬琴の中本『高尾船字文』（寛政八年〈一七九六〉序刊）の姿を思い出す。『高尾船字文』を形成している和漢の典拠については、先学に少なからぬ言及があり、『水滸伝』を初めとする中国種については、諸説を吸収した崔香蘭氏の丁寧なまとめにほとんど尽されているといって良く、対する我が国の演劇・実録種についても、もはや「是は戯文《しばい》の先代萩」（第一冊、目次）の語に惑わされず、浄瑠璃『伊達競阿国戯場』・『伽羅先代萩』・実録『仙台萩』に、歌舞伎狂言の記憶の断片も加わったものかと言えるほどに、研究が進んだ。しかし、『高尾船字文』の内容から中国種を除いて、後者の典拠を意識しながら、少し距離を置いて眺めてみると、〈伊達騒動〉を主要な素材として、作中特定の主人公が存在しない点、『稲妻表紙』に実に良く似ている。

両者の形態・内容を比較してみようとする際に、常識的に考慮すべき事柄として、『稲妻表紙』は半紙本の〈稗史もの〉読本であり、『高尾船字文』は、半紙本より小ぶりな、いわゆる〈中本（中本もの、中本型読本）〉である、ということがある。その〈中本〉の原初的特徴として、私は以前、江戸において、巷説・情話を、感情の高まりに応じて七五調を多用する平易な文体で書くという共通項を有する、[18]と述べたことがある。〈伊達騒動〉は、いわば巷説に属する（『阿国戯場』・『先代萩』が共に江戸浄瑠璃であることを考慮しても良い）ものであるから、これを踏まえて「院本《しばゐ》めいたる」文体を用いた『高尾船字文』は、一方に中国種をふんだんに散りばめ、「通俗めいたる」文体を併用していたとしても、やはり典型的な〈中本〉作品である。対して、寛政改革以前の戯作とは異なる、半紙型娯楽読み物の新様式に挑んだ山東京伝は、恐らくは『高尾船字文』を水先案内として『忠臣水滸伝』前後編（寛政十一年〈一七九九〉十一月、享和元年〈一八〇一〉十一月刊）をものした。本作と、『復讐奇談安積沼』（享和三年〈一八〇三〉十一月刊）・『優曇華物語』（文化二年〈一八〇五〉十二月刊）が、京伝〈稗史もの〉の最初の三作である。私見では、その際、趣向はともかく、全体の構成において既成の巷説に拠りかからず、〈読本的枠組〉によって縁取られた創作的長編として自立していることと、文体的に〈中本〉と一線を画していることが〈稗史もの〉の条件である。[19]ただし〈中本〉的性格は、京伝の力量を以ってしても『忠臣水滸伝』・『復讐奇談安積沼』ではいまだ十二分に乗り越えられたとはいえず、『優曇華物語』において、ようやく〈稗史もの〉の典型が生れた。[20]

ところが、『桜姫全伝曙草紙』（文化二年〈一八〇五〉十二月刊）を経て、刊行年次としては『優曇華物語』の二年後、『善知安方忠義伝』（文化三年〈一八〇六〉十二月刊）と並ぶ『昔話稲妻表紙』に至って、京伝は、文体の格調こそ落としはしなかったけれども、内容的には、〈伊達騒動〉に基づいた江戸浄瑠璃を作品の中核に据えることによって、〈稗史もの〉読本の格を、〈中本〉と同程度にまで引き戻し（引き下げ）てしまったことになる。その意味では、浄瑠璃二作を直接利用した『梅花氷裂』[21]（文化四年〈一八〇七〉二月刊）も、『稲妻表紙』と同じ方向を向いている。中村幸彦氏の言われる、京伝読本における「演劇体」[22]的性格の顕在化は、厳密には、この両作に始まるとすべきである。〈稗史もの〉と〈中本〉の峻別から同格化へという、第一人者の方向転換は、近年木越俊介氏が「主として制度や様式面の変化といった外部事情」から説かれた、文化期における〈中本〉の消滅(23)をもたらす内在的な一因となり、馬琴〈巷談もの〉の成立にもつながった(24)。また、〈稗史もの〉における〈中本〉的素材の解禁は、様々なレヴェルの新旧作者の読本市場への参入をも促し、文化五、六年における読本大流行の火種となったとも考えられる。

　これらは、現時点では多く仮説に止まる発言であり、今後の実証的検討の成果に俟つものであるが、その方向で考えるべき問題を孕む具体例のひとつとして、ここでは曲亭馬琴『新累解脱物語』（文化四年正月刊）を取り上げておきたい。本作と、『高尾船字文』第五冊の末尾に載る広告「水滸累談子《すいこかさねだんす》」（その上下に、『高尾船字文』の後篇として中本で刊行する旨が記される。ただし未刊）との間の関係性については、現在丹羽謙治氏の論考(25)に最も詳しく、私も作品の内実としては丹羽氏の線で考えていくことに賛同する。加えて、『新累解脱物語』巻之三‐第五回の、墨田川遊覧中の美女（玉芝）殺害場面が、『高尾船字文』第四冊、墨田川三叉での高尾吊し斬りに由来することを、近時湯浅佳子氏が指摘しておられる(26)。その上で、しかし〈累物語〉は、本来江戸における街談巷説に属する(27)素材であって、上述のように半紙本よりも中本として刊行されることが似つかわしい。それが、あえて半紙型の〈稗史もの〉読本として制作・刊行されている理由は、一方に『稲妻表紙』を置いてみると良く分かるのではなかろうか（刊行年月に多少のズレはあるものの、両者は共に文化四年正月の新作といって良い）。私は、京伝が、『伊達競阿国戯場』中で最も感動的な章段である「土橋の段」（第九、前述）を『稲妻表紙』に用いなかったのは、『高尾船字文』の世界としての〈伊達騒動〉を自作に借用する、いわば見返りに、かつて馬琴のものであったこの章段の使用権を、改めて彼に委ねたためであろうと思う（『新累解脱物語』では、〈累殺し〉は、いくつかのヴァリエーションを経ながら、直接的には巻之四‐第八において実行される）。京伝と馬琴は、『高尾船字文』制作時以前から、少なくとも文化四年まで、こうしたことのできる間柄であったことは、これも仮説としてではあるが、すでに公にしている(28)。『高尾船字文』の内実について、そこに京伝の関与の痕跡を読み取ることはなかなか困難だが、それでも、例えば第四冊の口絵、恐らくは頼兼に斬られる直前の高尾が大きな鯉の背に載る、琴高仙人を踏まえた画面（半丁）は、京伝洒落本の代表作『傾城買四十八手』（寛政二年〈一七九〇〉刊）の口絵（見開き一丁）につながるものである。一方『新累解脱物語』に京伝の影を見出すことはずっと容易で、私は以前、それについて小文をものしたことがある。[29]『稲妻表紙』と『新累解脱物語』とは、いったん中本『高尾船字文』に立ち戻ったところから、京伝・馬琴によって共々制作し直された兄弟作品と認めて、誤りないものと思う。

しかしここには同時に、京伝・馬琴の「歌のわかれ」[30]とでも形容するしかないようなものが、蟠っている。『稲妻表紙』の主版元は、それまで京伝読本のほとんど全てにわたってかかわってきた鶴屋喜右衛門から、江戸における「絵草紙問屋の旧家」（『本朝酔菩提全伝』前帙巻之一、口21ウ）である伊賀屋勘右衛門に変わっており、以後京伝が改めて鶴喜から読本を刊行することはなかった。私は、このことと、京伝がいったん中本に回帰し、中本的題材を、意識して半紙型の〈稗史もの〉に取り込むようになったこととの間には、関係があると思う。これに対し、『新累解脱物語』は、大坂の文金堂河内屋太助を主版元とし、これに京都の二書肆と鶴喜を加えた四書肆から刊行された。知られるように、河太は、『月氷奇縁』の制作・刊行以降、上方にあって馬琴読本の有力な版元となる書肆である。

ところで上方には、江戸と異なり、街談巷説を、中本でなく半紙型の読み物として刊行するという慣習がある。いわゆる〈絵本もの〉読本がそれにあたる。[31]江戸における京伝・馬琴の〈稗史もの〉読本の台頭が、その形態に変化を及ぼしつつあったといっても、後期上方読本の基本は、やはり街談巷説にある。『新累解脱物語』は、版元の思惑からすれば、河太を中心として刊行された『祐天上人一代記』（享和四〈文化元〉年〈一八〇四〉正月刊[32]）の対として読まれるべき、江戸風の〈稗史もの〉として制作されたといって良いのではなかろうか。ちなみに『新累解脱物語』は、用いられた素材から、従来〈伝説もの〉と分類されてきたが、〈読本的枠組〉の施し方からすれば、超越者烏有（祐天）を作品全体の視点とする〈一代記もの〉と修正すべきであろう。(33)

江戸における〈中本〉的素材を、京伝は、恐らくは自らの後半生を貫くテーマとなった「なつかしい江戸」(34)への表現手段として、〈稗史もの〉読本にもあえて持ち込み、馬琴は、江戸固有の「累解脱物語」を、〈稗史もの〉読本としての「新累」(35)に仕立てて、これもあえて上方の本屋から出版し、「東都　曲亭馬琴」（内題下署名）の名と共に、できるだけ広範囲に流布させようとした。二人の読本における加工態度の異質性は、このようにして表面化し始めるのであるが、私としては、これを作家的優劣論とは異なる方向から捉えることが、その後の両者の関係のみならず、読本全体の流れを、今よりもずっと把握し易くしてくれるものと確信するようになっている。

注

（1）本多朱里「『浅間嶽面影草紙』論―京伝読本との関係から―」（『京都大学国文学論叢』五、平成一二年〈二〇〇〇〉一一月、改題して『柳亭種彦―読本の魅力』所収、平成一八年〈二〇〇六〉）を通じて知った。全文の翻刻は、佐藤悟「柳亭種彦書簡集」（『近世文学俯瞰』所収、平成九年〈一九九七〉）

（2）本書II-3。なお、〈稗史もの〉という呼称、及び下位分類の名称は、『読本の研究』（風間書房、昭和四九年〈一九七四〉）等、横山邦治氏の著述に従うが、横山氏が〈稗史もの〉に含める〈お家騒動もの〉については、やや異なる見解を後述している。

（3）本書II-5。

（4）「京伝と馬琴―文化三、四年の読本における構成の差違について―」（「読本研究」三上、平成元年〈一九八九〉六月）。以下本章では、この稿に述べた事柄の、大幅な書き改めを意図している。

（5）本書Ⅰ-7、他。
（6）『日本古典文学大辞典』一、「御家物」の項（昭和五八年〈一九八三〉）。
（7）他に作例が皆無なのではなく、烏亭焉馬『忠孝潮来府志』（文化六年〈一八〇九〉正月刊）などがあるが、『稲妻表紙』に刺激されたものと言うべきであろう。
（8）『日本古典文学大辞典』五、「昔話稲妻表紙」の項（水野稔氏、昭和五九年〈一九八四〉）。
（9）注（8）に同じ。
（10）旧大系版（『浄瑠璃集　下』（昭和三四年〈一九五九〉所収）の校注者は鶴見誠氏、新大系版（『近松半二・江戸作者浄瑠璃集』（平成八年〈一九九六〉）所収）の校注者は内山美樹子・延広真治両氏。ことに後者の注は、広く歌舞伎狂言や実録との関係にわたり、また詞章の巧拙や舞台上の人形の動きにも及ぶ、力の篭ったものであり、多くを教えられた。
（11）「治助・京伝・南北」（『郡司正勝刪定集』一所収、平成二年〈一九九〇〉、初出昭和一八年〈一九四三〉一二月）。
（12）天明二年〈一七八二〉七月、江戸中村座初演。初世桜田治助、津内清三郎等合作。
（13）以下、章段の名称と本文の引用は新大系版によるが、本文の曲節符号は省略した。
（14）本書Ⅱ-2。
（15）拙稿「『梅花氷裂』の意義」（「読本研究」七上、平成五年〈一九九三〉九月）、同『双蝶記』の明暗」（「読本研究」十上、平成八年〈一九九六〉一一月）。
（16）「読本処女作『高尾船字文』の趣向」（『馬琴読本と中国古代小説』所収、平成一七年〈二〇〇五〉）。
（17）浄瑠璃・歌舞伎については石橋詩世「『高尾船字文』に関する一考察―伊達騒動高尾物の検討と書名の意味―」（「大妻国文」25、平成六年〈一九九四〉三月）が参考になり、実録については、高橋圭一「伊達の対決―実録『仙台萩』攷―」（『実録研究―筋を通す文学―』所収、平成一四年〈二〇〇二〉）に指摘がある（二九九頁）。
（18）本書Ⅰ-2ii。

(19)　本書I-3。
(20)　注（5）に同じ。
(21)　注（15）「『梅花氷裂』の意義」。
(22)　『近世小説史』第十章「後期読本の推移」（著述集四、昭和六二年〈一九八七〉）、四二六頁以下。
(23)　「書物と地本の間―文化期後半の中本型読本をめぐって―」（『近世文芸』83、平成一八年〈二〇〇六〉一月）。
(24)　注（15）に同じ。
(25)　「馬琴読本における『水滸伝』受容の一齣」（『読本研究』五上　平成三年〈一九九一〉九月）。
(26)　「『新累解脱物語』考」（『鯉城往来』六、平成一五年〈二〇〇三〉一二月）。
(27)　本書I-4。
(28)　本書II-3。
(29)　「湛湛青天不可欺」（『いづみ通信』11、昭和六三年〈一九八八〉一〇月）。内容に再考を要する点もあるが、表題とした七字を起句とする七絶形式の「詞」（巻之一-三ォ上段、陰刻、本書II-5、二九三頁に図版掲載）が、京伝読本にしばしば見られるものであることと、その下段の下総羽生村略図をはじめ、作中馬琴が京伝『近世奇跡考』（文化元年〈一八〇四〉一二月刊）所収の〈累〉の考証を利用していることの指摘を、改めて援用しておきたい。
(30)　中野重治の小説（昭和一四年〈一九三九〉）のタイトルを借用しているが、ここでは、作家的基盤の異なる両者の目指す方向性の違いが、否応なく明確化する意として用いている。
(31)　〈絵本もの〉の概要については、注（2）横山邦治『読本の研究』参照。ただしここでは、以下に述べる『祐天上人一代記』など、いわゆる長編勧化本の流れにある作についても、〈絵本もの〉に含めて考えている。
(32)　大坂・河内屋太助に加え、南紀一書肆、京都三書肆刊（国文学研究資料館所蔵本による）。
(33)　本書II-3の注（13）。
(34)　拙稿「京伝と其角」（『鯉城往来』一、平成一〇年〈一九九八〉三月）。

（35）「新累」の語は、新大系版『伊達競阿国戯場』解題（二七〇頁）を参照した。
（補注1）高尾の怨霊を含む〈妬婦〉のモチーフについては、本書II-5・6・7において、さらに検討を深めている。

（補注2）この箇所は、むしろ浄瑠璃『苅萱桑門筑紫轢』初段の、妬婦の黒髪が蛇に変ずる場面を踏まえるであろうこと、本書II-7（三三一頁）で再考している。

5　京伝、馬琴と〈勧善懲悪〉

一

山東京伝、曲亭馬琴が共々活躍し、その他の作者を加えて、文化五、六年（一八〇八〜九）に出版点数としてもピークに達する〈稗史もの〉読本の形成過程の解明は、後期読本の全体を理解する上での、重要課題のひとつである。私自身もまた、専ら京伝、馬琴に即しつつ、この問題を追求して今日に及ぶが、このテーマは常に、研究者に対して、文化期前半における二大家の位置関係をどのように把握するか、という難問を投げかけてくる。

両者の競合状態を、小説的構成力と学識に勝る馬琴が制し、『椿説弓張月』（文化四〜八年〈一八〇七〜一一〉）の成功を通じて〈稗史もの〉の代表作者に君臨、超大作『南総里見八犬伝』（文化十一年〈一八一四〉〜天保十三年〈一八四二〉）に至る、とするのが、従来説の骨子であり、中村幸彦『近世小説史』（著述集四、昭和六二年〈一九八六〉）第十章「後期読本の推移」にまとめられるところが、現在斯学のパラダイムとなっている。これに対して、髙木元『江戸読本の研究　十九世紀小説様式攷』（平成七年〈一九九五〉）は、「後期読本」を含む十九世紀俗文芸を、作者ではなく出版業者（版元）によって先導され、性格の決定される形態と見なすことで、通説の相対化を図っている。

右の中村・髙木両氏に集約される先行研究の立場は、それぞれに重さと説得力を備えており、私は、すでにもう長いこと、それらを反芻し続けて来たのではあるが、正直なところ、そのどちらにも容易に与することができずにいた。ジャンルの消長が、作者個人の資質や感情にのみ帰されて良いものではなく、研究者側の過剰な思い入れは廃されねばならないが、しかし〈稗史もの〉読本というジャンルに、モノに止まらないコトバ（文芸）としての意義を見出そうとすれば、結局のところ、そこに占める京伝、馬琴の位置の大きさを再確認することになり、また彼等が、一体そこに何を求めてあれほどまでに身と心を責めたのかを理解したいという願望に、改めて帰着せざるを得なくなる。いまだ仮説の段階ながら、〈稗史もの〉読本の文芸様式は、京伝を中心に、文化三、四年頃までごく近しいところにいた馬琴（及び両者と協力関係にあった書肆鶴屋喜右衛門）との「談合」によって形成された面が大きい、との私見を公表するに至ったのは、つい最近になってからのことである。(1) それは、この頃までの京伝、馬琴読本の作品構造、及び趣向に見られる、空似とは言えない近似性となって表面化しているので、「競合」と誤解され易い。さらに厄介なことに、両者「競合」のイメージは、後年になって、『近世物之本江戸作者部類』（天保四、五年〈一八三三～四〉稿）を中心に、限られた人々を相手とする「あくまで自分中心な近世後期江戸小説史の組みたて」(2) を目論んだ、他ならぬ馬琴その人によって作り出されたものであろうと思われる。(3)

本章では、上記のような立場から、注（1）の拙論（本書II-3）と同じく、文化三、四年の京伝、馬琴の読本を対象として論じる。なお、すでにほぼ同じテーマを扱った拙論(4) があるが、その内容は、顧みて忸怩たるものがある。今回、観点を新たにして再論することをお断りしておきたい。

二

注（1）の拙論を通じて獲得した知見のひとつに、京伝の『桜姫全伝曙草紙』（文化二年〈一八〇五〉十二月刊）は、

桜姫の母親である悪女野分の方を主人公とし、野分の方の嫉妬を受けて惨殺された白拍子玉琴の怨霊を〈読本的枠組〉とする〈擬・一代記〉である、ということがある。本作が、従来便宜的に〈お家騒動もの〉と分類されていた（5）のに飽き足りない思いを抱いてきたので、〈(擬)一代記〉という分類基準に辿り着いたことは、正直嬉しくもあり誇らしくもあった。しかし、京伝はもう一枚上手であった。本作には、野分・玉琴の葛藤の外側に、さらに弥陀《みだ》次郎(俗名、真野水次郎)の存在がある。弥陀次郎は、桜姫の生家である鷲尾家の家臣筋の者として本作冒頭に紹介され、作者京伝は、巻之一-第一のほとんどを、その事跡を語ることに費やしている。以下しばらく、これを追ってみる。

ア　「此《この》水次郎成長にしたがい、大胆強気にして力量人に越《こえ》、邪見放逸にして更に憐《あはれみ》の思《おもひ》なく、常に山川に奔走して、狩漁《かりすなどり》を楽みとし、一向《ひたすら》身の行ひ悪《あし》かりければ、人皆異名をつけて、悪次郎とぞ称じける」。人々は彼を憎んだが、鷲尾家の当主十郎左衛門義治は、その性質を「悪行をなすといへども元来無欲にして、名利を貪る心なければ、能《よく》教諭をくはへなば、後〳〵は其行《そのおこなひ》もなほるべし」と見極め、水次郎を庇った。しかし水次郎は殺生禁断の九世戸《くぜど》の海で漁をして咎められ、義治も仕方なく彼を追放する。

自ら悪次郎と名のり、山城国淀のほとりで、なお漁猟を止めない水次郎は、ある時漁を妨げる「黒谷派の専修念仏を唱へ」る行脚僧を打擲虐待するが、それは「西山粟生野《あはふの》光明寺」の本尊が化現・教化したものと知り、「深く懺悔の心を生じて、これまでの悪業《あくがう》をあらためんと、自《みづから》心に誓《ちかひ》」、感涙を流して帰宅する。その夜、さらに霊験があって、淀川に黄金の「弥陀の尊像」を得、殺生を止めて、出家さながらとなったので、人々は「弥陀次郎」(「弥陀二郎」とも。以下「次」に統一)と呼ぶようになった。やがて弥陀次郎は、弥陀像を安置する地を求めて、修行の旅に出る。「誠《まことに》是《これ》逆《ぎやく》則《そく》是順《ぜじゆん》の理《ことはり》にたがはず、悪につよき者は又善にもつよしといへる常言《ことわざ》も、此《この》弥陀次郎がたぐひなりかし」。

最後の引用の末尾に、「已上山州名跡志に所レ記と大同小異あり」とある。弥陀次郎の事跡を述べた先行作には、大江文坡作の長編勧化本『弥陀次郎発心伝』（明和二年〈一七六五〉刊）もあるが、京伝は、直接には地誌によることを断っているわけである。こうして専修念仏の修行者となった弥陀次郎は、その後も、イ～キのようにして本作中に登場して来る。

イ　弥陀次郎は、鷲尾義治の本妻野分の方の嫉妬により、密かに惨殺された玉琴の死骸と、その腹から生れた赤子（母親の魂魄が還着して蘇生）を目撃し、事情を知らずに回向、養育する（巻之二－第四）。その子供（男子）は、後に清水寺の敬月《きょうげつ》阿闍梨に乞い取られて徒弟となり、清玄と名のった（巻之五－第十九）。

ウ　一八年後、諸国修行を果した弥陀次郎は、相模国竹の下道で雲水に話しかけられる。この僧は法然上人の徒弟で常照《じょうしょう》阿闍梨といい、かつて粟生野光明寺の釈迦仏が次郎を教化した際、常照の夢に現れて彼の鉦と錫杖を用い、弥陀次郎は今なおそれらを所持していたのだった。二人は邂逅を喜び合い、再会を約して別れる（巻之三－第九）。その直後、弥陀次郎は、玉琴の霊魂の導きで、玉琴失踪の糾明を続ける鷲尾家の臣篠村次郎公光《しのむらじろうきんみつ》に出会う（同）。

エ　桜姫の慕う三木之助伴宗雄《みきのすけばんのむねお》の婿入りが決まる。桜姫との婚姻を願って当主鷲尾義治に拒絶されたことを怨んだ信太《しだ》平太夫は鷲尾家を攻撃、義治は信太の手先となった盗賊蝦蟇《がま》丸に殺され、鷲尾家の人々は散り散りになる（巻之二－第七、巻之三－第十・十二）。敵どうしと知らずに蝦蟇丸の後妻に入った野分は、前妻小萩に対する嫉妬を露わにして夫に殺害させ、前妻の女子松虫・鈴虫を虐待する。母の死骸を前に自害をはかる二人を、法然上人の命を受けた常照阿闍梨が救い、姉妹は剃髪する（巻之四-第十四）。

オ　桜姫は、憂苦のため絶命し、鳥部野に運ばれるが、桜姫に恋焦がれて正気を失った清玄（巻之二-第七・八）が墓守となっていて、姫を蘇生させ、かき口説く。来合わせた弥陀次郎が清玄を斬殺、桜姫を救う（巻之四-第十六）。

カ　信太平太夫・蝦蟇丸は滅びて野分・桜姫は鷲尾家に戻り、弥陀次郎は、新たに当主となった宗雄から勘気を許される。ところが、桜姫は病に陥り一体二行《ぎよう》となる。弥陀次郎道心に伴われた常照阿闍梨が、法然上人の名代として、桜姫に憑依した白拍子玉琴の怨恨を解脱させる。人々は玉琴の言葉によって真実を知り、悪計の破れた野分は雷死する。桜姫も、もとよりこの世の人ではなく、宗雄も出家する（巻之五-第十八・十九）。

キ　法然上人の得度で剃髪した宗雄（源宗法師）を大旦那として、弥陀次郎は「宇治郡五箇《ごか》の庄に一宇を建立し、かの霊仏を安置して、常照阿闍梨を開基の主とし、不断念仏の道場とぞなしにける。西方寺といふはすなはち是なりとぞ」。『山州名跡志』によれば、弥陀次郎・常照阿闍梨は同じ寺に住み、同年同日同時に大往生を遂げた（巻之五-第二十）。

一瞥して、『桜姫全伝曙草紙』において、弥陀次郎道心（傍線）が、鷲尾家の外側にいながら、主家に生起する一連の出来事にかかわり続けていることが了解される。右のうちエの後半部には、弥陀次郎ではなく常照阿闍梨（波線）が関与しているが、ウ以下に示されるように、二人は法然上人に連なる修行者としてほとんど同体といって良く、鷲尾家にかかわる人々を済度することを通じて、共に往生の素懐を遂げている。

つまり『桜姫全伝曙草紙』は、全体を悪女野分の方を主人公とする〈擬・一代記〉とするよりも、弥陀次郎の発心から往生に至る過程を〈読本的枠組〉とし、そこに物語の本体部分を嵌め込んだ、弥陀次郎の〈発心伝〉ならぬ

〈一代記〉と見たほうが、一層分かり易い。その際注意されるのは、アで、弥陀次郎が、「大胆強気」・「邪見放逸」で、主家からも追放される、「悪次郎」であったことである。それが、仏の慈悲を機縁として「善」に立ち帰り、元来の力量と仏心により主家を救って、勘当をも許される。このことは、美人・聡明で、夫鷲尾義治と娘桜姫への愛情を十分に持ちながら、嫉妬のあまり二人の女性を殺しもする「大胆強気」・「邪見放逸」な野分の方の(6)〈一代記〉と、意識的に対置されている。弥陀次郎の体現した「逆則《ぎやくそく》是順《ぜじゆん》の理《ことはり》」に、野分は生涯を通じてついに辿り着けず、天罰によって雷死したというのである。

　京伝読本におけるこうした善悪の捉え方は、『桜姫全伝曙草紙』に一年遅れて刊行された『善知安方忠義伝』前編（文化三年〈一八〇六〉十二月刊）・『昔話稲妻表紙』（同年同月刊）にも見られる。前者では、全体の〈読本的枠組〉である善知安方は、主君平良門に斬殺されてなお諫言を続けるが、狩猟を生業とした殺生の報いとして、成仏することを許されない。(7)良門討伐を命じられた源頼信は、蝦蟇の妖術に心を晦まされ、佚楽に日を送るが、諫言した家臣を手討にしたとたんに覚醒し、後悔する。しかし頼信の行為は、残された妻子の不幸のきっかけとなる。逆に、蝦蟇の術によって弟の謀反に荷担する如月尼（瀧夜叉）は、憤死の直前に本来の菩提心を取り戻し、従容として遷化する。また後者では、主家の安泰のため、主君の溺れる白拍子藤波を斬殺した陪臣佐々良三八郎が、自らは無実を疑わないその怨魂（〈読本的枠組〉）のために、家族共々苦しめられる。(8)藤波殺害と同じ春の嵐の晩、主家の重宝「百蟹《ひやくがい》の巻物」を盗んだ長谷部雲六は、それが遊興費を償う目的だったことを告白（ここまで、読者には重宝の盗難を謀反を企む悪臣たちの仕業と思わせるような運びになっている）、懺悔して自害する。

　私は、これもごく最近まで、京伝読本におけるこうした描き方を、文芸的な深まりイコール〈勧善懲悪〉の不徹底と考え、そのように発言もしてきた。(9)しかし、それは作者の意図を正しく忖度し得たものではなかった。

○狂簡といへども往々実を兼《かね》、因果輪廻、無常転変の理を示し、遅速はありといへども、善悪到頭つひに報《むくい》ある事を録せり。よし虚談にもあれ、児女勧懲の一端ともなるべき所、聊《いさゝか》見ゆれば、……（『桜姫全伝曙草紙』巻之一「例言」）

……湛々たる青天欺くべからず、するにいたりてつひに天罰《てんばつ》をかうぶり、身体微塵にくだけて死しをはんぬ。（同巻之一‐第三）

○もろこし人の常言《ことはざ》に、湛々たる青天欺くべからず、未曽意挙《いまだかつていをあげ》ざるに已先知《すでにまづしる》といへり。いふこゝろは湛々《きよくきよき》青天はいつはるともいつはりがたし、いまだ悪意のあらはれざるさきに、天はよくこれを知《しり》給ひて、かならず罰を下し玉ふとなり。（『善知安方忠義伝』前編巻之三上‐第十条）

扨此《さてこの》草紙は、……事を狂言綺語《きぎよ》にまうけつくりたる物語なれば、尽《ことごと》くそら言にて、歌舞伎の狂言にひとしく、児女の徒然を慰るのみなり。唯善人一旦衰るといへども再《ふたゝび》時運のひらくにあひ、悪漢一旦盛《さかん》なるも、つひには天刑をかうぶり、善悪到頭かならず報《むくひ》ある道理を示し、露ばかり諸悪莫作《まくさ》の便《よすが》とも成《なり》ねかしとおもふのみせめてよしあるべかめり。（同右巻之五「附言」）

○原此稗説《モトコノハイセツ》ハ、……跡ナキ事ノミオホカレバ、俳優ノツクリ物語、狂言綺語ノソラ言ト、看《ミツ》ベキ也。（『昔話稲妻表紙』巻之一「附テイフ」）

『聴松堂語鏡』ニ、市井ノ愚夫愚婦雑劇戯本《ゲホン》ヲ看テ忠臣孝子義夫節婦アルニ遇《アヘ》バ、良心ヲ触動シ、悲傷涕泣自《オノヅカラ》禁ゼザルニ至リ率《ヒイテ》行ヲ敦《アツク》シ、善ヲナス者アリト云《イヘリ》。此書（大高注、『稲妻表紙』）ノ如《ゴトキ》ソラ言モ、看人《ミンヒト》ノ心ニヨリテ、忠臣ノ薄命孝子ノ苦辛、義夫節婦ノ、道理ニセマレル趣ヲ考《カンガ》ミテ憐《アハレミ》ノ想《オモヒ》ヲ起サバ、導善除悪ノ一助トモ、ナルベカメリ。（同右）

華厳経ニ心ハ工画師《コウグワシ》ノ如ク、種々五蘊《ゴウン》ヲ造ス。一切世界中、心ヨリ生ゼザルハナシト云《イヘリ》。此書（大高注、『稲妻表紙』）文ノ記シ得ベカラザルハ、絵ヲ施シテ其形勢《ソノアリサマ》ヲ示ス。…（同右）

恩人と仇人《あだびと》と、しかも同月同日に、はからず出会《しゆつくわい》せしは、正是《まさにこれ》天のみちびき玉ふ処《ところ》にして、善悪つひに報《むくい》ある事を示し玉ふ所ならん（同巻之五上冊−十五）。

長い例示になったが、作者京伝は、三作のいずれにおいても明確に〈勧善懲悪〉を標榜している。しかも、それは、具体的な現れ方としては、『善知安方忠義伝』からの引用（傍線部）に説明され、また三作の傍線部を総合して、「もろこし人の常言」である

湛湛《たん〳〵たるせいてん》《きよくきよし》青天不レ可レ欺《ずべからあざむく》
未《いまだ》《ざるに》ニ曽《かつて》挙《あけ》レ意《いを》已《すでに》先知《まづしる》
善悪《ぜんあく》到《たう》頭《とう》《おんづまり》終《つひに》有《あり》レ報《むくひ》
只《ただ》争《あらそふのみ》三来《きたる》早《はやき》与《とを》ニ来《きたる》遅《おそき》一

（『忠臣水滸伝』前編巻之五−第六回）

のようなかたちをとる、という[10]。また、三作のような「草紙」・「稗説」は、元来「狂言綺語」・「そら言」で、「歌舞伎の狂言」・「雑劇戯本」[11]に等しいけれども、『聴松堂語鏡』（二重線部）にいうように、「導善除悪ノ一助」ともなり得べきものである、という。

中で最も重要と思われるのは、『稲妻表紙』の引例中むしろさりげなく書かれた、「華厳経」（二重線部）の「一切世界中、心ヨリ生ゼザルハナシ」の一節である。上述した、京伝読本三作における「〈勧善懲悪〉の不徹底」と結びつくのは、この点だからである。私はここから、ただちに『雨月物語』（安永五年〈一七七六〉刊）巻之五「青頭

巾」の、良く知られた一節「心放《ゆる》せば妖魔となり、収むる則《とき》は仏果を得るとは、此《この》法師がためしなりける」を連想する。汗牛充棟只ならない『雨月物語』研究において、この一節に対してどの程度の理解の幅があるのか、その検証は全く省いて、ここでは、従来刊行された主要注釈書のうち、「ちくま文庫」版(12)によって、この箇所の注を検索すると、「語釈」に

『摩訶止観』八下などに見える思想であるが、西田維則訳『通俗西遊記』(宝暦八年刊)序に、「此ノ心放ストキハ、則チ妄心ト為ル。妄心一タビ起セバ、則チ能ク魔ヲ作ス。(略)此ノ心収ルトキハ、則チ真心ト為ル。真心一タビ見ル、トキハ、則チ能ク魔ヲ滅ス」、また作者自身の『春雨物語』(文化五年本)「樊噲《はんかい》」に同旨の文が見える。「仏果」は成仏の意。

と見え、また、その箇所の「評」の中に、「心放せば妖魔…」という考え方は、「説話の世界でも、中世の『天狗草紙』以来、「仏魔一如」の語で普及していた」ともある。京伝の三作における〈勧善懲悪〉を支えているのも、秋成における「仏魔(善悪)一如」観と同根のものといって良く、それが「(勧懲)不徹底」の印象をも伴って、今日に至ったのであろう。しかし、だからといって、『雨月物語』が京伝に直接思想的影響を与えたなどと、短兵急に両者を結びつけようというのではない。『雨月物語』の文章表現は、確かに三作の細部に巧妙に裁ち入れられている(13)が、私としてはむしろ、黄表紙『心学早染草』(寛政二年〈一七九〇〉刊)等の善玉悪玉として視覚化された心学的善悪観、近時田中則雄氏の追求しておられる、大江文坡を初めとする長編勧化本の投影(14)など、京伝戯作の背景の検討が必要なように思う。

言いたいのは、『雨月物語』を対置させたときに、京伝三作もまた、〈稗史もの〉読本としてのワクの中で、善悪を、「仏魔一如」の立場から、人間の「心ヨリ生ゼザルハナ」(『華厳経』)きものとして描いており、しかも、かな

りの程度にその試みに成功していることが、はっきりと見えてくるということである。京伝読本における〈勧善懲悪〉のスタンスは、以後変わることがなかった[15]から、善悪に対する作者の視点は、この三作において「仏魔（善悪）一如」に定まったと考えて、誤りではないであろう。ここに、京伝読本のひとつの到達点があったわけである。

三

しかるに、上記のような理解が長いことなされないままだったのは、その間、〈稗史もの〉読本における〈勧善懲悪〉のあり方イコール馬琴読本のそれ、と考えることが、研究者にとっての常識だったからである。最初から截然と区分された善人・悪人から成る登場人物全員に、善悪の程度に応じて厳格に賞罰の施される馬琴流が〈稗史もの〉読本の〈勧善懲悪〉のモデルであれば、善悪とは、人それぞれがそのいずれにもなり得るような心のあり方の問題であるという京伝流は、いかにも「不徹底」の誇りを免れないものということになる。

しかしながら、上記三作に先立つ『優曇華物語』（文化元年〈一八〇四〉十二月刊）において、〈読本的枠組〉による長編構成を有し、善悪の区分の明瞭な、以後の〈稗史もの〉読本の規範を確立したのは、他ならぬ京伝その人であり、刊行時期の近接する馬琴の〈稗史もの〉処女作『月氷奇縁』（文化二年正月刊）には、稿本の段階で『優曇華物語』を参照・模倣した形跡が残る[16]。このことは、拙論において、そのつど自己点検を加えながら、一再ならず説いてきた事柄であり、冒頭申し述べた、京伝、馬琴は元来兄弟作者という認識の根拠でもある。

両者のこの関係が、文化三、四年においても保たれていることは、注（1）論文で申し述べた以外にも、比較的簡単に指摘することができる。それは主として、馬琴読本において、京伝『曙草紙』の細部やモチーフをかすめるかたちで現れてくる。例えば『勧善常世物語』（文化三年正月刊）で、主人公佐野源左衛門常世の継母手巻《たまき》は、自らの実子・肉親への盲目的愛情から常世を憎み、遠ざける（談第四）。嫉妬を中心に、女性通有の悪を描くことは、この時期、本作以外の馬琴読本にも目立つ[17]が、これは、馬琴が、自作においても、京伝『曙草紙』の野分像に最も集約的に描かれた〈妬婦〉のモチーフの形象化を課題としていたことの現れと考えられる（本書II-6）。『勧善常世物語』には、また銀の釵《かんざし》を仲立ちとした男女の対面が描かれ（談第五）、同様の場面は、『三国一夜物語』（同年刊）第七編にも見られるが、いずれも、『通俗金翹伝』（宝暦十三年〈一七六三〉刊）を踏まえた『曙草紙』巻之三-第十の名場面に通うものである。ちなみに『そのゝゆき』馬琴自序（文化三年〈一八〇六〉四月二日、翌年正月刊）では、薄雪姫を描くにあたって、「事は彼《かの》翠翹が小説にすこしく似て、その趣大《おほい》に同じからず」と、一歩踏み込んだところでの利用をも匂わせている。

『勧善常世物語』に戻って、談第一に、常世の父の挿話として、在番中に将軍頼経公の寝所から「藤波の御剣」を盗まれたことで、浪々の身となったとある。これは『曙草紙』ではなく、一年後の京伝『稲妻表紙』における白拍子藤波の殺害と百蟹の巻物盗難を、早くもかすめている。同談第二で、後に常世の妻となる白拍子白妙の舞い奏でる「老鼠」が、『稲妻表紙』巻之一-一で、藤波・山三の舞う「西寺の鼠舞」と同じ催馬楽の一曲であること共々、早い段階で、京伝から話を聞くか、草稿を覗くかした結果であろう。

もうひとつ、先述した中国の常言「湛湛青天不可欺」に関連して、指摘しておきたい事柄がある。この常言は、引用したとおり、『忠臣水滸伝』前編巻之五-第六回に見られるのが、京伝読本における初出であるが、『山東京伝全集　十五　読本1』（平成六年〈一九九四〉）の解題（徳田武氏）に、典拠は『小説粋言』（宝暦八年〈一七五八〉刊）巻之五、つまり沢田一斎訓訳の「襲二私怨一狠僕告二主翁一」（『今古奇観』巻二十九・『初刻拍案驚奇』巻十一）、と指摘[18]するように、開巻早々の一丁裏に見られる。この話は、物売りに暴力をふるった男が、すぐに和睦したものの、それを種に強請《ゆす》られ、また使用人の訴えで無実の罪に陥るが、死んだはずの物売りが現れて、全てが明白になるというもの。常識的に、京伝は、常言のみを採用したわけではなく、話そのものも閲読していたであろうと思われる。

　ところが、右にも挙げた馬琴『そのゝゆき』巻の三「垣根のがふか」に同じ話が使われていることを、『馬琴中編読本集成　五』（平成八年〈一九九六〉）解題（六七二頁）において、同じく徳田武氏が指摘しておられる。[19]『そのゝゆき』が、『曙草紙』・『稲妻表紙』を相当程度に意識した作であることを、私はすでに注（4）論文において指摘したことがあり、その箇所においては、研究の現状に鑑みて、大きく改める必要を認めない。[20]上記のことがそれに加わり、しかも「湛湛青天不可欺…」の四句は、馬琴『新累解脱物語』（文化四年正月刊）の冒頭に、篆書で堂々と掲げられている（図版6）。[21]以上は目立つ事例を掲げたのであって、繰り返すが、文化二年に引き続き、文化三、四年の馬琴読本から同様の例を探し出すことは、決して困難ではないのである。

　しかし、にもかかわらず、京伝『曙草紙』・『稲妻表紙』と馬琴『勧善常世物

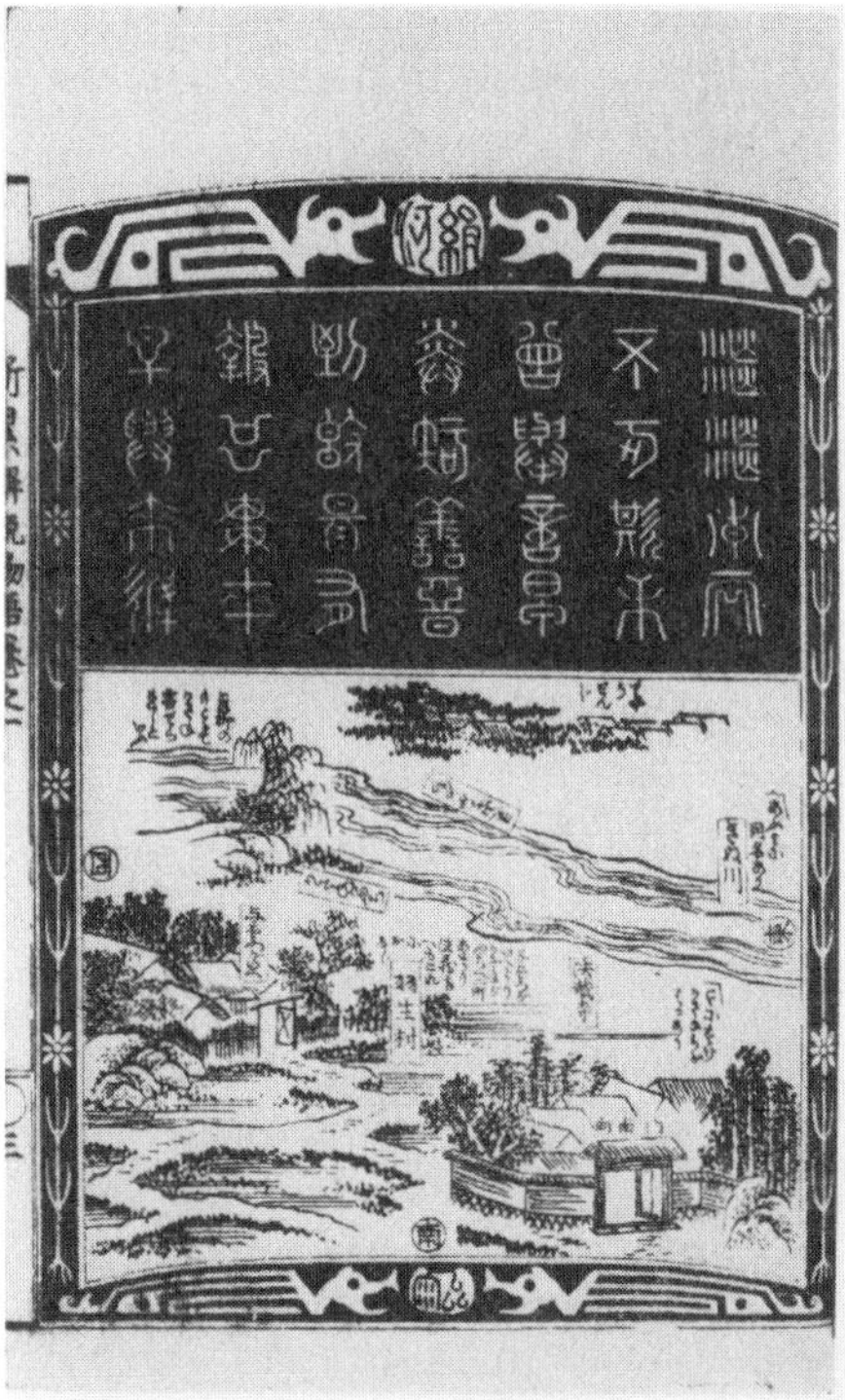

図版6　『新累解脱物語』巻之一題詞（3ォ）

語』・『そのゝゆき』が読者に与える印象は、非常に異なる。注(4)論文は、その理由を京伝・馬琴における〈読本的枠組〉の施し方の差異に帰しているが、そうではない。注(1)論文で訂したように、異なっているのは、両者における〈勧善懲悪〉のあり方、なのである。見てきたような京伝流〈勧善懲悪〉に対して、馬琴読本では、『月氷奇縁』の(つまりは『優曇華物語』において確立された)あのかたちが、あくまでも遵守されている。文化三、四年の馬琴読本は、〈読本的枠組〉の施し方としては、世代を超えて因果を継続させる〈伝説もの〉(この型は京伝にはない。代表作は『墨田川梅柳新書』・四年刊)と、京伝に即して前述した〈一代記もの〉(代表作は『新累解脱物語』・四年刊)、加えて〈史伝もの〉への展開が見られる。[22]この二年間に、馬琴読本の〈読本的枠組〉が、様々なヴァリエーションを獲得したことについては、本書II-6において整理・検討を加えたので、今は詳細を割愛し、〈勧善懲悪〉に論点を絞れば、そのほとんど全てが、いわば〈善人／悪人〉型を取っている。[23]

以上を要するに、馬琴は、文化三、四年の読本において、なお京伝と兄弟作者であり続けているにもかかわらず、〈勧善懲悪〉の一点において、京伝の踏み出した〈善悪一如〉の方向には追随することをせず、むしろ、〈善人／悪人〉型にこだわった。多少の忖度をも交えて言えば、馬琴は、一気に増加した書肆からの注文に応えて、反復・習熟したこの型を、「因果の理(法)」と名付け、[24]これを備えた自作を、〈稗史もの〉読本の典型として世間に宣揚したのである。対して京伝は、以後、再度の長い模索を経た末に、『双蝶記』(文化十年〈一八一三〉九月刊)で、〈善悪一如〉観の見事な血肉化を成し遂げたけれども、すでに馬琴的〈善人／悪人〉型の席巻する文化期後半の〈稗史もの〉読本中にあっては、違和感を生じさせるものでしかなかった。

京伝的〈勧善懲悪〉は、やや陳腐な物言いをあえてすれば、「市井之愚夫愚婦」(『忠臣水滸伝』前編自序)に対する作者の誠意の表れであるが、それが受け入れられなかった事情について、私は、今度は『雨月物語』ならぬ秋成

『春雨物語』の漆山又四郎旧蔵本の識語をめぐって、中村博保氏の言われていたことを想起する[25]。筆写者竹内某は、「年のいそぎに心しつめかねて」、「いと放埒なる事ともにて、殊にくさけなるすちもこと〳〵し」い、「捨石丸」・「樊噲」の二編を写さなかったというのである。前者は置いて、後者「樊噲」は、秋成の〈善悪一如〉観が、きわめて意識的に体現された作であること、言うまでもない。「この竹内某の処置を恣意《しい》として非難することは簡単だが、ぼくはむしろ、なるほど、これが当時としては正直な読み方であったのかと考え込む」――そのように記される中村氏に、私も賛同する。この識語の日付は、「天保卯（大高注、二年〈一八三一〉または十四年〈四三〉）十二月十七日」であるが、これをさらに二〇年ほど遡っても、「樊噲」に対する一般的な感想が、それほど異なっていたとは思われない。京伝は、あえてそこに踏み込もうとしたのである。

京伝のこの決断を、当初、馬琴（及び書肆鶴喜）は、驚きをもって受け止めたことと想像する。しかし、上記が証明するように、それが、即京伝批判につながったわけではないであろう。文化三、四年の馬琴は、親と同じくらい大きな図体に育ちながら、なおかつ寄り添って餌をねだることを止めない、巣立ち直前の雛鳥のようなものであった。馬琴が、京伝からの自立を自覚したのは、『椿説弓張月』後篇（文化五年正月刊）の執筆にあたって、前篇で構想していた虚構の為朝伝が、目前に出現した〈歴史〉文献の前に、一瞬で崩壊した、その衝撃の結果であったと思う[27]。その時から、馬琴にとって、読本は、「尽《ことく》くそら言にて、歌舞伎の狂言にひとし」（『善知安方忠義伝』巻之五「附言」）いものであってはならなくなった。この後、馬琴は『弓張月』を完成に導きながら、自らを中国〈稗史家〉になぞらえ、京伝的読本作りに距離を置くようになる。ここから先、少し突飛な冗言をお許しいただければ、しかし私には、京伝が、例えば『弓張月』のような作品をものすことは、全く空想もできない。寛政の改革における処罰の後、何よりも〈町人〉としての分度を優先して文芸活動に携わった京伝のような人が、「歌舞伎の狂言」というフィルター抜きに、源家を代表する英雄である為朝を主人公として〈稗史〉を構想・執筆するようなことが、果たしてあり得るだろうか。同じく武家を扱ってはいても、『曙草紙』・『善知安方』・『稲妻表紙』の三作は、いずれも、徹頭徹尾、家臣の視点によって貫かれているのである。

注

（1）本書II-3。初出平成一六年〈二〇〇四〉二月。

（2）木村三四吾編『近世物之本江戸作者部類』（昭和六三年〈一九八八〉）、解題七〇頁。

（3）髙木説では、京伝、馬琴の「競作状況」は、書肆鶴屋喜右衛門が「意図的に演出《プロデュース》したもの」とされる。

（4）「京伝と馬琴―文化三、四年の読本における構成の差違について―」（「読本研究」三上、平成元年〈一九八九〉六月。

（5）横山邦治『読本の研究』（昭和四九年〈一九七四〉）等。なお、〈稗史もの〉をはじめ、読本の分類語彙については、多く横山氏の著述に従っている。

（6）なお、「放逸」以外の三語は、作中野分を形容する語としても用いられている。

（7）注（1）に同じ。

（8）本書II-4。

（9）注（1）・（8）に同じ。

（10）拙稿「湛湛青天不可欺」（「いづみ通信」11、昭和六三年〈一九八八〉一〇月）。ただし、この時点では、「常言」の出典を、『石点頭』第十二と考えている。後述の徳田武氏のご指摘に従って『小説粋言』巻之五を直接の出典と定め、『石点頭』は補いとする。

（11）「京伝の前作読本、忠臣水滸伝・前編（寛政十一年）の自序にも同じ引用がある」（新日本古典文学大系版『稲妻表紙』水野稔氏注（一五四頁）、平成二年〈一九九〇〉）。なお『聴松堂語鏡』は、『中国学芸大事典』（昭和五三年

〈一九七八〉）に、「二冊。清の順治（一六四四－一六六一）中、関度の撰。門を立てて百家の要語を集めている。和刻本がある」と解説する。和刻本は上下二冊。巻上は「[一]経済」～「[五]治心」、巻下は「[一]慎独」～「[廿二]患難」。京伝が引く文章は、「[六]読書」門に含まれる「孫維海」という人の言の前半部である。和刻本の刊記は、「寛文貳壬寅歳三月吉旦／洛陽鯉山町／土田長左衛門梓行」。

(12) 高田衛・稲田篤信校注（平成九年〈一九九七〉）。

(13) 後藤丹治「京伝其他の作家の読本と雨月物語」（「立命館大学論叢」昭和一七年〈一九四二〉四月）。

(14) 「文学史の中の大江文坡」（「文学」三－三、平成一四年〈二〇〇二〉五月）。

(15) 拙稿「『双蝶記』の明暗」（「読本研究」十上、平成八年〈一九九六〉一一月）。

(16) 本書I－5。初出昭和六二年〈一九八七〉四月。

(17) 『墨田川梅柳新書』（文化四年刊）の亀鞠、『新累解脱物語』（同刊）の玉芝・苧績《おうみ》、中本『盆石皿山記』（文化三、四年刊）の落穂。

(18) 『小説三言』（昭和五一年〈一九七六〉）の影印・解説（尾形仂氏）を参照した。

(19) ただし、徳田氏の言われるように、『垣根草』（明和七年〈一七七〇〉刊）四の巻「山村が子孫…」が、原話と『そのゝゆき』を媒介したかどうかについては、今判断を保留する。

(20) 補説参照。ただし、『稲妻表紙』の文弥・『そのゝゆき』の家鶏《くだかけ》の犠牲死の類似については、藤岡作太郎『近代小説史』（大正六年〈一九一七〉）第四編第四章「馬琴の著作」中に、すでに指摘されている。

(21) 注（10）に同じ。

(22) 注（1）に同じ。

(23) 例外は、中本『敵討誰也行燈』（文化三年刊）。本書II－7にも触れたように、隠れ家の茂兵衛の仕官から出家（戸田茂睡）までを〈一代記〉として描くが、主人公の葛藤に、京伝的〈勧善懲悪〉の影が見える（本書II－7）。ただし、本作は巻説に基づいており、中本としてはむしろ本来的な内容と言えるのではなかろうか。これ以外の中本については、馬琴は全て半紙本の〈稗史もの〉読本と同じく〈善人／悪人〉の型で処理している。

(24)『勧善常世物語』・『盆石皿山記』・『墨田川梅柳新書』・『そのゝゆき』・『新累解脱物語』。

(25) 日本書誌学大系33（別冊）、昭和六〇年〈一九八五〉。

(26)「『春雨物語』のむずかしさ」（日本古典文学全集月報25、昭和四八年〈一九七三〉）。

(27) 拙稿「『椿説弓張月』論―構想と考証―」（「読本研究」六上、平成四年〈一九九二〉九月）。

（補説）

馬琴『そのゝゆき』と京伝『曙草紙』・『稲妻表紙』の共通項について、注（4）稿に記した事柄をまとめ直しておきたい。

① 『そのゝゆき』巻の二「清水の花筐」・「採草の後契」の連続する二章分の梗概は、次のとおり。

薄雪姫は、父小野秋光の前妻滋江前（嫉妬のため自殺）の怨魂を鎮めるため、普門品十五部を写し、清水の観世音に奉納しようとする。春の夕暮、侍女真垣《まがき》を伴い経堂に至るが、一巻が経机から落ち、下にいた風流士《みやびを》が、知らずに持ち去る。（「清水の花筐」）。願い事が叶わないのを知った薄雪は、思い屈して病臥。快方後、母玉の方の勧めで、真垣を伴い小野の里へ墓参に赴くが、途中道を誤り、小野小町・深草少将の墳墓に至る。折から強風が吹き荒れ、薄雪は真垣を見失い気絶する。介抱したのは、清水で経巻を持ち去った美男。この人は隣国丹波氷上の領主園部兵衛尉の一子右衛門佐頼胤で、父が薄雪を嫁にと望んでいたが、病で申入れの折のないまま薄雪の父秋光は出家、右衛門佐は上洛した薄雪を尋ね回っていた、と語る。薄雪、親の許しを得た上での婚姻を約す。真垣、右衛門佐の従者も主人を探しあてて来る。そこに園部兵衛尉の病重篤を告げる使者があり、右衛門佐は急ぎ帰国する（「深草の後契」）。

この二章には、『曙草紙』巻之二‐第七「清水清玄眷《けん》ニ恋《れんす》桜姫《を》一」（以下に梗概）との関連が指摘できる。

桜姫は美しく成長する。信田平太夫勝岡という者が婿となることを望むが、父鷲尾義治に拒まれて恨む。桜姫は、田鳥造酒丞と山吹を伴い都へ花見に旅立つ。桜姫が清水寺を逍遥するのを見た修行僧清玄は、恋慕の思いが止まない。桜姫が平太夫の手の者に攫われそうになるが、造酒丞・山吹の活躍で事なきを得る。桜姫は播州宍粟《しそう》の郡士伴希雄の一子三木之助伴宗雄に介抱され、恋情を抱く。

前半「清水の花篋」の章は、梗概・文章表現の上からは、必ずしも『曙草紙』との類似は見出せないが、両者の関連は、三〇〇頁図版7・8に掲げる挿絵に集約されているように思う。見比べてみると、『曙草紙』（豊国）では、本堂と音羽の滝を背景に、右下方で短冊に歌を書きつけようとするのが桜姫、左下方に並んで立つのが造酒丞と山吹、階段の中途に清玄、また舞台から下を見おろすのが平太夫の手下共（このこと本文中にあり）、という配置であるのに対して、『そのゝゆき』（北斎）では、同じ構図をそのまま守りながら、薄雪主従と園部主従が上下に配されており、加えて下部中央に、境内を掃く僧が描かれる。この僧は、『そのゝゆき』のストーリーとは全く関係がないが、これを『曙草紙』挿絵の清玄を意識した上での「遊び」と解することで、この絵はより面白く「読める」ものと考える（『馬琴中編読本集成　五』の解題（六七〇〜一頁）では、『垣根草』四の巻「小桜奇縁によりて貴子をうむ事」の挿絵との関連を重視した上で、こちらの「可能性を否定することはできない」とする）。

一方、後半「深草の後契」の章には、明らかに『曙草紙』の本文を下敷にした部分が見られる。伴宗雄が桜姫を介抱する場面が、園部右衛門佐が薄雪姫を介抱する場面に、そのままに利用されているのである。以下に、両者の本文を対照させてみる。

図版 7　『桜姫全伝曙草紙』巻之二挿絵（15ウ・16オ）

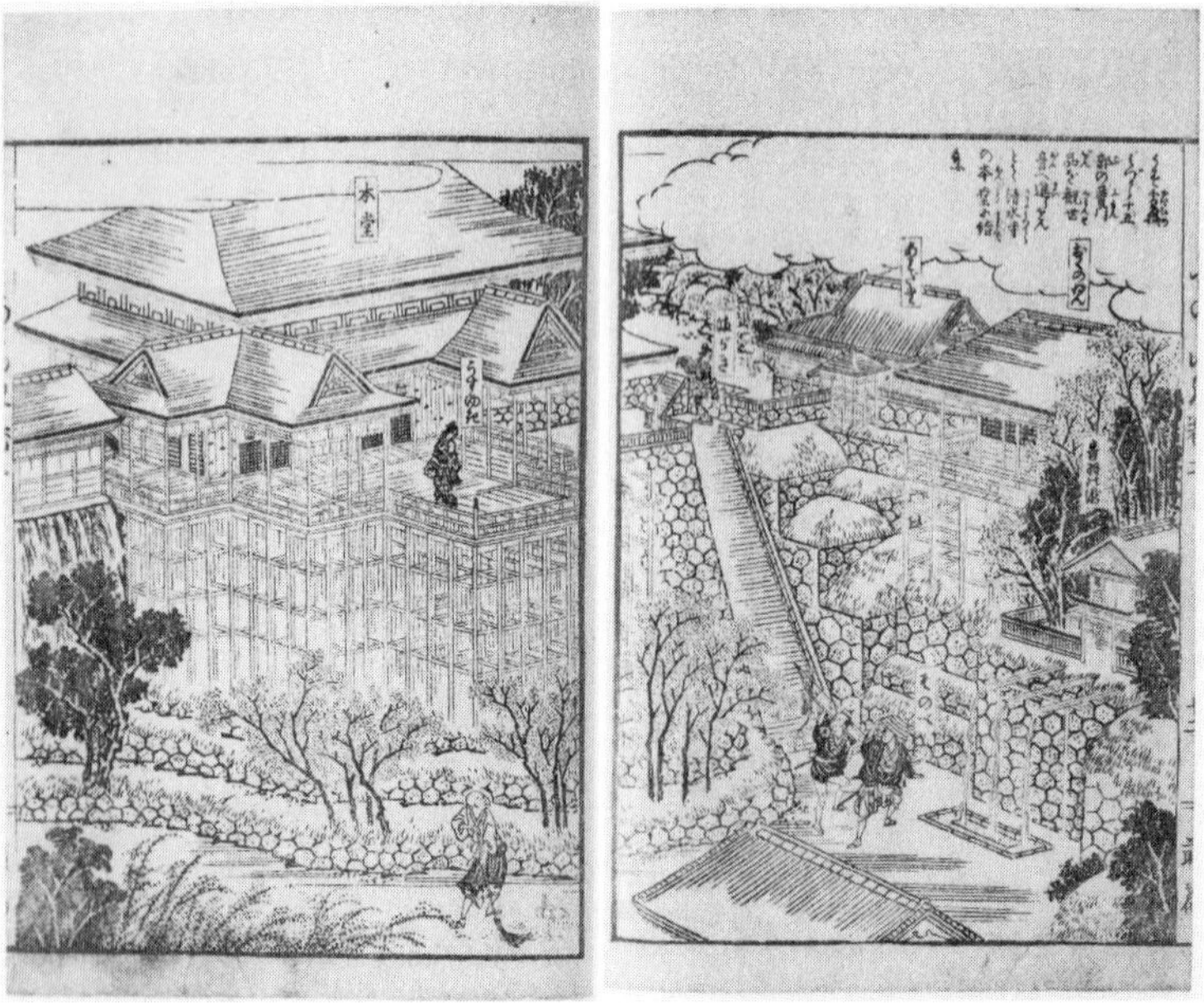

図版 8　『そのゝゆき』巻の二挿絵（12ウ・13オ）

『曙草紙』巻之二（第七）

扨《さて》桜ひめは山吹に扶《たすけ》られてのがれゆき、此地の案内を知らざれば、路に迷ひて宇治川のほとりまでたどり来つるが、おもひがけざる危難をあひて、心をおどろかしめたるうへに、歩みなれざるたまぼこの、道の小石に足をそこなひ、ほと〴〵《ママ》身体疲れて、そのまゝ路に倒伏《たふれふし》、いとくるしげにうめき、息もたゆげになりぬ。山吹は周章《あはて》ふためき抱起《だきあげ》て、薬をまゐらせんとすれど、身うちにたくはへず、湯水をとおもへど、近きあたりに人家もなければ、こは何とすべきとこゝちまどひて、誠にせんかたなき折しも、川ぞひの柳のかげに櫓《ろ》の音ひゞきて、一艘の小船を漕出《こぎいだ》し、（略）船を岸につけぬ。山吹うれしく、姫を抱《いだき》て船に移しけるに、船中のあるじ、印籠より薬をとり出して与へ、湯などのましめてともに介抱《いたはり》ける。そのかひありて桜ひめ、やゝ胸のくるしさを忘れ、人ごゝちつきぬれば、山吹はため息吻《ほ》とつきて、安堵の思ひしてげり。ひめはやう〳〵頭《かしら》をあげて、船のあるじを見るに、年のころは二十《はたち》ばかりと見えて、又たぐひなき美男なり。烏帽子商人《えぼしあきびと》の大《おほ》太郎やためけん今様の烏帽子に、紺掻《こうかき》の紺《こう》五郎などか染《そめ》たらん褐色《かついろ》の袴《はかま》着て、きら〳〵しくかざりたる小鞘巻《こさやまき》をおび、衣紋《えもん》のかゝり

『そのゝゆき』巻の二「深草の後契」

薄雪は真垣がある所を知らず、怕れまどひて碫《はた》と仆《たふ》れ、忽《たち》地《まち》に息絶《いきたえ》給ひぬ。浩処《かゝるところ》に年紀《としのころ》廿三四にて、三本傘《さんぼんかさ》の紋つきたる小袖を着て、金作《こがねつくり》の両刀を帯《おび》、袴の裾《すそ》少し括《くゝ》りあげて、臘色《ろいろ》の張笠打被《はりかさうちかぶ》りたる若人《わかうど》、伏見のかたより出来《いできた》り、と見れば二八ばかりなる美女《みやびめ》の、路《みち》のべに転輾《ふしまろび》て、生死《しようし》も定かならざる形容《ありさま》、譬《たとひ》ば雨に悩《なやめ》る女郎花《をみなへし》、霜に吻《いきつ》く秋の胡蝶に彷彿《さもに》たり。親《したし》き疎《うと》きをいはず、急難を救ふは人の情也。まいてかゝる上臈の途《みち》に病臥《やみふ》せるを見て、うちもおくべきにあらねば、走りよりて抱き起し、呼活《よびいけ》んにもその名をしらず。かくては救ひがたしと軮掌《あはて》、笠脱《ぬぎ》すてつゝそがうへに、懐《ふところ》なる服紗包《ふくさづゝみ》を打《うち》ひらき、薬とり出て口に含《くゝま》せ、腰なる馬柄杓《ばひさく》《ム□□ヒサゴ》を抜《ぬき》とりて、石滂《しみづ》を汲《くみ》もて来り、左手《ゆんで》にて薄雪を抱《いた》き住《とめ》、右手《めて》にてその唇《くちびる》へ柄杓の水をさし着《つく》れば、一滴の水とゝもに、薬も咽喉《のんど》を下《くだ》りけん、一声「噫《あ》」と叫《さけび》て甦生《いきいづ》れば、かの若人は柄杓を投捨《なげすて》て楚《しか》とかき抱き、「いかに上臈、こゝちはなほあしうやおはする」、と問《とは》れて見かへるに、真垣にあらず、見も馴《なれ》ぬ若人の膝の上にありしかば、大に驚き、（16ウ・17オ・18ウ）

六波羅様《ろくはらやう》に著《き》なして、いと風流に粧《よそほ》ひぬ。（略）。桜ひめ所せき船のうちに、かゝる美男子《びなんし》のそばちかくむかひ居《を》れば、耳ほてり顔赤らみ、何といふべきことのはもなく、唯さしうつふき、腮《あぎと》を衿《ゑり》におしうづみてはぢらひけるが、胸のうちのおもひの波はあふるゝばかりにて、かゝる風流士《みやびを》は又たぐひあらじと、のち〴〵のおもひ種《ぐさ》を植《うゑ》そめけり。（19オ〜20オ・21ウ）

なお『そのゝゆき』の引用中、右衛門佐の小袖に三本傘の紋がついている（傍線部）のは、『曙草紙』ではなく、『稲妻表紙』の名古屋山三の紋所を踏まえた、京伝への挨拶と受け取っておきたい。

② 『そのゝゆき』には、玉の方・薄雪母子の物語と並行するかたちで、小野秋光領内の村主栗門佐太夫の子、佐二郎の話が語られるが、この挿話には、『稲妻表紙』との関連において注目すべき点がある。これも梗概を示した上で、問題点を指摘してみたい。

巻の一

「門の笑栗」　佐二郎二十余歳、播磨の立野に公用で赴き、室津の遊女汀井《みぎわゐ》に入れ上げて身請けし、郷里丹波に連れ帰るが、父佐太夫の後妻で淫婦の朝坂の讒言により勘当。その翌日、父は朝坂と情夫渋九郎により謀殺される。

巻の二

「伏見の寓居」　父の死を知らない佐二郎は、汀井とともに、かつての使用人楚平夫婦の伏見の家に留まり、娘も誕生、家鶏《くだかけ》と名付ける（酉の年日時の生まれ）。楚平夫婦は良からぬ者で、佐二郎等はようやく露命をつなぎ、六年経過。ある時、夢に楚平夫婦が疫鬼《えやみのかみ》に憑かれて苦しむのを見、また観音の化身から、我を信ずる者の厄難を救うために命を助けおく、と告げられる。楚平夫婦は死に、佐二郎は告げのとおり病から本腹するが、腰が立たない。

巻の三

「垣根のがふか」・「別離の聚雨」　秋光出家後、小野の領地を奪った甥の師門《もろかど》は、薄雪との婚姻を望み、慈江前の子（薄雪の別腹の兄）で貪欲な実椎《さねわか》に仲立ちを頼む。これを玉の方に拒絶された実椎は、薄雪を連れ出す謀計を立てるが、薄雪は、横合いから盗賊に連れ去られてしまう。

巻の四

「雨後の樹下闇」　盗賊の仕業とは知らず、計画の齟齬に怒った師門は実稚を打擲。実稚は師門の本心を知り逐電。師門は玉の方を捕えようと配下を差し向けるが、玉の方は侍女真垣の機転で逃れる。

「伏屋の蚊遣火」　真垣は鳥部野で討たれるが、その魂魄が一人の乞食の体内に入り、足腰が立って追手を皆殺しにし、玉の方を救う。乞食は佐二郎で、右の謀計にも荷担していたのであるが、観音の告げのことを語り、玉の方を丹波に伴う。

巻の五

「乞児の酒宴」　佐二郎は、旧知の蟹沢の木三・樵人柴二郎とともに実家に戻り、朝坂・渋九郎に対面、父佐太夫の横死を知る。朝坂・渋九郎は佐二郎をもてなすが、そこに乞食の一団が乱入、狼籍を働く。朝坂らに山中での牛馬の番を勧められた佐二郎は、番小屋に玉の方と妻子を迎えるが、病となり失明する。

「牛坂の仇撃」　佐二郎は眼病が癒えず、夫婦は、空海の霊現あらたかな牛石に平癒を祈る。その帰途、一人の旅僧（弘法大師の化身）が、眼病は毒によるもので、酉の年日時生まれの処女の心臓の血によって洗えば立所に治ると語る。佐二郎は、朝坂・渋九郎が父を殺し、自分をも毒殺しようとしたが、乞食の乱入によって救われたことに気づき、木三と柴二郎をも疑う。汀井は、仇討のため娘家鶏を殺して眼病を治すことを勧めるが、佐二郎はかえって汀井を疎ましく思い、柴二郎との密通を邪推する。佐二郎は、家鶏からも妻の不義を聞いて怒り、現場に至って斬りつけてみれば、斬ったのは家鶏で、その血が眼に入り眼病は癒える。これは、汀井・家鶏の苦肉の策。この時、師門の手先となった渋九郎らが佐二郎を盲目と侮り乱入、逆に散々に懲らされる。渋九郎は、朝坂と共謀して佐太夫を殺したことを自白。そこに、朝坂の首を携えて、木三・柴二郎らが来る。彼らは、師門の配下となって村人を虐げる朝坂らを怨み、秘かに佐二郎を助け、また乞食たちを遣って、朝坂らから遠ざけたのだった。佐二郎は渋九郎を牛裂の刑に処するが、この牛は、牛石の化身であった。玉の方、佐二郎らは、隣国園部領に向かう。跡を慕い、従う土民も多かった。

○『稲妻表紙』巻之三-十一「断絃の琵琶」の終わり近く、「文弥が初名を栗太郎と名づけしも、丹波の国の爺打栗《てゝうちぐり》、爺《てゝ》に打るゝ因縁か」とある、その「爺打栗」の語が、『そのゝゆき』巻の一「門の笑栗」中にも、次のように見えている。

(注、村人は佐太夫の横死を)いと不審《いぶかし》とは思ひながら、(朝坂・渋九郎の仕業と)楚《しか》と認《みとめ》たることなければ、明白《あからさま》にはいはず、何ものかしたりけん、その門の栗の樹《き》へ、

渋皮のむげに虫もてはかりえし爺打栗《てゝうちぐり》の笑《えみ》の憎さよ

かく詠《よみ》て著《つけ》たりける。今も丹波の爺打栗といふは、是その縁故《ことのもと》か。

なおこの章段に限らず、両作の章題の付け方に共通した特徴が見られることも指摘しておきたい。『稲妻表紙』では、例えば、「六　因果の小蛇」(巻之二)、「十五　孤雁の禍福」(巻之五上冊)のごとくであり、一方『そのゝゆき』は、章段を示す上部の数字も外して、「虚実の夢」(巻の一)・「別離の驟雨」(巻の三)のようになっている。ともに中国小説風とは異なる和らかな印象を狙っており、京伝・馬琴ともに両作以前の使用例はない。

○『そのゝゆき』巻の二「伏見の寓居」に登場する「疫鬼《えやみのかみ》」は、『稲妻表紙』巻之二-五「厄《くわ》神の報恩」の「疱瘡の神」を想起させる。

○『そのゝゆき』前編のクライマックスにあたる巻の五「牛坂の仇撃」には、佐二郎の仇討が描かれるが、この章は、主君を守る忠臣が苦境に陥り、孝子の犠牲を経てこれを乗り越え敵方の追求を免れるという、演劇における〈身替

り〉の章段の、やや変型としても設定されている。佐二郎を盲目から救い仇討を成就させたものは、酉の年日時に生まれた娘家鶏《くだかけ》の心臓の血であるが、これは、『稲妻表紙』の「断絃の琵琶」・「孤雁の禍福」を意識して書かれたもののように思われる。「断絃の琵琶」には〈身替り〉が用いられており、「孤雁の禍福」には、切腹した長谷部雲六の血が又平の吃蹇《ことどもり》を治すという場面がある。この二章は、浄瑠璃『伽羅先代萩』第四で、「辰の年月日に生れた女の血が放蕩誘惑の呪咀を破る手段となること」（山口剛、日本名著全集『読本集』（昭和二年〈一九二七〉解説）をかすめたものと考えられる（本書II-4）が、馬琴は改めて『先代萩』を意識しつつ、もう一捻りを加えているのではなかろうか（本章注（20））。

○右のように、主人公の物語と並行して家臣の物語が記され、〈身替り〉に至るという構成は、『そのゝゆき』と同時期に制作・刊行された馬琴読本『墨田川梅柳新書』（文化四年〈一八〇七〉正月刊）にも見られる。『梅柳新書』では、〈身替り〉は、巻之五の十一・十二回に出てくるが、『そのゝゆき』に比べ、演劇の様式そのままの素直なかたちになっている。内山美樹子氏によれば、〈薄雪物語〉（『そのゝゆき』が依拠）・〈墨田川〉（『梅柳新書』が依拠）の世界は、演劇ではともに〈お家もの〉に属する（『日本古典文学大辞典』一、「御家物」の項、昭和五八年〈一九八三〉）とされており、ここにも『稲妻表紙』とのつながりを見出すことが可能なように思われる。

6　文化三、四年の京伝、馬琴と『桜姫全伝曙草紙』

一

山東京伝、曲亭馬琴の諸作の相互関係を辿りながら、〈稗史もの〉読本の形成過程を跡づける作業を重ねていると、京伝『忠臣水滸伝』（前編寛政十一年〈一七九九〉十一月、後編享和元年〈一八〇一〉十一月刊）から文化二年（一八〇六）年までと、文化五年（一八〇八）以降は、比較的展望が立ちやすいのに対して、文化三、四年（一八〇六～七）の刊行作については、関係の把握が非常に難しい。この両年の二人の読本には、類似する素材や趣向が頻出する一方で、作品の内実から感じ取れる印象は、かなり異なっているのである。その矛盾の在りかについては、長い間五里霧中であったが、近年やっと理解が及ぶようになり、いくつかの拙論をまとめるに至った(1)。本章では、それらの成果を援用しながら、結論めいたものを提示してみたいと思う。前もって一言すれば、文化三、四年の京伝、馬琴において、京伝『桜姫全伝曙草紙』（文化二年十二月刊）が最も重要な作と見なされているのではないか、ということである。

まず、次の一覧表をご覧いただきたい。これは、文化三、四年以前に刊行された二人の読本二七点について、I〈稗史もの〉・II〈中本もの〉・III〈絵本もの〉に分類し、I・IIのうち、〈読本的枠組〉形成以後のものについては、さらに〈仇討もの〉・〈伝説もの〉等の下位分類を施した上に、○印をつけて、主立った典拠ないしは素材と考えられる作品、ないしは説話を列挙したものである。典拠ないし素材の選定に際しては、〈稗史もの〉読本については

『山東京伝全集』・『馬琴中編読本集成』の徳田武氏解題、〈中本もの〉読本については髙木元氏『江戸読本の研究』の記述にまとめられたものを中心に、多くの先学の指摘を参照しているが、それぞれの作品の構成・趣向・主題にとって、必要不可欠な役割を果たしていると、私意によって判断したものを掲載している。そのうち、私の調査不足等もあって、現段階で推定に止めるものについては、＊で示してある。

〈稗史もの〉形成期における京伝、馬琴読本―分類と主要典拠―

Ⅰ　**〈稗史もの〉読本**

1　**『忠臣水滸伝』**（京伝　前編寛政十一・十一、後編享和元・十一）

○『通俗忠義水滸伝』（中国白話小説、通俗もの）・『忠義水滸伝』第一〜十回（同、和刻本）・『仮名手本忠臣蔵』（浄瑠璃本）

2　**『復讐奇談安積沼』**（京伝　享和三・十一　仇討もの）

○江戸巷談〈こはだ（小幡・小鰭）小平次譚〉・『忠義水滸伝』第五回（中国白話小説、和刻本　前出）・『通俗孝粛伝』巻之二「阿弥陀仏講和」（中国白話小説、通俗もの）・『根無草後編』二之巻（談義本）・『雨月物語』巻之三「吉備津の釜」（初期読本）

3　**『優曇華物語』**（京伝　文化元・十二　仇討もの）

○『通俗孝粛伝』巻之五「石獅子」（通俗もの　前出）・『奥州安達原』（浄瑠璃本）・『風流曲三味線』巻二-二（浮世草子）

4　**『月氷奇縁』**（馬琴　文化二・一　仇討もの）

○『風流曲三味線』（浮世草子　前出）・『棠大門屋敷』巻五-一（浮世草子）・『津国女夫池』第三（浄瑠璃本）・『優曇華物語』（〈稗史もの〉読本）

5　『復讐奇談稚枝鳩』（馬琴　文化二・一　仇討もの）
○『石点頭』巻十一「江都市孝婦屠身」・巻十二「侯官県烈女殲仇」（中国白話小説、唐本）・＊『小説粋言』巻四「包竜図智賺合同文」（同、和刻本）〉・『優曇華物語』（〈稗史もの〉読本）

6　『石言遺響』（馬琴　文化二・一　伝説もの）
○『小夜中山霊鐘記』（勧化本）

7　『四天王剿盗異録』（馬琴　文化三・一　一代記もの）
○『前太平記』（近世軍記）・『杜騙新書』（中国小説、和刻本）

8　『桜姫全伝曙草紙』（京伝　文化二・十二　一代記もの）
○『勧善桜姫伝』（勧化本）・『苅萱道心行状記』（同）・『弥陀次郎発心伝』（同）・『小夜中山霊鐘記』（同　前出）・『隅田川鏡池伝』（同）・『伊達競阿国戯場』（浄瑠璃本）・『苅萱桑門筑紫轢』（浄瑠璃本）・『通俗金翹伝』（中国白話小説、通俗もの）・『通俗酔菩提全伝』（同）・『二人比丘尼』（仮名草子）・『死霊解脱物語聞書』（仮名草子、勧化本）・『石言遺響』（〈稗史もの〉読本）

9　『勧善常世物語』（馬琴　文化三・一　伝説もの）
○「鉢木」（謡曲）・＊『北條時頼記』（近世軍記）・＊『四谷雑談集』（実録）

10　『三国一夜物語』（馬琴　文化三・一　伝説もの）
○「冨士太鼓」（謡曲）

11　『善知安方忠義伝』（京伝　文化三・十二　（原）史伝もの）
○「善知鳥」（謡曲）・『前太平記』（近世軍記　前出）

12『昔話稲妻表紙』（京伝　文化三・十二　お家騒動もの）
○『伊達競阿国戯場』（浄瑠璃本　前出）・『伽羅先代萩』（浄瑠璃本）・『傾城反魂香』（浄瑠璃本）・『参会名護屋』（歌舞伎根本）
13『椿説弓張月』（馬琴　前篇文化四・一　史伝もの）
○「海人」（謡曲）・『参考保元物語』（軍記）・『和漢三才図会』（事典）
14『墨田川梅柳新書』（馬琴　文化四・一　伝説もの）
○『隅田川鏡池伝』（勧化本　前出）・＊『梅若丸一代記（都鳥妻恋笛）』（浮世草子）
15『そのゝゆき』（馬琴　文化四・一　伝説もの）
○『通俗金翹伝』（通俗もの　前出）
16『新累解脱物語』（馬琴　文化四・一　一代記もの）
○『死霊解脱物語聞書』（仮名草子、勧化本　前出）・『伊達競阿国戯場』（浄瑠璃本　前出）・『祐天上人一代記』（〈絵本もの〉読本、勧化本）・『近世奇跡考』（考証随筆）・『通俗忠義水滸伝』巻之十二・十三（通俗もの　前出）・『通俗酔菩提全伝』（通俗もの　前出）
17『敵討裏見葛葉』（馬琴　文化四・一　伝説もの）
○＊『泉州信田白狐伝』（勧化本）・『芦屋道満大内鑑』（浄瑠璃本）・『前太平記』（近世軍記　前出）
18『梅花氷裂』（京伝　文化四・二　（原）巷談もの）
○『茜染野中の隠井』（浄瑠璃本）・『傾城阿波の鳴門』（浄瑠璃本）・『世間御旗本形気』（実録）

II 〈中本もの〉読本

19『高尾船字文』（馬琴　寛政八・一序）

○巷談〈伊達騒動〉（『仙台萩』（実録）・『伊達競阿国戯場』（浄瑠璃本　前出）等）・『通俗忠義水滸伝』（通俗もの　前出）・『焚淑録』（中国雑史）・『小説奇言』巻三「滕大尹鬼断家私」（中国白話小説、和刻本）

20『小説比翼文』（馬琴　享和四（文化元）・一）

○江戸巷談〈権八・小紫譚〉（実録、浄瑠璃、『敵討連理橘』（〈中本もの〉読本））・『風流曲三味線』（浮世草子　前出）・『西山物語』（初期読本）・『小説精言』巻二「喬太守乱点鴛鴦譜」（中国白話小説、和刻本）

21『曲亭伝奇花釵児』（馬琴　享和四（文化元）・一　翻案もの）

○『玉掻頭伝奇』（中国戯曲）・『津国女夫池』（浄瑠璃本　前出）

22『敵討誰也行燈』（馬琴　文化三・一　一代記もの）

○江戸巷談〈佐野次・八橋譚〉（演劇、実録、『近世江都著聞集』（巷説集））

23『盆石皿山記』（馬琴　前編文化三・一、後編文化四・一　伝説もの）

○巷談〈皿々山譚〉・〈皿屋敷譚〉・〈苅萱譚〉（『苅萱桑門筑紫轢』（浄瑠璃本　前出））

24『苅萱後伝玉櫛笥』（馬琴　文化四・一　伝説もの〈翻案もの〉）

○『石点頭』巻一「郭挺之榜前認子」（中国白話小説、唐本　前出）・〈苅萱譚〉（『苅萱道心行状記』（勧化本　前出）・『苅萱桑門筑紫轢』（浄瑠璃本　前出））・『東鑑』（史書）

25『巷談坡隄庵』（馬琴　文化五・一　伝説もの）

○江戸巷談〈薄雲譚〉（『近世江都著聞集』（巷説集　前出））・『近世奇跡考』（考証随筆　前出）・「耳の垢取り長官（考証随筆

『骨董集』所収以前の草稿）」（同）

26『敵討枕石夜話』（馬琴　文化五・一　伝説もの）

○江戸巷談〈一ッ家（石枕）譚〉

Ⅲ〈絵本もの〉読本

27『新編水滸画伝』（馬琴・北斎　初編初帙文化二・九、初編後帙文化四・一）

○『通俗忠義水滸伝』（中国白話小説、通俗本　前出）・『忠義水滸伝』第一〜十回（同、和刻本　前出）

二

一覧表について、まずⅡ〈中本もの〉読本から見ていきたい。Ⅱは全部で八作あり、すべて馬琴の作である。そのうち25・26は文化五年〈一八〇八〉の刊行だが、これは、八作中最も遅い26の序文年次から、「馬琴が中本を執筆したのは文化三年の秋まで」と指摘された高木元氏(2)に従い、翌文化四年の刊行を予定していたのが、版元の事情で一年延期されたものと見て、文化四年刊の作品に準じて並べておいた。

19〜26を通覧して気づく点は、馬琴の〈中本もの〉が、ほぼふたつの方向を示していることである。ひとつは、19・20・22・23・25・26に見られるように、街談巷説を素材としていること。しかも、20・22・25・26は、はっきりと江戸の巷談が素材である。

19は、周知のように〈伊達騒動〉が素材であり、それ自体は江戸に限定されるものではないが、とりわけ歌舞伎、浄瑠璃共に江戸で初演された『伊達競阿国戯場』（歌舞伎・安永七年〈一七七八〉、浄瑠璃・同八年）が意識されているとすれば、これも同じグループに加えて良いことになる。

23は、素材は巷談（〈皿々山（紅皿欠皿）〉〈皿屋敷〉）ではあるが、必ずしも江戸に限定されない。文体的には、中本の特徴の一つである口語使用が目立つけれども(3)、前後編各二冊から成り、「馬琴の中本型読本では最も大部の作品」(4)である。本作は〈稗史もの〉の方向に一歩踏み出した中本と言って良く(5)、馬琴が『江戸作者部類』に「文化年間細《ホソ》本銭《モトデ》なる書賈の、作者に乞ふてよみ本を中本にしたるもあれど、そは小霎時《シバシ》の程にして皆半紙本になりたる也」(6)という一例かもしれない。

もうひとつは、21・24で、21は中国戯曲、24は中国短編白話小説の丸ごとの翻案である。24は、〈稗史もの〉読本に準じた〈読本的枠組〉を持ち、〈伝説もの〉と分類できるが、その一方で原話の輪郭をそのまま話の大枠としており、〈読本的枠組〉形成以降の馬琴の〈中本もの〉としては特異な作といえよう(7)。典拠の全体を翻案するというやり方は、草双紙同様、江戸の中本が本来持っている属性ではなかろうか。

III〈絵本もの〉読本として、『新編水滸画伝』一作を別立てした。『水滸伝』の絵入り翻訳というスタイルは、要するに「絵本水滸伝」と言って良く、上方〈絵本もの〉の流れを意識した時に、違和感なく了解することができる。初印本の刊記には「大坂・勝尾屋六兵衛／江戸・前川弥兵衛／江戸・角丸屋甚助」が連記されるが、角丸屋は上方風を取り入れるのに積極的な書肆であり、勝尾屋の名は、〈絵本もの〉の刊記にしばしば見えている。

三

一覧表Ⅰに戻り、京伝・馬琴の〈稗史もの〉一八作について検討するが、これらには、1～5と6以降で、一線を引くことが可能である。1～4については、〈読本的枠組〉の形成という観点から、従来すでに再三にわたって私見を述べて来ているので、[8] ここでは繰り返さない。5『稚枝鳩』については、前半の〈読本的枠組〉（江島《えのしま》弁財天の示現）の置き方に3『優曇華物語』の影響が露わに見られるが、後半は中国白話小説のかなり直接的な翻案を[9]繋げた構成になっている。「Ⅱ〈中本もの〉読本」に挙げた24『苅萱後伝玉櫛笥』が、『稚枝鳩』と同じ典拠（『石点頭』）に含まれる別の短編を、〈中本もの〉に仕立てたものであるところからすると、『稚枝鳩』も元来は後半のみ〈中本もの〉として構想されており、それに〈読本的枠組〉を付加することで、〈稗史もの〉（仇討もの）としての構成を整えたのかもしれない。

続いて6～18を扱う。この一三点は、ほとんどが文化三、四年に刊行されたものである。一覧表の書名に、囲みや網掛けをしてあるのは、そのことと関わっているが、順次説明して行きたい。6『石言遺響』は、序文年次から言うと5『稚枝鳩』よりやや早く（『稚枝鳩』が文化元年八月、『石言遺響』が同年五月）、内題に「繡像《ゑいり》復讐《かたきうち》石言遺響」とあるので、迂闊にも〈仇討もの〉と思い込んでいたが、最近になって、馬琴〈伝説もの〉読本の初作と見なすべきものであることに気づいた。従来、主として文化三、四年刊の馬琴読本を中心に、良く知られた口碑伝承を素材とする〈稗史もの〉・〈中本もの〉を〈伝説もの〉と下位分類しているが、[10] 素材のみによる判断では〈型〉の認識を過つことも多いので、〈伝説もの〉について改めて定義づけておくと、素材となる口碑伝承を、それとは全く異なる虚構・伝承・歴史的事実などと結びつけて〈読本的枠組〉で繋ぎ、親子三代、またはそれ以上の長いスパンで、両者の因縁を語って行く〈型〉、ということになる。この定義に即して説明すると、『石言遺響』は、遠州小夜中山の無間の鐘・夜泣き石を巡る伝説を踏まえ、菊川で刑死した日野俊基・藤原宗行の怨恨とその慰撫を〈読本的枠組〉として、父俊基鎮魂のための鐘鋳を実現しようとする月小夜《つきさや》姫の志を全編の柱としている。しかし月小夜は途中で病死し、志は子供の世代に引き継がれる。その後娘小石媛《こいしひめ》が盗賊に殺され、クライマックスにはその妻敵討が置かれているが、娘の死は鐘鋳成就のきっかけとして機能している。

『石言遺響』の〈読本的枠組〉としての俊基・宗行の怨霊に、もう少しこだわってみる。二人は共に朝廷への忠義を認められず、俊基は怪鳥刃《やいば》の雉子《きじ》となって良民を苦しめ、日野良政に退治されて月小夜を世に出す。一方宗行は悪女に転生して障碍《しょうげ》をなすと語るが、展開の後半（巻之四・第七編）に至って、その実体がやや具体的に示される。

宗行卿の寃恨《べんこん》《ユウレイ》、女人《によにん》に生《しよう》を引《ひき》て障礙《せうげ》をなさんといへりしが、果してこの言《ことば》たがはず、先帝後醍醐は准后《じゆこう》廉子の讒言を信じ、大塔宮《おほたうのみや》を害し給ひてより天下ふたゝび乱れ、義貞の中将は勾当《こうたう》の内侍の色に耽り、軍議に怠りて遂《つひ》に越前の足羽《うちじに》に陣没す。或《あるひ》は師直《もろなほ》が塩冶《ゑんや》の妻を挑み、或は良政の万字前《まんじのまへ》をあひし給ふなど、枚《かぞへ》挙《あぐる》に遑《いとま》あらず。

その最後に、良政が万字前を愛したこと（傍線部）、というのが付け加えられている。実際、『石言遺響』の文芸的内実の中核部分をなしているのは、日野三位良政卿をめぐる万字前と月小夜との葛藤なのである。万字前は、自害に際して、「後醍醐帝への味方を拒否して俊基に殺された塩飽勝重の娘で、そのために月小夜を憎んだこと」（『日本古典文学大辞典』三、「石言遺響」の項、内田保廣氏、昭和五九年〈一九八四〉）を語る（巻之五・第九編）。厳密に言えば、その万字前が宗行の生まれ変わりだとすると、俊基・宗行も、冒頭の友好関係が敵対関係に変じてしまい、矛盾が生じるのだが、これは、典拠『小夜中山霊鐘記』（寛延元年〈一七四八〉刊）に引きずられた結果である。『石言遺響』は、全編にわたって『小夜中山霊鐘記』に依拠しており、『石言遺響』の悪女万字前も、『小夜中山霊鐘記』の万寿前を踏まえて形象化されたものであることは、周知のとおりである。(11)

ところで、『石言遺響』の万字前の形象が、さらに京伝の『桜姫全伝曙草紙』（一覧表8）の、桜姫の母野分の方に引き継がれたことは、早く山口剛氏が日本名著全集『読本集』解説（昭和二年〈一九二七〉）に指摘され、私もこれを追認しているが、(12)その際に、『石言遺響』の万字前と『曙草紙』の野分の方の並々でない影響関係を再確認しながら、結論としては、馬琴が京伝に先んじたことを強調するに止まっている。しかし近年に至り、文化四年以前刊行の読本諸作については、京伝・馬琴は兄弟作者という前提で考えるようになっており、(13)『石言遺響』・『曙草紙』の悪女の形象の類似についても、その背後に、両者の談合の反映を想定している。以下そのことを申し述べてみたい。

『石言遺響』の典拠である長編勧化本『小夜中山霊鐘記』の主題について、中村幸彦氏は、『日本古典文学大辞典』四（昭和五九年〈一九八四〉）の項目に、「生別流転、恩愛執着、殊に女性の罪障深い性を、浄土宗の立場で説いたもの」とまとめられた。『小夜中山霊鐘記』には「女性の罪障深い性」が、四つのエピソードに配分されていて、そのために「複雑でまとまりの悪い筋」（中村氏）になっているのを、馬琴は全て拾い上げ、〈稗史もの〉読本として再構成したのである。その際、原拠のテーマであった「女性の罪障深い性」は、『石言遺響』では、万字前の形象に特化され、それがほぼそのままのかたちで『曙草紙』に入った。万寿前―万字前―野分の方の共通項は、〈妬婦〉であることである。田中則雄氏の一連の論考に(14)よれば、万寿前の妬心が仏力によって救われる点に勧化本としての特徴があり、それを受けて、万字前は罪障を懺悔して自害するのだが、野分の方は、それすらせずに雷死する。思い切ってやや飛躍して言うと、『小夜中山霊鐘記』をはじめ、長編勧化本等にしばしば見られる〈妬婦〉像の、〈稗史もの〉読本における形象化は、一覧表1～5で〈読本的枠組〉の形成・運用に成功した後の、京伝・馬琴の共通テーマ、とりわけ京伝の主導するテーマだったように思われる。『石言遺響』の万字前の形象は、同時期に『曙草紙』を構想しながら『小夜中山霊鐘記』を読過していた京伝との談合に基づいたものではなかろうか。というのは、以前にも、馬琴は、京伝と非常によく似た構成・素材で読本をものしているからである。典型的なのは、19『高尾船字文』（馬琴）と1『忠臣水滸伝』（京伝）の関係であり、これは馬琴が、談合の上、京伝の抱いていた構想のパイロット役をつとめたものとすると、最も説明がつき易いように思う。[15]また3『優曇華物語』（京伝）と4『月氷奇縁』（馬琴）の間にも、これと同様の関係を想定することが可能である。[16]馬琴パイロット説を具体的に証明できる資料はなく、現在残る馬琴の証言には、逆のニュアンスがあるが、この関係は、『石言遺響』と『曙草紙』の間にも当てはめて良いものと思われる。

しかし両者は、『石言遺響』が、いわば単一の長編勧化本の内容の組み替えによって成り立っているのに対し、『桜姫全伝曙草紙』では、複数の典拠が、重層的に組み合わされている。一覧表に挙げたのは、先にも述べたように、主題・構成・趣向の核となるもの（この中には、必ずしも表現の表層に出て来ないものを含めてある）であって、細部にわたるものを加えれば、この倍くらいに膨れ上がるであろう。そして、これら主要典拠、及びこれらを踏まえた『曙草紙』の構成・趣向には、文化三、四年刊の馬琴読本における典拠・構成・趣向と共通する点が少なくないのである。一覧表のうち、タイトルを四角カッコで括ったものがそれにあたる。それらを、順次見てゆきたい。

7『四天王剿盗異録』は、全体が、長編勧化本の『中将姫一代記』（寛政十三（享和元）年〈一八〇一〉刊）・『小野小

町一代記』（享和二年刊）に通う女性の往生伝として構成されており、『弥陀次郎発心伝』（明和二年〈一七六五〉刊）の主人公を〈読本的枠組〉とする『曙草紙』と同じく、〈一代記もの〉として分類することが可能である。

9『勧善常世物語』については、巻之三-談第五に、病気で醜くなった妻を疎む夫が、他家の娘に恋慕し、銀の釵《かんざし》を仲立ちとして対面する場面があり、『馬琴中編読本集成　四』（平成八年〈一九九六〉）解題（五〇一頁）に、これは『曙草紙』と同じく、『通俗金翹伝』（宝暦十三年〈一七六三〉刊）による趣向である旨の指摘がある。

10『三国一夜物語』では、主人公の敵が赤間が関の遊女と合奏して恋となるが、傍輩との争いを引き起こす。これも『勧善常世物語』と同じく、『曙草紙』を意識した『通俗金翹伝』からの趣向と考えたいと思う。

飛んで15『そのゝゆき』も、かなり露わに『通俗金翹伝』を踏まえており、自序にも断っている（「事は彼《かの》翠翹が小説にすこしく似て、その趣大《おほい》に同じからず」）ことが、『馬琴中編読本集成　五』（平成八年〈一九九六〉）解題（六七〇頁）にも指摘されている。

14『墨田川梅柳新書』は、単純に勧化本の利用という意味で四角カッコを付したが、『隅田川鏡池伝』は、主題の上でも『曙草紙』に通う点が見られる。この点については後述したい。

16『新累解脱物語』は、典拠・構成とも、『曙草紙』に近いところにある。勧化本を受けた〈絵本もの〉読本『祐天上人一代記』に対応する作であることは、中村幸彦氏のご指摘以来[17]、周知のことだが、浄瑠璃本『伊達競阿国戯場』の利用を京伝の12『昔話稲妻表紙』と分け合っていることについて、最近指摘する機会があった[18]。『伊達競阿国戯場』の高尾の怨霊は、『曙草紙』の玉琴の怨霊の原拠とも見られ[19]、祐天の累済度を扱った『死霊解脱物語聞書』も、累／助《すけ》という怨霊の重なりが、清玄の背後にいる玉琴の怨霊という着想を生んでいると思う。また、中国宋代の奇僧済顚《さいてん》和尚の一代記『通俗酔菩提全伝』は、祐天（烏有）上人の視点から成る『新累解脱物語』の一代記構想を支えるものとなっている。

17『敵討裏見葛葉』は、『曙草紙』と同じく勧化本を踏まえていると言いたいところだが、もうひとつ確証に欠けるところがある。一応四角カッコとしておく。

一覧表「II〈中本もの〉読本」の24『苅萱後伝玉櫛笥』は、典拠『苅萱道心行状記』[20]が、『曙草紙』にも使用されたことがすでに知られる[21]が、内容の上でも少なからず『曙草紙』を意識している旨、別に論ずる機会を得た[22]。

四

以上、『敵討裏見葛葉』を保留として、文化三、四年刊の馬琴読本には、長編勧化本・〈通俗もの〉・浄瑠璃本を中心的な典拠作として、『曙草紙』との構成・趣向の共有が目立つことを指摘したが、加えて、その扱っているテーマにもある偏りが見られる。それは、『小夜中山霊鐘記』について中村幸彦氏の言われた「女性の罪障深い性」と、その女性の怨念を済度する仏力の大きさ、に集中している。

「女性の罪障深い性」が、文化三、四年刊の馬琴読本にどれだけ描かれたか、拾い上げてみることにする。先に『石言遺響』に即して触れた〈妬婦〉像が、その中心的な描かれ方であるが、ここから、子供への盲目的な愛情、それと裏腹な継子への残虐さ、さらには物欲のすさまじさ等へと発展している。網掛けを施した馬琴読本、9・10・14・15・16・23・25・26には、〈稗史もの〉・〈中本もの〉を含め、こうした〈妬婦〉のモチーフに基づく様々なヴァリエーションが展開されている。

しかし、「女性の罪障深い性」と、そこからの済度というテーマが、圧倒的な迫力をもって、典型的に作品化されたのは、『桜姫全伝曙草紙』を措いて、他にはない。使用された勧化本・〈通俗もの〉のほとんどは、京伝によって、このテーマに沿って受容・咀嚼され、稀代の悪女野分の方に血肉化されている。14『墨田川梅柳新書』に触れた際に言及を保留した『隅田川鏡池伝』は、冒頭に、奥州両国の国司に任ぜられて彼の地に赴こうとする「吉田ノ少将維房《コレフサ》」の前に餞別に現れた「北ノ方ノ御兄《セウト》小川《コカワ》兵衛尉」が、

○　扨モ貴卿《キケウ》ノ北ノ方ハ某《ソレガシ》ガ妹《イモト》ナガラ、以ノ外ニ心邪《ヨコシマ》ニシテ、妬毒アル女ニテ侍レバ、…

○　彼ハ心直カラヌ者ニテ候ヘバ、年タケ候程物嫉《ネタミ》ナド仕ツラバ、…

と語ることに始まって、〈妬婦〉のモチーフが大きく提示された作であり、必ずや野分像形成の糧となったものと考える。

ただし、これも中村幸彦氏[23]以来、『曙草紙』の主要典拠とされる『勧善桜姫伝』のテーマは、田中則雄氏の指摘されるように[24]、追い詰められて行く人間（男性）の憤怒（と救済）であって、女性の嫉妬ではない。京伝はこの点を意識し、表向き『勧善桜姫伝』によりながら、テーマを変更したのだと考えられる。

『曙草紙』で、「女性の罪障深い性」は、野分の方にのみ形象化されているわけではなく、惨殺された玉琴の怨恨もまた、〈妬婦〉のモチーフを担っている。その典拠は、これも表面化は避けられているが、浄瑠璃本『伊達競阿国戯場』（及び『死霊解脱物語聞書』）が想定される[25]。もうひとつ、『曙草紙』の後半には、『二人比丘尼』を典拠として、玉琴と同様に野分の嫉妬による、小萩の殺害が置かれている。これを娘松虫・鈴虫の出家の機縁としたのは、ここに復讐とは異なる女人救済の道を見出した、作者の配慮であろう。

ここまで、『曙草紙』と馬琴読本との関係に限って述べてきたが、文化三、四年刊行の京伝読本のうち、12『昔話稲妻表紙』は、作品の直接的テーマとしては『曙草紙』と異なるけれども、典拠とモチーフに大いに通う点があ

り、18『梅花氷裂』には、明確に〈妬婦〉のモチーフの展開が見られる。(26)

以上、文化三、四年に刊行された京伝、馬琴の読本の中心には『桜姫全伝曙草紙』があるということを申し述べてきた。その上で、もう一度一覧表を眺めると、これまで全く触れて来なかったのは、11『善知安方忠義伝』と13『椿説弓張月』の両作のみである。このふたつは、〈稗史もの〉読本全体の流れから言っても、〈史伝もの〉の嚆矢に位置する作品であるが、この段階では、馬琴の『弓張月』（前篇）は、典拠・構成の基本的なあり方において、京伝の『善知安方忠義伝』と同じ方向を向いており、(27)文化三、四年における京伝・馬琴の位置関係を踏み越えたものではないと言えるであろう。

最後に、再び飛躍した物言いを許していただければ、一覧表に挙がっている典拠の多くは、広義の〈よみほん〉であり、京伝・馬琴にとっては、1『忠臣水滸伝』、ないし19『高尾船字文』以来、新しい長編娯楽読み物〈稗史もの〉読本）の創出に向けた試行錯誤の過程における、必読資料だったのではなかろうか。そして『曙草紙』は、二人の目指してきた〈稗史もの〉読本の、最初の達成と称しても良い作品だったと思われる。その文芸性が並々でない高さに達していることは、先学の様々なご指摘に加え、以上の迂遠な説明からでも、容易に浮かび上がって来るものと思う。その一端に、『曙草紙』・『善知安方忠義伝』・『昔話稲妻表紙』に共通して、人間において善悪は一如であるとする、京伝の〈勧善懲悪〉観がある。(28)ところが、馬琴は、あれほど京伝に追随しながら、〈勧善懲悪〉の施し方においては『優曇華物語』以来の〈善人／悪人〉型にこだわり、文化三、四年においても京伝方式を採用することはなかった。ただし、馬琴が〈稗史もの〉読本の序跋等において、〈善人／悪人〉型の〈勧善懲悪〉観に加え、典拠として、広義の〈よみほん〉ではなく〈正史・実録〉を直接踏まえることの必要性を、声高に唱えるようになったのは、翌文化五年あたりからのことである。馬琴が〈稗史もの〉のリーダーと目されるようになるのはここからで、〈稗史もの〉読本の形成史としては、文化五年以降を第二期と称して良いのではないかと思われる。

注

（1）本書II-3・4・5がそれに当たる。
（2）前掲書第二章「中本型の江戸読本」、一四一頁、一九四頁
（3）中村幸彦「人情本と中本型読本」（著述集五、昭和五七年〈一九八二〉、初出昭和三一年〈一九五六〉三月）。本作における口語使用の具体例は、本書II-7注（15）に抜き出した。
（4）髙木氏著書、一三四頁。
（5）17『敵討裏見葛葉』は本作と反対の特徴を持つが、これについては本書II-7で触れている。
（6）木村三四吾編影印本、昭和六三年〈一九八八〉、一二七頁。
（7）本作はまた、23『盆石皿山記』と同様、〈稗史もの〉に通う内実を持つ。本書II-7において、やや詳細に論じている。
（8）本書I-5など。
（9）徳田武「『復讐奇談稚枝鳩』と『石点頭』」（『日本近世小説と中国小説』、昭和六二〈一九八七〉所収）。
（10）横山邦治『読本の研究』（昭和四九年〈一九七四〉）。
（11）後藤丹治『太平記の研究』（昭和一三年〈一九三八〉）後編第三章第一節。
（12）本書II-2。
（13）本書II-3・4・5。
（14）「仏教長編説話と読本」（『国語国文』、平成一六年〈二〇〇四〉七月）など。
（15）このことについては、本書II-3・4でも触れている。

(16) 本書I-5。
(17) 「読本展回史の一齣」(著述集五、昭和五七年〈一九八二〉、初出昭和三三年〈一九五八〉一〇月)など。
(18) 本書I-4。
(19) これに、さらに浄瑠璃本『苅萱桑門筑紫轢』初段、〈蛇髪の妬婦〉のイメージ(堤邦彦『女人蛇体—偏愛の江戸怪談史』、平成一八〈二〇〇六〉)を付加すべきであろう。本書II-7において述べた。
(20) 中村幸彦「読本発生に関する諸問題」(著述集五、昭和五七年〈一九八二〉、初出昭和二三〈一九四八〉年九月)。
(21) 土屋順子「読本にみる勧化本の受容—『苅萱後伝玉櫛笥』と『桜姫全伝曙草紙』」(「大妻国文」22、平成三〈一九九一〉・三)。
(22) 本書II-7。
(23) 「桜姫伝と曙草紙」(著述集六、昭和五七年〈一九八二〉、初出昭和一二〈一九三七〉年八月)。
(24) 「文学史の中の大江文坡」(「文学」三-三、平成一四年〈二〇〇二〉五月)。
(25) ここにも、(19)にあげた『苅萱桑門筑紫轢』初段を補っておきたい(本書II-7)。
(26) 拙稿「『梅花氷裂』の意義」(「読本研究」七上、平成五年〈一九九三〉九月)。
(27) 本書II-3、拙稿「『椿説弓張月』の構想と謡曲「海人」」(「近世文芸」79、平成一六年〈二〇〇四〉一月)。
(28) 本書II-5。

7『苅萱後伝玉櫛笥』における馬琴流〈勧善懲悪〉の言表
――付　馬琴と「誤読」――

一

曲亭馬琴という作者は、「誤読」（単純ミスによる誤認）の多い人だと思う。読本に限っても、反復習熟した〈読本的枠組〉を土台とする構想と、該博な知見で肉付けしながらの執筆は、驚くべき手早さだが、その分事前調査の不足による必要な素材の見落としもままあり、作中での弁明・修正も一再ではなく、構想の途中変更に繋がった例さえもある。(補注) しかし、馬琴はそうした「幅の広い、そして粗い作風」(1) の人なのであって、ここに新たな「誤読」を詮索して「だから馬琴は…」と言ってみても仕方がない気がする。

それよりも、長い間心にかかっているのは、馬琴読本には、読者・研究者の「誤読」を誘うものがあることである。研究者が、研究対象に親炙すればするほど、対象に即した論理で物を考えるようになる。それは、むしろ奨励されるべきことでもあるのだが、馬琴の場合、そこに落とし穴があるように思われる。馬琴研究のための資料は数多く残存し、後半生の日常や小説制作の進行は、日記・書簡・評答集等を通じて手に取るように分かる。ことに読本については、大作者に登り詰めた馬琴が、（例え直接には周辺人に対してであったとしても）饒舌に自己を語り、また批判的に他者を語ることを繰り返し、そうした記録が資料として珍重されたために、その視点で、ジャンルの消長を、馬琴自身の旧作も含めて後ろから前へと辿ることが、文学史の常識となってしまったように見受けられる。

しかし、馬琴その人によって作られた筋道を辿って馬琴に至ることは、予定調和の誹りを免れないであろう。こちらの側の傲慢を承知で言えば、読者・研究者は、馬琴の準備した先入観によって、最初から「誤読」（馬琴流に偏った読み方）に導かれているのかもしれないのである。私自身は、馬琴の〈稗史もの〉読本作者としての出発点への疑問（本書序章）をきっかけに、〈稗史もの〉読本の形成を、前から後ろに辿って行くことを心がけるようになった。それは、近年に至るまで文学史的評価の必ずしも高くなかった先輩作者山東京伝の読本の内実を再検討する作業を伴ったが、結果は、京伝読本が、ジャンルの形成に大きく貢献していると共に、失敗作と貶められてきたものを含め、文芸的に高度な達成を遂げていたことの認識に繋がった。私見では、馬琴は、その京伝に追随しながら読本についての一家言を蓄積し、読本作者として最高位に登りつめるべく渾身の努力を傾けながら、それが叶ったと確信した時に、返す刀で京伝とその背後にある文芸的価値を切り捨てた人である。馬琴が馬琴になって行く過程の見極めは、私にとって、現在もなお容易な作業ではないが、馬琴の仕掛けた読本への先入観から解放されるためには、やはりそこを通り抜けるしかないように思う。

そのひとつの鍵として、文化三、四年〈一八〇六～七〉刊の馬琴読本をどう見るか、ということがある。文化二年まで、〈稗史もの〉読本は、京伝の主導により誕生、手直しが行われ、そこに馬琴が参入してその後の隆盛の基盤が形成されることは、両者の作品の内実に即して理解・説明することが可能である（本書I）。しかし文化三、四年になると、京伝はそれほどでもないのだが、馬琴読本の刊行点数が一気に増加するので、それらを研究的にどのように整理・分類すれば良いのか、とたんに分かりにくくなる。さらに、翌五年には刊行点数がさらに増えると同時に、馬琴は読本の序跋等を通じて、声高に〈勧善懲悪〉を主張するようになる。言うまでもなく、作中に〈勧懲〉を謳うこと自体は馬琴個人に限らない。しかし文化五年以降において馬琴の主張する〈勧懲〉は、濱田啓介氏の指摘されるように、その内側に「正しい・正しくない」の価値判断を抱え込んでおり、(2) 有り体に言って排他的なものである。京伝及びその追随者の読本、ことに京伝最後の『双蝶記』（文化十年〈一八一三〉九月刊）は、この価値基準によって否定的評価を下されたまま、現在なおそこから十分自由になることができずにいる。私自身は、『双蝶記』の文芸的内実を高く評価する者であるが、(3) その上で、今日なお、馬琴贔屓・京伝贔屓の感情が、研究的な判断を曇らせることがあるとすれば、それは、読本の研究にとって不幸なことと言うしかないであろう。

以下の論述は、できるだけ公平な立場を心がけながら、馬琴流〈勧懲〉が、文化三、四年刊行の読本において、どのように言表されるかを問題にしようとするものである。

二

この時期の京伝・馬琴の読本に、構想・典拠・モチーフの共有が目立つことについて、私は、京伝・馬琴が文化四年まで兄弟作者である（ただし先導者は京伝）ことの結果と考えている（本書II-3・4・6）が、そのことが、文化五年以降の馬琴流〈勧懲〉の主張と、どのようにつながるのかが次の課題である。文化四年正月刊の〈中本もの〉読本『苅萱後伝玉櫛笥《かるかやごでんたまくしげ》』（以下『玉櫛笥』）に、ヒントのひとつが見出せるように思うので、しばらく本作について、具体的な検討を試みることとしたい。

本作は、加藤左衛門繁氏（『玉櫛笥』では蘩氏）の出家に始まる苅萱伝説の「後伝」として三・四代目の子孫を設定し、「橋梓《○オヤコ》の再会家門の栄達」（自序）に至る前後十数年の物語である。その主要典拠が、中国短編白話小説集『石点頭』の第一巻「郭挺之榜前認子」であることは、早く中村幸彦氏の指摘によって知られている。(4) 馬琴は、唐本の

『石点頭』を所蔵・閲読しており、『復讐奇談稚枝鳩』（文化二年正月刊）にもすでに別の二話を利用しているから、ここでも原本によったものかと思われる。(5)

「郭挺之」の粗筋は、中村論文に紹介されているが、論の展開上、改めて少し詳しく記しておくことにする。ただし今回「郭挺之」の内容を通読、理解するにあたって、これも同論文に指摘された吉文字屋本『唐土真話《もろこしまことばなし》』（南峯著、安永三年〈一七七四〉正月刊）の和訳に助けられていることを附記する。

ア　郭挺之《かくていし》（郭喬）は南直隷廬州府の有徳人であったが、毎年のように科挙の試験に落第して鬱屈していたので、叔父である王袞《おうこん》の勧めで、妻武氏《ぶし》と幼い男子を残して叔父が知県を務める広東韶州楽昌県に遊ぶ。ある日銭糧の未払いで役所に引かれようとする米天禄《べいてんろく》老人と、それを嘆く娘（青姐《せいたん》）を救うが、名乗りもせずにその場を立ち去る。

イ　郭喬は、夕立の雨宿りに偶然米天禄夫婦と青姐の住む家に立ち寄る。青姐は、自分は父を救ってもらった郭喬のものであり、他人には嫁さないと決意していたので、その志と美貌にほだされた郭喬は、王知県を仲立ちに青姐を側室とする。

ウ　郭喬は青姐への愛に溺れ、半年が過ぎる。これを危ぶんだ王知県は、郭喬を戒めて廬州に帰す。郭喬が故郷に家産を持ち、妻子もいることを知る青姐は、あえて帰郷を止めなかったが、妊娠五ヶ月であることを告げる。郭喬は、子が生まれたら自分と親子であることの証しとして「郭梓」と名づけよと言い置いて、本国に帰る。

エ　妻武氏はつつがなく、夫の帰郷を喜ぶ。武氏に妾（青姐）を娶ったことを問われた郭喬は、妻の手前、旅宿りの寂しさに召し使ったまでのことと答え、一両年は密かに涙にくれるが、ついに青姐のことを諦める。

オ　郭喬は、妻に励まされて毎年の科挙に臨むが及第せず、四八才の時、志望を託そうとした息子も十八才で死去して、子孫のないことが夫妻の悩みとなる。

カ　郭喬は、五六才で科挙に合格し、都に赴くが、同期の進士の中に、韶州楽昌県の郭梓（二十才）の名を見、我が子であることを確認する。再会を果たした父子は、共に廬州に戻って武氏とも喜び合い、韶州から青姐を呼び迎えて、家中和順、子孫長久と相成る。

ウについて、「郭挺之」「（『唐土真話』から引く）には「世に父子を称じて喬梓とす。わが名すでに喬なれば、なんぢが産《うま》ん子をくわくし（郭梓）とよぶべし」（第六回）との一文があり、前掲『玉櫛笥』自序中の「橋梓《○オヤコ》の再会」には、典拠が暗示されていることが分かる。「郭挺之」の骨子は、いったん妻子と別れて故郷を去った男が、赴いた土地で出会った女性との間に子を設け、今度は異境に妻子を残して本国に戻るが、嫡子と死別し、家を託すべき子孫のないことを嘆くところに、妾腹の子供が現れて、万事が丸く収まる話と要約できるが、『玉櫛笥』三巻三冊には、そのプロットが、ほぼそのままに踏襲されている。

しかし、『玉櫛笥』は、表向き、あくまでも「苅萱」の「後伝」である。したがって、郭喬は加藤左衛門蘩氏の庶流の孫である「加藤新左衛門蘩光」、郭梓は、「郭挺之」に従ってこれも庶流であるが、蘩氏所縁《ゆかり》の「石童丸」として翻案がなされている。本作の自序（末尾「丙寅（注、文化三年）立秋後《のちの》一日。飯台の馬琴みずから叙《じよす》」）には、そのころ馬琴の家の食客で、『玉櫛笥』の画工を担当した葛飾北斎の言として、制作動機に触れた箇所がある。

嘗聞《かつてきく》。苅萱記は、五説経の一《いつ》にして、今なほ人口に膾炙す。顧《おもふ》に作者寂滅を本意《ほゐ》とせり。是故に蘩氏一城の主《あるじ》として、妬婦の妄想《もうざう》に慚愧《ざんぎ》し、卒尓として頭《かうべ》を円《まろ》め、潜《ひそか》に高野山に隠れて煩悩を脱離すと称す。且《かつ》その徒の老幼、これを追慕して僧となるが如きは、縦《たとひ》仏家の忠臣といふとも、祖先の為には不孝なるべし。宣《うべ》なるかな婦幼もこれを見る毎《ごと》に、なほ遺憾《○ノコリオホシ》少なからずとす。主翁設彼《もしかの》後伝《ごでん》を作らば、閲《みる》者の快事ならんといふ。

これが実際に北斎の言であったかどうかは別として、引用箇所にはやや注記が必要である。「五説経の一」である「苅萱記」には、加藤繁氏の発心遁世が描かれはするが、それは蕾のままに杯の中に落ち入った花に無常を感じた結果で、「妬婦の妄想《もうぞう》に慚愧《ざんぎ》し」たためというのは、直接には「苅萱記」そのものではなく、これを素材とした浄瑠璃『苅萱桑門筑紫轢《かるかやどうしんつくしのいえづと》』（享保二十年〈一七三五〉初演）を指している。堤邦彦氏によれば、本作は「一遍にまつわる蛇髪の妬婦の話」を「本来別種のはずの「苅萱《かるかや》」の発心譚に転用」したもので、「蛇髪譚の脚色によって大当りとなり、これ以後、苅萱ものの発心因縁として、双六勝負の最中にまどろむ妻妾の髪の毛が争う確執の場と、喰い合う黒髪を一刀両断に切りはなつ監物太郎の描写が定型とな」ったのだった(6)。念のため、作品の前半部分にあたるこの箇所の梗概を、『日本古典文学大辞典』二（林京平氏、昭和五九年〈一九八四〉）によって示しておく。

初段―禁廷守護の武士加藤繁氏は千鳥前を賜わり側室とする。

二段目―正妻牧の方と千鳥とが嫉妬心を燃やしていることを知った繁氏は発心して館を去る。牧の方は本国筑紫へ帰り、千鳥は繁氏をねらう兄蔵人を殺し、自分も傷ついて死ぬ。

前掲『玉櫛笥』自序で北斎の言う違和感は、実はこの点にかかわっていることになる。これに対し、馬琴は次のように応じて執筆にかかったという。

凡《およそ》野史の説、因果の両字に根《もとづか》ざるはなし。しかれども作者の用心精細ならざるときは、動《やゝもす》れば勧懲その義に違《たが》ふことあり。吾親しくその書を閲《けみ》せずといへども、試《こゝろみ》にこれを続《つが》ん。

これに呼応する箇所が、『玉櫛笥』下之巻「附言」にも見られる。

但《たゞ》作るものに習《ならひ》あり。古《いにしへ》に粗《ほゞ》その名の聞えたるものを撮合《○トリアハ》して、新《あらた》に一部の小説を作るに、善人を誣《しい》て悪人に作《つくり》かへず、悪人をたすけて善人に作りかへず、勧懲を正《たゞしく》して、婦幼の害なからんことをえらむ（。）作者の心を用《もちふ》べきは、こゝにありとおぼし。

前述した、濱田啓介氏による、馬琴流〈勧懲〉正不正の論は、本作のこの箇所を出発点としてなされたものである。濱田論文には、広大な視点で日本古典文学全体における〈勧善懲悪〉が展望されており、本稿にとっても重要な示唆を含むものであるが、ここではむしろ視点を限ることによって、やや異なる方向からの見解を提示したく思う。

三

文化三、四年頃の馬琴読本には、集中的に〈妬婦〉が描かれる傾向があるが、それは京伝読本『桜姫全伝曙草紙』（文化二年十一月刊）を、構想・制作段階から意識し、追随しようとした結果であるとの私見をすでに公にしている（本書II-6）。

今注目したいのは、その〈妬婦〉像の『玉櫛笥』における扱われ方である。『玉櫛笥』の発想の基盤には、浄瑠璃『苅萱桑門筑紫𨏍《いえづと》』初段の「妬婦の妄想」があった。これは本妻・側室が、一人の男性をめぐって、互いに嫉妬心を抱いたために生じたものであるが、本妻牧の方・側室千鳥の前が、善人・悪人に分かれるわけではなく、共に加藤繁氏に深い愛情を注いだためにそうなったのである。北斎（馬琴）の批判的言辞は、このことにかかわるものと思われる。『石点頭』の「郭挺之榜前認子」は、その結果として『玉櫛笥』の典拠に選ばれた。「郭挺之」が、一人の男性とその本妻・側室を扱いながら、むしろ「妬婦の妄想」を感じさせず円満な結末に至る内容だったからである。

ただし「郭挺之」にあっても、前掲の梗概エで、夫が詔州で側室を娶ったという情報を得ていた妻武氏が、戻った郭喬に、なぜ妾を連れ帰らなかったかと問いかけると、郭喬が、妾ならこちらで娶っても同じことだと誤魔化す、すると「武氏もきげんよくかたる」（『唐土真話』第七回）とあることなどは、多少微妙ではあるが、しかしこの武氏は「人となり賢にして嫉妬なく」（同、原文は「武氏為人甚賢」のみ）、息子が死ぬと美人の腰元を二人雇い入れて夫にあてがうし（梗概オ）、結末では、妾腹の郭梓・その母青姐を、喜んで受け入れる（梗概カ）人として性格づけられている。

『玉櫛笥』は、典拠作が、郭喬が本国を離れ、また側室母子と再会するきっかけを、科挙の試験という文事に置いているのに対して、これを鎌倉鶴岡社頭の大銀杏の梢にかかった鈴を射落とすことという武事に転じ、また側室千引《ちびき》の父親（典拠の「米天禄」にあたる）と加藤繁光の嫡男繁太郎を殺害した悪人への仇討ちを付加するが、「郭挺之」の大筋は、ほとんどそのままに翻案している。けれども、息子の死後、繁光の本妻桂江《かつらえ》も病死した（中之巻、21ウ）とするのは、さりげないが重要な改変である。このようにすることで、馬琴は妻妾葛藤の条件を消去してしまった。そうしておいて、千引・石堂丸は、将軍家公認の後妻・嫡子として繁光の許に迎えられるのである（下之巻、17ウ・18オ）。

『玉櫛笥』において、馬琴のいう〈勧懲〉の正しさは、以上のように担保された。この「正不正の論」の契機として、濱田論文は「この論の直前、馬琴は文化二年に『新編水滸画伝』の著業を行なっており、それに伴って「水滸伝」についての批評意識が活発になったことが直接の引き金になったと思われるのである」とする。確かに、『玉櫛笥』下之巻「附言」には、先の引用箇所に続いて、「水滸伝に忠義の二字を冠《かうふら》するがごとき、終《つひ》に後人の議論を脱《まぬか》れず、こゝろ見らるゝ所為《わざ》にして、いと恥《はづ》べき事也かし。…」の文言が記されている。ただ、『玉櫛笥』の内実に即して論を進めてきた立場からすると、「附言」に及んで唐突に「水滸伝」が現れることで、それまでの文脈が拡散する印象を覚えざるを得ない。ここは、「かの水滸伝すら勧懲において問題なしとせず。まして妬婦の妄想に基づき善悪を転倒したる小説を作るがごとき、…」といった内容の文言を、あえて行間に憶測したい衝動に駆られるのである。

『玉櫛笥』には、文化三、四年刊行の多くの馬琴読本と同じく、モチーフとしての〈妬婦〉が明確に意識されており、その視線の先には京伝の『桜姫全伝曙草紙』がある。『曙草紙』には、様々な原拠を通じて得た〈妬婦〉のモチーフが、徹底して形象化されているのであるが、「苅萱」もまたそのひとつということになるであろう。本妻野分の嫉妬により殺害される白拍子玉琴の怨霊の源基として、以前浄瑠璃『伊達競阿国戯場』（安永八年〈一七七九〉初演）の累の怨霊の発動を想定したことがある（本書II-4）が、『曙草紙』第三回の挿絵中、殺害される玉琴の髪の毛が小蛇に変ずるイメージは、『苅萱桑門筑紫𨏍』初段によって獲得されたものであろう。(7)同じく「苅萱」に取材した長編勧化本『苅萱道心行状記』（春帳子作、寛延二年〈一七四九〉刊）の複数の場面・文辞が『曙草紙』に踏まえられたことは、土屋順子氏の指摘するとおりである。(8)それより早く、中村幸彦氏の前掲論文によって、『玉櫛笥』にも『苅萱道心行状記』の利用が認められることが知られている。『玉櫛笥』は、『曙草紙』と典拠を共有しながら、むしろその反措定として構想されたと言って良い読本なのである。

しかしだからと言って、私は両者の作品としての内実も対等と考えているわけではない。『曙草紙』は、〈妬婦〉のモチーフが、善悪は一如であるとする京伝流〈勧善懲悪〉（本書II-5）と結びついて、きわめて高いレヴェルで形象化された、京伝読本の代表作であるが、そうした文芸的評価は措くとしても、端的に半紙型の〈稗史もの〉読本であり、〈中本もの〉の『玉櫛笥』とは、やはり格が違う（前掲中村論文には、「中本読本の例として、構成力も弱く、文章もよくはない」とされる）。馬琴が全体をほぼ「郭挺之」の翻案で覆ってしまった手法に着目すれば、『玉櫛笥』は、初期の『曲亭伝奇花釵児』（享和四年〈一八〇四〉正月刊）のように、〈翻案もの〉とでも下位分類することが相応しいように思われるが、「荊萱」の世界を踏まえて孫・曾孫の世代を扱い、〈読本的枠組〉（太夫坊源性の予言）を備えるのは、同時期の〈中本もの〉『盆石皿山記』（前編文化三年正月・後編文化四年正月刊）と同じく〈伝説もの〉の型に則っており、ここでは後者に分類しておくことにする。ただ、『盆石皿山記』に、〈中本もの〉の原初的特徴に数えて良いと思われる口語使用が多出するのに対して(9)、『玉櫛笥』には、〈稗史もの〉と同様の読本文体が用いられており、全体を「郭挺之」の翻案として三冊にまとめること以外に、『玉櫛笥』を〈中本もの〉として出版する積極的な理由は見当たらない（版元は、江戸・榎本惣右衛門／同平吉）。本作の内実は、かなり〈稗史もの〉に接近しているのである。

四

外形・内容共に、『玉櫛笥』に近似した馬琴読本に、『敵討裏見葛葉』五巻五冊がある（絵師は北斎）。本作は、『玉櫛笥』と同じ文化四年正月の刊であるが、巻之一本文に先立って、「附《つけ》ていふ」一丁分を設け、本来は乙丑（文化二年）の夏の頃に半月ほどで書き上げ、冬の初めに出版の準備はできていたのだが、大坂版の「あやかし物語」（岡田玉山『阿也可之譚』、文化三年正月刊）と競合することが分かったので、刊行を一年延期した旨を断っている。したがって、『敵討裏見葛葉』は本来『玉櫛笥』の前年の作ということになるが、馬琴読本としてはただ一作、髙木元氏が「半紙本より少し小さい匡郭を持ちながら」、「紙型がやや大きく中本と半紙本の中間ほどの大きさ」の〈中間型読本〉と説明する[10]、特殊な外形を持つ。ただし、いちおうは〈稗史もの〉読本として、版元の一人である西村源六の出願で割印を受け（文化三年十二月十五日）、〈書物〉扱いで出版されているのは、『阿也可之譚』との類版に気を遣ったためであろう。実質的な版元は、『玉櫛笥』の版元榎本惣右衛門・平吉と同じく「貸本屋世話役」の、平林庄五郎である[11]。

『敵討裏見葛葉』の外形と出版に関する事柄に多少筆を費やしたのは、本作が、『玉櫛笥』とは逆に〈中本もの〉に接近した〈稗史もの〉ながら、狙いとしては同じ方向の作であることを言いたいためである。加えて内容的にも、「童蒙婦女子口碑に伝へて、その顚末をしらざるものな」（巻之一‐羅一冒頭）き信田妻伝説を素材として、浄瑠璃『芦屋道満大内鑑』（享保十九年〈一七三四〉初演）を主要典拠とする〈伝説もの〉と下位分類される点、『玉櫛笥』を彷彿とさせる。

そのことを踏まえて注目したいのは、『敵討裏見葛葉』における芦屋道満の扱いである。浄瑠璃『芦屋道満大内鑑』について、新日本古典文学大系版の作品紹介に[12]、作者竹田出雲が、安部晴明父子に対立する敵役として位置づけられてきた芦屋道満に対して、このイメージを一新し、「道満を主人公として三段目の悲劇を展開」、「名誉回復を図」ったことが指摘されている。『芦屋道満大内鑑』の道満は、叛心を抱く主君に仕え、同門の安部保名、その子童子（晴明）と対立する立場にありながら、決定的な事態を回避しようと心肝を砕く人物として、まことに魅力的である。一方敵役の道満については、馬琴の見ていたであろう長編勧化本『泉州信田白狐伝』（誓誉撰、宝暦七年〈一七五七〉）に、道満は晴明と術比べの結果、破れて弟子となるが、両者とも互いの技量を認め合う、しかし、道満が「橘ノ元方」の陰謀に荷担して、「一条小橋ノホトリ」で晴明を殺害するのを、中国から飛来した「白道上人」が蘇生させ、かえって道満を殺す、と異説を交えて記されている。

そのように、〈悪〉としての性格があいまいで、『芦屋道満大内鑑』のようにも形象し得た道満を、『敵討裏見葛葉』では、浄瑠璃の悪役石川悪右衛門と同一人物とし、田原千春の家臣で謀叛の志を引き継ぐ者とした。『敵討裏見葛葉』は、時代背景を『前太平記』に依拠した『四天王剿盗異録』と同時期の執筆であり、田原千春の謀叛については、『前太平記』巻第十四等に記載がある。また道満は、『四天王剿盗異録』第四-十四綴に、道魔法師として、やや異なる設定で登場するが、[13]謀叛心を抱く「奸邪の小人」であるという性格づけは、『敵討裏見葛葉』と変わらない。馬琴は、『敵討裏見葛葉』巻之一-羅一冒頭で、先の引用に続いて、「此《この》物語は趣異《かはり》て、亦是勧懲の綵《いとぐち》より」出たものというが、そこにあるのはすでに、先行浄瑠璃を意識しながら善悪を峻別する馬琴流〈勧懲〉の実践であり、その意味で、『敵討裏見葛葉』は『玉櫛笥』の先蹤作と言って良い。

思えば馬琴は、中村幸彦氏が通時的に述べられたように、[14]〈勧善懲悪〉の施し方に、文体・長編構成と並ぶ「小説」の独自性を見出していた。〈稗史もの〉の処女作『月氷奇縁』（文化二年正月刊）巻之一・目録の冒頭に

藻《さう》を綴《つゞる》に、或《あるひ》は雅あり或は俗ありて、もつぱらわらはべの解易《げしやすき》にもとづく。曲士《きよくし》《なまものじり》の杜撰《づざん》多かるべし。僅《わづか》に戯文《けぶん》《しばゐぼん》の一体を脱《のがれ》たる耳《のみ》。

というのは、本作において浄瑠璃本及びその影響の濃い〈中本もの〉の文章表現から脱出できた喜びの言表であるが、それは、〈勧善懲悪〉においても同様と考えて差し支えないように思われる。ただ、本作に示された読本的〈勧懲〉（〈善人／悪人〉型）は、馬琴のオリジナルではなく、長編構成の方法（〈読本的枠組〉）と共に、京伝の工夫に追随するかたちで得られたものであった（本書I-5）。ところが京伝は、この型を『優曇華物語』（文化元年十二月刊）一作で切り上げ、次作『曙草紙』では、〈勧懲〉のあり方も、〈善悪一如〉型とも言うべき方向に転じてしまった（本書II-5）。これに対し、文化元〜三年中に制作された馬琴読本には、一作（後述の〈中本もの〉『敵討誰也行燈《たそやあんどう》』）を除

き、〈善人／悪人〉型〈勧懲〉が適用されている。京伝を基準とすれば、馬琴は、いわば〈善人／悪人〉型の〈勧懲〉に取り残された、または〈善人／悪人〉型に踏み止まって、これにこだわり続けたということになる。

しかしそうでありながら、馬琴は、〈稗史もの〉読本の素材・構成・趣向については、文化四年まで、なお京伝に追随する姿勢を見せている。上述のとおり、〈中本もの〉に近接した『敵討裏見葛葉』（文化二年制作）においても、芦屋道満像を〈善人／悪人〉型で裁断していながら、同様のことを〈勧懲〉正不正の論として言表したのは、翌年制作の〈中本もの〉である『玉櫛笥』「附言」の中で、であった。しかも、それを言表する際に、批判の対象をことさらに『水滸伝』としていることは、これもすでに申し述べたとおりであり、続いて

しかれども余駑才《どさい》なれば、おもふが万分の一《いつ》もようせず。古人の名たゝる草紙はさら也、近曾《ちかごろ》他人新編の佳作を閲《みる》毎に、蹴然《しくぜん》としてその及《およば》ざるをしる。

とする。「他人」に京伝、「新編の佳作」に『曙草紙』を思うのはむしろ自然な想像であろう。馬琴流〈勧懲〉は、ほとんど〈稗史もの〉に近づいた文化四年刊の〈中本もの〉『玉櫛笥』の中で、京伝読本の内包する〈勧懲〉に対する違和感と共に、きわめて屈折したかたちで言表されたのである。

五

〈善人／悪人〉型を取らない馬琴の〈中本もの〉『敵討誰也行燈』（文化三年正月刊）について、簡単に触れておきたい。本作は「乙丑（文化二年）秋七月上旬稿了」（刊記前）、〈稗史もの〉に近接した『玉櫛笥』に比べると、佐野次郎左衛門・万字屋八橋の巷説（馬場文耕『近世江都著聞集』巻九所載）に取材して七五調・口語を多用し、量的にも二

巻二冊の、いかにも〈中本〉らしい〈中本もの〉であり、髙木元氏によって翻刻・解題が施されている。(15) 内容は、安房里見家の家臣挟隈《さくま》富之進に仕える「長吉」が、挟隈を妬む佐野太郎左衛門を止むなく殺害、逃亡して俠客「隠家《かくれが》の茂兵衛」となり、さらに「茂睡入道」として遁世するまでを〈読本的枠組〉とする〈一代記もの〉と下位分類できる。その過程に、里見家の若殿の放埒と、富之進の弟富次郎の忠義、殺害された太郎左衛門の弟で、長吉を仇と狙う「天性怜悧《さかしき》」次郎左衛門の行動が絡むのであるが、注目したいのは、長吉・挟隈富次郎・佐野次郎左衛門は、いずれも〈善悪一如〉の立場を取る人物として設定されていることである。ことに、若殿への忠義のために遊女誰也を殺害する富次郎の行為は、まだ京伝が構想・執筆中の〈稗史もの〉『昔話稲妻表紙』（文化三年十二月刊）における佐々良三八郎のそれを、強く想起させる。馬琴が『稲妻表紙』への追随を試みた結果であろう。

　ところが京伝は、『昔話稲妻表紙』及び同年二月刊の『梅之与四兵衛物語梅花氷裂』において、今度は本来〈中本もの〉の領域に属する、演劇素材の直接利用（一部の趣向に止まらない、作品の本質に係わる利用）という離れ業を、きわめて大胆にやってのけた（本書II-4）。一方馬琴は、京伝のように最初から〈稗史もの〉の作者ではなく、〈中本もの〉作者から昇格した人であり、京伝を模倣・吸収しながら、「文化三年の秋まで」(16)〈稗史もの〉と共に〈中本もの〉の制作をも続けていた。中本『敵討誰也行燈』において『稲妻表紙』の風を摸倣してみたことと同様、『玉櫛笥』「附言」の〈勧懲〉正不正の言表も、この段階では〈中本もの〉の中だからこそできたことと忖度する。しかし京伝が、『稲妻表紙』・『梅花氷裂』で、〈稗史もの〉読本を、〈勧懲〉のあり方ともども〈中本もの〉と同等の地位に引き下げる姿勢を示したことは、一旦そこから抜け出した〈中本〉と、その背後にある演劇（浄瑠璃・歌舞伎）に、再び従属することと同義であり、馬琴にとって承服し難いことだったのではなかろうか。『玉櫛笥』「附言」に示されていた〈勧懲〉論が、『稲妻表紙』・『梅花氷裂』への違和感を通じて増幅され、文化五年以降の〈勧懲〉の主張に繋がっていくのだと思う。ことに〈巷談もの〉の〈勧懲〉については、近年大屋多詠子氏によって演劇との関わりが論じられているが[17]、申し述べてきた方向から贅言を加えれば、浄瑠璃を中心とする演劇作品及び演劇種となった街談巷説そのものが拒否されているわけではなく、馬琴にとっては、京伝とは正反対に、演劇的素材を、〈読本的枠組〉を用い、〈善人／悪人〉型〈勧懲〉を施すかたちで「小説」（読本）化することが重要なのだった。その信念の言表ということであれば、ひとつの文芸理念の表明として、尊重されるものとなったであろう。ただ、馬琴が間違えたのは、そうして制作された（自作の）「小説」こそが（唯一）正しい〈勧懲〉を体現しており、そうではない他作は、（京伝読本をはじめとして）浄瑠璃・歌舞伎と共に、〈勧懲〉の名において二義的な意味しか持ち得ない、と言表してしまったことである。初めに述べた馬琴にまつわる「誤読」は、ここから胚胎したもののように思われる。

注

（1）森林太郎「馬琴日記鈔の後に書く」（饗庭篁村篇『馬琴日記鈔』、明治四四年〈一九一一〉）。
（2）「「勧善懲悪」補紙」（『近世小説・営為と様式に関する私見』、平成五年〈一九九三〉）。
（3）拙稿「『双蝶記』の明暗」（「読本研究」十上、平成八年〈一九九六〉一一月）。
（4）「読本発生に関する諸問題」（著述集五、昭和五七年〈一九八二〉、初出昭和二三年〈一九四八〉九月）。
（5）徳田武「『復讐奇談稚枝鳩』と『石点頭』」（『日本近世小説と中国小説』、昭和六二年〈一九八七〉）。なお『石点頭』のテキストは、中国古典小説研究資料叢書（活字本、上海古籍出版社、一九八五）によった。
（6）『女人蛇体―偏愛の江戸怪談史―』（平成一八年〈二〇〇六〉）、一二〇頁。
（7）同右、二六～二八頁。

(8)「読本にみる勧化本の受容―『苅萱道心行状記』と『桜姫全伝曙草紙』―」（「大妻国文」22、平成三年〈一九九一〉三月）。

(9) 口語使用箇所は、「ちからとするは源七様。あなた一人」（第一）・「うまい〳〵と心に点頭《うなづき》」（第三）・「むんじやりさはるは正《まさ》しく獣」（第三）・「はやく死《しに》たい願ひかや」（第五）、「ひよろ〳〵と白露の」（第六）・「馬方は噫《わっ》と叫びて」（第六）・「ぐわんと響きて」（第八）・「すつぽりかぶりしあし鍋は」（第八）・「ずか〳〵と左右より」（第九）・「是はと声をかけ皿が、あぶないことやゆふまぐれ」（第九）、以上十箇所で、かなり目立つ。これに対し〈中本もの〉のもうひとつの特徴である七五調は、前編第五に四箇所、後編第九に二箇所で、それほど多くはない。

(10)『江戸読本の研究　十九世紀小説様式攷』（平成七年〈一九九五〉）第二章第一節「中本型読本の展開」、一四九頁。

(11) 同右、四〇頁。

(12) 角田一郎・内山美樹子校注『竹田出雲並木宗輔浄瑠璃集』（新日本古典文学大系93、平成三年〈一九九一〉）、二頁。

(13) 拙稿「馬琴読本の一展開―『四天王剿盗異録』とその前後―」（「近世文芸」39、昭和五八年〈一九八三〉一〇月）。

(14)「滝沢馬琴の小説観」（著述集一、昭和五七年〈一九八二〉、初出昭和三八年一〇月）。

(15) 明治学院中学・東村山高等学校「研究実践紀要」五（昭和五七年〈一九八二〉六月）。

(16) 高木氏前掲書第二章第一節、一四一頁。

(17)「馬琴の演劇観と勧善懲悪―巷談物を中心に―」（「日本文学」、平成一五年〈二〇〇三〉一二月）、「勧善懲悪―馬琴読本と演劇を中心に」（「江戸文学」34、平成一八年〈二〇〇六〉六月）、など。

（補注）後者については、拙稿「『椿説弓張月』論―構想と考証―」（「読本研究」六上、平成四年〈一九九二〉九月）において指摘している。また、表立った例ではないが、『開巻驚奇侠客伝』（馬琴執筆は第一～四集　天保三～六年〈一八三二～三五〉刊）において、主人公側の最大の味方となるべき人物を敵側に設定してしまっており、この点を作者に気づかせたのは小津桂窓であったことが、菱岡憲司氏によって指摘されている（「馬琴と小津桂窓の交流」、「近世文芸」90〈平成二一年〈二〇〇九〉七月〉）。

引用文献（主要なもののうち、本文・注記に断らなかったもの）

テキストの引用にあたっては、新しい翻刻・影印のあるものについてはできる限り参照し、読み易さを考慮して、振り仮名を適宜省略、必要に応じて引用文に会話の「　」を補い、句読を現行の句読点に統一するなどの措置を施した。（句読点のないものについては私に付した）。その際、できる限り原本ないしそのコピー、写真複製と照合し、必ずしも掲載したテキストの校訂に従わなかった箇所もある。謡曲・浄瑠璃正本の場合も、原則は右のとおりだが、浄瑠璃正本では句読は「。」とし、また両者とも曲節符号は除去した。

Ⅰ-1

『凩草紙』　叢書江戸文庫32『森島中良集』、石上敏校訂・解題、国書刊行会、平成六年〈一九九四〉　京都大学総合図書館所蔵版本（初印）

『近世物之本江戸作者部類』　木村三四吾編、八木書店、昭和六三年〈一九八八〉

『通俗忠義水滸伝』　『近世白話小説翻訳集』第六～十一巻、汲古書院、昭和六二年〈一九八七〉四～一一月

『忠義水滸伝』第一～十回（和刻本）　架蔵版本（享保十三年〈一七二八〉刊）

「本朝水滸伝を読む并に批評」　『本朝水滸伝後編・由良物語』、国立国会図書館管理部刊、昭和三四年〈一九五九〉

『女水滸伝』　国立国会図書館所蔵版本

『高尾船字文』　髙木元「『高尾舩字文』―解題と翻刻―」、愛知県立大学「説林」四三、平成七年〈一九九五〉二月　関西大学中村幸彦文庫所蔵版本（国文学研究資料館マイクロフィルムによる）

『忠臣水滸伝』　『山東京伝全集　第十五巻　読本1』、ぺりかん社、平成六年〈一九九四〉　読本善本叢刊『忠臣水滸伝』（影印）、拙編、和泉書院、平成一〇年〈一九九八〉

I-2 i
『奇伝新話』　『初期江戸読本怪談集』、大高・近藤瑞木共編、国書刊行会、平成一二年〈二〇〇〇〉
『近世物之本江戸作者部類』　前出
『英草紙』　日本古典文学全集48、中村幸彦校注・訳、小学館、昭和四八年〈一九七三〉
『桑楊庵一夕話』　架蔵版本（天保十三年〈一八四二〉序刊）

I-2 ii
『壷菫』　『初期江戸読本怪談集』（前出）
『妓者呼子鳥』　『洒落本大成』第七巻、中央公論社、昭和五五年〈一九八〇〉

I-3
『通気粋語伝』　『洒落本大成』第十五巻、中央公論社、昭和五七年〈一九八二〉
『高尾船字文』　前出
『敵討連理橘』　髙木元「『敵討連理橘』―解題と翻刻―」、「読本研究」初輯、昭和六二年〈一九八七〉四月　国文学研究資料館所蔵版本（安永十（天明元）年〈一七八一〉刊）
『近世物之本江戸作者部類』　前出

『忠臣水滸伝』　前出
『通俗大聖伝』　『山東京伝全集　第十五巻　読本Ⅰ』（前出）

Ⅰ-4
『忠臣水滸伝』　前出
『復讐奇談安積沼』　『山東京伝全集　第十五巻　読本Ⅰ』（前出）　八戸市立図書館所蔵版本（初印、国文学研究資料館所蔵マイクロフィルムによる）　早稲田大学図書館所蔵版本（初印）
『通俗孝粛伝』　『近世白話小説翻訳集』第二巻、汲古書院、昭和五九年〈一九八四〉
『通俗忠義水滸伝』　前出
『忠義水滸伝』第一～十回（和刻本）　前出
『耳嚢』巻之四・巻之十　岩波文庫（中）・（下）、平成三年〈一九九一〉三・六月
『東遊奇談』　山本和明「一無散人『諸国奇談東遊奇談』—翻刻と解説」、「相愛女子短期大学研究論集」四二、平成七年〈一九九五〉三月
『近世奇跡考』　架蔵版本（初印または早印）
『東遊記』　近世庶民生活資料集成第二十巻、三一書房、昭和四七年〈一九七二〉
『雨月物語』　日本古典文学大系56『上田秋成集』、中村幸彦校注、岩波書店、昭和三四年〈一九五九〉　『上田秋成全集第七巻　小説篇一』、中央公論社、平成二年〈一九九〇〉

I-5

『忠臣水滸伝』　前出

『復讐奇談安積沼』　前出

『優曇華物語』　『山東京伝全集　第十五巻　読本I』（前出）　読本善本叢刊『優曇華物語』（影印）、拙編、和泉書院、平成一三年〈二〇〇一〉　架蔵版本（初印）

『月氷奇縁』　鈴木重三・徳田武編『馬琴中編読本集成　第一巻』、汲古書院、平成七年〈一九九五〉　架蔵版本（初印）

『通俗孝粛伝』　前出

『通俗忠義水滸伝』　前出

『奥州安達原』　『浄瑠璃名作集　下』、日本名著全集刊行会、昭和四年〈一九二九〉

『津国女夫池』　新日本古典文学大系92『近松浄瑠璃集　下』（本曲は大橋正叔校注）、岩波書店、平成七年〈一九九五〉

『風流曲三味線』　『八文字屋本全集』第一巻、汲古書院、平成四年〈一九九二〉　叢書江戸文庫8『八文字屋集』、篠原進校訂、国書刊行会、昭和六三年〈一九八八〉

『宇治拾遺物語』　国文学研究資料館所蔵版本（万治二年〈一六五九〉刊　タ4-7-1〜16）

I-6 i・ii

『月氷奇縁』　前出

『風流曲三味線』　前出

『蓑笠雨談』　国立国会図書館所蔵版本

『小説比翼文』　叢書江戸文庫25『中本型読本集』、高木元校訂、国書刊行会、昭和六三年〈一九八八〉

『曲亭伝奇花釵児』　新日本古典文学大系80、徳田武校注、岩波書店、平成四年〈一九九二〉
『新編古今事文類聚』　『和刻古今事文類聚』一〜七、ゆまに書房、昭和五七年〈一九八二〉

I－7
『西遊記』（橘南谿）　東洋文庫248・249『東西遊記』、宗政五十緒校訂、平凡社、昭和四九年〈一九七四〉
『忠臣水滸伝』　前出
『復讐奇談安積沼』　前出
『優曇華物語』　前出　架蔵版本（初印）
『近世奇跡考』　前出
「蛤の草紙」　岩波文庫『御伽草子　下』、昭和六一年〈一九八六〉

II－1
『絵本東嫩錦』　関西大学図書館中村幸彦文庫所蔵版本（初印、国文学研究資料館所蔵マイクロフィルムによる）　国立国会図書館所蔵版本（初印）
『復讐奇談安積沼』　前出
『月氷奇縁』　前出
『石言遺響』　『馬琴中編読本集成　第一巻』（前出）　国文学研究資料館所蔵版本（初印）　八戸市立図書館所蔵版本（初印）
『勧善常世物語』　『馬琴中編読本集成　第四巻』、汲古書院、平成八年〈一九九六〉

『絵本三国妖婦伝』　国文学研究資料館所蔵版本（初印）
『絵本玉藻譚』　阪急学園池田文庫所蔵版本（初印）
『阿也可之譚』　国立国会図書館所蔵版本（初印）
『新編水滸画伝』初編初・後帙　ライデン国立民族学博物館所蔵版本（初印）
『近世物之本江戸作者部類』　前出
『本朝酔菩提全伝』　『山東京伝全集　第十七巻　読本3』、ぺりかん社、平成一五〈二〇〇三〉　国文学研究資料館所蔵版本（初印、ただし前帙のみ）
『南総里見八犬伝』一〜十二　新潮日本古典集成別巻、濱田啓介校訂、新潮社、平成一五年〈二〇〇三〉五月〜一六年〈二〇〇四〉四月

II-2

『復讐奇談稚枝鳩』　『馬琴中編読本集成　第二巻』、汲古書院、平成七年〈一九九五〉
『復讐奇談安積沼』　前出
『小夜中山霊鐘記』　『国文学未翻刻資料集』、翻刻・内田保廣、桜楓社、昭和五六年〈一九八一〉　架蔵版本
『優曇華物語』　前出
『奥州安達原』　前出
『桜姫全伝曙草紙』　『山東京伝全集　第十六巻　読本2』、ぺりかん社、平成九〈一九九七〉　東京都立中央図書館諸家文庫所蔵版本（初印）　東京大学文学部国文学研究室所蔵版本（初印）

II-3

『四天王剿盗異録』 『馬琴中編読本集成 第三巻』、汲古書院、平成八年〈一九九六〉

『善知安方忠義伝』 『山東京伝全集 第十六巻 読本2』（前出） 叢書江戸文庫18『山東京伝集』、佐藤深雪校訂、国書刊行会、昭和六二年〈一九八七〉 抱谷文庫所蔵版本（初印、国文学研究資料館マイクロフィルムによる）

『前太平記』 叢書江戸文庫3・4、板垣俊一校訂（漢字平仮名交じり表記）、国書刊行会、昭和六三〜平成一年〈一九八八〜八九〉

「伊波伝毛之記」 『新燕石十種』第六巻 中央公論社、昭和五六年〈一九八一〉

II-4

『高尾船字文』 前出

『本朝酔菩提全伝』 前出

II-5

『桜姫全伝曙草紙』 前出

『善知安方忠義伝』 前出

『昔話稲妻表紙』 『山東京伝全集 第十六巻 読本2』（前出） 新日本古典文学大系85『米饅頭始 仕懸文庫 昔話稲妻表紙』、水野稔校注、岩波書店、平成二年〈一九九〇〉 東京都立中央図書館東京誌料所蔵版本（初印）

『聴松堂語鏡』 架蔵版本（寛文二年〈一六六二〉刊）

『忠臣水滸伝』 前出

『雨月物語』　前出
『そのゝゆき』　『馬琴中編読本集成　第五巻』、汲古書院、平成八年〈一九九六〉
『勧善常世物語』　前出
『新累解脱物語』　『曲亭馬琴作　新累解脱物語』（影印）、拙編、和泉書院、昭和六〇年〈一九八五〉

II-6

『石言遺響』　前出
『隅田川鏡池伝』　架蔵版本（寛延四年〈一七五一〉刊）

II-7

『苅萱後伝玉櫛笥』　『苅萱後伝　玉櫛笥』（影印）、内田保廣編、三弥井書店、昭和五五年〈一九八〇〉　高木元「『苅萱後伝玉櫛笥』—解題と翻刻—」、愛知県立大学「説林」四〇、平成四年〈一九九二〉二月
『唐土真話』　京都大学総合図書館所蔵版本（安永三年〈一七七四〉刊）
『苅萱桑門筑紫轢』　『浄瑠璃名作集　上』、日本名著全集刊行会、昭和二年〈一九二七〉
『敵討裏見葛葉』　『馬琴中編読本集成　第四巻』、汲古書院、平成八年〈一九九六〉　架蔵版本（初印）
『泉州信田白狐伝』　東京大学総合図書館所蔵版本（国文学研究資料館マイクロフィルムによる）
『月氷奇縁』　前出

掲載図版

口絵図版1　『優曇華物語』巻之三表紙　架蔵版本（初印）
口絵図版2　『月氷奇縁』巻之二表紙　架蔵版本（初印）
図版1　『壺菫』巻之四挿絵（4ゥ・5ォ）　『初期江戸読本怪談集』、大高・近藤瑞木共編、国書刊行会、平成一二年〈二〇〇〇〉
図版2　『月氷奇縁』巻之一口絵（6ゥ・7ォ）　前出
図版3　『小説比翼文』上巻第一編挿絵12ゥ　叢書江戸文庫25『中本型読本集』、髙木元校訂、国書刊行会、昭和六三年〈一九八八〉
図版4　『近世奇跡考』巻之二本文（7ゥ・8ォ）　架蔵版本（初印または早印）
図版5　同挿絵（9ゥ・10ォ）
図版6　『新累解脱物語』巻之一題詞（3ォ）　『曲亭馬琴作 新累解脱物語』（影印）、拙編、和泉書院、昭和六〇年〈一九八五〉
図版7　『桜姫全伝曙草紙』巻之二挿絵（15ゥ・16ォ）　『山東京伝全集　第十六巻　読本2』、ぺりかん社、平成九年〈一九九七〉
図版8　『そのゝゆき』巻の二挿絵（12ゥ・13ォ）　『馬琴中編読本集成　第五巻』、汲古書院、平成八年〈一九九六〉

初出一覧

本書にまとめるに際して、全ての論に、様々なレヴェルで加筆修正を施した。本書においては、収めた十数編の論が、まとまってひとつの考え方を提示することを目指しているので、考え方そのものが更新されれば、全体をその方向で見直すことを繰り返さざるを得なかった。したがって、ことに早い時期の論には、初出の際と結論部分がかけ離れてしまったものもあるが、本書に示した認識が最新のものであることを、ご了解いただければ幸いである。

序章

研究余滴「〈稗史もの〉読本様式の解明」（『「国文学研究資料館ニューズ」9付録、平成一九年〈二〇〇七〉一一月）

I

1　『読本の世界』第一章第一節「寛政・享和年間」（横山邦治編、世界思想社、昭和六〇年〈一九八五〉）

2ⅰ　同題「日本文化研究」（大連外国語学院日本文化研究中心、長春出版社、二〇〇〇年二月）

2ⅱ　同題『日本妖怪学大全』（小松和彦編、小学館、平成一五年〈二〇〇三〉）

3　読本善本叢刊『忠臣水滸伝』解題（拙編、和泉書院、平成一〇年〈一九九八〉）

4　同題「読本研究新集」第二集（翰林書房、平成一二年〈二〇〇〇〉六月）。

5　原題「『優曇華物語』と『月氷奇縁』—江戸読本形成期における京伝、馬琴—」（「読本研究」初輯、昭和六二年〈一九八七〉四月）

6・i・ii　同題　「日本文化論叢［第一回中日文化教育研究フォーラム報告書］」（大連理工大学出版社、二〇〇一年一一月）

7　読本善本叢刊『優曇華物語』解題（拙編、和泉書院、平成一三年〈二〇〇一〉）

II

1　原題「一九世紀的作者の誕生」（「文学　特集＝曲亭馬琴の遺産」第五巻・第三号（平成一六年〈二〇〇四〉五月）

2　原題「『優曇華物語』と『曙草紙』の間—京伝と馬琴—」（「読本研究」第二輯上套、昭和六三年〈一九八八〉六月）

3　同題「国文学研究資料館紀要」第三〇号（平成一六年〈二〇〇四〉二月）

4　同題「日本文学　特集・加工行為としての〈文学〉」55（平成一八年〈二〇〇六〉一月）

5　同題「国語と国文学　特集・戯作」、（平成一八年〈二〇〇六〉五月）

原題「京伝と馬琴—文化三、四年の読本における構成の差違について—」（「読本研究」第三輯上套、平成一年〈一九八九〉六月）

6　同題「国文学研究資料館紀要　文学研究篇」第三四号（平成二〇年〈二〇〇八〉二月）

7　原題「馬琴流〈勧善懲悪〉の言表と「誤読」の問題」（「江戸文学　特集・江戸人の「誤読」」36、平成一九年〈二〇〇七〉六月）

あとがき

早くに亡くなった連歌研究の寺島樵一さんから、「大高さんの論文は考え方が中心だから、分かってもらうのがなかなかむずかしいね」と言われたことがある。文化初年の山東京伝・曲亭馬琴の読本の上に現れてくる類似と差異の拠って来るところをどう考えるかという問題を扱った拙論を読んで下さった感想である。今からもう二十年ほど前のふとした会話であるが、現在でも寺島さんの言葉を反芻することが続いている。

それでも、その頃はまだ実感と通説とが自分の中でしっくりと嚙み合わないまま、霧がかかったように手探り状態だった事柄が、時の経過とともに少しずつ見えてくるようになった。本書の内容は、煎ずるところその報告に尽きるのであるが、この問題について繰り返し考えをめぐらすことは、いつしか私にとって文学と人間について考えることと同義になった。研究論文であるから、京伝・馬琴という二大家の心の動きを、まるで見てきたようにまことしやかに書けないのはもちろんだけれども、作品や、（ことに馬琴側の）関連資料から浮かび上がる、達成感・焦燥感・友愛・敬意・嫉妬・競争意識・優越感・劣等感といった感情の隈々や、否応なくその中で生きていかざるを得ない商業出版に対する考え方の違いなども、文芸を対象とした学問に携わっている私どもの身の回りに、日頃起こっては消えて行く大小の出来事に置き換えて、全く異なる世界の話とは思えなかった。私は個人的には京伝の立場により大きな共感を覚えるのであるが、京伝のようなアマデウスでない身は、時に自分を馬琴になぞらえることもある。さらには京伝・馬琴を等距離に眺めながら、〈稗史もの〉読本というジャンルの形成に果たした両者の貢献の大きさに感嘆したり、またその限界に幻滅を感じたりもする。

たかだか十年あまりの間に起こった〈稗史もの〉読本の形成という文芸的一事象を、〈読本様式〉という観点から説明するのにこれほど多くの時間を費やしたのは、言うまでもなく非力の致すところであるが、本書にまとめたような内容に辿り着けたことには多少の自己満足もある。この時期における京伝と馬琴の読本について、今の私にこれ以上のことは言えない。

最後に、初めてお目にかかった時から現在にいたるまで、このテーマについて考える〈場〉を提供し続けて下さった横山邦治先生と、その結果の最も怖くて有難い批評家であり続けて下さった濱田啓介先生に、深甚の謝意を捧げたい。頁を繰れば、これまでに出会うことのできた懐かしいお顔が、それぞれの表情でこちらを振り向いて下さる。それで十分ではないかと思いながら、どなたの芳名も全く記さずに済ますことはできなかった。心の弱いことであるが、どうぞお許し下さい。

それから、出版をお勧めいただいてから十年に垂んとする原稿を、「長かったですね」と苦笑しながら受け取って本にして下さった翰林書房の今井御夫妻に、お待たせしたお詫びとともに、心よりお礼を申し上げたいと思う。

平成二十二年四月吉日

著　者

【わ行】

「和漢混合の文体」 7, 11, 32, 35
〈枠組〉 114, 118, 119, 123, 124, 134, 145, 148, 167, 174, 179, 181, 234
和文体 62, 66
「和文調」(秋成的―) 107, 110
和文の会 83

334, 336
前期戯作　15, 35, 78, 111, 201
〈善人／悪人〉（型）　10, 294, 298, 320, 334, 335, 337
俗文体　57, 82

【た行】
高尾怨霊譚　273
伊達騒動　30, 76, 268, 270, 271, 273-6, 310, 311
談義本　96
「談合」　257-9, 283, 315, 316
「湛湛青天不可欺」　292, 293
短編奇談集　21
〈中間型読本〉　332
中国白話文翻訳調　76
長編勧化本（仏教長編説話）　9, 217, 234, 251, 252, 264, 280, 285, 290, 315, 316, 318, 331, 333
長編小説　11, 32
通俗文体　80, 184, 190
〈通俗もの〉　7, 71, 94, 102, 112, 200, 307, 318, 319
剣と鏡→山鳥と狐
「定婚店」説話　169
〈伝説もの〉　8, 9, 206, 250-252, 256, 261, 262, 278, 294, 306, 308-10, 312, 313, 332, 333
天保の改革　50
〈妬婦〉（〈妬婦〉のモチーフ）　272, 281, 292, 315, 316, 318-20, 329, 331

【な行】
「ないまぜ（綯交）」（「訳文（はめもの）」）　30, 32, 185
中本　29, 66, 72, 73, 167, 274-8, 312
――中本型の洒落本　73
――〈中本もの〉読本（〈中本もの〉、中本型読本）　5, 7, 66, 73, 76, 77, 166, 175, 201, 202, 258, 274-8, 306, 307, 310, 311, 313, 318, 325, 332-6, 338
――中本作者　83, 179, 258
女人往生伝　250, 252, 264
拈華老師の偈（十二句の偈）　152, 159

【は行】
〈稗史もの〉読本（〈稗史もの〉）　5-12, 15, 21, 32, 36, 37, 54, 82, 83, 103, 111, 123, 124, 134, 146, 148-51, 160, 167, 178, 179, 181, 185, 189, 194, 199-208, 214, 239, 242, 251, 257-9, 264-6, 274-8, 282, 283, 290, 291, 294, 298, 306, 307, 312, 313, 315, 316, 318, 320, 321, 324, 331, 333-6
一ッ家（石枕）譚　311
藤波怨霊譚　273
仏教長編説話→長編勧化本
「仏魔（善悪）一如」　290, 291
「不破名古屋（狂言）」　267, 268
弁財天女の予言（八字の句）　215, 216
〈翻案もの〉　310, 332

【ま行】
〈身替り〉　304, 305
夢窓国師の偈　188

【や行】
「訳文」　102, 103, 110, 112, 147
山鳥と狐　152-155, 158, 159
――狐の鏡（「玄丘の鏡」）　152-155
――剣と鏡　153, 159
――山鳥（「山鶏」）　156, 159
――山鳥の剣（「羽隹の剣」）　152-155
淀屋事件　156, 157
〈淀屋もの〉（淀屋もの浮世草子）　157, 176, 178
〈読本〉　5, 6, 15, 53, 77
〈よみほん〉（広義の〈よみほん〉）　103, 320
〈読本的枠組〉　7-10, 12, 78, 79, 148-51, 153, 154, 156, 158-61, 171, 172, 179, 181, 188, 189, 194, 196, 201, 203, 206, 217, 239, 240, 245, 248-53, 255, 256, 258, 262-6, 273, 275, 284, 286, 287, 291, 294, 306, 312-4, 317, 323, 332, 334, 336, 337
読本文体　189, 332

【ら行】
了然尼の予言（八字の句）　117, 188, 216

「羽隹の剣」→山鳥と狐
薄雲譚 310
〈絵本もの〉読本（〈絵本もの〉、絵本読本） 5,11,77,200-3,206-8,251,277,280,306,311,312,317
〈演義〉の体 9,10
「演劇体」 275
〈演劇的枠組〉 266,269
〈お家騒動〉 267,268,273
〈お家騒動もの〉（読本） 8,251,252,261,266,267,278, 284,309
〈お家もの〉（演劇） 265,268,305

【か行】
改革政治→寛政の改革
「雅俗体（雅俗混淆文・雅俗文体）」 82,83,103,147
雅文体 82
苅萱譚 310
勧化本（〈勧化もの〉） 54,57,65,68,317,319
寛政の改革 6,15,19,48,49,51,65,194,199,204,259,275,295
勧善懲悪（勧懲） 10,11,19,26,27,32,57,68,201,245,247,255,265,287,289,290,291,294,297,320,324,325,329-31,334-6
——〈勧懲〉正不正（の論） 329,330,335,336
観音霊験譚 191
漢文和訳の文体 80
〈擬・一代記〉 239,251,252,264,284,286
キジの祟り 171,172,174
〈奇談〉 16,19,20,57
〈奇談もの〉 15,23, 51,76
狐の鏡→山鳥と狐
兄弟作者（京伝・馬琴は—） 10,240,259,291,294,315,325
兄弟作品 277
「金鶏」（錦鶏・金の鶏・金鶏丸・淀屋の金鶏） 155-7,175,176
金鈴道人の予言→「四句の偈」
「月下翁」 169,170
「玄丘の鏡」→山鳥と狐
〈（原）巷談もの〉 309
〈（原）史伝もの〉 256,308
後期上方読本 277
後期読本 5,11,27,32,36,37,52-54,78,82,123,181,199,282
口語（—調・—表現　談義本） 99,101,102
口語（—使用　中本） 332,335,338
高僧一代記 9
〈巷談もの〉 8,9,212,250,251,276
こはだ（小幡・小鰭）小平次の怨霊譚（—の巷説） 81,93,103-5,107,114,118,187,188,307
権八・小紫譚（—の巷説） 74,171,172,174,310

【さ行】
桜姫・清玄譚 252
佐野次・八橋譚 310
皿々山（譚）（紅皿欠皿） 310,312
皿屋敷（譚） 310,312
「四句の偈」 189
——『優曇華物語』、金鈴道人の「四句の偈」 120,181,191
——『水滸伝』第五回、智真長老の「四句の偈」 117,216
——『通俗孝粛伝』巻之五「石獅子」、高僧の「四句の偈」 122,187,188
七五調 66,97-99,101,102,275,335,338
実録（実録体小説） 30,73,76,77,172,200,274
〈史伝もの〉 8,9,206,250,251,256,294,309,320
信田妻伝説 333
洒落本的情調 62,65,66
十二句の偈→拈華老師の偈
浄瑠璃調 98
〈初期江戸読本〉 37,38,51,52,54,65,179,200,201
初期中本型読本 74,76
初期読本（前期読本） 5,15,16,22,23,27,32,37,53,56,57,75,82
〈水滸伝もの〉 23,27,29,32
〈図会もの〉 5,200
〈正史・実録〉 320
世話読本 178
〈善悪一如〉（型） 10,294,295, 320,331,

深沢眞二　69
藤岡作太郎　297
蜉蝣子　38, 39, 43, 46, 48, 49
文亀堂→伊賀屋勘右衛門
芳樹軒（著屋儀兵衛）　135
北條団水　173
北斎　299, 311, 328, 329, 332
木俊亭　38, 39
堀弁之介　56, 57
本田朱里　188, 212, 253, 260, 278

【ま行】
前川弥兵衛　207, 312
松平定信　15, 48, 52, 65
松村九兵衛　206
丸山季夫　50
万象亭→森羅子
三浦一朗　69
三木成為　29
三木平七　206
三崎屋清吉　70, 80
水谷不倒　19, 40, 53
水野稔　70, 81, 84, 94, 95, 103, 105, 110, 123, 147, 148, 167, 179, 194, 223, 261, 266-68, 279, 296
源温故　60
向井信夫　21
森島中良→森羅子
森林太郎　337

【や行】
柳田國男　196
山家広住　201
山口剛　110, 111, 113, 205, 223, 224, 234, 236, 237, 262, 267, 268, 270, 271, 305, 315
山崎金兵衛　39
山本和明　81
山本卓　56, 57, 199, 200
湯浅佳子　276
兪琰　164
容楊黛　180
横山邦治　5, 6, 8, 21, 37, 38, 41, 52-4, 56, 57, 59, 63, 70, 74, 77, 123, 150, 161, 211, 212, 250, 252, 261, 278, 280, 296, 321
吉岡兵助　206
吉田光一　180
淀屋辰五郎　156

【ら行】
流光斎如圭（多賀如圭）　135, 151, 200
笠亭仙果　264
柳亭種彦　204, 264
李漁（李笠翁）　175-7

【わ行】
若林清兵衛　54

事項索引

凡例

・ジャンル・分類・概念などに関して特殊な意味を含む述語には多く〈　〉を付し、引用に基づく述語には多く「　」を付した。ただしそれぞれの論述の文脈によって、この限りでない場合もある。
・書名・人名索引と同様、ひとつにまとまる項目については矢印（→）とダッシュ（—）によって表示した。

【あ行】
〈仇討もの〉　8, 151, 204, 206, 250-2, 306-8, 313
〈一代記〉　240, 251, 284, 287, 297
〈一代記もの〉　8, 9, 212, 251, 256, 262, 264, 278, 294, 308-10, 317, 336
因果応報（の理）　10, 21, 122
「因果の理（法）」　294

多賀如圭→流光斎如圭
高田衛　25, 105, 212, 297
高橋圭一　73, 279
高泰　36
竹垣柳塘　104, 107
竹田出雲　333
建部綾足（綾足）　25, 27, 28, 165
橘南谿　106, 182
立原杏所　71
田中則雄　12, 290, 315, 319
棚橋正博　29, 72, 156
田にし金魚　64
田沼意次　48
瑞玉堂（大和田安兵衛）　136
談洲楼焉馬→烏亭焉馬　202
丹羽謙治　276
近松半二　77
近松門左衛門　141, 164, 176, 177, 246
聴雨楼主人　136
丁子屋平兵衛　12
陳玄祐　40
都賀庭鐘（大江散人）　15, 16, 18, 28, 37, 41, 43, 47, 48, 50-52, 107, 164, 165
蔦屋重三郎（蔦重、耕書堂）　29-31, 71-3, 83, 114, 135, 167, 258, 259
土屋順子　69, 322, 331
堤邦彦　57, 68, 322, 328
津内清三郎　279
角田一郎　338
頭光→桑楊庵光
鶴見誠　279
鶴屋喜右衛門（鶴喜、仙鶴堂）　31, 79, 81, 114, 135, 206, 209, 214, 216, 221, 241, 247, 252, 258, 259, 264, 277, 283, 295
鶴屋南北（四世）　104
蹄斎北馬　201
寺門静軒　50, 51
東壁堂（永楽屋東四郎）　135
徳田武　18, 24, 28, 33, 50, 70, 78, 84, 112, 146, 165, 175-7, 181, 183, 186, 239, 241, 243, 247, 260, 292, 293, 296, 297, 307, 321, 338
としまのさと人　60, 69
殿村篠斎　39
富川吟雪　23
豊国　208, 299

【な行】
中川新七　217, 252
中野重治　280
中野三敏　45, 48, 49, 75, 194, 211
中村博保　295
中村幸彦　6, 7, 11, 23, 24, 30, 32-34, 36, 42, 45, 47, 48, 52, 66, 74, 77, 96, 97, 107, 108, 112, 186, 189, 199, 200, 234, 242, 251, 262, 275, 282, 315, 317-9, 321, 322, 325, 326, 331, 332, 334
中山清七　72
南総館→上総屋利兵衛
南峯　326
錦文流　164
西沢一鳳　32, 183
西田耕三　69
西宮新六　72
西村源六　333
西村中和　201
西村屋与八（層山堂）　206, 209, 264
根本武夷→聚水庵壺游　23
野口隆　77, 78
延広真治　279
野間光辰　180

【は行】
長谷川強　174
八文舎自笑　72
馬場文耕　335
濱田啓介　11, 27, 28, 148, 157, 165, 211, 324, 329, 330
浜松屋幸助（松茂堂）　135, 207, 259
林京平　328
林権兵衛　70
速水春暁斎　77, 200, 203
播本眞一　29, 260
伴蒿蹊　183
菱岡憲司　339
菱屋孫兵衛　199
平賀源内（風来山人）　15, 81, 96, 102, 114
平林庄五郎（平林堂）　206, 217, 256, 333
廣瀬千紗子　180
風来山人→平賀源内

奥野たねよし　25
小津桂窓　339

【か行】
柏屋清兵衛　206
柏屋忠七　206
柏屋半蔵　206, 255
上総屋→上総屋利兵衛
上総屋忠助　255
上総屋利兵衛（南総館）　15, 20, 21, 29, 39, 72, 258
粕谷宏紀　50
勝尾屋六兵衛　206, 312
葛飾北斎　135, 202, 327
桂川甫周　15
角丸屋甚助（衆星閣）　206, 207, 312
亀田鵬斎　136
河合眞澄　180
川関惟充　201
河内屋太助（文金堂）　135, 151, 156, 205, 206, 258, 259, 277, 280
川村儀右衛門　39
眼聴→耳見斎眼聴
菊屋安兵衛　27, 54, 56
木越俊介　66, 275
北尾重政　39, 135
喜多武清　136, 194
木村三四吾　213, 296, 321
木村黙老　26
逆旅主人　71
久保田啓一　82, 83, 109, 111
倉島節尚　53
郡司正勝　112, 262, 269, 270
渓斎英泉　51
小池藤五郎　148, 214, 241, 243, 270
耕書堂→蔦屋重三郎
幸田露伴　33
五山堂（播磨屋五兵衛）　135
後藤丹治　113, 165, 239, 262, 297, 321
壺游→聚水庵壺游
近藤瑞木　52-4, 211

【さ行】
崔香蘭　274
小枝繁　202-4
桜田治助（初世）　269, 279
佐々木天元　29
笹野堅　33, 214
佐藤悟　278
佐藤深雪　81, 104, 235, 239
蓑笠（翁）　177
沢田一斎　292
沢田東江　44, 45
耳見斎眼聴　56, 57
十返舎一九　200, 201
篠原進　166
柴田恵理子　260
柴田美都枝　123
渋川清右衛門　206
謝肇淛　185
聚水庵壺游（根本武夷）　23, 25, 27, 28
熟睡亭主人　12
春帳子　331
松樹斎常蔭　60
徐恵芳　146
白木直也　23
沈既済　173
森羅子（森羅万象・万象亭・森島中良）　15, 16, 18-22, 32, 35, 38, 50, 76, 200
振鷺亭　29, 65, 72, 204, 205, 258
崇文堂（前川六左衛門）　23
鈴木重三　33, 165, 260
鈴木敏也　212
須原屋茂兵衛　206
住吉屋政五郎　209
清田啓子　31
清田儋叟　21
誓誉　333
銭屋利兵衛　206
仙鶴堂→鶴屋喜右衛門
草官散人　165
僊山堂→西村屋与八
桑楊庵光　38, 50

【た行】
大江散人→都賀庭鐘
高井蘭山　201, 206, 207
髙木元　73, 74, 179, 211, 212, 247, 248, 259, 282, 296, 307, 311, 332, 336
髙木正一　44

【ら行】
「離魂記」 40,236
『両剣奇遇』 28
『聊斎志異』 18,20
『梁山一歩談』 72
『梁山泊義士印譜』 71

【わ行】
『稚枝鳩』 203,214-6,238,308,313,326
『和漢三才図会』 309
『邂逅物語』 20,22
和刻本『忠義水滸伝』→『忠義水滸伝』
『割印帳』(『江戸出版書目』〈書誌書目シリーズ10〉・『享保以後 江戸出版書目 新訂版』) 77,80,136,151

人名索引

凡例

・本書に頻出する「山東京伝」・「曲亭馬琴」は除外した。
・同一の人名が複数項目にわたり掲載される場合には統一し、矢印(→)によって示した。

【あ行】
饗庭篁村 337
秋里籬島 200
秋田屋太右衛門 206
秋成→上田秋成
麻生磯次 30,179,261
綾足→建部綾足
蟻登美 60,68
伊賀屋勘右衛門(文亀堂) 206,208,209,264,277
井沢長秀(蟠龍) 196
石上敏 49,50
石川雅望 71
石崎又造 21
石田玉山(岡田玉山カ) 202
石津善兵衛 206
石橋詩世 279
伊丹椿園 27,28,56,57
一咲居士 201
伊藤蘭州(伊東秋颿) 136,154,193
稲田篤信 297
井上啓治 52
上田秋成(秋成) 15,17,37,50-2,56,81,165
植村藤右衛門 70,206
内田保廣 180,223,314
内山美樹子 265,268,279,305,338
烏亭焉馬(談洲楼焉馬) 202,279
梅村伊兵衛 206
梅村彦七 206
蒲松齢 18
漆山又四郎 295
雲府観天歩 20-22,32,35,76
栄松斎長喜 12
江左の釣翁 39
江島其磧 164
榎本惣右衛門 332,333
榎本平吉 332,333
王右軍(王羲之) 45
王昌齢 44
大江文坡 237,285,290
大江資衡 164
大田南畝 71,82,83,111
大西光幸 112
大野木市兵衛 206
大橋正叔 177
大屋多詠子 337
岡崎廬門 164
岡島冠山 23,34
岡田玉山 203,206,332
尾形仂 297
岡白駒 20,21

日本名著全集『怪談名作集』　113,205
日本名著全集『読本集』　239,262,267,315
『女人愛執恠異録』（『霊魂得脱物語』）　57,69
『女人蛇体―偏愛の江戸怪談史―』　322,338
『根無草後編』（二之巻）　81,83,84,94-102,107,108,110,112,114,189,190,307

【は行】
『梅花氷裂』（『梅之与四兵衛物語梅花氷裂』）　9,204,209,275,309,320,336,337
『馬琴中編読本集成』　307
――第一巻（『月氷奇縁』解題）　160
――第三巻（『四天王剿盗異録』解題）　260,261
――第四巻（『勧善常世物語』解題）317
――第五巻（『そのゝゆき』解題）　293,299,317
『馬琴日記鈔』　337
『馬琴読本と中国古代小説』　279
「鉢木」　255,308
『英草紙』　16,28,37,41,42,45,76
――日本古典文学全集版解説　42,45
『蛤の草子』　192
『春雨物語』　295
――漆山又四郎旧蔵本（日本書誌学大系33〈別冊〉）　298
『坂東忠義伝』　29,36
『ひともと草』　83
『比翼塚物語』　180
『風来山人集』（日本古典文学大系55）　112
『風流曲三味線』　134,142,154-8,164,166,167-74,178,181,307,310
――『八文字屋集』（叢書江戸文庫８）　166
――『八文字屋本全集　一』　166
『復讐奇談　安積沼』→『安積沼』
『復讐奇譚　稚枝鳩』→『稚枝鳩』
「富士太鼓」　255,308
『中古奇談　双葉草』　200
『仏教説話集成　（二）』（叢書江戸文庫41）　69
『焚椒録』　29,73,310
『文体とは何か』（梅光女学院大学公開講座論集第27集）　112
『文武二道万石通』　19
『保元物語』（『参考保元物語』）　256,309
『北條団水集』（古典文庫）
――草子篇　第二巻　180
――草子篇　第四巻　180
『北條時頼記』　308
『盆石皿山記』　297,298,310,321,332
『本朝水滸伝』　25,26
『本朝酔菩提全伝』　208,209,277

【ま行】
「マイクロ／デジタル資料・和古書所蔵目録データベース」（国文学研究資料館）　211
『耳嚢』　104
『昔話稲妻表紙』（『稲妻表紙』）　204,206,208,261,264-71,273,275-9,287-9,292,293,296-8,302,304,305,309,317,319,320,335,337
――新日本古典文学大系85版（注、解説）　266,267,270,271,296
『武者合天狗俳諧』　30
『伽羅先代萩』　30,73,268,270,271,274,305,309
『驪山比翼塚』　74,180
『桃太郎の誕生』　196
『森島中良集』（叢書江戸文庫32）　49
『唐土真話』　326,327,330

【や行】
『野傾友三味線』　173
『弥陀次郎発心伝』　237,240,285,308,317
『柳亭種彦―読本の魅力』　188,212,278
『遊仙窟』　165
『祐天上人一代記』　277,280,309,317
『四谷雑談集』　308
『世諺口紺屋雛形』　31
『読本事典　江戸の伝奇小説』　12
『読本の研究　江戸と上方と』　5,21,23,38,41,43,52-5,58,69,211,212,261,278,280,296,321
『読本の世界　江戸と上方』　37,70,123

34, 35, 76, 78, 83, 88, 146, 196, 216, 307, 311
『忠義水滸伝解』（唐話辞書類集三） 93
『忠孝潮来府志』 279
『中国学芸大事典』 296
『中将姫一代記』 316
『忠臣水滸伝』 5-7, 11, 22, 23, 29, 31-7, 65, 70, 75-80, 83, 86-9, 94, 111, 114, 117, 122, 123, 134, 135, 145, 146, 149, 150, 160, 182-6, 188, 191, 194, 196, 199-201, 204, 208, 258, 259, 275, 289, 292, 294, 306, 307, 316, 320
『聴松堂語鏡』 289, 296
『千代嚢媛七変化物語』 205, 212
『椿説弓張月』 9, 205, 206, 248, 256, 282, 295, 309, 320
『通気粋語伝』 29, 70, 71
——『洒落本大成　一五』（解題） 70
『通俗金翹伝』 292, 308, 309, 317
『通俗孝粛伝』 81, 83-5, 92-4, 107, 108, 110, 114, 120-3, 137-9, 140, 147, 182, 187-9, 214, 307
——「阿弥陀仏講和」（巻之二、第二段） 81, 83-5, 92-4, 107, 108, 110, 114, 123, 189, 307
——「石獅子」（巻之五、第六段） 120-3, 137-9, 140, 147, 182, 187-9, 214, 307
——『近世白話小説翻訳集　二』所収影印本文 188
『通俗古今奇観附月下清談』 20
『通俗三国志』 267
『通俗酔菩提全伝』 308, 309, 317
『通俗醒世恒言』 71
『通俗大聖伝』 80, 112
『通俗忠義水滸伝』（通俗本） 6, 23, 33-5, 70-3, 76, 78, 79, 83, 87, 88, 122, 146, 147, 182, 183, 188, 189, 191, 196, 258, 307, 309-11
『通俗平妖伝』 200
『津国女夫池』 141, 142, 154, 158, 159, 164, 177, 178, 180, 307, 310
——『近松浄瑠璃集　下』（新日本古典文学大系92）解説 177
『耵聹私記』 112, 186
『伝奇作書』 32, 183
『天剛垂楊柳』 72
『唐詠物詩選』 164
『唐詩選　（二）』（朝日中国古典選26） 45
『東遊記』 106, 182
『東遊奇談』 104
『独揺新語』 12
『杜騙新書』 308

【な行】

『中村幸彦著述集』
——第一巻「近世文芸思潮論」 338
——第二巻「近世的表現」 30, 186
——第四巻「近世小説史」 6, 36, 112, 113, 242, 280, 282
——第五巻「近世小説様式史考」 34, 66, 74, 77, 211, 261, 321, 322, 337
——第六巻「近世作家作品論」 239, 262, 322
——第七巻「近世比較文学攷」 23
『中本型読本集』（叢書江戸文庫25） 179
『南総里見八犬伝』 210, 282
『男女色競馬』 173
『錦の裏』 62
『西山物語』 25, 165, 172, 310
『二人比丘尼』 225, 229, 308, 319
『日本近世小説と中国小説』 18, 50, 165, 239, 321, 338
『日本国語大辞典』 109
「日本古典籍総合目録データベース」（国文学研究資料館） 211
日本古典文学全集月報25（第48巻付録） 298
『日本古典文学大辞典』
——第一巻 77, 123, 147, 194, 239, 279, 305
——第二巻 261, 328
——第三巻 223, 314
——第四巻 33, 50, 70, 84, 315
——第五巻 81, 84, 94, 103, 105, 110, 174, 279
——第六巻 123, 239
『改訂 日本小説書目年表』 211
『日本水滸伝』 29
『日本伝奇伝説大事典』 156

296
——「包竜図智賺合同文」（巻四）　308
『小説精言』　21, 310
——「喬太守乱点鴛鴦譜」（巻二）　310
——「張淑児巧智脱楊生」（巻三）　21
『小説比翼文』　134, 135, 142, 166-8, 170-172, 174, 176, 178, 202, 310
『湘中八雄伝』　23, 26
『照世盃』　21
——「七松園弄仮成真」　21
『浄瑠璃集　下』（日本古典文学大系52）　279
『初期江戸読本怪談集』（江戸怪異綺想文芸大系第一巻）　52-54, 58, 65, 180, 211
『書言字考節用集』　188
『初刻拍案驚奇』　292
——「悪船家計賺仮屍銀　狠僕人誤殺真命状」（巻十一）　292
『死霊解脱物語聞書』　105, 308, 309, 317, 319
『心学早染草』　290
『新累解脱物語』　206, 261, 276, 277, 293, 294, 297, 298, 309, 317
『信州川中島合戦』　267
『深窓奇談』　200
『神代記』　108
「枕中記」　173
『新著聞集』　105
『新編古今事文類聚』（『事文類聚』）　164, 169
『新編水滸画伝』　205, 207, 311, 312
「水滸累談子」　276
『水滸伝』　6, 22-4, 27, 29, 30, 32-7, 40, 70-3, 76, 78, 88, 100, 117, 118, 123, 146, 182-5, 188, 189, 191, 196, 274, 312, 331, 335
『隅田川梅柳新書』　294, 297, 298, 305, 309, 317, 319
『隅田川鏡池伝』　308, 309, 317, 319
「隅田川続俤」　236
『醒世恒言』　20, 21, 71, 172
——「喬太守乱点鴛鴦譜」（第八巻）172
——「銭秀才錯占鳳凰儔」（第七巻）　20
——「張淑児巧智脱楊生」（第二一巻）　21
『石言遺響』（『繡像奇譚　石言遺響』）　9, 203, 217, 219, 220, 222-6, 229, 230, 234-8, 252, 308, 313-6, 318
『石点頭』　217, 296, 308, 310, 313, 325, 326, 329
——「郭挺之榜前認子」（巻一）　310, 325, 329
——「侯官県烈女殲仇」（巻十二）　217, 296, 308
——「江都市孝婦屠身」（巻十一）　217, 308
『世間御旗本形気』　309
『善悪業報因縁集』　57
『泉州信田白狐伝』　333, 309
『仙台萩』　73, 274, 310
『前太平記』　243-6, 249, 254-6, 259, 260, 308, 334
『前太平記図会』　200
『選択古書解題』（水谷不倒著作集第七巻）　19, 40, 53, 59, 61
『剪燈新話』　16, 56
——「牡丹燈記」（第二巻）　56
『剪燈余話』　16
『双蝶記』　209, 272, 294, 325
『桑楊庵一夕話』→『莵道園』
『俗語解』（唐話辞書類集十、十一）　87, 89
『そのゝゆき』　292-294, 297-299, 301, 302, 304, 305, 309, 317

【た行】
『太平記』　32, 76
『太平記忠臣講釈』　77
『太平記の研究』　239, 262, 321
『高尾船字文』　7, 29, 30, 32, 36, 73, 74, 76, 82, 167, 258, 259, 274-7, 310, 316, 320
『滝沢馬琴』（人物叢書37）　261
『伊達競阿国戯場』　30, 73, 268, 270-4, 276, 279, 281, 308-10, 312, 317, 319, 331
——『近松半二・江戸作者浄瑠璃集』（新日本古典文学大系94）版校注・解説　279, 281
「伊達染仕形講釈」　269, 270
『玉櫛笥』→『苅萱後伝玉櫛笥』
『燈下戯墨　玉之枝』　21, 200
『丹州爺打栗』　267
『忠義水滸伝』（訓訳本・和刻本）　6, 23,

――「銭秀才錯占鳳凰儔」（第二七巻）　20
――「滕大尹鬼断家私」（第三巻）　29, 73
『近世江都著聞集』　310, 335
『近世怪奇談』（古典文庫551）　53
『近世奇跡考』　105, 106, 136, 178, 193, 194, 280, 309, 310
『近世小説・営為と様式に関する私見』　337
『近世新畸人伝』　44
『近世仏教説話の研究唱導と文芸』　68
『近世文学俯瞰』　278
『近世物之本江戸作者部類』（『江戸作者部類』）　20, 22, 30, 31, 39, 40, 44, 73, 75, 76, 146, 160, 201, 206, 208, 210, 238, 283, 296, 312
『近代小説史』　297
『郡司正勝刪定集　一』　279
訓訳本『忠義水滸伝』→『忠義水滸伝』
『妓者虎の巻』　65
――『洒落本大成　七』（解題）　65
『妓者呼子鳥』　64, 66
『傾城阿波の鳴門』　309
『傾城買四十八手』　277
『傾城買虎の巻』　66
『傾城反魂香』　267, 273, 309
「けいせい楊柳桜」　157
「華厳経」　289, 290
『月下清談』　20
『月氷奇縁』（『復讐 月氷奇縁』）　7, 8, 10, 124, 134-42, 145, 150, 151, 153, 154, 156-60, 166, 170, 171, 178, 179, 182, 203, 205, 214, 216, 221, 238, 239, 258, 259, 277, 291, 294, 307, 316, 334
『源氏物語』　62, 69, 108, 110
『巷談坡隄庵』　310
『凩草紙』（『拍掌奇談 凩草紙』）　15, 16, 18-20, 38, 49-51, 65
――「水鳥山人狸を酒の友とする話」（第三話）　19
――「満珠が至孝母の禁獄を遁れしむる話」（第一話）　19
――「横河小聖悪霊を降伏する話」（第二話）　16, 19
『国史大辞典』　45
『湖月抄』　110
『五雑組』　185
『故事部類抄』　260
『骨董集』　311
『復讐奇談 五人振袖』　39
『今昔物語和朝部』　196
『今昔物語集』　142, 190, 196

【さ行】

『西遊記』　182
『桜姫全伝曙草紙』（『曙草紙』）　9, 10, 204, 205, 208, 212, 221, 223-6, 229, 230, 234-8, 252, 255, 264, 265, 272, 273, 275, 283, 286-8, 291-3, 296, 298, 299, 301, 302, 306, 308, 315-319, 329, 331, 334
『小夜中山霊鐘記』　217-9, 222, 223, 229, 239, 252, 308, 315, 316, 318
『蓑笠雨談』　135, 156, 173, 176, 178
『参会名護屋』　309
『参考保元物語』→『保元物語』
『三国一夜物語』　255, 262, 292, 308, 317
『三七全伝南柯夢』　9
『山州名跡志』　237, 240, 285, 286
『山東京伝集』（叢書江戸文庫16）　112, 262
『山東京伝全集　十五　読本１』（解題）　78, 81, 93, 146, 147, 181, 292, 307
『山東京伝全集　十六　読本２』（解題）　241, 260, 267, 270, 271, 307
『山東京伝の研究』　148, 239, 241, 270
『繁野話』　16, 147, 165
『実録研究―筋を通す文学―』　279
『四天王剿盗異録』　241-53, 255, 256, 259, 260, 261, 308, 316, 334
『近世日本に於ける 支那俗語文学史』　21
『三味線問答』　56
『拾遺和歌集』　62
『十八世紀の江戸文芸』　48, 211
『繡像奇譚 石言遺響』→『石言遺響』
『小説浮牡丹全伝』　208, 209
『小説奇言』　20, 310
――「銭秀才錯占鳳凰儔」（巻一）　20
――「滕大尹鬼断家私」（巻三）　310
『小説三言』　297
『小説字彙』（唐話辞書類集十五）　89, 184
『小説粋言』　292, 296, 308
――「襲私怨狠僕告主翁」（巻五）　292,

『江戸出版書目』(書誌書目シリーズ10) →『割印帳』
『享保以後 江戸出版書目新訂版』→『割印帳』
『江戸小説論叢』 148, 179
『書誌学談議 江戸の板本』 75, 194
『江戸文学叢話』 21
『江戸文学と中国文学』 30, 179
『江戸読本の研究 十九世紀小説様式攷』 73, 74, 211, 213, 261, 262, 282, 307, 321, 338
『絵本東嫩錦』 202, 203, 207
『絵本伊賀越孝勇伝』 200
『絵本加々見山烈女功』 201
『絵本敵討待山話』 202
『絵本亀山話』 200
『絵本義勇伝』 203
『絵本国姓爺忠義伝』 202
『絵本三国妖婦伝』 201, 202, 206, 207
『絵本拾遺信長記初篇』 200
『絵本曾我物語』 201
『絵本太閤記』 200, 203
『絵本玉藻譚』 203, 206
『絵本忠臣蔵』 77, 199
「宛丘伝」 82
『燕石雑志』 260
『奥州安達原』 139, 140, 141, 187, 219, 220, 272, 307
『大岡忠相録』 32
『享保以後 大坂出版書籍目録』 112
『大坂本屋仲間記録　二』 136
——「出勤帳二十番」 136
『奥の細道』 105
『御伽婢子』 16
——「牡丹灯籠」(巻之三) 16, 56
『小野小町一代記』 200, 316
『女敵討記念文箱』 72, 74
『女水滸伝』 27
『女と蛇 表徴の江戸文学誌』 112

【か行】

『怪異前席夜話』 52, 65
『開巻驚奇俠客伝』 166, 339
『怪談奇縁』 54-61, 65, 68, 69
『怪談㖞草紙』→『壷菫』
『近代見聞 怪婦録』 201
『加々見山旧錦絵』 74
『嘉吉記 (嘉吉物語)』 164, 165
『垣根草』 165, 297, 299
——「小桜奇縁によりて貴子をうむ事」(四の巻) 299
——「千載の斑狐一條太閤を試むる事」(一の巻) 165
——「山村が子孫九世同居忍の字を守る事」(四の巻) 297
「霍小玉伝」 69, 112
『桟道物語』 21
『敵討裏見葛葉』 309, 318, 321-35
『復讐 月氷奇縁』→『月氷奇縁』
『敵討誰也行燈』 297, 310, 334, 335
『敵討枕石夜話』 311
『敵討連理橘』 72, 74, 75, 180, 310
『角川古語大辞典』 193
『仮名手本忠臣蔵』 6, 32, 35, 76-79, 118, 185, 307
『唐糸さうし』 19
『棠大門屋敷』 154, 156, 157, 164, 307
『苅萱後伝玉櫛笥』 310, 313, 318, 325, 327-33, 335-7
『苅萱道心行状記』 308, 310, 318, 331
『苅萱桑門筑紫轢』 281, 308, 310, 322, 328, 329, 331
『漢国狂詩選』 164
『勧善桜姫伝』 234, 237, 252, 308, 319
『勧善常世物語』 206, 207, 255, 292, 293, 298, 308, 317
『閑田耕筆』 183
『関八州繋馬』 246
『奇伝新話』(『新板絵入奇伝新話』) 38, 40-43, 46, 48-52, 65
『奇伝余話』 52
『黄表紙総覧　中編』 72
『玉掻頭伝奇』 175-177, 310
『曲亭伝奇花釵児』 134, 135, 166, 175-78, 180, 202, 259, 310, 332
——新日本古典文学大系80版 (解説) 175, 176
『羇旅漫録』 178
『金々先生栄花夢』 173
『今古奇観』 20, 29, 73, 292
——「懐私怨狠僕告主翁」(第二九巻) 292

書名索引

凡例

・書名は『　』で示し、独立した書名とまでは認められないタイトル（例、「枕中記」）や章題、謡曲や歌舞伎狂言のタイトル、また直接の引用文献とするには疑問の残る書名（例「華厳経」）には「　」を付した。
・『復讐奇談安積沼』のように、角書または副題の先行する書名を持つ場合、原則としてそれらを外した『安積沼』の部分を主要な見出しとして掲げ、『復讐奇談安積沼』からでも引けるように矢印（→）で示した。
・ある書名（例、『雨月物語』）のもとに複数の項目がひとつにまとまる場合には、書名に続けて、――「青頭巾」のように示した。
・「三言二拍」及びその和刻訓訳である「小説三言」所載の短編白話小説のうち、章題に異同のあるものについては、煩雑を避けて本文には全てを明示せず、索引にのみそれぞれを掲載した。

【あ行】

『茜染野中の隠井』　309
『曙草紙』→『桜姫全伝曙草紙』
『安積沼』（『復讐奇談　安積沼』）　6,7,79,36,81,83-5,87,89,92-5,97,98,100-02,104,106-08,110-12,114-20,122,123,134,135,145,178,182,184-90,193,201-05,208,216,258,275,307
『安積沼後日仇討』　104
『芦屋道満大内鑑』　309,333,334,338
――『竹田出雲・並木宗輔浄瑠璃集』（新日本古典文学大系93）解説　338
『吾妻鏡』（『東鑑』）　77,310
「海人」　256,309
『阿也可之譚』　206,332,333
『稲妻表紙』→『昔話稲妻表紙』
『彩入御伽草』　104
『いろは酔故伝』　29,72,73,258
『伊波伝毛之記』　258
『雨月物語』　17,19,37,56,66,81,93,103,107,110,111,165,184,185,205,249,289,290,294,307
――「青頭巾」　165,184,249,289
――「浅茅が宿」　165,184,185
――「吉備津の釜」　17,56-8,66,93,103,107,111,185,307
――「蛇性の婬」　17,185
――「仏法僧」　185
――「ちくま文庫」版（評釈）　290
――日本古典文学大系56版（注）　108
『宇治拾遺物語』　147
『莬道園』（『圃老巷説　莬道園』・『桑楊庵一夕話』）　38,50,51,65
――日本随筆大成第二期13（解題）　50
「善知鳥」　254,256,308
『善知安方忠義伝』　204,208,212,241-7,252,253,255,256,259,260,261,275,287-9,295,296,308,320
『優曇華物語』　7,8,10,32,79,112,119,121-4,134,136-42,145,146,160,164,179,181-91,193,194,203,208,214-20,222-4,229,235,238,239,258,262,264,265,275,291,294,307,308,313,316,320,334
――『山東京伝全集　十五　読本１』版　183
――読本善本叢刊版　183
『梅之与四兵衛物語梅花氷裂』→『梅花氷裂』
『梅若丸一代記』（『都鳥妻恋笛』）　309
『咏物詩選』　164
『新編　江戸幻想文学誌』　26,212
『江戸作者部類』→『近世物之本江戸作者部類』

【著者略歴】
大高　洋司（おおたか　ようじ）
1950年、静岡市生
慶應義塾大学大学院文学研究科博士課程単位取得退学
学位　博士（文学）
現職　国文学研究資料館教授・総合研究大学院大学文化科学研究科教授
著書『読本の世界　江戸と上方』（共著・世界思想社）
『京都大学蔵　大惣本稀書集成第四巻　読本II』（校訂解題・臨川書店）
新日本古典文学大系87『開巻驚奇俠客伝』（共同校注・岩波書店）
江戸怪異綺想文芸大系1『初期江戸読本怪談集』（共編・国書刊行会）
『読本【よみほん】事典　江戸の伝奇小説』（共同執筆・笠間書院）
その他

京伝と馬琴

発行日	2010年 5月18日　初版第一刷
著　者	大高 洋司
発行人	今井 肇
発行所	翰林書房
	〒101-0051 東京都千代田区神田神保町 1-14
	電　話 (03) 3294-0588
	FAX　(03) 3294-0278
	http://www.kanrin.co.jp
	Eメール● Kanrin@nifty.com
装　釘	矢野徳子＋島津デザイン事務所
印刷・製本	シ ナ ノ

落丁・乱丁本はお取替えいたします

ISBN978-4-87737-291-0